LE MENSONGE CHRÉTIEN — (JÉSUS-CHRIST N'A PAS EXISTÉ)

II

ARTHUR HEULHARD

LE
ROI DES JUIFS

PARIS

ARTHUR HEULHARD, ÉDITEUR

6, rue Saulnier, 6

—

1908

Droits de traduction et de reproduction réservés.

LE ROI DES JUIFS

LE MENSONGE CHRÉTIEN — (JÉSUS-CHRIST N'A PAS EXISTÉ)

II

ARTHUR HEULHARD

LE

ROI DES JUIFS

PARIS

ARTHUR HEULHARD, ÉDITEUR

6, rue Saulnier, 6

—

1908

LE ROI DES JUIFS

L'APOCALYPSE

Le Joannès était ravi au ciel pour ainsi dire sur les ailes de la colombe rentrée dans son Arche. « Il a été ravi jusqu'au troisième ciel », dit l'auteur de *Philopatris* (1). Et il en a décrit l'état qui n'a guère varié depuis la Création, car tout y est lumière : on n'y connaît pas la succession de la nuit au jour et du jour à la nuit. La première personne qu'il y rencontre (après Dieu toutefois), c'est son père, l'homme de lumière, qui est là depuis 761 et qui va lui servir de guide.

(1) Placé à tort dans les œuvres de Lucien, mais contemporain à peu d'années près du grand satirique. M. Salomon Reinach qui aime à dérider les gens graves date *Philopatris* de Nicéphore Phocas, empereur d'Orient au neuvième siècle. (Cf. A. Heulhard, *Phocapharnès*, Paris, 1904, in-8°.)

IV (Daleth) (1)

RAVISSEMENT DU JOANNÈS AU TROISIÈME CIEL

1. *Après cela*, je regardai, et je vis une porte ouverte dans le ciel, et la première voix que j'avais entendue, comme une voix de trompette qui me parlait, dit : « Monte ici, et je te montrerai ce qui doit arriver *après ces choses* (2). »

2. Et aussitôt je fus ravi en esprit, et je vis un trône placé dans le ciel, et *Quelqu'un* assis sur le trône (3).

3. Celui qui était assis paraissait semblable à une pierre de jaspe et de sardoine ; et il y avait autour du trône un arc-en-ciel semblable à une émeraude (4).

4. Autour du trône étaient encore vingt-quatre trônes, et sur les trônes *Vingt-quatre vieillards* assis, revêtus d'habits blancs, et sur leurs têtes des couronnes d'or (5).

5. Et du trône sortaient des éclairs, des voix et des tonnerres ; et il y avait devant le trône *Sept lampes ardentes*, qui sont les sept esprits de Dieu (6).

(1) Les trois premières lettres, Aleph, Beth et Gimel, ont été enlevées pour les raisons que nous avons dites. (*Le Charpentier*, 1908, in-8°, pp. 121, 133 et suivantes.)

(2) Les choses consignées sous les trois lettres Aleph, Beth et Gimel.

(3) Celui qui trône, c'est l'Ancien des jours sans nuit, Iahvé lui-même, le Père.

(4) « Je placerai mon arche dans les nuées. » (*Genèse.*) C'est l'*arca* d'où est partie la colombe.

(5) Les vingt-quatre Heures du jour tel qu'il était avant la création de la terre, c'est-à-dire sans nuit. C'est pourquoi les Vingt-quatre sont sans ombre, tout blancs. Le Joannès annonçait qu'on reverrait les jours de vingt-quatre heures de lumière à partir du 15 nisan 789. (*Ap.*, XXI.)

(6) Les sept planètes d'où est issue la division de la semaine. C'est le Chandelier céleste, celui des jours de lumière qui vont revenir, l'archétype du Chandelier à sept branches continuellement exposé et

6. Et devant le trône, comme une *Mer* de verre semblable à du cristal, (1) et au milieu du trône, et autour du trône, *Quatre animaux* pleins d'yeux devant et derrière.

7. Le premier animal ressemblait à un *Lion*, le second à un *Veau*, le troisième avait un visage comme celui d'un *Homme*, et le quatrième était semblable à un *Aigle* qui vole (2).

8. Ces Quatre animaux avaient chacun six ailes(3), et autour et au dedans ils étaient pleins d'yeux, et ils ne se donnaient de repos ni jour ni nuit, disant : « Saint, saint, est le Seigneur Dieu tout-puissant qui était, et qui est, et qui doit venir (4). »

9. Et lorsque ces animaux rendaient ainsi gloire, honneur et bénédiction à Celui qui est assis sur le trône, qui vit dans les cycles des cycles,

10. Les Vingt-quatre vieillards se prosternaient devant

---

allumé dans le Temple. Dans Zacharie (III, 7-9) Iahvé dit : « Voyez la pierre que j'ai mise devant Josué (le grand-prêtre) : sur cette seule pierre, sept yeux. C'est moi-même qui en ai ciselé la gravure, parole d'Iahvé-Sabaoth. »

(1) La mer de lumière qui régnait au-dessus de la voûte céleste. On l'avait représentée en airain dans le Temple de Salomon. (Sur la mer d'airain cf. Joël. III, 18, Zacharie, XIV, 8, Ezéchiel, XLVII, 1-3) Le Joannès l'a faite transparente; il est logique avec son système, lequel est emprunté sans détour à Ézéchiel, I, 22.

(2) Les Chérubins, gardiens des quatre points cardinaux, image de la croix céleste. Plus tard attributs des quatre évangélistes. Ils viennent textuellement d'Ézéchiel, I, 5-16.

(3) Pour porter et transmettre les vingt-quatre Heures de lumière ininterrompue, ils ont vingt-quatre ailes, chacun d'eux repondant à six heures disposées entre les quatre branches de la croix. Cf. Isaïe (VI, 2, 3) : « Les séraphins étaient autour du trône ; ils avaient chacun six ailes, deux dont ils voilaient leur face, deux dont ils voilaient leurs pieds, et deux autres dont ils volaient. Ils se criaient l'un à l'autre et ils disaient : Saint, saint, saint est le Seigneur, dieu des armées, la terre est toute remplie de sa gloire. »

(4) Dieu, en effet, devait venir, mais mille ans après le Christ Jésus, comme on le verra tout à l'heure. C'est pour avoir cru le Fils inséparable du Père que Jehoudda Is-Kérioth, en dehors des raisons politiques, s'est prononcé contre le fils de David.

Celui qui est assis sur le trône, et ils adoraient Celui qui vit dans les cycles des cycles, et jetaient leurs couronnes devant le trône, disant :

11. « Vous êtes digne, Seigneur notre Dieu, de recevoir la gloire, l'honneur et la puissance, parce que vous avez créé toutes choses, et que c'est par votre volonté qu'elles étaient et qu'elles ont été créées. »

V (He)

OUVERTURE DU LIVRE DES DESTINÉES DU MONDE.
JEHOUDDA LOGÉ DANS LE LION

1. Je vis ensuite dans la main droite de Celui qui est assis sur le trône un *Livre écrit dedans et dehors*, scellé de sept sceaux (1).

2. Je vis encore un ange fort qui criait d'une voix puissante : « Qui est digne d'ouvrir le Livre, et d'en délier les sceaux ? »

3. Et nul ne pouvait ni dans le ciel, ni sur la terre, ni sous la terre, ouvrir le Livre, ni le regarder (2).

(1) C'est le *Livre des destinées du monde* qui contient les Promesses préexistant au bénéfice des Juifs. Il n'y a pas d'ombre en lui, c'est pourquoi on lit au travers. Une face regarde le ciel, l'autre, la terre. Il est scellé d'autant de sceaux qu'il y a de jours dans la semaine, et d'années sabbatiques dans un jubilé, de jubilés dans un siècle, etc. Iahvé a tout préétabli dans la forme sabbatique. C'est ce qui avait permis à Jehoudda de fixer le Renouvellement du monde au Grand Jubilé qui échéait le 15 nisan 789.

Grotius a pressenti le calcul en disant qu'il y avait sept volumes en un, le premier enveloppé avec le second et ainsi de suite. Il faut sept fois sept *années sabbatiques*, c'est-à-dire l'espace d'un jubilé, avant que l'*Agneau* puisse prendre le Livre pour en exécuter les ordonnances. Le temps part du jubilé de 739, date de la naissance de Bar-Jehoudda, selon le calcul des Mages rapporté dans l'Évangile de Mathieu (v. *le Charpentier*, p. 161).

(2) A cause de son éclat, et aussi parce que c'est à Iahvé de choisir celui qui l'ouvrira.

4. Et moi je pleurais beaucoup de ce que personne ne s'était trouvé digne d'ouvrir le Livre ni de le regarder.

5. Mais l'un des Vieillards me dit : « Ne pleure point; voici le *Lion* de la tribu de Juda, la racine de David, qui a obtenu par sa victoire d'ouvrir le Livre et d'en délier les sept sceaux (1). »

6. Et je regardai, et voilà au milieu du trône et des Quatre animaux, et au milieu des Vieillards, un *Agneau* debout comme immolé, ayant sept cornes et sept yeux, qui sont les sept esprits de Dieu envoyés par toute la terre (2).

7. Et il vint, et prit le Livre de la main droite de Celui qui était assis sur le trône (3).

8. Et lorsqu'il eut ouvert le Livre, les Quatre animaux et

(1) *Le Lion*, le signe avant *la Vierge*. Dans le *Livre du monde*, c'est le dernier des six bons signes qui sont encore au pouvoir de Satan pour sept ans. Ici c'est la figure de Jehoudda à qui Dieu avait révélé le *thème* qui, partant du jubile de 739, fixait le Renouvellement du monde au jubile de 789. Il ne faut pas oublier que, depuis sa victoire sur la mort en 761, ainsi qu'on l'a vu dans *le Charpentier*, chapitre VI, p. 258, Jehoudda était au ciel où son fils le rejoint dans cette vision. Il faut également se rappeler que ses prophéties et ses calculs lui avaient mérité le nom de Joannès bien avant que son fils s'en parât à son tour. Le Joannès de cette *Apocalypse* n'est qu'un disciple. Le maître, c'est Jehoudda. Jehoudda a obtenu le pouvoir d'ouvrir le *Livre* et de délier les sept sceaux, mais l'exécution du contenu est réservée à l'*Agneau*.

(2) L'Agneau est debout, en croix, tel qu'on le disposait à la pâque, et il semble égorgé d'avance, parce que celui du 15 nisan 789 était le dernier qui dût être immolé par les Juifs, les temps finissant le jour même et le Christ opérant sa descente avec les Douze Apôtres dont il va être question plus loin. La *Passion de Jésus* dans l'Évangile est une allégorie solaire issue du supplice du Précurseur, lequel, crucifié la veille de la pâque, s'est trouvé avoir été l'Agneau de sa propre *Apocalypse*. Ici l'Agneau est pris comme le Signe du Christ, et dans ce signe se rencontrent tous les attributs de la puissance divine, c'est-à-dire les Sept Esprits de lumière que nous avons vus il n'y a qu'un instant (IV, 5) devant le trône du Père.

(3) Jehoudda, sous la figure du *Lion*, a bien pu ouvrir le Livre et en délier les sceaux, mais ce n'est qu'un homme : l'*Agneau* est le seul qui puisse le prendre dans la droite du Père, il est le seul des douze signes qui soit franchement à l'orient dans le Zodiaque.

les Vingt-quatre vieillards tombèrent devant l'*Agneau*, ayant chacun des harpes et des coupes pleines de parfums, qui sont les prières des saints.

9. Ils chantaient un cantique nouveau, disant : [Vous êtes digne, Rabbi (1), de recevoir le Livre et d'en ouvrir les sceaux, parce que vous avez été mis à mort, et que vous nous avez rachetés pour Dieu par votre sang, de toute tribu, de toute langue, de tout peuple et de toute nation.

10. Et vous avez fait de nous un Royaume et des prêtres pour notre Dieu ; et nous régnerons sur la terre] (2).

11. Je regardai encore, et j'entendis autour du trône, et des Animaux, et des Vieillards, la voix de beaucoup d'anges : leur nombre était des milliers de milliers,

12. Qui disaient d'une voix forte : « Il est digne, l'Agneau [qui a été immolé] (3), de recevoir la vertu, la divinité, la sagesse, la force, l'honneur, la gloire et la bénédiction. »

13. Et j'entendis toutes les créatures qui sont dans le ciel,

(1) Ce verset et le suivant sont manifestement interpolés par l'Église judéo-hellène, et postérieurs à l'apparition des Évangiles. *Maître* est rendu par *Kurios* dans la traduction grecque des *Paroles du Rabbi*. Mais *Kurios* ne veut nullement dire « Seigneur » dans le sens où l'entend l'Église romaine. C'est le mot « maître », *rabbi*, tel qu'on le donnait à Bar-Jehoudda dans la vie et d'après ses écrits.

Le « cantique nouveau » dont il est question au début du verset est celui que Jésus et les Douze sont censés chanter dans l'Évangile au sortir de la Cène et que chante le « traître Judas » tout le premier.

(2) Versets composés avec le verset 6 du présent chapitre. Interpolation ecclésiastique. L'Agneau de l'*Apocalypse* originale a simplement l'air d'être immolé (v. 6).

L'interpolation constituée par les versets 9 et 10 est pleinement millénariste. Elle émane d'une Église juive qui non seulement considère les disciples comme sauvés par le baptême que lui a légué le Rabbi, mais encore rachetés par son sang de christ ressuscité et assis à la droite de Iahvé. Désormais Bar-Jehoudda est l'Agneau de Iahvé comme il l'a été le 14 nisan 789. Ce n'est plus Élie qui reviendra au Grand Jour, c'est lui. Le Précurseur est en train de passer Christ, avec la grande lettre.

(3) Interpolation de la même main que celle des versets 9, 10. L'*Agneau* vu par le Joannès n'est pas mort, il a simplement l'air de l'être. Revoyez le verset 6.

sur la terre, sous la terre, et celles qui sont sur la mer et en elle (1); je les entendis toutes disant : « A celui qui est assis sur le trône et à l'Agneau, bénédiction, honneur, gloire et puissance dans les cycles des cycles! »

14. Et les Quatre animaux disaient : Amen. Et les Vingt-quatre vieillards tombèrent sur leurs faces, et adorèrent Celui qui vit dans les cycles des cycles.

VI (VAU)

OUVERTURE DES SEPT SCEAUX : CONVERSION DE LA BALANCE, DU SAGITTAIRE ET DU SCORPION EN AGENTS DE LA REVANCHE JUIVE

1. Et je vis que l'*Agneau* avait ouvert un des Sept sceaux (2) et j'entendis l'un des Quatre animaux (3) disant comme avec une voix de tonnerre : « Viens et vois. »

2. Je regardai, et voilà un cheval blanc, celui qui le montait avec un *Arc* (4); et une couronne lui fut donnée, et il partit en vainqueur pour vaincre.

3. Lorsqu'il eut ouvert le second sceau, j'entendis le second Animal qui dit : « Viens et vois (5). »

(1) Celles qui devaient ressusciter le 15 nisan 789, comme on le verra plus loin.

(2) C'est l'Agneau qui ouvre les Sept sceaux depuis le *Lion* jusqu'à lui-même, soit sept signes, la *Vierge*, la *Balance*, le *Scorpion*, le *Sagittaire*, le *Capricorne*, le *Verseau* et les *Poissons*.

Le *Lion* a déjà pris sa place dans le thème. La *Vierge* qui le suit est dans la coulisse astrologique, mais elle s'absorbe dans l'œuvre mystérieuse de l'équinoxe d'automne, elle ne paraîtra que pour accoucher de son enfant annuel, sous le *Capricorne*, au solstice d'hiver.

(3) Jehoudda, dans le *Lion* toujours.

(4) L'*Arcitenens* ou *Sagittaire*.

Les signes ont été déplacés. C'est la *Balance* qui devrait être ici. Nous ne la rencontrons qu'au verset 5.

(5) Le Veau.

4. Et il sortit un autre cheval qui était roux; et à celui qui le montait il fut donné d'ôter la paix de dessus la terre, et de faire que les hommes s'entretuassent; et une grande épée lui fut donnée.

5. Quand il eut ouvert le troisième sceau, j'entendis le troisième Animal qui dit : « Viens et vois (1). » Et voilà un cheval noir; or celui qui le montait avait une *Balance* en sa main (2).

6. Et j'entendis comme une voix au milieu des Quatre animaux, disant : « Deux livres de blé pour un denier, et trois livres d'orge pour un denier! Mais ne gâte ni le vin ni l'huile (3) ! »

7. Lorsqu'il eut ouvert le quatrième sceau, j'entendis la voix du quatrième Animal, disant : « Viens et vois » (4).

8. Et voilà un cheval pâle; et celui qui le montait s'appelait la Mort, et l'enfer le suivait; et il lui fut donné puissance sur les Quatre parties de la terre (5) de tuer par l'épée, par la famine, par la mortalité et par les bêtes sauvages.

9. Lorsqu'il eut ouvert le cinquième sceau, je vis sous l'autel les âmes de ceux qui ont été tués à cause de la Pa-

---

(1) L'Homme.

(2) La *Balance*, premier des signes soumis à Satan. Employé par Iahvé à sa vengeance.

(3) Que le porteur de la *Balance* fasse monter démesurément le prix des denrées avant de déchaîner la famine, c'est dans son rôle. Mais qu'il se garde de gâter le vin, à cause de la coupe que le christ doit boire à la Grande Pâque, et l'huile à cause de l'huile vierge qui doit servir à sa royale onction.

Tous ces chevaux proviennent du haras de Zacharie le prophète (I, 8-11) : « J'ai eu la nuit une vision : un homme monté sur un cheval bai, derrière lui des chevaux roux, bais et blancs.— Qu'est-ce que ces êtres? demandai-je. — Ce sont ceux que Iahvé a envoyés pour parcourir la terre. » Ici ils sont messagers de mort.

(4) L'Aigle.

(5) Chaque Animal, ainsi que nous l'avons montré, répond à l'une des parties de la croix terrestre. Aucune des quatre parties n'échappe à cette première catégorie de fléaux.

role de Dieu, et pour la confession de son nom dans laquelle ils étaient demeurés fermes jusqu'à la fin (1).

10. Et ils criaient d'une voix forte, disant : « Jusques à quand, Seigneur (le Saint et le Véritable), ne ferez-vous point justice et ne vengerez-vous point notre sang sur ceux qui habitent la terre? »

11. Et une robe blanche fut donnée à chacun d'eux; et il leur fut dit qu'ils attendissent en repos encore un peu de temps, jusqu'à ce que fussent arrivés à leur *terme* (ou *nombre*) ceux qui servaient comme eux, et leurs frères qui devaient être tués comme eux (2).

12. Et je regardai lorsqu'il ouvrit le sixième sceau; et voilà qu'un grand tremblement de terre se fit (3) ; le soleil devint noir comme un sac de poils, et la lune tout entière devint comme du sang.

13. Et les étoiles tombèrent du ciel sur la terre, comme un figuier laisse tomber ses figues vertes, quand il est agité par un grand vent.

14. Le ciel se replia comme un livre roulé, et toutes les

---

(1) Ceux-là sont fort nombreux. Pour s'en tenir au temps de Bar-Jehoudda, il y a sous Hérode les six mille Innocents tués pour avoir refusé le serment à Auguste vers 747 ; les trois mille Galiléens et gens de Transjordanie massacrés par Archélaüs dans le Temple en 750; les victimes de la terrible expédition de Varus, avec les deux mille crucifiés qu'il laissa sous les murs de Jérusalem ; les sept mille martyrs du Recensement de 761, Jehoudda et Zadoc en tête; les apôtres crucifiés à Rome en 772 et les quatre mille Juifs déportés en Sardaigne où la plupart succombèrent sous les coups des brigands, etc.

(2) Quoique leur sang crie vengeance, il leur est prescrit d'attendre le *terme* fixé par Iahvé à l'accomplissement de sa promesse. Ce terme est dans l'*Apocalypse*; c'est le Jubilé de 789 dont on n'est séparé que par un septénaire. Qu'ils se taisent donc jusqu'à la Grande Pâque dont le Joannès a vu l'Agneau tout préparé. Encore un sceau, un septénaire, et ils seront à leur terme. Les six sceaux ouverts jusqu'ici représentent les six années sabbatiques, soit les quarante-deux ans écoulés depuis la naissance du Joannès-jésus.

(3) Les tremblements de terre marchaient assez bien, et tous hors de Judée.

Nous avons cité ceux qui renversèrent douze villes d'Asie en 771.

montagnes et les îles furent ébranlées de leurs places (1).

15. Alors les rois de la terre, les princes, les tribuns militaires, les riches, les puissants, et tout homme esclave ou libre, se cachèrent dans les cavernes et dans les rochers des montagnes.

16. Et ils dirent aux montagnes et aux rochers : « Tombez sur nous, et cachez-nous de la face de Celui qui est assis sur le trône, et de la colère de l'*Agneau,*

17. Parce qu'il est arrivé le Grand jour de leur colère ; et qui pourra subsister (2)? »

VII (Zain)

APPARITION DE LA CROIX ENFERMANT LES DOUZE APÔ-
TRES, LES TRENTE-SIX DÉCANS ET LES DOUZE TRI-
BUS CÉLESTES.

1. Après cela, je vis Quatre anges qui étaient aux quatre coins de la terre, et qui retenaient les quatre Vents de la terre, pour qu'ils ne soufflassent point sur la terre, ni sur la mer, ni sur aucun arbre.

2. Et je vis un autre ange qui montait de l'orient et portait le signe du Dieu vivant(3); et il cria d'une voix forte aux quatre anges auxquels il a été donné de nuire à la terre et à la mer,

(1) Cette image est prise à Isaïe comme presque toutes celles qui font le coloris de l'*Apocalypse.* C'est une de celles qui ont le plus frappé les païens. On la trouve reproduite dans *Philopatris* (Œuvres de Lucien) par deux honnêtes citoyens d'Alexandrie qui s'indignent à bon droit des abominables imaginations du Joannès « galiléen ».

(2) Toutes ces images, et parfois des versets entiers, sont copiés textuellement dans Isaïe. On n'en finirait pas si on voulait donner les références.

(3) La croix. Le Joannès oppose les quatre bras protecteurs aux quatre Vents destructeurs.

3. Disant : « Ne nuisez ni à la terre ni à la mer ni aux arbres, jusqu'à ce que nous ayons mis le sceau sur le front des serviteurs de notre Dieu (1). »

4. Et j'entendis le nombre de ceux qui avaient été marqués du sceau : *cent quarante-quatre mille* de toutes les tribus des enfants d'Israël ;

5. De la tribu de Juda, douze mille marqués du sceau; de la tribu de Gad, douze mille marqués du sceau;

6. De la tribu d'Azer, douze mille marqués du sceau; de la tribu de Nephtali, douze mille marqués du sceau; de la tribu de Manassé, douze mille marqués du sceau ;

7. De la tribu de Siméon, douze mille marqués du sceau ; de la tribu de Lévi, douze mille marqués du sceau ; de la tribu d'Issachar, douze mille marqués du sceau;

8. De la tribu de Zabulon, douze mille marqués du sceau ; de la tribu de Joseph, douze mille marqués du sceau ; de la tribu de Benjamin, douze mille marqués du sceau.

9. [Après cela, je vis une grande troupe que personne ne

(1) Il importe en effet d'excepter la Judée du cataclysme qui se prépare. Jusqu'à présent, elle a été épargnée par Iahvé, elle n'a souffert que des hommes, Hérodes, Césars et gens du Temple. Assise au centre de la croix terrestre, elle ne risque rien. Que les Anges commis à l'administration des Vents destructeurs n'aillent pas l'oublier!

Le croirait-on? C'est au ciel que les Juifs sont menacés, dans la bataille qui va se livrer là-haut entre les Anges de Dieu et ceux de Satan. La Judée y sera défendue par les Cent quarante-quatre mille êtres préadamiques qui sont l'image archétype des Douze tribus avant la Création; mais la victoire est certaine, ils en ont le signe sur le front, et ils sont dans les quatre bras de la croix, à raison de trois tribus par bras, d'une tribu par signe zodiacal.

Il faut aller jusqu'au chapitre xiv (1 et 3-5) pour savoir à quoi s'en tenir sur cette garde judaïque préétablie. Là nous apprenons qu'elle est composée d'êtres qui portent sur le front le nom de l'*Agneau* et celui du Père et qui pour cette raison ont été « rachetés de la terre », c'est-à-dire du péché d'Adam; ils sont vierges et ne se sont pas souillés avec la femme. En un mot ils sont hermaphrodites comme Adam avant sa séparation d'avec Ève, et comme le Christ Jésus à l'image de qui ils sont.

pouvait compter de toutes les nations, de toutes les tribus, de tous les peuples et de toutes les langues, qui étaient devant le trône et devant *l'Agneau*, revêtus de robes blanches ; des palmes étaient en leurs mains] (1).

10. Et ils criaient d'une voix forte, disant : « Salut à notre Dieu qui est assis sur le trône, et à *l'Agneau !* »

11. Et tous les anges se tenaient debout autour du trône et des Vieillards, et des Quatre animaux, et ils tombèrent sur leurs faces devant le trône, et ils adorèrent Dieu,

12. Disant : « Amen ; la bénédiction, la gloire, la sagesse, l'action de grâces, l'honneur, la puissance et la force à notre Dieu dans les cycles des cycles. Amen. »

13. Alors un des Vieillards prit la parole et me dit : « Ceux-ci, qui sont revêtus de robes blanches, qui sont-ils ? et d'où viennent-ils ? »

14. Je lui répondis : « Mon Seigneur, vous le savez. » Et il me dit : « Ce sont ceux qui sont venus de la grande tribulation, et qui ont lavé et blanchi leurs robes dans le sang de *l'Agneau* (2).

15. C'est pourquoi ils sont devant le trône de Dieu, et ils le servent jour et nuit dans son temple, et Celui qui est assis sur le trône habitera sur eux.

---

(1) Addition certaine. Les païens admis au salut, c'est le renversement de toutes les promesses faites à Israël et à David, c'est un démenti donné à la Loi, à tous les prophètes, au grand Jehoudda surtout. Il s'agit, au contraire de purger le monde de tous les incirconcis qui le déshonorent par leur présence. Les martyrs de la Loi, circoncis par conséquent, étaient seuls sauvés ; c'est cette catégorie qui vient immédiatement après les Préadamites dans l'ordre des élus. C'est la stricte observation de la Loi qui leur vaut le salut et les rachète du péché d'Adam dont ils sont héritiers solidaires. De nombreuses coupures ont été pratiquées dans l'énumération des armées célestes auxquelles le Christ commande. Tout l'état-major manque, notamment les Douze Apôtres et les Trente-six Décans. Ils y étaient les uns et les autres, puisqu'on a pu les reporter dans l'Évangile.

(2) Ils sont morts pour la pâque nationale. Le Recensement est une des épreuves de la Grande tribulation, laquelle dure depuis que les Juifs suivent la Loi qui « les sépare du monde ».

16. Ils n'auront plus ni faim ni soif; et le soleil ni aucune chaleur ne tombera sur eux;

17. Parce que *l'Agneau* qui est au milieu du trône, sera leur pasteur; il les conduira aux fontaines des eaux vivantes, et Dieu essuiera de leurs yeux toute larme (1). »

VIII (HETH)

LES SEPT TROMPETTES DU DERNIER JUBILÉ
DESTRUCTION DU TIERS DE LA TERRE SIS A L'OCCIDENT

1. Lorsque *l'Agneau* eut ouvert le septième sceau, il se fit un silence dans le ciel d'environ une demi-heure (2).

2. Et je vis les sept anges qui se tiennent debout en présence de Dieu; et sept trompettes leur furent données.

3. Alors un autre ange vint, et il s'arrêta devant l'autel, ayant un encensoir d'or; et une grande quantité de parfums lui fut donnée, afin qu'il présentât les prières de tous les saints sur l'Autel d'or qui est devant le trône de Dieu (3).

4. Et la fumée des parfums composée des prières des saints monta de la main de l'ange devant Dieu.

5. Et l'ange prit l'encensoir; il le remplit du feu de

(1) C'est à ces fontaines que *Jésus* fait puiser dans les allégories de *la Piscine*, des *Noces de Cana* et de la *Samaritaine*. (*Quatrième Évangile*, II, 1-12, IV, 7 et suiv.) Il est lui-même cette source de vie. (*Quatrième Évangile : Jésus à la fête des Tabernacles*.)

La source principale de la bergerie davidique est celle de Siloé-lez-Jérusalem où nous verrons Bar-Jehoudda réunir ses partisans en 777.

(2) Le septième sceau, c'est le dernier septénaire (782-789) avant la fin du Cycle en cours, le *Verseau* millénaire.

(3) L'archétype de l'autel des parfums qui était dans le Temple. Jehoudda, sous la figure du prophète Zacharie est à l'autel des parfums quand il demande à Dieu de tenir son serment et de lui envoyer son premier-né, le Joannès-jésus. (Luc, I.)

l'autel, et le jeta sur la terre; et il se fit des tonnerres, des voix, des éclairs, et un grand tremblement de terre.

6. Alors les anges qui avaient les sept trompettes se préparèrent à en sonner.

7. Ainsi le premier ange sonna de la trompette; il se forma une grêle et un feu mêlé de sang ; ce fut lancé sur la terre, et le *tiers* de la terre et des arbres fut brûlé, et toute herbe verte fut consumée.

8. Le second ange sonna de la trompette, et comme une grande montagne tout en feu fut lancée dans la mer, et le *tiers* de la mer devint du sang.

9. Et le *tiers* des créatures qui avaient leur vie dans la mer mourut, et le *tiers* des navires périt.

10. Le troisième ange sonna de la trompette, et une grande étoile, ardente comme un flambeau, tomba du ciel sur le *tiers* des fleuves et sur les sources des eaux.

11. Le nom de l'étoile est Absinthe; or le *tiers* des eaux devint de l'absinthe; et beaucoup d'hommes moururent des eaux, parce qu'elles étaient devenues amères (1).

12. Le quatrième ange sonna de la trompette, et le *tiers* du soleil fut frappé, et le *tiers* de la lune et le *tiers* des étoiles; de sorte que leur *tiers* fut obscurci, et que le jour perdit le *tiers* de sa lumière, et la nuit pareillement (2).

(1) Aimable attention à l'adresse des Gentils. Voilà qui n'arrive pas aux fontaines d'eau vive où l'*Agneau* doit mener boire les Juifs! Elles sont en Terre-Sainte, et elles vont servir au baptême du peuple élu, sacrement dont les païens ne doivent pas profiter.

(2) C'est l'Extrême Occident qui est frappé d'abord. Il l'est dans toutes ses parties, terre, mer, navires, eaux potables. A l'estime du Joannès l'Occident représente le tiers du monde ; c'est pourquoi le tiers des étoiles, du soleil et de la lune cesse de l'éclairer. Après cela restent les deux tiers de l'Œuvre de Dieu, mais comme on va le voir, l'Occident n'en a pas pour longtemps, ni l'Orient. Les premières nations frappées — ne disons pas « peuples ». il n'y a qu'un peuple — sont l'Espagne d'où arrivait Pontius Pilatus, les Gaules d'où étaient les cavaliers de la garde d'Hérode, et la province lyonnaise qui avait donné asile à Archélaüs et à ses gens. L'Italie va avoir son tour.

13. Alors je regardai, et j'entendis la voix d'un aigle qui volait au milieu du ciel, disant d'une voix forte : « Malheur malheur, malheur aux habitants de la terre! » à cause des autres voix des trois anges qui allaient sonner de la trompette.

IX (Heth)

LES SEPT TROMPETTES (*suite*). OUVERTURE DE L'ENFER ET DESTRUCTION DU TIERS SIS A L'ORIENT

1. Le cinquième ange sonna de la trompette, et je vis qu'une étoile était tombée du ciel sur la terre; et la clef du puits de l'abîme lui fut donnée.

2. Et elle ouvrit le puits de l'abîme, et la fumée du puits monta comme la fumée d'une grande fournaise; et le soleil et l'air furent obscurcis par la fumée du puits (1).

3. Et de la fumée du puits sortirent des sauterelles qui se répandirent sur la terre, et il leur fut donné une puissance comme la puissance qu'ont les scorpions de la terre.

4. Il leur fut commandé de ne point nuire à l'herbe de la terre, ni à rien de vert, mais seulement aux hommes qui n'auraient pas le signe de Dieu sur le front.

5. Et il leur fut donné non de les tuer, mais de les tourmenter durant cinq mois; or la douleur qu'elles font souffrir est semblable à celle que cause *le Scorpion* (2), lorsqu'il pique l'homme.

(1) C'est l'Enfer central dont la Mer Morte est l'image la plus rapprochée.

(2) Nous avons déjà vu à l'œuvre la *Balance* et le *Sagittaire*. Voici le *Scorpion*, troisième des signes sataniques, transformé par Iahvé en ministre de la justice à l'endroit des Juifs. Avec la partialité qui le distingue, au lieu de traiter ceux-ci comme les païens d'Occident, notamment en les privant de lumière, le Joannès-jésus les pique au fond

6. En ces jours-là les hommes chercheront la mort, et ils ne la trouveront pas, ils souhaiteront de mourir, et la mort s'enfuira d'eux.

7. Or ces sauterelles apparentes étaient semblables à des chevaux préparés au combat; et sur leurs têtes étaient comme des couronnes semblables à de l'or, et leurs faces étaient comme des faces d'homme.

8. Et elles avaient des cheveux comme des cheveux de femme, et leurs dents étaient comme des dents de lion.

9. Elles avaient des cuirasses comme des cuirasses de fer, et le bruit de leurs ailes était comme le bruit des chariots à beaucoup de chevaux, courant au combat;

10. Elles avaient des queues semblables à celles des scorpions, et à leurs queues étaient des aiguillons; or leur pouvoir était de nuire aux hommes durant cinq *mois* (1).

11. Elles avaient au-dessus d'elles, pour roi, l'ange de l'abîme, dont le nom en hébreu est *Abaddon*, [en grec *Apollyon*, et qui s'appelle en latin *Exterminateur*] (2).

12. Le premier malheur est passé, et voici encore deux malheurs qui viennent après ceux-ci.

13. Le sixième ange sonna de la trompette, et j'entendis une voix partant des quatre coins de l'autel d'or qui est devant Dieu;

14. Elle dit au sixième ange qui avait la trompette : « Délie

de la conscience pour y exciter le zèle religieux qui peut encore les sauver... Il ne tourmente que ceux qui n'ont pas le signe de la croix. Encore leur donne-t-il cinq *mois* pris pour *signes*, de la *Balance* aux *Poissons*, pour venir à résipiscence. A partir des *Poissons*, si toutefois ils viennent au baptême du Joannès, ils sont sauvés, l'*Agneau* leur tend les pattes !

(1) Le *mois* pris pour *signe*, comme plus haut; donc les cinq mauvais signes, *Balance*, *Sagittaire*, *Scorpion*, *Capricorne* et *Verseau*. Il reste un mois aux Juifs, celui des *Poissons*, pour rentrer en grâce par le moyen du baptême. A eux de voir ce qu'ils ont à faire, s'ils ont quelque souci du salut.

(2) Aveu qu'il y a eu deux versions après l'araméenne, l'une en grec, l'autre en latin. On voit ce qui peut rester de l'original !

les Quatre Anges qui sont liés sur le grand fleuve d'Euphrate. »

15. Et aussitôt furent déliés les Quatre Anges, qui étaient prêts pour l'heure, le jour, le mois et l'Année, où ils devaient tuer le *tiers* des hommes (1).

16. Et le nombre de cette armée de cavalerie était de deux cents millions; car j'en entendis le nombre.

17. Et les chevaux me parurent ainsi dans la vision : ceux qui les montaient avaient des cuirasses de feu, d'hyacinthe et de soufre; et les têtes des chevaux étaient comme des têtes de lion, et de leur bouche sortaient du feu, de la fumée et du soufre.

18. Et par ces trois plaies, le feu, la fumée et le soufre qui sortaient de leur bouche, le *tiers* des hommes fut tué.

---

(1) Ceux d'Orient cette fois, l'Orient comptant pour le second tiers de l'Œuvre de Dieu. Ce sont les Chaldéens, Assyriens, Parthes et autres nations chez qui les Juifs ont été déportés et avec lesquels ils ont été en guerre. Le dernier tiers est au milieu, et la Judée au centre du milieu. *In medio stat virtus.*

Les quatre Anges de l'Euphrate sont élevés à la même école que les Chaldéens qui viennent au berceau du fils de David dans la Nativité du Joannès selon lui-même et selon l'Évangile (Mathieu, I). Ils savent l'Année (789) le mois (nisan) le jour (15ᵉ de nisan) et l'heure (celle du lever de l'Étoile du matin, un peu après la troisième veille de nuit) de leur entrée en scène.

Les quatre Anges de l'Euphrate étaient classiques. Ici ils ont pour mission d'avertir les Juifs de Babylone qu'il faut rallier Jérusalem, et d'anéantir les nations qui auraient la mauvaise grâce de s'opposer à leur passage.

Le Joannès prend ces quatre Anges dans Ézéchiel. Ils entrent dans la composition du fameux « char » que Iahvé envoie à Ézéchiel sur les bords du Nahar-Kébar, le canal par lequel Nabuchodonosor avait relié l'Euphrate au Tigre. On peut dire de ces quatre Anges que ce sont les quatre points cardinaux déplacés et mobilisés en faveur des Juifs. Ce sont Quatre animaux anthropomorphes avec des faces quadrilatérales représentant le Lion, le Taureau, l'Aigle et l'Homme (Ézéchiel, I, 3-16). Nous venons de les voir dans le ciel où le Joannès nous a conduits, et ils sont à leur poste. Mais Iahvé peut en les déplaçant faire pencher toute la machine en faveur des Juifs. C'est à cette manœuvre qu'il se livre ici, elle est d'une impartialité contestable.

19. Car la puissance de ces chevaux est dans leurs bou-ches et dans leurs queues; parce que leurs queues sont semblables à des serpents, et qu'elles ont des têtes dont elles blessent.

20. Et les autres hommes qui ne furent point tués par ces plaies ne se repentirent pas des œuvres de leurs mains pour ne plus adorer les démons et les idoles d'or, d'argent d'airain, de pierre et de bois, qui ne peuvent ni voir, ni entendre, ni marcher.

21. Ainsi ils ne firent pénitence ni de leurs meurtres, ni de leurs empoisonnements, ni de leurs impudicités, ni de leurs larcins (1).

X (jod)

LE SEPTENNAT DU JOANNÈS-JÉSUS (782-789)

Ici intermède autobiographique d'une importance capitale, et qui a permis à Luc de dater très exacte-ment la mission du Joannès. Six septénaires sont écou-lés depuis le commencement des temps embrassés par l'*Apocalypse*, c'est-à-dire depuis la naissance du pré-curseur, et sa mission personnelle n'a pas encore com-mencé; mais voici venir le dernier septénaire (782-789), pendant lequel il a communié avec le Verbe Jésus au point de pouvoir être identifié un jour avec lui dans la fable évangélique.

(1) Particulièrement les Grecs et les Romains auxquels on n'a pas encore touché, mais qui ne perdront rien pour attendre.
Les versets 20 et 21 sont pris partout, notamment dans la *Lettre de Jérémie*.

Joannès Ier du nom, Joseph l'illustre Charpentier de l'arche baptismale, Zachûri l'Homme-Verseau, Zibdeos le Faiseur de Poissons, Panthora le nouveau Moïse, et pour tout dire en un mot Jehoudda, demande la parole. Joannès II la lui donne.

Jehoudda avait dit qu'entre sa mort qui était alors imminente et la réalisation de sa prophétie, il s'écoulerait deux cent cinquante temps (1). Ces temps sont des mois, deux cent cinquante mois font près de vingt et un ans. Jehoudda a été tué à la fin de la révolte du Recensement, soit 761. Et c'est vingt et un ans après — quinzième de Tibère, Luc *dixit* — que le Joannès se lève au désert et dit : « Les temps sont accomplis, *Maran atha*, le Fils de l'homme vient, la terre est à nous ! »

L'annonce des six premiers septénaires (739-781) a été confiée à des anges. Mais, chose tout à fait remarquable, l'*ange* qui répond au septième septénaire appartient à l'espèce humaine (2). C'est un messager qui vient de la terre, puisqu'il a écrit un Livre de prophéties. Ce prophète est dit l'*ange aux sept tonnerres* — ces tonnerres sont fort sabbatiques — et il a pris la voix du cinquième signe, le *Lion*, qui précède la *Vierge* dans le sein de laquelle le Joannès-jésus a reçu la naissance au Jubilé de 739.

Le pied droit sur la mer d'Orient et le gauche sur la terre d'Occident — il décrit un angle aigu sur la sphère, au-dessus de la ligne équinoxiale — le révélateur tient

(1) Voir l'*Assomption de Moïse* déjà citée.
(2) *Aggelos*, à tort traduit par *ange* dans les versions ecclésiastiques. Les laïques ont suivi. C'est *envoyé, messager, prophète* qu'il faut lire. *Maléak*, disait le texte araméen. De Maléak ou Maléaki on a fait le prophète Malachie, qui n'a jamais existé sous ce nom.

à la main un Livre, son testament prophétique, et il annonce aux sept tonnerres que le mystère du Renouvellement s'accomplira lorsque le Septième Ange commencera à sonner de la trompette. Cet Ange, vous le savez, c'est celui du dernier Septénaire (782-789). Quant au prophète-lion, vous le connaissez aussi, c'est Jehoudda, qui tient à la main le Livre de la mission de son fils aîné comme Précurseur, c'est « le rejeton de David, celui qui a obtenu par sa victoire le pouvoir d'ouvrir le *Livre des destinées du monde* et d'en lever les sceaux » (1).

Les Sept tonnerres, qui prolongent sa voix dans l'espace, sont les sept fils qu'il a nazirés à Iahvé et dont la mission va commencer. Outre le jésus, ce sont Shehimon, les deux Jacob, Jehoudda dit Toâmin, Philippe et Ménahem. Comme le Lion à la voix de tonnerre (2), ils tonitruent, et c'est en souvenir de ce signalement que l'Évangile les surnommera « Boanerguès, fils du tonnerre. » (3)

Je vis un autre Maléak puissant, qui descendait du ciel, revêtu d'une nuée, et ayant un arc-en-ciel sur la tête (4); son visage était comme le soleil, et ses pieds comme des colonnes de feu.

---

(1) *Apocalypse*, ch. v, 5.
(2) Que nous avons vu tout à l'heure au verset 1 du chap. vi.
(3) Mathieu et Luc donnent tous deux le surnom de Boanerguès à deux des grands fils du Charpentier pour barques de pêche, Joannès et Jacob. Nous voyons ici que les cinq autres le pouvaient porter.
(4) Ce céleste attribut n'empêche pas Jehoudda d'avoir été de ce monde: Il apparaît en haut dans l'Arche de salut qu'il a construite en bas, et il n'y a rien d'étonnant à ce que son visage brille comme le soleil, puisque Salomé, sa femme, est enveloppée de ce même soleil, qu'elle a la lune sous ses pieds et les douze signes du Zodiaque sur la tête.

2. Il avait en sa main un petit Livre ouvert (1); et il posa son pied droit sur la mer, et le gauche sur la terre.

3. Puis il cria d'une voix forte, comme un *Lion* qui rugit. Et lorsqu'il eut crié, Sept tonnerres firent entendre leurs voix.

Et quand les tonnerres eurent fait entendre leurs voix, [*moi, j'allais écrire; mais j'entendis une voix du ciel qui me dit : « Scelle ce qu'ont dit les sept tonnerres et ne l'écris pas. »* Alors] le Maléak que j'avais vu se tenant debout sur la mer et sur la terre leva sa main au ciel...

Arrêtons-nous. Nous sommes devant une des assises sur lesquelles repose la fourberie évangélique. Ce n'est pas le Joannès qui parle ici, c'est soit l'adaptateur grec, soit l'adaptateur latin. Loin de sceller les « *Paroles* » que les sept *Boanerguès* ont répétées d'après leur père, le plus grand des Sept les a *écrites* sans en rien omettre et même en y ajoutant. Il les a si bien écrites que c'est la substance de sa propre *Apocalypse*, c'est la matière des chapitres qui vont se succéder depuis le *Jod* jusqu'au *Thav*. Il les a si bien écrites que toute la besogne de son frère Philippe, de son autre frère Jehoudda dit Toâmin et de son neveu Mathias a été de les transcrire pour la postérité, avec d'autres élucubrations du même acabit, sous le titre de *Paroles du Rabbi*. Il les a si bien écrites qu'elles forment le code du christianisme millénariste en Judée pendant deux siècles. Il les a si bien écrites que nous allons les retrouver au commencement du règne de

(1) Il n'est pas écrit au dedans et au dehors, une face vers le ciel, une face vers la terre, comme le Livre aux sept sceaux. C'est un travail d'homme, il contient ce qui regarde plus spécialement la mission davidique du Joannès.

Marc-Aurèle entre les mains de Papias, évêque d'Hié-
rapolis de Phrygie, sous ce même titre de *Paroles du
Rabbi*, et dans les mains de Valentin, chef de la secte
des Valentiniens en Égypte, sous le titre de *Livres du
jésus*. Il les a si bien écrites qu'elles étaient encore au
cinquième siècle en possession des Manichéens de Car-
thage sous le titre de *Livres du christ*, et qu'Augustin, évêque d'Hippone, les a vues et lues chez eux. Il les
a si bien écrites qu'il suffit d'enlever l'incise que nous
avons placée entre crochets pour avoir la phrase originale : « Et quand les sept tonnerres eurent fait
entendre leurs voix, le Maléak que j'avais vu se tenant
debout sur la mer et sur la terre leva sa main au ciel. »
Pourquoi lui fait-on dire qu'il « allait les écrire » quand
une voix du ciel lui a crié : « Ne les écris pas ? » Parce
que, depuis cette *Apocalypse*, on a transformé le
Joannès en Jésus. On ne veut plus qu'il ait écrit. On
ne veut plus qu'il soit l'auteur de la Révélation de 782,
le même homme que le Nazir, le même homme que le
jésus du Jourdain, le même homme que le crucifié de
Pilatus. « L'*Apocalypse*, dit l'Église ? Elle est d'un certain Johanan, apôtre, déporté dans Pathmos au temps
de Domitien et disciple chéri de Jésus de Nazareth. »

Et voilà pourquoi le scribe ecclésiastique fait défense
au Joannès d'avoir écrit l'*Apocalypse* en l'an 782,
quinzième du règne de Tibère, les deux Geminus étant
consuls ; de l'avoir prêchée pendant sept années ; de
l'avoir répandue en Judée, en Idumée, dans la Décapole et en Syrie, et de l'avoir expiée sur la croix au
Guol-golta.

Ce qu'on ne veut pas avouer non plus, depuis l'invention de l'invertébré Joseph, c'est que le père du

Joannès fut, même mort, le seul précepteur, le seul inspirateur, le seul guide du christ et de ses frères.

Ce n'est pas le fils, c'est le père qui a dit : « Le 15 nisan 789, il n'y aura plus de temps ! »

6. Et il jura par Celui qui vit dans les siècles des siècles, qui a créé le ciel et ce qui est dans le ciel, la terre et ce qui est dans la terre, la mer et ce qui est dans la mer, disant : « Il n'y aura plus de temps ! »

7. Mais aux jours de la voix du Septième Ange, quand il commencera à sonner de la trompette, se consommera le mystère de Dieu, comme il l'a annoncé par les prophètes ses serviteurs.

8. Et j'entendis la voix qui me parla encore du ciel, et me dit : « Va et prends le Livre ouvert de la main du Maléak qui se tient debout sur la mer et sur la terre. »

9. J'allai donc vers le Maléak lui disant qu'il me donnât le livre. Et il me dit : « Prends le Livre et le dévore, et il te causera de l'amertume dans le ventre, mais dans ta bouche il sera doux comme du miel. »

10. Je pris le Livre de la main du Maléak et je le dévorai ; il était dans ma bouche doux comme du miel ; mais quand je l'eus dévoré, il me causa de l'amertume dans le ventre (1).

11. Alors il me dit : « Il faut encore que tu prophétises sur un grand nombre de nations, de peuples, d'hommes de diverses langues, et de rois (2). »

(1) Comme procédé allégorique la manducation du livre vient tout droit d'Ezéchiel : « Je regardai, dit Ezéchiel, et je vis devant moi s'avancer une main qui tenait un livre enroulé. — Fils d'homme, me dit-il (l'envoyé de Dieu), ce rouleau qui est devant toi, mange-le. Mais va-t'en parler à la maison d'Israël. » Alors j'ouvris la bouche et il me fit engloutir le livre. « Nourris ton ventre, me dit-il encore, et remplis tes entrailles de ce rouleau. » Sur ce, je le mangeai et il devint en ma bouche comme miel pour la douceur. (ii, 6 : et iii, 1, 2.)

(2) En effet on n'a encore rien dit des Grecs, des Syriens, des Égyptiens qui ont tenu la Judée sous le joug et des Romains qui la foulent

Pour s'assimiler le livre que lui tend le Maléak, le Joannès va jusqu'à le manger. Acte de piété filiale et de justice : le Maléak est l'auteur de son corps, le Testament du Maléak est le maître de son esprit. Ce livre produit sur le mangeur un effet qui peut paraître singulier : il met le miel à sa bouche et l'amertume à ses entrailles. Mais si on réfléchit d'une part aux promesses que contient le livre, d'autre part à la façon dont est mort le Maléak, on comprend les sentiments de joie et d'amertume par lesquels passe tour à tour le premier et le plus grand des fils de Jehoudda.

Mais pour accomplir sa mission le Joannès se trouve dans une situation unique au monde et dont les évangélistes ont exploité la morale avec art. Il a avalé le Verbe de Dieu, car ce qu'il y a dans le testament de son père c'est tout ce qui le concerne dans la Loi et dans les prophètes. Dès ce moment, il a le Verbe en lui. Immense transfiguration !... Déjà fils de Iahvé par sa descendance davidique, le voilà maintenant qui incarne le Verbe Créateur et Sauveur, le Verbe Jésus ! Toute la christophanie évangélique vient de là. Jésus est dans le Joannès, le Joannès incarne Jésus. C'est ce que dit en termes exprès le *Quatrième Évangile*, quoique l'Église y ait touché à plusieurs reprises pour y introduire ses impostures : « Au commencement était le Verbe, et le Verbe était en Dieu et le Verbe était Dieu. Il y eut un homme envoyé de Dieu dont le nom (d'*Apocalypse*) était Joannès. Et le Verbe s'est fait chair et il a habité parmi nous (1). » En suite de quoi le

depuis le Recensement. Le Livre rappelle au Joannès que c'est à lui de les bouter hors. Ils sont du dernier *tiers*.

(1) *Quatrième Évangile*, 1, 1, 6, 14.

Joannès devient Jésus dans l'Évangile ; il y vit, il y meurt sous ce nom, comme il y baptise sous le nom du Joannès, sans cesser un seul instant d'être Jehoudda, fils de Jehoudda.

Seulement, le Verbe qui est en lui n'y est que dans la mesure où il lui plaît. Il en sort et il y rentre comme il lui convient, en vertu de son omnipotence ubiquiste — *est ubi vult ; —* il en sort pour faire tous les miracles qui sont dans l'Évangile, pour donner l'ouïe aux sourds et la lumière aux aveugles, pour multiplier le pain et le vin de la vie, — *Multiplication des pains* et *Noces de Cana —* pour ressusciter les Juifs martyrs de la Loi, Éléazar notamment, et le fils de la Veuve (Jacob junior lapidé par Saül), et pour célébrer l'éternelle pâque solaire dont il est l'auteur premier, pendant que son corps humain, le Joannès, à quelques pas de lui, agonise sur la croix. Il y rentre enfin, après la crucifixion de celui-ci, pour le ressusciter, que dis-je ? pour se ressusciter lui-même après trois jours ; pour l'enlever aux cieux, que dis-je ? pour s'enlever lui-même, et pour l'asseoir, que dis-je ? pour s'asseoir lui-même, à la droite du Père ! Car voilà tout le mystère de l'incarnation de Jésus. C'est en Joannès qu'est l'incarnation, Jésus n'est jamais né autrement. Pendant plus de deux siècles, entendez-moi bien, Jésus n'a pas eu d'autre existence que celle du Joannès ! Vous en avez déjà la preuve ; que sera-ce lorsque nous aborderons le faux Extrait de naissance que l'Église lui a fabriqué pour les besoins de son commerce ? Exégètes, c'est là que vous ressentirez une émotion vraiment divine !

XI (Caph)

MALÉDICTION DU TEMPLE, ASCENSION DE JEHOUDDA
ET DE SON FRÈRE

Bar-Jehoudda maudit le Temple à cause des prêtres meurtriers de son père et de son oncle, et adultères envers la Loi. Chapitre remarquable où pour la seconde fois le Joannès précise la date de son *Apocalypse* : quarante-deux *Agneaux* après sa naissance.

Et un roseau long comme une perche me fut donné, et il me fut dit : « Lève-toi et mesure le temple de Dieu, et l'autel, et ceux qui y adorent (1).

2. Mais le parvis qui est hors du temple, laisse-le, et ne le mesure pas, parce qu'il a été abandonné aux Gentils, et ils fouleront aux pieds la cité sainte pendant quarante-deux mois.

Lisez : *quarante-deux ans*. Mois est employé dans le sens de *nisans*. Il s'est écoulé quarante-deux *Agneaux*, c'est-à-dire quarante-deux pâques depuis le Jubilé de 739, date de la naissance du Joannès (2).

C'est toute l'histoire de la famille qui commence ici, avec la malédiction du Temple hérodien où Jehoudda et Zadoc sont tombés, martyrs de la Loi. En tant que sanctuaire ou plutôt siège du sanctuaire, le Temple

(1) Le cordeau ou la canne à mesurer est très souvent employé dans la littérature prophétique, comme prélude soit de construction soit de démolition. Il est parfois dans la main de Iahvé lui-même. Zacharie le voit dans celle d'un homme qui lui apparaît : « Où vas-tu ? lui dit-il. — Mesurer Jérusalem pour voir quelle est sa largeur et quelle est sa longueur ». (II, 5, 6.)

(2) Cf. *Le Charpentier*, au ch. de la *Nativité selon l'Apocalypse*, p. 125.

doit rester ; mais le monument lui-même, à jamais souillé par l'admission des païens dans le parvis, disparaîtra. Déjà, en 761, Jehoudda et Zadoc ont tenté de le détruire par le feu.

Il est condamné depuis quarante-deux *Agneaux*. Encore un septénaire, et c'en sera fait de lui. Nous sommes en 782, dernière *année sabbatique* ($6 \times 7 = 42$) avant la Grande Année. C'est ici que Luc a puisé la date qu'il assigne au lancement de l'*Apocalypse* : quinzième année du règne de Tibère, donc quarante-deuxième année du Joannès.

Cette indication qui revient une troisième fois plus loin (1) ne peut s'appliquer qu'à l'*Apocalypse* de 782. A partir de cette date, la souillure du Temple par les hérodiens et les païens s'augmente d'un *Agneau* par année. Elle était de cinquante *Agneaux* le jour où le Joannès fut mis en croix, et de quatre-vingt-quatre *Agneaux* lorsque Jérusalem fut prise par Titus.

3. Et je donnerai à mes deux témoins de prophétiser, revêtus de sacs, pendant mille deux cent soixante jours (2). »

4. Ce sont les deux oliviers et les deux chandeliers dressés devant le Seigneur sur la terre (3).

(1) xiii, 5.

(2) Ce compte semble devoir être pris dans son acception ordinaire. Jehoudda et Zadoc ont prêché contre le grand-prêtre Joazar avant de se lever contre Hanan et Quirinius. Il se peut aussi que, décidées en 760 seulement, les opérations du Recensement aient été difficiles, et la révolte plus longue que nous ne croyons.

(3) Pris à Zacharie (iv, 10 et suiv.) : « Que sont donc ces deux oliviers, l'un à la droite, l'autre à la gauche du Chandelier (à sept branches) ? — Ne sait-on pas, reprit-il, ce que cela signifie ? — Non, répondis-je, mon maître. — Ce sont, dit-il, les deux oints qui se tiennent devant le Seigneur de toute la terre. » Zacharie l'entend de Zorobabel et du grand-prêtre Jésus. Ici Joannès l'entend de son père assimilé à Zacharie (Luc, 1) et de Zadoc, assimilé à Aggée, prophète associé de Zacharie.

5. Et si quelqu'un veut leur nuire, il sortira de leur bouche un feu qui dévorera leurs ennemis ; et si quelqu'un veut les offenser, c'est ainsi qu'il doit être tué (1).

6. Ils ont le pouvoir de fermer le ciel pour qu'il ne pleuve point durant les jours de leur prophétie, et ils ont pouvoir sur les eaux pour les changer en sang, et pour frapper la terre de toutes sortes de plaies, toutes les fois qu'ils voudront (2).

7. Et quand ils auront achevé leur témoignage, la Bête qui monte de l'abime leur fera la guerre, les vaincra et les tuera (3).

8. Et les corps seront gisants sur la place de la grande cité, qui est appelée allégoriquement Sodome et Egypte, [où même leur Seigneur a été crucifié] (4).

9 Et des hommes de toutes les tribus, de tous les peuples, de toutes les langues et de toutes les nations, verront leurs corps étendus trois jours et demi, et ils ne permettront pas qu'ils soient mis dans un tombeau (5).

10. Les habitants de la terre se réjouiront à leur sujet ; ils feront des fêtes, et s'enverront des présents les uns aux

(1) Le feu paraît avoir été leur grand argument vis-à-vis du Temple (cf. *Le Charpentier*, p. 249) et celui du Joannès-jésus vis-à-vis des Samaritains (Luc, IX, 54. 55).

(2) Les mêmes pouvoirs qu'Élie, en ce qui touche la sécheresse. Josèphe constate que la famine accompagna la prédication de Jehoudda et de Zadoc, et même il la leur attribue. Cela tient à ce que la Loi en main, ils empêchèrent de semer pendant l'année sabbatique 761. La récolte des années précédentes ayant été mauvaise, faute de pluie, il y eut famine. (Cf. *Le Charpentier*, p. 248.)

(3) La Bête qui monte de l'abime marin, Rome sous les espèces de Coponius, procurateur de Judée, et de Quirinius, proconsul de Syrie.

(4) Interpolation ecclésiastique d'autant plus criante qu'il s'agit d'un événement de 761 dans le verset. Mais il est probable que, dans l'*Apocalypse* originale transmise avec les *Paroles du Rabbi* par ses frères, les églises naziréennes avaient ajouté à cet endroit le membre de phrase : « Où le Rabbi a été crucifié. » Toutefois cette addition n'a pu se faire qu'après l'aveu tardif que le Joannès *avait été mort* pendant trois jours, car en 789 on n'avoua même pas qu'il eût été crucifié.

(5) Ils furent exposés pendant trois jours.

autres, parce que ces deux prophètes tourmentaient fort ceux qui habitaient sur la terre (1).

11. Mais après trois jours et demi, l'Esprit de vie venant de Dieu entra en eux. Et ils se relevèrent sur leurs pieds, et une grande crainte saisit ceux qui les virent.

12. Alors ils entendirent une voix forte du ciel, qui leur dit : « Montez ici. » Et ils montèrent au ciel dans une nuée, et leurs ennemis les virent (2).

13. A cette même heure, il se fit un grand tremblement de terre ; la dixième partie de la ville tomba, et sept mille noms d'hommes périrent dans le tremblement de terre ; les autres furent pris de frayeur et rendirent gloire au Dieu du ciel (3).

14. Le second malheur est passé et voilà que le troisième viendra bientôt (4).

15. Le septième ange sonna de la trompette (5) et le ciel retentit de grandes voix, qui disaient : « Le royaume de ce monde *est devenu* (6) le royaume de Notre Seigneur et de son christ, et il régnera dans les cycles. Amen. »

(1) Sur les tourments et les persécutions qu'ils ont fait subir aux Juifs non xénophobes, revoir la citation de Josèphe, au ch. *Apothéose de Jehoudda* dans *Le Charpentier*. p. 249.

(2) Point de départ de l'Assomption de Jehoudda qui nous est parvenue, mutilée et corrompue, sous le titre d'*Assomption de Moïse* (Panthora). (Cf. *Le Charpentier*, p. 263.)

(3) Pour l'effet, le Joanaès sabbatise le chiffre des Zélotes tombés au Recensement. A Élie qui demande justice contre Israël, disant : « Seigneur, ils ont tué vos prophètes, ils ont renversé vos autels, et ils me cherchent pour m'ôter la vie », Iahvé répond : « Je me suis réservé sept mille hommes qui n'ont point fléchi le genou devant Baal (*Paul aux Romains*, xi, 2-4).

(4) Il y a une coupure au commencement du chapitre, et une autre à la fin : il nous manque le premier et le troisième malheur dont les Zélateurs de la Loi ont été victimes.

(5) Le Septième ange sonne après le sixième septenaire (les quarante-deux ans écoulés depuis 739). Il sonne donc sabbatiquement, mais il ne sonne pas jubilairement. Le Christ Jésus a sept ans devant lui pour accomplir la prophétie.

(6) Peut-être a-t-on changé le temps du verbe, car le Seigneur n'est pas venu, ainsi que cela résulte de l'état actuel de la terre, mais le

16. Alors les Vingt-quatre Vieillards qui sont assis sur leurs trônes devant Dieu tombèrent sur leurs faces et adorèrent Dieu, disant :

17. « Nous vous rendons grâces, Seigneur Dieu tout-puissant, qui êtes, qui étiez, et qui devez venir, parce que vous avez saisi votre grande puissance, et que vous régnez.

18. Les nations se sont irritées, et alors est arrivée votre colère, et le temps de juger les morts, et de donner la récompense aux prophètes vos serviteurs, aux saints et à ceux qui craignent votre nom, aux petits et aux grands, et d'exterminer ceux qui ont corrompu la terre. »

19. Alors le temple de Dieu fut ouvert dans le ciel, et l'on vit l'Arche de son alliance dans son temple, et il se fit des éclairs, des voix, un tremblement de terre et une grosse grêle.

Voilà, en effet, ce que le fils de David annonçait en l'an 782, comme devant s'accomplir à la pâque de 789. Et non seulement, il indiquait l'année et le jour qui mathématiquement ne pouvaient être autres, — les Quatre Animaux de l'Euphrate sont d'accord sur ce point — mais encore il indiquait l'heure, comme on le verra bientôt, et là encore il était conséquent avec le système paternel.

Le chapitre suivant va nous dire quelle combinaison de la chair davidique avec l'essence divine assurait le succès de cette opération. Mais nous ne quitterons pas ce chapitre, une véritable revue de l'histoire zélote depuis la naissance du jésus, sans faire ressortir qu'il en manque aujourd'hui deux tiers — deux malheurs sur trois. Il suffit de connaître un peu l'histoire des Juifs

Royaume annoncé *était de ce monde*, on en aura la preuve dans un instant.

pour savoir que le premier malheur antérieur au Recensement, c'est le martyre des six mille *Innocents* — lisez les six mille davidistes — massacrés pour avoir refusé de prêter serment à Auguste entre les mains d'Hérode ; et que le second, c'est, si on considère la longue paix intérieure de la Judée depuis le Recensement jusqu'à la révolte du jésus en 788, et ce ne peut être que la déportation en Sardaigne des quatre mille Juifs de Rome avec la punition par le Sénat des apôtres qui prêchèrent le refus du serment à Rome en 772, dix ans avant la présente *Apocalypse* (1).

L'Eglise a donc supprimé le premier malheur, parce qu'il sera un jour indiqué dans Mathieu comme ayant succédé à la naissance du jésus et qu'il deviendra le *Massacre des Innocents*. Elle a supprimé le troisième, parce qu'il se rattache trop clairement à l'histoire de Jehoudda devenu Joseph dans l'Evangile.

XII (Lamed)

LA CHUTE DE SATAN ET LA CONVERSION DU CAPRICORNE EN SIGNE FAVORABLE

Ici se trouve la Nativité dans l'adaptation grecque (2). Grâce à ce déplacement, on ne voit plus que le Joannès prenait sa propre naissance et le Jubilé de 739 pour base de toute la chronologie apocalyptique. Il y a qua-

(1) Tacite, Suétone et Josèphe. Voir les *Oints du Capitole* dans *Le Charpentier*, p. 307.
(2) Nous l'avons mise à sa vraie place au chapitre des *Nativités*. (Cf. *Le Charpentier*, p. 122.)

rante-deux ans, une vierge de Sion, Salomé, accoucha de l'enfant dans lequel est la promesse de Dieu. Cela se sait au ciel, puisque c'est le ciel qui a tout fait. Cela se sait de la *Vierge*, puisque la *Vierge*, c'est Salomé sur terre. Cela se sait du *Lion* qui a parlé tout à l'heure, puisque le *Lion* voisine avec elle sur le Zodiaque et que le *Lion*, c'est Jehoudda sur terre. Cela ne peut être ignoré du Verbe, puisque chaque année, au sortir du *Lion*, le soleil, lumière du Verbe, est conçu dans la *Vierge* et que chaque année la *Vierge* accouche de lui sous le *Capricorne*. Cela ne doit pas être ignoré des Juifs, puisque par le fait de sa naissance davidique et jubilaire Bar-Jehoudda se trouve être le Précurseur du Christ, l'Etoile du matin, si l'on s'en rapporte à lui-même (1), le soleil levant, si nous écoutons Luc (2), le témoin de la lumière du Verbe, si nous en croyons le *Quatrième Évangile* (3).

Ce chapitre est essentiel ; l'armée du Christ y précipite Satan du ciel sur terre sous le signe du *Capricorne*. « J'ai vu Satan tombant du ciel comme un éclair, dit Joannès-jésus dans l'Evangile (4). » Et en mémoire de tous les Serpents et de tous les *Scorpions* de son Apocalypse : « Voilà que je vous ai donné le pouvoir de fouler aux pieds les Serpents et les Scorpions et toute la puissance de l'Ennemi et rien ne vous nuira (5). » Dans le plan mathématique, la chute du Satan-*Capricorne* est à double sens. Le Christ a déjà converti trois des mauvais signes, la *Balance*, le *Sagittaire* et le

---

(1) *Apoc.*, ch. xxi.
(2) Luc, chap. i, cantique de Zacharie.
(3) *Quatrième Évangile*, i, 7.
(4-5) Luc, x, 18, 19 20. Ne pas oublier que Satan veut dire ennemi.

Scorpion, en agents de la vengeance divine. Ici il conquiert le *Capricorne* sur Satan. Il n'y a qu'un seul empereur capable de jouer à point nommé le double rôle du Serpent-Capricorne, c'est Tibère à Caprée. *Caprineus*, disaient de lui les Romains, que fait le *Caprineus?* Voyez Suétone. Le Joannès évoque ici, par ses attributs et son surnom, le monstre qui avait châtié les quatre mille Zélotes déportés en Sardaigne et qui — le prophète n'avait pas prévu cela — allait le faire crucifier la veille même du jour où, avec sa verge de fer, il devait régner sur les nations asservies aux Juifs.

Le Joannès escomptait la mort de l'homme de Caprée comme point de départ probable de quelque révolution dans le monde. Les astrologues égyptiens annonçaient, eux aussi, comme prochain le renouvellement d'un Cycle et, sans en tirer les mêmes conséquences que Bar-Jehoudda pour la fortune des Juifs, leurs calculs coïncidaient presque avec les siens, car, s'il attendait le Grand Jour pour 789, ils attendaient pour cette même date sinon le Grand Jour du moins une Grande Année, c'est-à-dire le terme d'une période cyclique. C'est en 787, P. Fabius et Lucius Vitellius étant consuls, que le phénix fut vu volant sur l'Égypte (1), signe infaillible d'un bouleversement, et vers le même temps le Joannès annonce aux envoyés du grand-prêtre que l'empire du monde échoit au Christ d'Israël. L'oiseau qui descend sur lui en 782 pour lui apporter la Parole divine, c'est la colombe, oiseau de paix qui dans son vol ras n'apprend rien, ne

(1) Tacite, *Annales*, livre VI.

3

sait rien que de bocager et de terre à terre. Mais l'oiseau qui le jour de sa Nativité l'emporte en Égypte sur ses ailes hospitalières, c'est celui qui reçoit les confidences de Iahvé sur le renouvellement des Cycles, c'est l'Aigle phénix et, dans le cas particulier, le Phénix du retour des temps édéniques, le Grand Aigle qui avait volé devant le Soleil de la Genèse quand la lumière avait été (1).

Sur la mort de Tibère comme sur la venue du Christ le Joannès s'est trompé : d'abord Tibère, en sa qualité de Caprineus, aurait dû mourir avant lui et sous le *Capricorne*, tandis qu'il n'est mort qu'en mars 790 sous les *Poissons*, déshonorant ainsi le signe du baptême. Enfin il devait faire la place libre au christ davidique et il ne l'a faite qu'à Caligula. Ce qui d'ailleurs vaut beaucoup mieux pour nous, Bar-Jehoudda nous voulant encore plus de mal que Caligula ne nous en a fait.

XIII (Mem)

ALLIANCE DE SATAN AVEC LES DEUX BÊTES, ROME ET LE TEMPLE

Si nous nous reportons avec le Joannès à l'année de sa naissance — et la lettre Mem nous y convie — nous retrouvons les choses au point où il les a laissées quand, fuyant Satan qui s'est arrêté sur le rivage de

(1) *Apocalypse*, XII, 14.

Phénicie au port de Césarée, il a pris le chemin de
l'Égypte (1).

1. Et je vis une Bête montant de la mer, ayant sept têtes
et dix cornes, dix diadèmes sur ses cornes, et sur ses têtes
dix noms de blasphème (2).

2. Et la bête que je vis était semblable à un léopard : ses
pieds étaient comme les pieds d'un ours, et sa bouche
comme la bouche d'un lion. Et le Dragon lui donna sa
force et sa grande puissance (3).

3. Et je vis une de ses têtes blessée à mort ; mais cette
plaie mortelle fut guérie (4). Aussi toute la terre émerveillée
suivit la Bête.

(1) Je recommande particulièrement la lecture de ce chapitre avec
les notes qui l'accompagnent. Il montre chez Bar-Jehoudda une parfaite connaissance de l'histoire juive dans les quarante-deux années
qui se sont écoulées jusqu'à son *Apocalypse*.

(2) *Bellua*, la Bête, disait Tibère du monstre de l'Empire (*Suétone*).
Il y a un léger changement dans l'extérieur de la Bête romaine. Elle
n'avait que sept diadèmes au verset 3 du ch. xii et disposés sur les
têtes au lieu de l'être sur les cornes. A cela près, c'est la même Bête,
la même Rome aux sept collines, la même Décapole envahie par
l'élément païen.

(3) C'est de Satan qu'elle tient sa puissance, et non de Dieu. Je
serais bien surpris si au lieu du léopard, il n'y avait pas une Louve
dans l'original. Ses pieds sont ceux d'un ours à cause de ses posses-
sions du Nord.

(4) On a beaucoup épilogué autour de cette tête. A la différence du
Christ dont les sept étoiles, les sept yeux, les sept esprits, les sept
anges, etc. sont immortels, Rome perd une de ses têtes, la Palatine,
chaque fois qu'un Empereur cesse de vivre. Mais faute d'une tête
l'Empire ne tombe pas. Après Auguste, Tibère. On adora Auguste dans
Césarée et on suivit Tibère. Blessée dans la tête d'Auguste, Rome
guérit dans celle de Tibère.

Que la Bête soit devenue Néron à un moment donné, c'est fort probable. Cette Bête condamnée à mort par Iahvé meurt petit à petit
avec chaque empereur.

Rome a sept têtes qui sont les sept collines, en quoi elle ressemble
au dieu Kronos, le Temps, que les mythologies phéniciennes et
pythagoriciennes représentent avec sept têtes, les sept planètes. La
conformation de Rome la condamne au même sort que Kronos. Après

4. Ils adorèrent le *Dragon* qui avait donné puissance à la Bête, et ils adorèrent *la Bête* (1) disant : « Qui est semblable à la Bête, et qui pourra combattre contre elle ? »

5. Et il lui fut donné une bouche qui proférait des paroles d'orgueil et des blasphèmes (2) et le pouvoir d'agir pendant *quarante-deux mois* lui fut aussi donné (3).

6. Elle ouvrit sa bouche à des blasphèmes contre Dieu, pour blasphémer son nom et son tabernacle, et ceux qui habitent dans le ciel.

7. Il lui fut donné de faire la guerre aux saints et de les vaincre (4) et il lui fut donné puissance sur toute tribu, sur tout peuple, sur toute langue, et sur toute nation ;

8. Et ils l'adorèrent, tous ceux qui habitent la terre, dont

la rupture du septième Sceau, il n'y aura plus de Temps, donc plus de Rome. C'est le Christ qui fait et qui défait Kronos.

Les Juifs croyaient en outre, et le Talmud confirme, que les cinq lettres formant le nom de Satan représentent le nombre 364, d'où il suit que Satan est maître de l'année pendant trois cent soixante jours, plus les quatre jours qui s'écoulent dans la Genèse avant la création du Soleil. Comme conséquence mathématique, le Joannès admet que, malgré tout, le Satan romain sera battu par le Christ, celui-ci n'eût-il pour lui qu'une seule journée, le Grand Jour. Les Sept jours de la semaine pascale sont le cadre de cette lutte, dont le quatrième jour (passage) et le huitième (triomphe) sont les deux grandes étapes. C'est le thème de la *Passion de Jésus* dans l'Évangile, thème construit sur le fond de vérité fourni par le supplice de Bar-Jehoudda.

(1) Absolument exact. On éleva des temples à Jupiter (le Dragon) dans Césarée et ailleurs, d'autres à Auguste (la Bête) non seulement à Césarée, mais à Sébaste de Samarie, et à Panéas, aux sources du Jourdain.

(2) Très exact encore. La bouche qualifiait Auguste de maître du monde, et Tibère dut refréner la basse adulation du Sénat qui voulait lui décerner le titre de Seigneur, jusque-là réservé au maître des dieux (Cf. *Le Charpentier*, p. 310.)

(3) Les païens ne se doutent pas que l'empire du monde va passer au christ des Juifs et que le décret céleste qui destitue César à leur bénéfice est signé depuis *quarante-deux ans*. Dans sept ans la Bête aura vécu. C'est la troisième fois que le Joannès indique la date de sa naissance et celle de son *Apocalypse*.

(4) En quatre circonstances célèbres parmi les Zélateurs de la Loi, le massacre des six mille davidistes par Hérode, la Guerre de Varus, le Recensement, et la déportation des Juifs de Rome en Sardaigne.

les noms ne sont pas écrits dans le *Livre de vie* de l'*Agneau* qui a été immolé dès l'origine du monde (1).

9. Si quelqu'un a des oreilles, qu'il entende (2)!

10. Celui qui aura mené en captivité sera captif ; celui qui aura tué par le glaive, il faut qu'il soit tué par le glaive (3). C'est ici la patience et la foi des saints.

11. Je vis une autre Bête montant de la terre ; elle avait deux cornes semblables à celle de l'*Agneau*, et elle parlait comme le Dragon (4).

---

(1) Sur le sens mystique de cette immolation, sur le bris de sceau, sans lequel le monde n'eût pas existé, revoir le ch. v, verset 6, note 2.

(2) J'entends très bien, quoique je ne sois pas Juif. C'est très clair, malgré toutes les sophistications de l'Eglise.

(3) Peine du talion, qui perpétue les vengeances, jusqu'à extinction des familles et des peuples. Cette phrase ne provient nullement de la Genèse, comme l'insinue l'Eglise. La phrase correspondante dans la Genèse a un sens beaucoup plus restreint : elle ne vise que la punition du meurtre individuel : « Quiconque aura répandu le sang de l'homme sera puni par l'effusion de son propre sang » ; car l'homme a été créé à l'image de Dieu (*Genèse*, ix, 6). C'est dans une tout autre pensée que la phrase de l'*Apocalypse* a été employée par l'Évangile de Mathieu : « Celui qui a frappé par l'épée périra par l'épée » (xxvi, 52). Dans Mathieu c'est une maxime de pacification. Et dirigée contre qui? Contre Shehimon (*Pierre*), révolté en 802 et frère puîné du christ crucifié en 789 pour s'être servi de l'épée contre Pilatus. Cette maxime est un placage du quatrième siècle. On ne la trouve d'ailleurs que dans Mathieu, revu et corrigé pour la quatrième ou cinquième fois.

(4) La première « tête coupée » de la Bête marine, la tête historique, c'est celle du grand Pompée, que ses assassins tranchèrent, mirent au bout d'une lance et que tous les Juifs d'Égypte, enfin vengés, purent voir passer, sanglante, sur le rivage, quand on la portait à Ptolémée.

La première Bête terrestre qui fait revivre contre les Juifs la partie morte de la Bête romaine, c'est Hérode faisant revivre Pompée dans Antoine et Antoine dans Auguste : « S'il était possible qu'une bête farouche eût le gouvernement d'un royaume, disaient les Juifs, il n'y en aurait point qui traitât les hommes avec plus d'inhumanité ». (Discours des ambassadeurs qui demandèrent à Auguste la réunion de la Judée à la Syrie, dans Josèphe, *Antiquités*, liv. XVII, ch. xii.)

Ensuite cette Bête est devenue à deux cornes, c'est-à-dire, dans le style allégorique des prophètes (on citerait cent exemples), figurée par

12. Elle exerçait toute la puissance de la première Bête en sa présence, et elle fit que la terre et ceux qui l'habitent adorèrent la première Bête dont la plaie avait été guérie (1).

13. Elle fit de grands prodiges, jusqu'à faire descendre le feu du ciel sur la terre en présence des hommes (2).

14. Et elle séduisit ceux qui habitaient sur la terre par des prodiges qu'elle eut le pouvoir de faire en présence de la Bête, disant aux habitants de la terre de faire une image à la Bête qui, ayant reçu une blessure du glaive, est encore en vie (3).

15. Il lui fut même donné d'animer l'image de la Bête, de faire parler l'image de la Bête, et de faire que tous ceux qui n'adoreraient pas l'image de la Bête seraient tués.

deux puissances. Ces deux cornes ressemblent à celles de l'*Agneau*, lequel en a sept, comme on l'a vu plus haut. Elle participe donc de l'Agneau, et, quoiqu'elle tienne le même langage que Satan (Jupiter) et la Bête romaine, ses deux cornes sont juives quant à la pâque. En effet, l'une est Hérode et ses enfants, l'autre est le grand-prêtre Hanan et ses successeurs, particulièrement son gendre Kaïaphas. C'est sous Hanan et par ordre d'Hanan que le père du Joannès-jésus a été tué dans le Temple en 761. C'est sous Kaïaphas et par Kaïaphas que le Joannès-jésus sera condamné à mort en 788.

(1) Topique. Après la déposition d'Archélaüs, l'Empire eut une corne à Césarée, le procurateur, une autre à Jérusalem, le grand prêtre, choisi par le procurateur. Et ces cornes firent qu'en Judée on se prosterna devant Tibère, le guérisseur d'Auguste mort. Mais la plaie d'Auguste, refermée en apparence dans Tibère, est béante au fond. Ainsi sera-t-elle jusqu'à ce que réunis par Iahvé le 15 nisan 789 le Christ né dans *la Vierge* et l'enfant né sous *la Vierge* ne fassent tomber d'un coup les sept têtes et les dix cornes. Disons les douze cornes, puisque, de leur côté, la postérité d'Hérode et le Temple en ont deux. Que feront ces Douze cornes contre les Douze Apôtres ?

(2) En effigie seulement. Allusion ironique aux statues de Jupiter Tonnant, Foudroyant ou Trisulce érigées dans les villes de la Judée et de la Décapole. Les Sept Fils du vrai Tonnerre, les Sept Boanerguès se rient de ces foudres en marbre et en métal.

(3) Temples et statues d'Auguste à Césarée, à Sébaste, à Panéas et dans les villes de la Décapole. Adorer un mort, un homme à qui Jehoudda avait donné un coup d'épée en 761, quelle folie et quel blasphème ! Ah ! si le Joannès, auteur de cette critique, eût pu prévoir qu'il serait un jour Jésus-Christ, Dieu d'Occident !!!

16. Elle fera encore que les petits et les grands, les riches et les pauvres, les hommes libres et les esclaves, aient tous le caractère de la Bête en leur main droite et sur leur front (1) ;

17. Et que personne ne puisse acheter ni vendre, que celui qui aura le caractère, ou le nom de la Bête, ou le nombre de son nom.

18. [C'est ici la sagesse. Que celui qui a de l'intelligence compte le nombre de la Bête ; car c'est le nombre d'un homme, et son nombre est *Six cent soixante-six*] (2).

XIV (Nun)

LES SIGNES DE LA GRACE ET LE FILS DE L'HOMME

Depuis la Nativité du Joannès le Verbe Jésus a

(1) Situation faite aux Juifs par l'omnipotence universelle de Rome. En quelque lieu qu'ils soient, eux à qui l'empire du monde est promis par les Écritures, ils trouvent la Bête installée, représentée par des agents officiels ou bénévoles. Partout, au doigt des chevaliers, sur le front des esclaves, sur le bonnet de l'affranchi. l'image ou le chiffre de la Bête et de ses petits. Même à l'état de repos elle insulte à la Loi par cette idolâtrie en gros et en détail. Mais étendant la griffe n'a-t-elle pas osé lever un tribut sur la Judée ? Et douze ans après n'a-t-elle pas demandé que, pour bénéficier de l'affranchissement, les Juifs esclaves dans Rome lui reconnussent le droit d'avoir une loi à elle ?

(2) Ajouté par l'adaptation grecque. Ce nombre 666 a fait verser des torrents d'encre. C'est le nom d'un empereur ou d'un général, mais chiffré en caractères grecs, par conséquent étranger à l'*Apocalypse* originale.

Dans le nom il faut trouver des lettres dont la valeur numérale équivant à 666. On a nommé Néron et bien d'autres, notamment Titus, ce dernier parce qu'on trouve Τειταν, *Titan*, qui se rapproche de Titus. Mais le nombre de la Bête est un chiffre mobile. qui varie avec la personne désignée. Il a été successivement Auguste, Tibère, Caïus Caligula, Claude, et ainsi de suite jusqu'à Hadrien qui a condamné la ruine de Jérusalem et la dispersion des Juifs. L'exécuteur des ordres d'Hadrien, celui qui fit passer la charrue sur l'emplacement du Temple, c'est Titus Annius Rufus, *Tit. An.*, et voilà le dernier nom de la Bête.

conquis le *Capricorne* sur Satan, qui, précipité sur la terre par Michaël et ses anges, est désormais sans pouvoir sur les choses du ciel. Libérés de la maligne influence, le *Verseau* et les *Poissons* deviennent des signes de salut. Il leur était fait ici le grand honneur qu'ils méritent selon le système de Jehoudda.

Nous n'avons plus tout le chapitre ou plutôt il nous en manque un tout entier. Le plan astrologique est interrompu. Nous en sommes restés au *Capricorne* et nous voici à l'*Agneau* sans que le *Zachû* et le *Zib*, signes essentiels du Baptême aient joué le moindre rôle dans une Révélation qui les traverse mathématiquement et ne peut aboutir sans eux. On les en a donc enlevés, mais ils y étaient, car nous les retrouvons dans l'Évangile, sous leur forme classique de l'*Homme à la cruche* que les deux *Poissons*, sous les espèces du Joannès-jésus lui-même et de Shehimon-Pierre, les deux grands fils du *Zachûri*, doivent suivre pour être admis à la pâque (1).

Cette ablation dans un thème construit avec une parfaite symétrie se fait cruellement sentir. Nous allons arriver à la fin de l'Apocalypse sans connaître le moyen que Dieu avait révélé au Joannès pour sauver les Juifs, c'est-à-dire sans que le mot baptème ait été prononcé. Mais comme c'est à ce *truc* sacré que le Joannès doit le surnom de jésus qui lui fut décerné par ses disciples et qui lui est resté dans l'Évangile, on voit d'ici les raisons pour lesquelles l'Église s'est appliquée à en supprimer l'apocalyptique et zodiacale étymologie.

1) Luc, XXII, 10; Marc, XIV, 13.

Quand il apparaît au Jourdain pour dire au Joannès et à ses frères qu'il les fait « pêcheurs d'hommes »; quand dans la Multiplication des pains, il distribue comme viande de salut les deux *Poissons* du Millénium; quand après la crucifixion de Bar-Jehoudda, il réapparaît sur les bords de la mer de Galilée — mer d'eau douce — et qu'il y prépare des *Poissons* pour la nourriture spirituelle des sept fils de Salomé; quand dans les *Actes* il mange le *Poisson* sur le Mont des Oliviers, pour montrer que le signe du baptême a son origine dans l'ordre divin et confère la vie éternelle, que fait Jésus sinon illustrer l'Apocalypse du Joannès par des paraboles transparentes et confirmer le peuple juif dans ses privilèges par des allégories astrologiques? Et dans cette fantastique série de « similitudes » qui ne retrouve immédiatement le Joannès sous Jésus, et Bar-Jehoudda sous le Joannès? Qui ne voit de ses deux yeux que, malgré ces dédoublements, ces métamorphoses et ces transnominations, il n'y a là qu'un seul être de chair où Jésus est entré par une convention génératrice de toute la fable?

Et quand, au second siècle, après avoir en maints endroits de l'Évangile, constaté que chez les Naziréens de Galilée le Joannès passe pour être christ, Jésus reconnaît par là n'être qu'une christophanie; quand il dit bien haut dans la *Sagesse* de Valentin que « celui dont il a joué le personnage écrit n'est pas sorti du ventre d'une femme »; quand, pressé par les pharisiens de leur donner des signes que son état de fantôme ne lui permet pas de donner, il dit carrément et non sans impatience : « Vous n'aurez d'autre signe que celui du fils d'homme qui, à l'exemple de Jonas dans son poisson, sera resté trois jours au sein de la terre, » je demande aux gens qui ont saisi le conseil : « Que celui qui a des oreilles entende! », si c'est du Verbe de Dieu qu'il parle à ce moment ou du Joannès ressuscité par les évangélistes trois jours après sa crucifixion. Oui, je le demande, et comme toujours en pareil cas j'insiste pour avoir une réponse.

Les *Poissons* de 788 passés, l'*Agneau* descendra sur la montagne de Sion, suivi des Cent quarante mille Anges qui composent son escorte. Ces Douze tribus célestes sont les gages et prémices de la félicité qui attend ceux que Jésus rachètera du Cycle en cours.

Sous l'*Agneau*, la justice de Dieu commence à fonctionner. D'abord proclamation de l'*Évangile éternel* sur cette indestructible base : filiation divine et omnipotence terrestre des Juifs. Puis, sans *jugement* ni *enquête*, — la cause est entendue — le supplice des nations, la chute de Rome, cette Babylone nouvelle, et la répartition des fléaux entre les pays d'Occident. Décidément on est sous les bons signes! Sous celui de la moisson, on moissonne la terre, sous celui des vendanges, on la vendange. C'est dans le ciel un vol immense d'anges versant les plaies, la ruine, le feu, la peste, les ulcères malins et le reste, sur les païens. Il y en a tant qu'on finit par en rire comme de ces hommes chez qui les folles rages sont tempérées par des gestes bouffons.

1. Je regardai encore, et voilà que l'*Agneau* était debout sur la montagne de Sion, et avec lui les Cent quarante-

quatre mille qui avaient son nom et le nom de son Père écrit sur leurs fronts (1).

2. Et j'entendis une voix du ciel, comme la voix de grandes eaux, et comme la voix d'un grand tonnerre, et la voix que j'entendis était comme le son de joueurs de harpe qui jouent de leurs harpes.

3. Ils chantaient comme un cantique nouveau devant le trône et devant les Quatre animaux et les Vieillards ; et nul ne pouvait chanter ce cantique, que les Cent quarante-quatre mille qui ont été achetés de la terre (2).

4. Ce sont ceux qui ne sont pas souillés avec les femmes ; car ils sont vierges. Ce sont eux qui suivent l'*Agneau* partout où il va. Ce sont ceux qui ont été achetés d'entre les hommes, prémices pour Dieu et pour l'*Agneau;*

5. Et dans leur bouche il ne s'est point trouvé de mensonge ; car ils sont sans tache devant le trône de Dieu.

6. Je vis un autre ange qui volait dans le milieu du ciel, ayant l'Évangile éternel pour évangéliser ceux qui habitent sur la terre, toute nation, toute tribu, toute langue et tout peuple (3);

7. Il disait d'une voix forte : «Craignez le Seigneur et rendez-lui gloire, parce que l'heure de son Jugement est venue; et adorez celui qui a fait le ciel et la terre, la mer et les sources des eaux (4). »

(1) Comme le grand-prêtre qui portait le nom de Iahvé écrit sur son front. Il n'y avait pas que les Douze tribus angéliques avec l'Agneau sur la montagne de Sion, il y avait leurs chefs, les Douze Apôtres et les serre-files, les Trente-six Décans. Toute la croix céleste descendait. Nous allons en avoir la preuve d'ici peu.

(2) Nous savons par là que le cantique chanté au ch. v, v. 9, par les martyrs « de toute nation » est apocryphe.

(3) La Bonne nouvelle n'en était une que pour Israël. C'en était une fort mauvaise pour les goym qui, après avoir été accablés de toutes sortes de plaies, avaient pour comble de malheur à subir l'éternelle domination des Juifs, à commencer par la circoncision.

(4) Vous vous rappelez que les sources qui appartiennent aux goym ont été comme empoisonnées, afin qu'ils ne puissent plus ni en boire ni s'en servir pour le baptême sauveur.

8. Et un autre ange suivit, disant : « Elle est tombée, elle est tombée, cette grande Babylone, qui a fait boire à toutes les nations du vin de la colère de sa prostitution ».

9. Et un troisième ange suivit ceux-ci, criant d'une voix forte : « Si quelqu'un adore la Bête et son image, et en reçoit le caractère sur son front ou dans sa main (1),

10. Il boira lui aussi du vin de la colère de Dieu, vin tout pur, préparé dans le calice de sa colère; et il sera tourmenté par le feu et par le soufre en présence des saints anges et en présence de l'*Agneau* (2).

11. Et la fumée de leurs tourments montera dans les siècles des siècles ; et ils n'ont de repos ni jour ni nuit, ceux qui ont adoré la bête et son image, ni celui qui a reçu le caractère de son nom. »

[12. Ici est la patience des saints qui gardent les commandements de Dieu et la foi de Jésus] (3).

13. Alors j'entendis une voix du ciel qui me dit « : Écris : Bienheureux les morts qui meurent dans le Seigneur ! Dès maintenant, dit l'Esprit, ils se reposent de leurs travaux, car leurs œuvres les suivent. »

14. Et je regardai ; et voilà une nuée blanche et, sur la nuée assis, Quelqu'un semblable à un fils d'homme, ayant sur la tête une couronne d'or et en sa main une faux tranchante (4).

15. Alors un autre ange sortit du temple, criant d'une voix forte à Celui qui était assis sur la nuée : « Jette ta faux et

Lonce

(1) On voit qu'ils n'avaient pas le *nombre* de la Bète, mais seulement son image et son signe.

(2) On a supprimé les spectateurs de marque. Outre les Cent quarante mille, il y a les Douze Apôtres et les Trente-six Décans de l'année.

(3) Addition ecclésiastique.

(4) Au lieu de « semblable à un fils d'homme », les éditions ecclésiastiques portent « semblable au Fils de l'homme », mais le Fils de l'homme n'est semblable qu'à lui-même. Le Joannès veut dire que le Verbe Jésus, assis dans la nuée, est en forme d'homme.

moissonne ; car est venue l'heure de moissonner, parce que la moisson de la terre est mùre (1). »

16. Celui donc qui était assis sur la nuée jeta sa faux sur la terre, et la terre fut moissonnée.

17. [Et un autre ange sortit du temple qui est dans le ciel, ayant lui aussi une faux tranchante] (2).

18. Et un autre ange sortit de l'autel, qui avait pouvoir sur le feu, et il cria d'une voix forte à Celui qui avait la faux tranchante : « Jette ta faux tranchante, et vendange les grappes de la vigne de la terre, parce que les raisins sont mùrs. »

19. Et [l'ange] (3) jeta sa faux tranchante sur la terre et vendangea la vigne de la terre ; et il jeta *les raisins* dans la grande cuve de la colère de Dieu.

20. Et la cuve fut foulée hors de la ville, et le sang, montant de la cuve jusqu'aux freins des chevaux, se répandit sur un espace de mille six cents stades (4).

Le voilà donc enfin ce Verbe né sans l'intervention de la femme, ce fameux Fils de l'homme dont il est cent fois question dans l'Évangile, et dont le jésus, simple fils d'homme et de femme, quelques heures avant sa crucifixion, menacera le grand-prêtre

(1) Cet ange et les deux suivants (17, 18) portent les ordres du Père à son Verbe. N'oublions jamais — l'Évangile ne cesse de le répéter — que le Christ est soumis aux volontés du Père.

(2) Arrangement ecclésiastique. Celui qui tient la faux, ce n'est pas l'ange, c'est le Fils de l'homme. A preuve les versets 14 et 15 de ce chapitre.

(3) Même observation que dessus.

(4) Les raisins sont foulés hors de Jérusalem. Les exécutions d'impies et de malfaiteurs ont toujours eu lieu hors de la ville dans le Gué-Hinnom ou le Topheth, *aliàs* Guol-golta. Lorsque le Joannès écrivait ce verset, il ne s'attendait guère à être « mis au rang des impies et des malfaiteurs », crucifié au Gué-Hinnom et jeté dans le Guol-golta. Il entra certainement une idée de représailles dans le traitement que les Juifs du Temple infligèrent à ce méchant homme.

Kaïaphas : « Je te dis que dès à présent tu verras le Fils de l'homme venant sur les nuées! (1) » Voilà le Verbe de Dieu, l'Hermaphrodite éternel, Créateur d'Adam, et qui doit au jour dit descendre sur la montagne de Sion, oindre pour mille ans et baptiser de feu le fils de David! Voilà le Moissonneur que le Joannès au Jourdain va représenter dans son geste de Vanneur qui a fait sa récolte et se dispose à engranger! « Moi, dira-t-il, à la vérité, je vous baptise dans l'eau pour la pénitence, mais Celui qui doit venir après moi (le 15 nisan 789 très exactement) est plus puissant que moi, et je ne suis pas digne de porter sa chaussure : lui-même vous baptisera dans l'Esprit saint et le feu. Son van est dans sa main et il nettoiera entièrement son aire (l'aire aux Juifs) ; il amassera son blé dans le grenier ; mais il brûlera la paille dans un feu qui ne peut s'éteindre (2). »

Et les évangélistes ayant fabriqué une parabole d'après cette Apocalypse : « Expliquez-nous la parabole de l'ivraie semée dans le champ, demandent-ils à Jésus. » Et Jésus, répondant par l'Apocalypse elle-même, leur dit (3) :

Celui qui sème le bon grain, c'est le Fils de l'homme ;
Et le champ, c'est le monde. Mais le bon grain, ce sont les Enfants du royaume, et l'ivraie, les enfants du Malin.

---

(1) Marc, xiv, 62, Mathieu, xxvi, 64, Luc. xxiii. 69. Dans Marc, on a supprimé « dès à présent ». Dans Mathieu, on a mis « un jour ». Dans Luc « désormais ». Si Bar-Jehoudda a parlé — or il n'a pas ouvert la bouche (Actes des Apôtres, viii, 32) — il n'a pas pu dire à Kaïaphas autre chose que ce qui était dans son Apocalypse : « Demain 15 nisan, au petit jour, le Christ apparaîtra. »

(2) Mathieu, iii, 11, 12, et les deux autres synoptisés, tous trois d'après l'Apocalypse.

(3) Mathieu, xiii, 36-43.

L'ennemi qui l'a semée, c'est le Démon. La moisson, c'est la consommation du Cycle ; et les moissonneurs sont les anges.

Comme donc on arrache l'ivraie et qu'on la brûle dans le feu, ainsi en sera-t-il à la consommation du Cycle.

Le Fils de l'homme enverra ses anges, et ils enlèveront de son royaume tous les scandales et ceux qui commettent l'iniquité ;

Et ils les jetteront dans la fournaise du feu. Là sera le pleur et le grincement de dents.

Alors les justes resplendiront comme le soleil dans le royaume de leur Père. Que celui qui a des oreilles pour entendre, entende !

Nous avons des oreilles et nous entendons très bien. Nous voyons même que dans cette parabole le Christ ne moissonne plus lui-même, comme il devait le faire en 789. Nous voyons aussi que toutes les paraboles de l'Évangile sur le Royaume de Dieu sont des variations sur l'*Apocalypse*, composées loin du Jourdain par des gens qui ont mis beaucoup d'eau grecque dans le feu de la colère juive, je n'ose dire le vin du Joannès Nazir ; il n'en pouvait pas boire !

Un autre aspect du Christ, c'est le Vendangeur de cette Vigne que le Joannès va nous peindre tout à l'heure, le Maître de la Vigne d'or que les sculpteurs avaient représentée dans le Temple d'autrefois : la Vigne du Seigneur dont tous les prophètes depuis Isaïe annonçaient le bienheureux retour, la Vigne aux douze récoltes annuelles que, d'après cette *Apocalypse*, les paraboles évangéliques montrent aux Juifs comme étant le dernier terme de leur marche à travers le monde.

Indubitablement il y avait un troisième aspect du Christ, le Christ Pêcheur, prenant, sauvant les Juifs dans les filets baptismaux.

La preuve, c'est cette autre parabole mise dans sa bouche :

« Le Royaume des cieux est encore semblable à un filet jeté dans la mer, qui prend toute sorte de poissons ;

Et lorsqu'il est plein, *les pêcheurs*, (1) le retirant, puis, s'asseyant sur le rivage, choisissent les bons, les mettent dans des vases, et jettent les mauvais dehors.

Ainsi en sera-t-il à la consommation du Cycle : les anges viendront, et sépareront les méchants du milieu des justes,

Et les jetteront dans la fournaise du feu. Là sera le pleur et le grincement de dents.

Avez-vous bien compris tout ceci ? » Ils lui dirent : « Oui. »

Et il ajouta : « C'est pourquoi tout scribe instruit de ce qui touche le Royaume des cieux est semblable au père de famille qui tire de son trésor des choses nouvelles et des choses anciennes (2).

Cet évangéliste fait la critique de sa propre méthode : du trésor de la Révélation joannique, il tire toutes les paraboles qu'il vient de fabriquer. Toutefois il se garde bien de citer sa source; le Charpentier faiseur de poissons et ses fils sont les premières images qu'elle refléterait !

---

(1) Il y avait certainement le Pêcheur, comme il y a le Moissonneur et le Vendangeur.

(2) Mathieu, XIII, 47-52. Tout le chapitre vient des *Paroles du Rabbi*, transmises par Mathias.

XV (Lamech (1)

L'AGNEAU LIBÉRATEUR ET LES SEPT COUPES
DE LA VENGEANCE CÉLESTE

Je vis dans le ciel un autre prodige grand et merveilleux : sept anges ayant les sept dernières plaies, puisque c'est par elles que la colère de Dieu a été consommée (2).

2. Et je vis comme une mer de verre mêlée de feu (3) et ceux qui avaient vaincu la Bête, son image et le nombre de son nom (4), qui étaient debout sur cette mer de verre, ayant des harpes de Dieu,

3. Et qui chantaient le cantique de Moïse, serviteur de Dieu, et le cantique de l'*Agneau*, disant: « Grandes et admirables sont vos œuvres, Seigneur Dieu tout-puissant! Justes et véritables sont vos voies, ô Roi des Cycles !

4. Qui ne vous craindra, ô Seigneur ? et qui ne glorifiera votre nom ? car vous seul êtes miséricordieux, et toutes les nations viendront et adoreront en votre présence, parce que vos jugements se sont manifestés. »

5. Après cela je regardai, et voilà que le temple du tabernacle du témoignage s'ouvrit dans le ciel ;

6. Et que du temple sortirent les sept anges, ayant les sept plaies, vêtus d'un lin pur et blanc, et ceints sur la poitrine de ceintures d'or.

7. Alors un des *Quatre animaux* donna aux sept anges

---

(1) Ce chapitre ne formait qu'un avec le suivant. On l'a coupé en deux pour garder la division en vingt-deux chapitres compromise par les suppressions opérées jusqu'ici.

(2) Tout ce qui vient à point de Iahvé est sabbatique, tout est jubilaire. Voici les sept ministres de sa vengeance contre les païens.

(3) Déjà vue. Elle est transparente par contraste avec la mer d'en bas.

(4) Au début ce nombre a dû être César, applicable indistinctement à tous les Empereurs.

4

-sept coupes d'or pleines de la colère du Dieu qui vit dans les cycles des cycles (1).

8. Et le temple fut rempli de fumée à cause de la majesté de Dieu et de sa puissance; et nul ne pouvait entrer dans le temple jusqu'à ce que fussent consommées les sept plaies des sept anges.

XVI (Aïn)

EFFUSION DES SEPT COUPES SUR L'OCCIDENT ET LA MÉDITERRANÉE — LES BARBARES LACHÉS SUR L'EUROPE

1. Et j'entendis une voix forte du temple, disant aux sept anges : « Allez et répandez les sept coupes de la colère de Dieu sur la terre. »

2. Et le premier s'en alla, et répandit sa coupe sur la terre; et il se fit une plaie cruelle et pernicieuse sur les hommes qui avaient le caractère de la Bête, et ceux qui adoraient son image (2).

3. Le second ange répandit sa coupe sur la mer, et elle devint comme le sang d'un mort; et toute âme vivante mourut dans la mer (3).

4. Le troisième répandit sa coupe sur les fleuves et sur des sources des eaux (4), et elles devinrent du sang.

(1) Cet animal n'a l'air de rien, mais il désaxe le monde, tout simplement. C'est Jehoudda que nous avons déjà vu sous la figure du *Lion*.

(2) Le Joannès se répète un peu, mais ne faut-il pas faire impression sur les Juifs qui par faiblesse ou par prudence tolèrent autour d'eux les idoles, au lieu de les renverser comme le veut la Loi ?

(3) La Méditerranée. Mer maudite, elle portait la Bête, mais patience !

(4) Les eaux païennes seulement. Il n'arrive rien de pareil aux eaux de Judée, qui conservent leur efficacité baptismale. Elles demeurent d'une telle pureté que l'*Agneau* se dispose à en boire et à y conduire les élus, accompagnés par les Douze Apôtres, les Trente-six Décans et les douze Tribus célestes.

5. Et j'entendis l'ange des eaux, disant : « Vous êtes juste, Seigneur, qui êtes et qui avez été ; vous êtes saint, vous qui avez jugé ainsi.

6. Parce qu'ils ont répandu le sang des saints et des prophètes, vous leur avez aussi donné du sang à boire ; car ils en sont dignes (1). »

7. Et j'en entendis un autre qui de l'autel disait : « Oui, Seigneur Dieu tout-puissant, ils sont vrais et justes, vos jugements. »

8. Le quatrième ange répandit sa coupe sur le soleil ; et il lui fut donné de tourmenter les hommes par l'ardeur du feu.

9. Et les hommes furent brûlés d'une chaleur dévorante, et ils blasphémèrent le nom du Dieu qui a pouvoir sur ces plaies, et ils ne firent point pénitence pour lui donner gloire.

10. Le cinquième ange répandit sa coupe sur le trône de la Bête (2) et son royaume devint ténébreux, et les hommes mordirent leurs langues dans l'excès de leur douleur ;

11. Et ils blasphémèrent le Dieu du ciel à cause de leurs douleurs et de leurs plaies, et ils ne firent point pénitence de leurs œuvres.

12. Le sixième ange répandit sa coupe sur ce grand fleuve de l'Euphrate, et dessécha ses eaux pour ouvrir le chemin aux rois d'Orient (3).

---

(1) Allusion probable à la défaite de Varus au-delà du Rhin. Le troisième Ange n'aurait pas mieux fait que les Germains ! Cette catastrophe ne réjouit pas moins les christiens qu'elle n'abattit Auguste. De tous les proconsuls de Syrie qui avaient agi contre eux, Varus était après Quirinius le plus profondément et le plus justement exécré.

(2) Rome. et dans l'espèce Caprée où Tibère s'était concilié les Douze Apôtres ; il leur avait consacré douze palais !

(3) Le Joannès spéculait beaucoup sur l'Euphrate (IX, 14) et, pour faciliter l'irruption des Barbares, le sixième Ange dessèche le lit du fleuve, il ouvre le chemin de Rome aux Parthes et à ce qui peut rester des Mèdes ou des Assyriens. Mais il y a la Méditerranée ? Iahvé la desséchera : il n'y aura plus de mer (sic, XXI, 1). C'est le renversement complet de la prophétie de Balaam.

13. Et je vis sortir de la bouche du Dragon, de la bouche de la Bête, et de la bouche du Faux prophète (1), trois esprits impurs, semblables à des grenouilles (2).

14. Or ce sont des esprits de démons, qui font des prodiges, et qui vont vers les rois de toute la terre, pour les assembler au combat, au grand jour du Dieu tout-puissant.

[15. Voici que je viens comme un voleur (3). Bienheureux celui qui veille et qui garde ses vêtements, de peur qu'il ne marche nu, et qu'on ne voie sa honte (4).]

(1) C'est la première fois qu'on entend parler de ce Faux prophète. On a cherché et, bien entendu, trouvé toutes sortes de noms : Simon, le magicien de Chypre, attaché aux Hérodes et par extension aux procurateurs romains, notamment Félix ; Tibère Alexandre, Juif apostat, procurateur de Claude ; Josèphe l'historien qui, contre l'*Apocalypse* même, prophétisa la victoire de Vespasien sur ses compatriotes et l'empire du monde aux Romains. Mais pour cela, il a fallu sortir de l'époque du Joannès. Le Faux prophète est inhérent à la genèse des Juifs. C'est le syndic de tous les faux oracles, Assyriens ou Égyptiens, les Balaam, les Aman, les Jannès et les Mambrès qui avaient prédit la ruine d'Israël pour une cause quelconque. Il est souvent recommandé dans la Loi de fermer l'oreille aux discours de ce faux prophète. A ce type de prophète oriental le Joannès-jésus ajoute dans son esprit celui qui en Italie ou en Grèce prédisait la pérennité de Rome.

(2) Au lieu d'avoir l'Esprit-poisson comme les Révélateurs juifs, le Dragon, la Bête et le Faux prophète ont l'Esprit-grenouille. La grenouille est impure selon la Loi, elle ne reçoit pas de révélations comme le poisson, elle est amphibie et manque d'exégèse.

(3) Évidente addition d'Église. Après la chute de Jérusalem en 823, le Fils de l'homme n'étant pas descendu et ne parlant même plus de descendre, on fut plus réservé que n'avait été le Joannès sur la date, le Jour et l'Heure de son avènement. On commença à lui faire dire qu'il viendrait sans prévenir, comme un voleur. (Luc, *la Première aux Thessaloniciens* et l'*Envoi* de l'adaptation grecque de l'*Apocalypse*).

(4) La gaieté étant dans le tempérament français, et d'autre part une certaine détente ne nuisant point au labeur le plus austère, citons, sans l'affaiblir par un commentaire, le jugement que porte à cet endroit (p. 757) la seule traduction du Nouveau Testament approuvée par le Saint-Siège : « Saint Jean, disent MM. Glaire et Vigouroux, fait allusion aux voleurs qui enlevaient les vêtements des baigneurs!!! » Sale farce.

16. Et il les rassemblera dans le lieu qui s'appelle en hébreu Haram Megiddo (1).

17. Le septième ange répandit sa coupe dans l'air, et il sortit du temple, du côté du trône, une voix forte disant : « C'est fait. »

18. Aussitôt il se fit des éclairs, des voix et des tonnerres, et il se fit un grand tremblement de terre, tel qu'il n'y eut jamais, depuis que les hommes sont sur la terre, un tremblement de terre pareil, aussi grand.

19. Et la Grande cité fut divisée en trois parties (2) et les villes des nations tombèrent, et Dieu se souvint de la grande Babylone pour lui donner le calice du vin de sa colère (3).

20. Et toutes les îles s'enfuirent, et l'on ne trouva plus les montagnes.

21. Et une grêle, grosse comme un talent (4), tomba du ciel sur les hommes, et les hommes blasphémèrent Dieu à cause de la plaie de la grêle, parce que cette plaie était extrêmement grande.

J'ai vu des gens, exégètes pour la plupart, se prendre la tête dans les mains en s'écriant : « Comment

(1) Le Haram Mégiddo, c'est la plaine qui s'étend autour de Mégiddo, sous le Carmel, entre la Samarie et la Galilée. Josèphe l'appelle le Grand Champ. Sur la topographie, voir le *Chanaan* du père Hugues Vincent, Paris, 1907, in-8°.

(2) Jérusalem est la Grande cité (xi, 8), l'Urbs, et non Rome, cette Babylone d'Occident qui d'ailleurs n'en a plus que pour un instant. Elle devait être divisée en trois parties, selon le plan de Renouvellement adopté pour le reste de la terre, de telle façon que la montagne du Temple, abstraction faite du parvis souillé par les païens et les Juifs latinisants, fût exceptée du tremblement. Quant aux villes païennes, elles tombent complètement.

La division de Jérusalem en trois parties est annoncée par Zacharie que nous avons cité. (*Le Charpentier*, p. 44.)

(3) La Babylone d'Occident, Rome où sont les Juifs transportés par Pompée, Crassus, Gabinius, Saturninus, Varus et Quirinius.

(4) Du poids le plus fort, comme était le talent.

peut-il se faire que Tacite accuse le Christ et les christiens de professer la haine du genre humain, *odium
generis humani ?* » Ne vous fatiguez point, exégètes !
Tacite a connu l'*Apocalypse* (1).

XVII (phe)

LA BÊTE ROMAINE ET LES DIX-SEPT ANTÉCHRISTS

Ce chapitre est presque entièrement substitué. Il
appartient à l'adaptation grecque et contient de la
Bête une explication qui ne peut être ni du Joannès, ni
de ses frères, ni de ses neveux, ni même de ses petits-
neveux. Cette explication nous transporte hors de
l'époque, du cadre et des conditions de l'*Apocalypse*
jordanique, elle n'a donc aucun intérêt pour l'étude de
la mission du Joannès. La Bête est bien celle que nous
connaissons, mais modifiée par l'âge et par les circonstances. Il y avait deux Bêtes dans l'Apocalypse du
Jourdain, l'une à dix cornes, la Bête romaine, l'autre
à deux cornes, la Bête hérodienne et sacerdotale exer-
çant le pouvoir au nom de la première. La situation a
changé depuis la prise de Jérusalem en 823 ; la Bête
romaine gouverne seule en Judée et on n'emploie plus
l'allégorie des deux Bêtes.

Alors vint un des sept anges qui avaient les sept coupes,
et il me parla, disant : « Viens, je te montrerai la condamnation de la grande prostituée, qui est assise sur les grandes
eaux,

(1) Ceci, autrement qu'au figuré, nous le montrerons.

2. Avec laquelle les rois de la terre se sont corrompus, et les gens de la terre se sont enivrés du vin de sa prostitution. »

3. Il me transporta en esprit dans un désert, et je vis une Femme assise sur une Bête de couleur d'écarlate, pleine de noms de blasphème, ayant sept têtes et dix cornes.

4. La Femme était vêtue de pourpre et d'écarlate, parée d'or, de pierres précieuses et de perles, ayant en sa main une coupe d'or pleine de l'abomination et de l'impureté de sa fornication,

5. Et sur son front un nom écrit : *Mystère;* la grande Babylone, la mère des fornications et des abominations de la terre.

6. Et je vis cette femme enivrée du sang des saints et du sang des martyrs [de Jésus.] (1). Or je fus surpris, quand je l'eus vue, d'un grand étonnement (2).

7. Alors l'ange me dit : « Pourquoi t'étonnes-tu ? C'est moi qui te dirai le mystère de la Femme et de la Bête qui la porte, et qui a sept têtes et dix cornes.

8. La bête que tu as vue, a été et elle n'est plus (3); elle doit monter de l'abîme, et elle ira à la perdition, et les habitants de la terre (dont les noms ne sont pas écrits dans le *Livre de vie* dès la fondation du monde) (4) seront dans l'étonnement, en voyant la Bête qui était et qui n'est plus.

(1) Interpolation évidente.

(2) Si c'était le Joannès qui parlât, il ne manifesterait aucun étonnement, car la Bête est de son invention et il en a fourni ailleurs une explication complète.

(3) Non seulement la Bête désignée dans l'Apocalypse originale a été et n'est plus, mais une autre Bête dont nous ne connaissons pas le nom, Néron peut-être, et qui avait remplacé Tibère dans une version antérieure, a été et n'est plus.

A la différence de la Bête le Verbe Jésus est, a été et sera : les trois temps de l'éternité.

(4) C'est le Livre que nous avons vu déjà, écrit des deux côtés, et dont le père du Joannès a pu déchiffrer le contenu. L'auteur de ce chapitre se sert de tous les éléments épars dans l'*Apocalypse* originale.

9. Or en voici le sens, lequel renferme de la sagesse (1). Les sept têtes sont sept montagnes, sur lesquelles la Femme est assise; ce sont aussi sept rois.

10. Cinq sont tombés; un existe, et l'autre n'est pas encore venu; et quand il sera venu, il faut qu'il demeure peu de temps.

11. Et la Bête qui était et qui n'est plus est la huitième; elle est des sept, et elle va à la perdition (3).

12. Les dix cornes que tu as vues sont dix rois qui n'ont pas encore reçu leur royaume; mais ils recevront la puissance comme rois pour une heure après la Bête.

13. Ceux-ci ont un même dessein, et ils donneront leur force et leur puissance à la Bête.

14. Ceux-ci combattront contre l'Agneau, mais l'Agneau les vaincra, parce qu'il est Seigneur des seigneurs et Roi des rois; et ceux qui sont avec lui sont appelés élus et fidèles. »

15. Il me dit encore : « Les eaux que tu as vues, et où la

(1) Ici commence l'explication de la Bête substituée. Elle implique une longue prolongation dans la vie du Temps de la Terre païenne et de la Bête qui devaient finir en 789. Nous ne sommes donc plus dans le cadre et dans les conditions de l'*Apocalypse* jordanique. Dans celle-ci la Bête et la Ville qui la porte étaient tellement faciles à reconnaître, l'allégorie était à ce point datée de Tibère, successeur d'Auguste, le délai fixé pour la disparition de la Bête et de sa Ville était si rigoureusement limité au dernier septénaire qu'il a fallu donner un autre sens aux chiffres indiqués dans l'Apocalypse originale. C'est ainsi que les sept collines, vouées à la ruine parce qu'elles constituaient un sabbat de Satan et par multiplication ($7 \times 7 = 49$) un jubilé de Satan, sont remplacées ici par sept empereurs passés ou à venir, et les dix cornes de la Décapole par dix empereurs successeurs de ceux-là.

(2) Le compte des sept empereurs passés et à venir part certainement de Vespasien, sous qui a été consommée la ruine du Temple, et comprend, outre Vespasien lui-même. Titus, Domitien, Nerva, Trajan (le cinquième, celui qui est mort du vivant de cet interpolateur), Hadrien, qui est vivant, et un septième qui est à venir et qui fut Antonin.

(3) Incompréhensible, à moins que la Bête ne compte elle-même pour une tête.

prostituée est assise, sont des peuples, des nations et des langues.

16. Les dix cornes que tu as vues dans la Bête, ce sont ceux qui haïront la prostituée ; ils la réduiront à la désolation et à la nudité ; ils la mettront à nu, ils dévoreront ses chairs, et ils les brûleront dans le feu.

17. Car Dieu leur a mis dans le cœur de faire ce qui lui plaît (1), de donner leur royaume à la Bête, jusqu'à ce que soient accomplies les paroles de Dieu.

18. Et la femme que tu as vue est la grande ville qui règne sur les rois de la terre.

La substitution finit ici. Deux Jubilés se sont écoulés depuis celui de 789 qui devait être le dernier, l'un, celui de 839 sous Domitien, l'autre, celui de 889 sous Hadrien, et pas de Christ. L'auteur du chapitre est obligé d'admettre sept Antéchrists intercalaires dont un est en cours, et comme les temps n'ont pas l'air de vouloir finir sous Antonin, il fait prévoir encore dix Antéchrists avant la Grande Année. Dix-sept Antéchrists tant passés que futurs ! Le Joannès n'en avait annoncé qu'un seul : lui-même.

XVIII (SADE)

CHUTE DE ROME, ABSTRACTION FAITE DES JUIFS, ET RUINE DE L'EMPIRE

Au milieu de ses multiples occupations, le Verbe

(1) Dieu fait ici de la basse politique ; il compose, réduit à compter sur les mauvais gouvernements pour exécuter le plan de vengeance qui a misérablement échoué en 789.

Jésus ne perd pas le sang-froid indispensable en affaires, car avant de détruire Rome, considérée comme capitale des nations, par une voix du ciel il ordonne aux Juifs de sortir de la Ville, afin de n'être pas compris dans la débâcle.

Suivent le riant tableau de l'agonie des gentils, les joyeuses obsèques de leur commerce, les silences amis qui planent sur l'Occident dévasté, l'évacuation des villes par les Juifs se repliant sur la terre du Canaan millénaire.

Il faut lire cela pour savoir exactement quels sentiments de bonté diffuse, de solidarité massive et de compacte fraternité enflammaient le sacré cœur du Seigneur Jésus en l'an de Rome 782, Tibère étant empereur, Pontius Pilatus gouverneur de Judée, et Kaïaphas grand-prêtre de Jérusalem. Cela est édifiant au-dessus de toute expression.

Sitôt qu'il aura pourvu à la destruction de la Babylone où depuis les Pompée, les Crassus, les Gabinius, les Antoine, les Varus et les Quirinius, tant de chrétiens sont exilés, sitôt que ceux de Sardaigne, des Gaules et d'Espagne auront rejoint, le Verbe Jésus pourra s'occuper du Millénium. Mais pas avant ! Il faut d'abord que nous autres, incirconcis des Gaules et de la Celtique, nous ayons reçu sur la tête le tiers des étoiles. C'était, vous le savez, la seule chose que nous redoutassions en ces temps préchrétiens !

Mais nous aurons notre compte, car il y avait des Gaulois dans la garde d'Hérode au temps du Massacre des Innocents, et il y avait des Juifs hérodiens dans les Gaules, notamment ceux qui avaient suivi Archelaüs dans son exil à Lyon.

Ce n'est pas que l'Orient non juif fût mieux traité. Même dans le *Livre des Sibylles* — œuvre d'un jésu-chrétien qui sait ses Évangiles par cœur et qui les marie avec l'*Apocalypse* — la Judée seule est épargnée, et la terre de Canaan est le siège éternel du Royaume de Dieu.

Une chose vous a frappé — elle frapperait un aveugle et presque un exégète — c'est la partialité monstrueuse et la niaise méchanceté de ce Jésus, tout fiel pour les païens, tout miel pour les Juifs, Destructeur effréné des uns, Sauveur entêté des autres. Le côté qu'il tourne vers nous, c'est le côté Fléau, Mort et Misère — le côté occident. Celui qu'il tourne vers les Juifs, c'est le côté Salut, Vie et Domination — le côté Orient. Ce joli cœur est l'incorruptible Époux de la Judée. En revanche, adultère tout Juif qui est infidèle à la Loi xéno-phobe !

Après cela je vis un autre ange qui descendait du ciel, ayant une grande puissance ; et la terre fut illuminée de sa gloire.

2. Et il cria avec force, disant : « Elle est tombée, la grande Babylone, et elle est devenue une demeure de démons, et une retraite de tout esprit impur, de tout oiseau immonde et qui inspire de l'horreur ;

3. Parce que toutes les nations ont bu du vin de la colère de sa prostitution ; et les rois de la terre se sont corrompus avec elle, et les marchands de la terre se sont enrichis de l'excès de son luxe. »

4. J'entendis une autre voix du ciel, qui dit : « Sortez de Babylone, mon peuple, de peur que vous n'ayez part à ses péchés, et que vous ne receviez de ses plaies,

5. Parce que ses péchés sont parvenus jusqu'au ciel, et que Dieu s'est souvenu de ses iniquités (1).

6. Rendez-lui comme elle-même vous a rendu, rendez-lui au double selon ses œuvres; dans la coupe où elle vous a fait boire, faites-la boire deux fois autant.

7. Autant elle s'est glorifiée et a été dans les délices, autant multipliez ses tourments et son deuil; parce qu'elle dit en son cœur : « Je suis reine, je ne suis point veuve (2) et je ne serai point dans le deuil. »

8. C'est pourquoi en un seul jour viendront ses plaies, et la mort, et le deuil, et la famine; et elle sera brûlée par le feu, parce qu'il est puissant le Dieu qui la jugera. (3)

9. Et ils pleureront sur elle, et ils se frapperont la poitrine, les rois de la terre qui se sont corrompus avec elle (4) et qui ont vécu avec elle dans les délices, quand ils verront la fumée de son embrasement :

10. Se tenant au loin, dans la crainte de ses tourments, disant : « Malheur ! malheur ! Babylone, cette grande cité, cette cité puissante ! En une heure est venu ton jugement(5). »

12. Et les marchands de la terre pleureront et gémiront sur elle, parce que personne n'achètera plus leurs marchandises;

12. Ces marchandises d'or et d'argent, de pierreries, de

---

(1) Que les Juifs qui habitent Rome de force ou de plein gré, esclaves ou hommes libres, abandonnent la Ville maudite avant la Grande Année, mais s'ils trouvent le moyen de coopérer à la vengeance divine, qu'ils ne s'en privent pas !

(2) Comme l'a été longtemps la Judée avant la naissance du Joannès. La Judée dans ses périodes de malheur est appelée soit Veuve, parce que son céleste Epoux fait le mort, soit la Délaissée ou la Répudiée, parce qu'il a rompu avec elle, soit la Stérile, parce qu'il ne lui suscite pas d'enfants. Elle est nommée la Stérile et présentée sous les traits d'Eloï-schabed dans la Nativité du Joannès selon Luc, il vous en souvient.

(3) Un seul jour pour la destruction totale de Rome, trois pour la purification de Jérusalem.

(4) Les Hérodes notamment.

(5) Ceci, et tout ce qui suit, imité d'Isaïe et des invectives qu'on y trouve contre Tyr, Sidon et les villes maritimes de Phénicie ou de Chypre.

perles, de fin lin, de pourpre, de soie, d'écarlate (et tous les bois odorants, tous les meubles d'ivoire, et tous les vases de pierres précieuses, d'airain, de fer et de marbre,

13. Et le cinnamome), de senteurs, de parfums, d'encens, de vin, d'huile, de fleur de farine, de blé, de bêtes de charge, de brebis, de chevaux, de chariots, d'esclaves et d'âmes d'hommes.

14. Quant aux fruits si chers à ton âme, ils se sont éloignés de toi; tout ce qu'il y a d'exquis et de splendide est perdu pour toi, et on ne le trouvera plus.

15. Ceux qui lui vendaient ces marchandises, et qui se sont enrichis, se tiendront éloignés d'elle dans la crainte de ses tourments, pleurant, gémissant,

16. Et disant: « Malheur! malheur! cette grande cité, qui était vêtue de fin lin, de pourpre et d'écarlate, parée d'or, de pierreries et de perles!

17. En une heure ont été anéanties de si grandes richesses! » Tous les pilotes, tous ceux qui naviguent sur le lac (1), les matelots et tous ceux qui font le commerce sur la mer, se sont tenus au loin,

18. Et ont crié, voyant le lieu de son embrasement, disant : « Quelle cité semblable à cette grande cité? »

19. Et ils ont jeté de la poussière sur leur tête, et ils ont poussé des cris mêlés de larmes et de sanglots, disant : « Malheur! malheur! cette grande cité, dans laquelle sont devenus riches tous ceux qui avaient des vaisseaux sur la mer, en une heure, elle a été ruinée! »

[20. Ciel, réjouis-toi sur elle, et vous aussi, saints apôtres et prophètes, parce que Dieu vous a fait pleinement justice d'elle] (2).

---

(1) La Méditerranée, lac gréco-latin.

(2) Addition ecclésiastique, nécessitée par la fourberie qui gît au fond du martyrologe romain, notamment en ce qui concerne Pierre (Shehimon crucifié à Jérusalem par Tibère Alexandre) et Paul (l'hérodien Saül mort on ne sait où, de sa belle mort, probablement en Espagne).

21. Alors un ange fort leva en haut une pierre comme une grande meule, et la jeta dans la mer, disant : « Ainsi sera précipitée Babylone, cette grande cité, et à l'avenir elle ne sera plus trouvée (1).

22. Et la voix des joueurs de harpes, des musiciens, des joueurs de flûte et de trompette, ne sera plus entendue en toi ; et nul artisan d'aucun métier ne sera trouvé en toi ; et le bruit de la meule ne sera pas entendu en toi désormais.

23. Et la lumière des lampes ne luira plus en toi désormais, et la voix de l'époux et de l'épouse ne sera plus entendue en toi, parce que tes marchands étaient des princes de la terre, et que par tes enchantements se sont égarées toutes les nations (2).

24. Et dans cette ville a été trouvé le sang des prophètes et des saints, et de tous ceux qui ont été tués sur la terre. »

XIX (Koph)

LA CÈNE DES JUIFS ET LE BAPTÊME DE FEU

Dans son harnois de guerre le Christ paraît enfin, monté sur un cheval blanc, vêtu de ce manteau sanglant qui témoigne si clairement de ses tendres aspirations ; et il tire de sa bouche, en guise de langue, un glaive avec lequel il désire nous adresser quelques propos évangéliques, à nous autres, bêtes de la porcherie occidentale.

On pourrait se croire sous le Signe qui correspond au

(1) Image qui a passé dans Matthieu : « ...Mieux vaudrait pour lui que l'on suspendît une meule de moulin à son cou et qu'on le précipitât au profond de la mer » (XVIII, 6) et dans Marc, IX, 41.
(2) Imitation des anciens prophètes, Isaïe surtout.

Chien enragé lorsque le Christ Jésus se décide à descendre. Toutefois il n'est pas si tranquille qu'il en a l'air, car Satan, l'ennemi, est toujours vivant, embusqué en quelque coin. S'il allait s'entendre avec les nations pour les sortir d'affaire, tomber sur Israël sans défense et croquer le Millénium dans l'œuf? Vite un ange s'empare de lui, le lie, le précipite dans l'abîme terrestre et l'y enferme pour les Mille ans du *Zib*.

Ouf! le Joannès respire.

De la terre habitable il ne reste plus que la Judée, Jérusalem et le Temple, où tous les Juifs qui ont l'instinct de la conservation et le respect de la Pâque se sont concentrés.

L'énorme coupure pratiquée à cet endroit ne nous permet pas de dire comment le Christ et les Douze Apôtres descendaient, ni de quelle épuration préalable la terre d'élection était l'objet. Je suppose que la garnison romaine de Césarée ne conservait pas ses positions.

On aimerait à savoir comment et surtout par qui Jésus débarrassait la Judée de ces cohortes. Est-ce que les christiens qui opérèrent, sans succès d'ailleurs, contre la cavalerie de Pilatus, contre celle de Cuspius Fadus, contre celle de Gessius Florus, se tenaient les bras croisés pendant la Grande Année? Je n'en veux rien croire. Ils appuyaient d'en bas, dans la mesure de leurs moyens humains, la mobilisation céleste. Comment finissaient les étrangers dont la présence avait infligé à Jérusalem le nom « spirituel » de Sodome et Égypte? Autant de questions que le christ davidique résolvait, puisque le thème les pose.

Libérateur du territoire avant tout, Bar-Jehoudda détruisait, purifiait, renversait tout ce qui avait été souillé par l'étranger, le Temple lui-même où des païens étaient entrés, avaient sacrifié par la main des prêtres, — abomination de la désolation. Il chassait, il poussait devant lui, dans le feu d'incendie, tous les agneaux que les lévites avaient préparés pour les offrandes de Tibère César, tous ceux qui les vendaient, et tous les changeurs qui avaient dans les mains l'image monnayée de la Bête.

Toute la mission de Bar-Jehoudda en tant que précurseur guerrier a disparu ; il faisait la besogne d'Hercule chez Augias. Puis, maître enfin de la maison de son Père, le Verbe Jésus installait dans Sion l'*Agneau* divin, l'*Agneau* de gloire que nous avons vu, égorgé d'avance dans le ciel où il répète son rôle d'*Agneau* éternel enfermant en lui les Douze cycles millénaires.

La Grande Année emportait fatalement avec elle le dernier Temple construit de main d'ouvrier, le dernier Grand-Prêtre pris parmi les hommes, la dernière Pâque et le dernier agneau tiré de la bergerie juive. Jésus présent, rien de tout cela ne pouvait subsister, puisqu'à lui seul il était tout cela.

Aux Anges de Satan, c'est-à-dire aux puissances de la terre, qui étaient en nombre indéterminé, Jésus opposait les Cent quarante mille Anges de la garde juive, et la bataille se terminait à Sion, comme elle avait commencé au ciel, par la prompte déconfiture de l'effectif satanique. On a coupé tout le rôle de ces Anges, et on ignore ce qu'il advient d'eux une fois qu'ils sont descendus sur la montagne Sainte. Tel était le Grand-Jour du Millénium, mais par exception ce Jour se trouvait être de trois jours, composés de vingt-quatre heures héliaques. Le Christ a le soleil pour tabernacle et, vous le savez par la *Genèse*, le soleil n'est parvenu à la terre que dans la quatrième journée. Si le chiffre sept est genésique, le chiffre trois ne l'est pas moins. C'est naturellement sur le Mont des Oliviers que le Verbe mettait pied à terre, à l'Orient de Jérusalem (1).

1. Après cela j'entendis comme la voix d'une nombreuse troupe qui était dans le ciel et qui disait : « Alleluia, salut, gloire et puissance à notre Dieu ;

2. Parce que ses jugements sont véritables et justes, qu'il a condamné la grande prostituée qui a corrompu la terre par sa prostitution, et qu'il a vengé le sang de ses serviteurs que ses mains ont répandu ;

3. (Ils dirent encore Alleluia.) Et la fumée de son embrasement s'élève dans les cycles des cycles. »

4. Alors les *Vingt-quatre Vieillards* et les *Quatre Animaux* se prosternèrent et adorèrent Dieu qui était assis sur son trône, en disant : Amen. Alleluia (2).

5. Et une voix sortit du trône, disant : « Louez notre Dieu vous tous ses serviteurs, et vous qui le craignez, petits et grands. »

6. J'entendis comme la voix d'une grande multitude, comme la voix de grandes eaux, et comme de grands coups de tonnerre, qui disaient : « Alleluia ; il règne, le Seigneur notre Dieu, le Tout-puissant.

7. Réjouissons-nous, tressaillons d'allégresse, et donnons-lui la gloire, parce qu'elles sont venues les *Noces de l'Agneau*, et que son Epouse s'y est préparée. »

(1) Remise du char d'Ezéchiel (xi, 22-23) :

« Les Chérubins élevèrent les ailes, les roues s'élevèrent avec eux, et la gloire (la lumière) du dieu d'Israël était sur les Chérubins. Et la gloire du Seigneur monta du milieu de la ville et alla s'arrêter sur la Montagne qui est à l'Orient de la ville. »

(2) Trois fois Alleluia. Le chiffre trois a son importance.

8. Et il lui a été donné de se vêtir d'un fin lin, éclatant et blanc. [Car le fin lin, ce sont les justifications des saints].

9. [Il] (1) me dit alors : Ecris : « Bienheureux ceux qui ont été appelés au souper des *Noces de l'Agneau !* Et il ajouta : « *Ces paroles de Dieu sont véritables.* »

10. Aussitôt je tombai à ses pieds pour l'adorer ; mais Il me dit : « Garde-toi de le faire ; je suis serviteur comme toi et comme tes frères » [qui ont le témoignage de Jésus. Adore Dieu, car le *témoignage de Jésus est l'esprit de la prophétie*].

Ces versets sont d'une importance capitale, à cause des remaniements qu'ils ont subis. Les Noces de l'*Agneau* et de la Judée, c'est l'avènement du Christ au 15 nisan 789, jour de la Pâque. Le Souper de noces de l'*Agneau*, c'est la Cène proprement dite.

L'Épouse y était toute préparée par l'*Apocalypse*, mais l'Époux ne vint point, sinon un siècle après l'échéance et seulement sur le papier, dans plusieurs allégories paraboliques comme les *Noces de Cana*, la *Samaritaine*, la *Cène* enfin, clef de voûte de toute la mystification ; mais à ce moment c'est l'Époux qui n'est plus à son poste, et faute de lit nuptial Jésus ne saura où reposer sa tête. Quant au Souper de noces, qui devait avoir lieu le premier jour de l'Année de mille ans, en présence des Douze Apôtres, chefs des Douze tribus célestes, la Cène évangélique en est la représentation spirituelle. C'est, hélas ! tout ce qu'il a été possible d'en réaliser. En ce temps-là on n'essayait pas encore de faire croire à l'existence de Jésus en chair (2) ; Jésus

(1) Qui Il ? On a enlevé le sujet. C'est Jehoudda, *le Lion*.
(2) On ne pouvait pas, on n'avait pas encore forgé la Nativité de Jésus pendant le Recensement. Pour l'adaptateur comme pour tous les millénaristes, de quelque pays qu'ils fussent, l'auteur de l'*Apocalypse* et le jésus ne font qu'un.

n'est qu'un *esprit*. C'est ce que dit en propres termes le juif hellène qui vient de reproduire, d'après l'original hébreu, la prophétie annonçant le souper des *Noces de l'Agneau* pour le 15 nisan 789 : il dit que, dans la fable, Jésus *témoigne en esprit* de cette prophétie, en attendant que vienne l'heureux jour où il pourra la célébrer réellement et corporellement, car le Fils de l'homme a un corps ; son nom et l'Apocalypse du Joannès l'indiquent assez. La réalisation de la prophétie n'est que remise, elle a été retardée par les circonstances : la mission de Jehoudda Is-Kérioth, la défaite de Bar-Jehoudda en Samarie, la fuite de ses frères et de leurs partisans ; mais elle est infaillible. Le *témoignage de Jésus* (dans le mythe de la Cène), c'est *l'esprit de la prophétie*, et ce n'est que cela. Qu'on ne soit pas dupe, qu'on n'aille pas adorer Bar-Jehoudda mué en Jésus! C'est Dieu seul qu'il faut adorer !

L'adaptateur judéo-hellène rend hommage au Joannès en tant que prophète, mais il ne veut pas aller plus loin. Il reste avec les Ebionites, les Naziréens, les Ischaïtes, tous juifs et tous disciples de Bar-Jehoudda et qui diront de Jésus quand on les questionnera sur son sens caché : « Ombre de Christ, simple christophanie ! (1) » Il s'en tient à l'Apocalypse elle-même où le Joannès vient de résister à la tentation d'adorer son père, car, vous le voyez, c'est Jehoudda, père du christianisme, qui est le cicerone — mot impie, car il est romain, mais non anachronique — de son fils à travers les espaces célestes. S'appelât-il Jehoudda, on n'adore point un homme, entendez-vous! Faut-il que la Loi soit sévère!

(1) Nous verrons cela de plus près au chapitre : *les Paroles du Rabbi*.

11. Je vis ensuite le ciel ouvert; et voilà un cheval blanc; celui qui le montait s'appelait le Fidèle et le Véritable, qui juge et combat avec justice.

12. Ses yeux étaient comme une flamme de feu; et sur sa tête étaient beaucoup de diadèmes; il avait un nom écrit que nul ne connaît que lui.

13. Il était vêtu d'une robe teinte de sang, et le nom dont on l'appelle est le Verbe de Dieu (1).

14. Les armées qui sont dans le ciel le suivaient sur des chevaux blancs, vêtus d'un fin lin, blanc et pur.

15. Et de sa bouche sort un glaive à deux tranchants pour en frapper les nations, car il les gouvernera avec un sceptre de fer (2), et c'est lui qui foule le pressoir du vin de la fureur et de la colère du Dieu tout-puissant (3).

16. Et il porte écrit sur son vêtement et sur sa cuisse : « Roi des rois, et Seigneur des Seigneurs. »

17. Et je vis un ange debout dans le soleil; et il cria d'une voix forte, disant à tous les oiseaux qui volaient au milieu de l'air : « Venez et assemblez-vous pour le grand Souper de Dieu;

18. Pour manger la chair des rois, la chair des tribuns militaires, la chair des forts, la chair des chevaux et de ceux qui les montent, et la chair de tous les hommes libres et esclaves, petits et grands. »

19. Et je vis la Bête et les rois de la terre, et leurs assem-

(1) C'est le même que le Moissonneur, le Vendangeur et le Pécheur, mais sous son aspect conquérant. Il est la Parole par qui Dieu a créé le monde dans la *Genèse*. Cette fois pas d'ambiguité, pas de femme en travail d'enfant, pas d'allégories astrologiques. Ce Christ-là n'est pas fils de David, il n'est pas né à Bethléhem d'un père incertain et d'une mère appelée Maria.

(2) C'est par le christ davidique qu'il paissait les païens avec une verge de fer. En un mot, ce juif était la verge dont il se servait pour cette fonction. (Voyez le verset 5 du ch. XII.) De cette manière il était sûr que la besogne serait bien faite.

(3) C'est donc bien lui qui est le Vendangeur, et non l'ange qu'on lui a substitué aux versets 19 et 20 du ch. XIV.

blées pour faire la guerre à Celui qui montait le cheval et à son armée (1).

20. Mais la Bête fut prise (2), et avec elle le faux prophète qui avait fait les prodiges devant elle, par lesquels il avait séduit ceux qui avaient reçu le caractère de la Bête (3), et qui avaient adoré son image. Les deux furent jetés vivants dans l'étang du feu nourri par le soufre.

21. Tous les autres furent tués par l'épée qui sortait de la bouche de Celui qui montait le cheval, et tous les oiseaux furent rassasiés de leur chair.

Ainsi le Souper de Dieu, c'est la Cène des oiseaux de proie ! Leur agneau pascal, c'est nous ! Aimable perspective.

Mais ce qu'on ne voit plus du tout, au milieu de ces tableaux enchanteurs, c'est le baptême céleste que le Verbe Jésus administrait au christ davidique pour le rendre apte à nous paître pendant mille ans avec une verge de fer, dans l'atmosphère qu'il créait par sa venue. Le Joannès ne donnait que ce qui est au pouvoir de l'homme, le baptême dans l'eau et dans l'esprit terrestre ; mais le Christ baptisait dans le feu et dans l'Esprit saint, les trois Synoptisés (4) s'accordent à dire que telle était la prédication. Pour millénariser toute

(1) Les Douze Apôtres, les Trente-Six Décans et les Cent quarante-quatre mille préadamiques. Il est question de cette force imposante dans l'allégorie de l'*Arrestation* au Mont des Oliviers, allégorie non moins astrologique et non moins *spirituelle* que la Cène, et où Jésus dit que, s'il lui plaisait, il pourrait appeler à la rescousse les légions de son Père.

(2) La Bête prise ici, ce n'est pas la Bête à sept têtes, c'est la Bête à deux cornes, en l'espèce Hérode Antipas, tétrarque de Galilée et Kaïaphas, grand-prêtre. Il semble bien qu'ici le faux prophète soit Simon, le Magicien chypriote.

(3) La Bête à sept têtes cette fois.

(4) Mathieu, Marc, Luc.

cette chair, il fallait que le Christ la transmuât, la ren-
dît semblable à la sienne, et la *Transfiguration* du
Joannès en Jésus vient de là (1).

Cette opération est clairement visée par l'Évangile
où sous le nom de Jésus Bar-Jehoudda dit, montant à
Jérusalem pour incendier le Temple : « Je suis venu
jeter le feu sur la terre, et que veux-je ? sinon qu'il
s'allume. J'ai à être baptisé d'un Baptême, et comme j'ai
hâte qu'il s'accomplisse ! » (2) Le feu, c'est la substance
de l'Esprit-Saint, et dans les *Actes* c'est sous la forme
de langues de feu que Dieu l'envoie, ayant sursis au
départ du Verbe lui-même (3). Sur le Grand jour de
la vengeance, aucun désaccord entre les apôtres christiens. « Lorsque du ciel se révélera le Seigneur Jésus
avec les anges de sa puissance, il se vengera dans une
flamme de feu de ceux qui ne connaissent point Dieu...
lesquels subiront les peines de la perdition éternelle à
la vue de la face du Seigneur et de la gloire de sa puissance (4). »

On est d'accord également sur la résurrection des
morts. Mais la millénarisation des vivants, comment
se faisait-elle ? Car enfin « il faut que ce corps corrup-
tible soit revêtu de l'incorruptibilité et que ce corps
mortel soit revêtu de l'immortalité (5). » Par une trans-
substantiation inapplicable aux morts le feu purificateur, la lumière céleste dissipait l'opacité charnelle et

---

(1) Pour ceux qui ne connaissent pas l'Évangile, disons que le
Joannès y est transfiguré *post crucem* en Jésus. (Mathieu notamment,
XVII, 1-14.)
(2) Luc, XII, 50, 51.
(3) *Actes des Apôtres*, II, 3.
(4) *Deuxième aux Thessaloniciens*, I, 7-9.
(5) *Première aux Corinthiens*, XV, 53.

rendait les douze tribus terrestres semblables en transparence aux Douze tribus célestes descendues sur la montagne de Sion avec *l'Agneau*. « Il y a des corps célestes et des corps terrestres; mais les corps célestes ont un autre éclat que les corps terrestres. Le soleil a son éclat, la lune le sien, et les étoiles le leur, et entre les étoiles l'une est plus éclatante que l'autre. Il en arrivera de même dans la résurrection des morts... (1) » De même aussi, indubitablement, dans la transfiguration des vivants. Tous ne brilleront pas du même éclat, tous ne seront pas comme Jehoudda qui depuis son Assomption brille comme le soleil — son fils l'a vu (2) — ni comme Salomé qui d'avance brille à la fois comme le soleil, la lune et les douze étoiles du Zodiaque, ni comme le Joannès qui déjà brille comme l'Étoile du matin et qui brillera tellement après sa mort qu'on lui confiera le rôle du Christ dans l'Évangile; mais enfin tous perdront ce vilain ton que donne au corps humain le limon dont il est pétri, tous seront de ces circoncis à claire-voie dans lesquels Dieu a mis toute sa complaisance (3). Et c'est là une de ces choses qu'on ne verra pas deux fois.

Le baptême d'eau n'avait de valeur que comme préparation au Baptême de feu. Celui de Jésus par le Joannès dans l'Évangile, c'est le renversement de ce qui devait se passer le 15 nisan 789. Si le Christ était venu, c'est lui qui eût baptisé le Joannès dans le feu et l'Esprit-Saint, et le Joannès eût régné mille ans au lieu

(1) *Première aux Corinthiens*, xv, 40, 41 et suivantes.
(2) *Apocalypse*, ch. x, 1.
(3) C'est ainsi que s'explique le tour astrologique de l'Évangile dont les personnages principaux sont tous plus ou moins sidéralisés.

d'être crucifié à cinquante. Le Christ n'étant venu que sur le papier et sous l'apparence humaine, c'est lui qui demande au Joannès le baptême de l'eau. Puisque les mythologues en ont fait un juif, qu'il donne l'exemple aux autres juifs! Le Précurseur fait pour lui, homme, ce qu'il eût fait, dieu, pour son Précurseur, s'il était venu. La substitution, même en allégorie, semble un peu forte à ceux qui l'ont imaginée; le Joannès lui-même se cabre devant cette absurdité, mais, puisqu'il n'a pu se sauver lui-même, — (Toi qui sauves les autres, descends de la croix!) il faut bien sauver son baptême. C'est alors que prenant Jésus par la main — ou plutôt par la leur! — les évangélistes l'amènent au Joannès. On lit dans Mathieu :

Alors Jésus vint de Galilée au Jourdain vers Joannès, pour être baptisé par lui.

Or Joannès le détournait, disant : « C'est moi qui dois être baptisé par vous, et vous venez à moi! »

Mais, répondant, Jésus lui dit : « Laisse pour maintenant, car c'est ainsi qu'il convient que nous accomplissions toute justice! » Alors Joannès le laissa.

Or, ayant été baptisé, Jésus sortit aussitôt de l'eau; et voici que les cieux lui furent ouverts : il vit l'Esprit de Dieu descendant en forme de colombe et venant sur lui.

Et voici une voix du ciel disant : « Celui-ci est mon fils bien-aimé, en qui j'ai mis mes complaisances (1). »

Jésus a beau être le Verbe, il ne voit que ce qu'avait vu le Joannès; et il entend beaucoup moins, car aucune voix du ciel ne stipule, comme dans l'*Apocalypse*, que l'adoption concernait Bar-Jehoudda, fils de David.

(1) Mathieu, III, 13-17. Sur cette mystification, v. le *Charpentier*, p. 341.

XX (Res)

LE MILLÉNIUM DES POISSONS, LA PREMIÈRE RÉSURREC-
TION ET LE PREMIER JUGEMENT

1. Et je vis un ange qui descendait du ciel, ayant la clef de l'abîme et une grande chaîne en sa main.

2 Et il prit le Dragon, l'ancien Serpent (1) qui est le diable et Satan, et il le lia pour mille ans (2)

3. Et il le jeta dans l'abîme, et l'y enferma, et il mit un sceau sur lui, afin qu'il ne séduisît plus les nations, jusqu'à ce que fussent accomplis les mille ans ; car après ces mille ans il faut qu'il soit délié pour un peu de temps (3).

4. Je vis aussi des trônes ; et des personnes s'assirent dessus, et le pouvoir de juger leur fut donné. Je vis aussi les âmes de ceux qui ont eu la tête tranchée à cause du *témoignage de Jésus*, et à cause de la parole de Dieu, et qui n'ont point adoré la Bête ni son image, ni reçu son caractère sur le front ou dans leurs mains ; et ils ont vécu et régné avec le Christ Jésus pendant mille ans (4).

---

(1) Celui qui en séduisant la moitié féminine d'Adam a introduit la mort dans le monde. On se rappelle qu'il a été précipité sur la terre par Michael et qu'il a prêté sa puissance à la Bête romaine. Une fois pris, la Mort est enchaînée avec lui.

(2) Durée correspondant au règne personnel du Christ. Le Père ne descend qu'à la fin du Millénium.

(3) Valentin reconnaît également dans sa *Sagesse* que c'était la doctrine de Jehoudda.

(4) Ce verset a été fort remanié, et sa conclusion : « C'est ici la première résurrection », a été rejetée à la fin du verset suivant. Mais il en reste assez pour voir que les Juifs morts pour la Loi ou vivants dans la Loi régnaient pendant mille ans avec le Christ Jésus, non celui que la fable évangélique a tiré de la côte du Joannès crucifié, mais celui que ce même Joannès, simple christ davidique, attendait encore dans la cour de Kaïaphas quelques heures avant d'être mis en croix.

5. Les autres morts ne sont pas revenus à la vie, jusqu'à ce que fussent accomplis les mille ans. C'est ici la première résurrection.

Énorme coupure ici, suppression de tous les membres qui composaient le tribunal millénaire, à commencer par le Christ et les Douze Apôtres. On ne pouvait pas avouer que les douze apôtres de l'Évangile vinssent de l'*Apocalypse*, où leurs archétypes célestes, assis sur douze trônes et le Christ au milieu d'eux, jugeaient les douze tribus d'Israël. Mais nous savons par tous les Évangiles que les Douze étaient de l'affaire. Sans eux on n'aurait pu ni multiplier les pains, ni changer l'eau en vin, ni célébrer la Cène, on n'aurait même pas pu produire Jésus dans la fable.

Que faisaient-ils, après avoir versé aux élus le vin de la Vigne du Seigneur ?

Ils jugeaient les douze tribus ? Sans doute, mais alors ils étaient bien Douze ? Pourquoi l'Église les a-t-elle supprimés au point que la phrase qui les concerne manque aujourd'hui de sujet ? Les Douze Apôtres du Christ Jésus ne venaient donc pas de la terre, comme les douze Juifs que la fable donne pour compagnons à Jésus de Nazareth?

Ils venaient donc bien du ciel, comme le Christ Jésus, avec lui, derrière lui ? Ils s'asseyaient donc bien sur douze sièges?

Le nombre des sièges confirmait donc bien celui des Apôtres? On a donc fait sauter les Douze Apôtres de l'*Apocalypse*, afin d'ouvrir la porte aux douze Juifs dont on a entouré le prétendu Jésus de Nazareth? Car si le Fils de l'Homme venait sur les nuées avec ses

Anges, et tous les Évangélistes l'accordent, il venait aussi avec ses Douze Apôtres, et aucun des évangélistes ne l'accorde plus, depuis que l'Église a transformé ces douze Puissances venant du Ciel en douze hommes venant de la terre pour servir de *témoins* à Jésus de Nazareth. Et c'est à ces faux témoins dont le pape est l'héritier qu'elle donne la mission de judicature dont les Douze Apôtres célestes étaient seuls investis! Douze Juifs, témoins malgré eux d'un Christ qu'ils n'ont jamais vu et affublés en juges de nos actions et de notre conscience, voilà pourtant toute la religion nationale!

Il n'y a pas seulement coupure d'une part, il y a addition de l'autre, et dont l'auteur, Juif hellène, salue patriotiquement tous ceux qui sont morts à cause du *témoignage de Jésus*, c'est-à-dire martyrs de la Loi et victimes de la Révélation davidique. Ils sont substitués à ceux qui, vivants, devaient être transfigurés par le Verbe et régner mille ans avec Bar-Jehoudda. Ceux des Juifs qui n'ont pas suivi la Loi dans toute sa xénophobie ne ressusciteront qu'après mille ans, encore ne sera-ce que pour passer en jugement comme les païens : perspective qui leur fait pressentir leur sort. Ils ont la certitude d'être condamnés à la *seconde mort*, éternelle cette fois. Naturellement les Zélateurs compris dans la *première résurrection* n'auront connu qu'une mort, cette mort apparente dont le Verbe Jésus a relevé Jehoudda et Zadoc dans l'*Apocalypse* et dont il relèvera tour à tour dans l'Évangile le fils de la Veuve (Jacob junior) et Eléazar, pour finir par l'auteur de la présente Apocalypse crucifié au Guolgolta.

6. Bienheureux et saint est celui qui a part à la *première résurrection*, la *seconde mort* n'aura pas de pouvoir sur eux, mais ils seront prêtres de Dieu et du Christ Jésus, et ils régneront avec lui pendant mille ans.

7. Et lorsque seront accomplis les mille ans, Satan sera relâché de sa prison et sortira, et il séduira les nations qui sont aux quatre coins du monde, Gog et Magog, et il les assemblera au combat, eux dont le nombre est comme le sable de la mer.

8. Et ils montèrent sur toute la face de la terre, et ils environnèrent le camp des saints et la cité bien-aimée.

9. Mais il descendit du ciel un feu venu de Dieu, et il les dévora ; et le diable qui les séduisait fut jeté dans l'étang de feu et de soufre, où la Bête elle-même

10. Et le faux prophète seront tourmentés jour et nuit dans les cycles des cycles.

11. Je vis aussi un grand trône blanc, et Quelqu'un assis dessus, et devant la face duquel la terre et le ciel s'enfuirent, et leur place ne se trouva plus.

12. Et je vis les morts, grands et petits, debout devant le trône ; des Livres furent ouverts, et un autre Livre fut encore ouvert, c'est le *Livre de vie ;* et les morts furent jugés sur ce qui était dans les Livres, selon leurs œuvres (1).

13. La mer rendit les morts qui étaient en elle ; la mort et l'enfer rendirent aussi les morts qui étaient en eux ; et ils furent jugés chacun selon ses œuvres.

14. L'enfer et la mort furent jetés dans l'étang de feu. Celle-ci est la seconde mort.

15. Et quiconque ne se trouva pas écrit dans le Livre de vie fut jeté dans l'étang de feu.

Cette fois, et il en est ainsi depuis que le Père s'est

(1) On ouvre les Cinq Livres de la Loi avant d'ouvrir le Livre de vie. On n'est inscrit au Livre de vie que si l'on est jugé avoir satisfait littéralement à ceux de la Loi.

assis sur le trône, il s'agit non plus du Renouvellement du monde et du jugement prononcé par le Christ
et les Douze, mais de la Fin du Monde et du Jugement
dernier prononcé par le Père après le Millénium du *Zib*.

XXI (Sin)

NAZIRETH

En attendant la réunion des Juifs avec Dieu par la
Fin du Monde, le *Millénium du Zib* se passe dans
l'Eden retrouvé, sur la terre renouvelée. C'est un
monde de transition, mais tel qu'on pourrait s'en con-
tenter, s'il ne restait à voir Dieu lui-même, le Père !

1. Et je vis un ciel nouveau et une terre nouvelle ; car le
premier ciel et la *première* terre sont passés, et la mer
n'est déjà plus (1).

2. Et moi, Joannès, je vis la sainte cité, la nouvelle Jérusalem, descendant du ciel, d'auprès de Dieu, parée comme
une épouse et ornée pour son Époux (2).

3. Et j'entendis une voix forte sortie du trône, disant :
« Voici le tabernacle de Dieu avec les hommes, et il demeu-

---

(1) « Le ciel et la terre passeront, mais mes paroles ne passeront
point », combien de fois Jésus le répète-t-il dans l'Évangile ! Selon le
système millénariste, c'était le second ciel et la seconde terre. Le
Joannès tenait que le déluge avait une première fois renouvelé le ciel
et la terre. (*Épître de Pierre.*) La mer devait disparaître aussi pour
permettre aux Apôtres qui n'avaient pas le pied très marin de mettre
les nations sous leurs pieds, comme disait Isaïe.

(2) L'Époux de Jérusalem, c'est le Christ Jésus. Voir dans le *Quatrième Évangile* les allégories des *Noces de Cana*, de la *Samaritaine*,
dans Luc celle des servantes qui attendent l'Époux avec la lampe
allumée, etc.

rera avec eux. Et eux seront son peuple, et lui-même, Dieu au milieu d'eux, sera leur Dieu (1).

4. Et Dieu essuiera toute larme de leurs yeux, et il n'y aura plus ni mort, ni deuil, ni cris, ni douleur, parce que les premières choses sont passées. »

5. Alors Celui qui était assis sur le trône dit : « Voilà que je renouvelle toutes choses (2). » Et il me dit : « Écris, car ces paroles sont très dignes de foi et véritables (3). »

6. Il me dit encore : « C'est fait. Je suis l'Alpha et l'Oméga, le commencement et la fin (4). A celui qui a soif, je donnerai de la source d'eau vive (5).

7. Celui qui vaincra possédera ces choses ; et je serai son Dieu, et lui sera mon fils. »

8. Mais pour les timides, les incrédules, les abominables, les homicides, les fornicateurs, les empoisonneurs, les idolâtres et tous les menteurs, leur part sera dans l'étang brûlant de feu et de soufre ; ce qui est la seconde mort.]

9. Alors vint un des sept anges qui avaient les sept coupes des dernières plaies, et il me parla, disant : « Viens, et je te montrerai l'Épouse, la Femme de l'*Agneau*. »

10. Et il me transporta en esprit sur une montagne grande et haute, et il me montra la cité sainte, Jérusalem, qui descendait du ciel, d'auprès de Dieu,

11. Ayant la clarté de Dieu ; sa lumière était semblable à une pierre précieuse, telle qu'une pierre de jaspe, semblable au cristal.

12. Elle avait une grande et haute muraille, ayant elle-

(1) Après mille ans.
(2) La Rénovation, dit Luc.
(3) Elles ne passeront pas.
(4) Ici Iahvé parle en grec au Joannès. C'est presque une trahison.
(5) Proclamation de Jésus à la fête des Tabernacles. « Si quelqu'un a soif, qu'il vienne à moi et qu'il boive ! Celui qui croit en moi, comme dit l'Écriture (l'*Apocalypse*, nulle autre), des fleuves d'eau vive couleront de son sein. » *Quatrième Evangile*, vii, 37 et 38.

même Douze portes, et aux portes Douze Anges, et des noms écrits, qui sont les noms des Douze tribus des enfants d'Israël (1).

13. A l'orient étaient trois portes, au septentrion trois portes, au midi trois portes, à l'occident trois portes (2).

14. La muraille de la ville avait douze fondements, et sur ces fondements étaient les douze noms des Apôtres de l'*Agneau* (3).

15. Celui qui me parlait avait une verge d'or pour mesurer la ville, ses portes et la muraille (4).

16. La ville est bâtie en carré; sa longueur est aussi grande que sa largeur elle-même. Il mesura donc la ville avec sa verge d'or, dans l'étendue de douze mille stades; or sa longueur, sa largeur et sa hauteur sont égales.

17. Il mesura aussi la muraille qui était de cent quarante-quatre coudées de mesure d'homme, qui est celle de l'ange (5).

18. La muraille était bâtie de pierre de jaspe; mais la ville elle-même était d'un or pur, semblable à un verre très clair.

19. Et les fondements de la muraille de la ville étaient ornés de toutes sortes de pierres précieuses. Le premier fondement était de jaspe, le second de saphir, le troisième de chalcédoine, le quatrième d'émeraude,

(1) Les Douze Apôtres de l'Agneau, archétypes des Douze pères des douze tribus. (Voir verset 14.) Ce sont les douze chefs des Cent quarante-quatre mille anges formant les douze tribus préadamiques, l'armée du Christ. Vous vous rappelez que dans Ezéchiel nous avons vu ces douze chefs de la maison d'Israël avec les douze signes du Zodiaque correspondants. (*Le Charpentier*, p. 28.)

(2) Disposition carrée divisible par la croix.

(3) Les douze Cycles millénaires et aussi les douze Mois qui répondent aux douze signes du Zodiaque.

(4) Tout est de fer pour les goym, d'or pour les Juifs.

(5) L'ange a douze fois douze coudées de haut. C'est un géant d'environ soixante-quinze mètres. Que feront les cinq ou six mille hommes de Pontius Pilatus contre cent quarante-quatre mille gaillards de cette envergure?

20. Le cinquième de sardonix, le sixième de sardoine, le septième de chrysolithe, le huitième de béryl, le neuvième de topaze, le dixième de chrysoprase, le onzième d'hyacinthe, le douzième d'améthyste (1).

21. Les douze portes étaient douze perles ; ainsi chaque porte était d'une seule perle, et la place de la ville était d'un or pur comme un verre transparent (2).

22. Je ne vis point de temple dans la ville parce que le Seigneur tout-puissant et l'*Agneau* en sont le temple.

23. Et la ville n'a pas besoin du soleil ni de la lune pour l'éclairer, parce que la gloire de Dieu l'éclaire, et que sa lampe est l'*Agneau* (3).

Plus de Temple, de Temple hérodien surtout ! A quoi bon un Temple ? Sauf le Père, le ciel est tout entier dans Jérusalem. Le magnifique monument bâti par Hérode était brûlé de la main du Christ. Le Joannès était la torche, et si, à défaut du Verbe, le christ davidique était entré victorieux dans Jérusalem, le Temple avec Kaïaphas et les prêtres latinisants eût passé un quart d'heure encore plus vilain que celui de la pâque du Recensement. Ce quart d'heure aurait duré trois jours. C'est ce que Jésus (en esprit toujours) répète aux Juifs d'après la prophétie du crucifié de Pilatus, et cette fois avec toute l'autorité que le fait accompli apporte à

(1) Les douze pierres qui ornaient le costume du grand prêtre, tel que Iahvé l'a révélé à Moïse pour en affubler Aaron.

(2) Ce merveilleux pavage faisait bien partie de l'*Apocalypse* du Joannès-jésus. C'est, avec l'image du ciel qui disparaît comme un livre qu'on roule, la particularité qui frappe le plus les interlocuteurs de *Philopatris*. (Œuvres de Lucien.)

(3) La rédaction de ce verset n'a pas dû épuiser les forces du Joannès. On lisait dans Isaïe, ix, 19 : « Vous n'aurez plus le soleil pour vous éclairer pendant le jour et la clarté de la lune ne luira plus sur vous ; mais le Seigneur deviendra lui-même votre lumière éternelle, et votre Dieu sera votre gloire ».

une vieille prédiction. Car, au moment où Jésus intervient dans la *Passion* du Joannès, le Temple a disparu
depuis de longues années sous les efforts combinés de
ses défenseurs et de Titus.

Plus de lumière artificielle en Judée. La vieille Anna
ne sera plus obligée de passer ses jours et ses nuits
dans le sanctuaire pour renouveler l'huile dans le chandelier d'or et tenir les sept branches allumées. Le Christ,
les Douze Apôtres, la lampe qui remplace l'ancien
éclairage, tout est dans l'*Agneau* de 789. Cet *Agneau*
venu, le Temple futur sera le corps du Christ. C'est
autour de cette thèse que tourne la *Cène* et toute l'allégorie, si pénible, si mal en point, de Jésus simulant
le martyre et se donnant en sacrifice aux Juifs sous les
espèces du Joannès crucifié : sacrifice qui n'a coûté
qu'un peu d'encre aux enragés mythologues de l'Evangile. « Le Temple de son corps... » dit l'auteur du
Quatrième Évangile. « Ceci est son sang, ceci est sa
chair... prenez et mangez. » Comme les scribes opèrent
avec des accessoires purement terrestres, agneau,
pain, azyme et vin, Jésus se contente de ces corps
opaques. Sur le pouvoir éclairant qui devait émaner
de lui, il convient de se reporter aux *Sagesses* valenti-
niennes ou, si vous le préférez, aux *Confessions* d'Au-
gustinus, évêque d'Hippone, dans le temps qu'il parta-
geait l'opinion des Manichéens touchant le héros des
fables judaïques (1).

Quand ils avaient achevé la judaïsation de la terre,
les Douze revenaient au Christ Jésus par la régression
des quatre lignes de la croix vers leur point d'inter-

---

(1) A savoir que Jésus était une simple christophanie.

section. Ils revenaient, puisqu'ils étaient les douze assises de la Jérusalem éternelle qui descendait du Ciel, toute bâtie (1).

Jérusalem était la capitale du Millénium et le siège du gouvernement.

Mais elle ne conservait pas ce nom-là sous Jésus, puisque déjà, sous Tibère, le Joannès l'en considérait comme indigne et qu'il le remplaçait ironiquement par ceux de « Sodome et Egypte. » Elle changeait donc de nom en changeant de maître, et puisqu'elle était vouée à Dieu, Nazire, même avant qu'il ne descendit, à *fortiori* s'appellerait-elle ainsi quand il l'habiterait en personne : « Je dois bientôt venir, dit Jésus, j'écrirai le nom de mon Dieu (Iahvé) et le *nom de la Ville de mon Dieu*, la nouvelle Jérusalem descendue du ciel d'auprès de mon Dieu, et *mon nouveau nom à moi-même* (2). » Quels étaient ces noms ? Le nom nouveau de cette Ville nouvelle, c'était Nazireth, et le nouveau nom du Christ, c'était Jésus.

Ainsi se réalisait la prophétie : la ville de David devenait la ville de Dieu. Le nom seul de Nazireth est une preuve que ce village n'existait pas concurremment avec Jérusalem. Il y aurait eu deux Nazireth en Terre Sainte, alors qu'on n'en trouve aucune avant le huitième siècle.

Le Millénium, avec Jésus pour Roi, Nazireth pour capitale, la Galilée pour jardin public, le monde pour apanage, voilà ce que Jehoudda, Salomé et toute leur

(1) J'avais d'abord pensé que la Jérusalem céleste ne descendait qu'avec Dieu, après le Millénium, mais il résulte du *Dialogue avec Tryphon*, où l'on invoque l'autorité du Joannès, que c'était avec le Christ et les Douze.

(2) Envoi de l'*Apocalypse de Pathmos* à l'Eglise de Philadelphie.

postérité, fils, neveux et petits-neveux jusqu'à Bar-Kocheba, ont promis successivement aux christiens sous Auguste, sous Tibère, sous Caligula, sous Claude, sous Néron, puis sous les Flaviens et sous les Antonins.

Car ce que soutenaient ces fous, c'est que le Christ Jésus était une personne indépendante du Père, puisque cette personne régnait en chair pendant mille ans avant que le Père ne descendît. Ce qu'ils attendaient de lui, c'est qu'après les mille ans il leur montrât le Père. Ils blasphémaient donc tous en donnant un Fils à Iahvé. Jehoudda Is-Kérioth ne voulut les suivre ni dans leurs dogmes ni dans leurs crimes et resta avec le Dieu unique.

Et le Dieu unique lui a tellement donné raison contre le Joannès que dans la fable Jésus n'a pas pu faire autrement que de le porter sur la liste des douze apôtres et des douze juges d'Israël.

L'événement l'a si pleinement justifié que Jésus, qui pourtant a la choix des convives, ne peut célébrer le pâque sans lui. Car cette pâque c'est celle du Christ qui n'est pas venu, et c'est hélas! ce que Jehoudda Is-Kérioth avait prédit.

Le Père n'était pas de la combinaison! C'est pourquoi Jehoudda Is-Kérioth marcha contre Bar-Jehoudda. Il est très vrai toutefois que le Christ ou l'*Agneau*, car c'est tout un, devait présenter les Juifs à leur Père après les mille ans du stage édénique. Philippe rappelle cette promesse à Jésus dans la christophanie selon Cérinthe : « Montre-nous le Père, lui dit-il, et cela nous suffit. (1) » Amère plaisanterie apostolique! Demander à

(1) *Quatrième Evangile*, xiv, 8.

voir le Père quand on n'a pas même pas pu voir le Fils !
Aussi Jésus n'est pas content, les millénaristes sont
incorrigibles ! « Voilà si longtemps que je suis avec
vous, dit-il, et tu ne m'as pas connu, Philippe! (1) »
Hé! non, Philippe n'a pas connu Jésus. Philippe est
comme le Joannès qui dans le *Quatrième Evangile*
dit : « Moi, je ne le connaissais pas. »

Que faisaient les Douze Apôtres après avoir jugé les
douze tribus ?

La délibération n'était pas bien longue, puisque leur
jugement était écrit d'avance, puisqu'élus d'avance
étaient ceux qui, soit vivants soit morts, avaient témoi-
gné du Christ avant sa venue, et condamnés d'avance
ceux qui avaient accepté la marque de la Bête romaine
ou le contact avec les païens.

Elle ne durait pas mille ans, cette délibération. Que
devenaient les Douze Apôtres quand ils avaient fini;
quand les christiens avaient fait condamner à mort
tous les juifs accusés d'adultère envers Jésus et de tiédeur envers la Loi? Voilà ce qui nous touche, nous
autres gens d'Occident qui, en nous peignant, faisons
tomber de nos têtes le tiers des étoiles, comme Gargan-
tua fait tomber de la sienne les boulets de Pichrochole.

On accorde que les Douze Apôtres ne devaient partir
de Jérusalem qu'après Douze ans. Le jugement était
mathématique : un an par tribu. Mais juger n'était pas
la seule fonction des Douze.

Ils prêtaient leur ministère à Jésus pour le Renouvellement des christiens par le retour à l'androgynisme
adamique. Je pense que cette opération se faisait aussi

(1) *Quatrième Evangile*, xiv, 9.

par tribu, dans l'ordre de leur création, et que la tribu de Lévi n'était pas la dernière ! Jehoudda prévoyait là certains cas de métempsycose qui se réalisaient par un principe dont l'Evangile a fait l'application au personnage hybride du Joannès-jésus et qui variait selon l'horoscope des intéressés (1). Les discussions qui s'élèvent entre les disciples dans l'Evangile pour savoir à qui appartiendra la préséance proviennent toutes de ce principe qui, par la faute des circonstances, n'a pu entrer dans la pratique mais n'en persiste pas moins dans le dogme. C'est l'explication des paroles : « Les premiers seront les derniers et les derniers seront les premiers. »

Les douze ans révolus, les Apôtres se dirigeaient trois par trois — et non deux par deux comme dans la fable — vers les quatre points cardinaux, selon la disposition des signes entre les bras de la croix, et ils renouvelaient le monde au milieu de prodiges par lesquels le Christ s'associait de loin à leur mission (2).

Par les Douze Apôtres Israël commande aux dieux et aux déesses de la civilisation païenne. Toutes les *nations* lui sont soumises comme au seul *peuple* de Dieu.

Entendez que les christiens les persécutent sans relâche, qu'ils les circoncisent de force selon le programme zélote, qu'ils détruisent les arts païens, sciences, lettres, — arts surtout, à cause des images peintes et sculptées, — et ne s'arrêtent qu'après avoir imposé la loi de Moïse à toute la terre. *Ubi solitudinem faciunt, pacem Domini appellant.*

(1) Voir la *Sagesse* de Valentin, édition Amélineau.
(2) Ceci est à la fin de l'*Extrait des Livres du jésus*, dans la *Sagesse* de Valentin remaniée et mutilée par l'Église.

Les Douze Apôtres leur ouvriront la voie et aplaniront les obstacles. Ce prosélytisme, irrésistible à raison des influences attachées à ces Douze corps célestes, était ce qu'il y avait de plus étonnant dans le système. Cette croisade panjudaïque au cri de : « Le Salut est aux Juifs ! Mort aux nations ! » caractérisait à merveille la maladie juive et la folie christienne. Est-il besoin de dire que toute cette partie, la plus considérable de toutes, (le programme du gouvernement temporel du jésus) a complètement disparu sous les ciseaux de l'Église ?

Mais elle existait et elle était fort développée, car ce qui intéressait les élus, ce n'était pas de savoir ce qui se passerait au bout du Millénium — là-dessus ils pouvaient faire crédit à Dieu — mais ce qu'il adviendrait au lendemain de la descente du Fils de l'homme, pendant les premières années qui sont toujours les plus difficiles.

Vaste programme, puisqu'il faut mille ans pour étendre le Royaume d'Israël à toutes les nations ! Même après ce temps, Israël n'était pas arrivé complètement à ses fins, et il devait soutenir une dernière lutte contre Satan avant que le Père ne descendît à son tour. D'où vient que de ce programme il ne reste pas une seule ligne dans l'*Apocalypse?* C'est qu'il était la conclusion même des *Paroles du Rabbi* qui furent transmises aux disciples par Philippe, Toâmin et Mathias, et dont l'Évangile a sauvé quelques épaves, après en avoir changé tout le sens.

Quand il avait fait juger les douze tribus par les Douze Apôtres et récompensé les plus xénophobes, Joannès exposait lui-même le grand Évangile de la tyrannie panjudaïque : il ne venait pas apporter la paix sur la

terre, mais l'*épée*, le *feu*, la *jalousie*, toutes paroles,
qui, aujourd'hui encore, sont au premier plan des déclarations apostoliques. Avec cela, cet infernal esprit
d'anarchie et de dissolution qui finit au bout de quelques
années par amener Jérusalem pantelante sous le couteau de Titus. « Croyez-vous, que je sois venu apporter
la paix sur la terre? Non, je vous assure, mais la division ; car désormais s'il se trouve cinq personnes dans
une maison, elles seront divisées les unes contre les
autres; trois contre deux, et deux contre trois; le père
sera divisé avec le fils, le fils avec le père ; la mère avec
la fille, la fille avec la mère; la belle-fille avec la belle-
mère, et la belle-mère avec la belle-fille. » Et qui sera
maître dans la famille ? Le Marchand de Christ.

24. Les nations marcheront à sa lumière (1), et les rois de
la terre y apporteront leur gloire et leur honneur.
25. Ses portes ne se fermeront point pendant le jour; car
là il n'y aura pas de nuit.
26. Et l'on y apportera la gloire et l'honneur des nations.
27. Il n'y entrera rien de souillé, ni aucun de ceux qui
commettent l'abomination et le mensonge, mais ceux-là
seulement qui sont écrits dans le *Livre de vie de l'Agneau*.

Quel changement depuis la Cène des oiseaux de
proie ! Les rois païens et les puissants qui devaient être
dévorés jusqu'au dernier (1), les voilà qui viennent
apporter eux-mêmes leurs dépouilles aux Juifs triom-
phants ! Les incirconcis peuvent en induire que, moyennant tribut, ils seront reçus par les Douze Apôtres de

(1) La lumière dont le Christ enveloppait Jérusalem.
(2) *Apocalypse*, xix, 18 et 21.

garde aux portes de Jérusalem ! Mais alors les oiseaux de proie vont mourir de faim ?

Que s'est-il donc passé depuis 789 ?

La solution qu'avait indiquée le Joannès n'a point paru suffisamment favorable au commerce de la grâce. La colère de Dieu avait un mauvais côté, elle supprimait les gentils, le butin promis par les vieilles Écritures ; on en serait réduit à se voler entre Juifs, ce qui était défendu par la Loi. Si au contraire on rétablissait les païens autour de la Jérusalem nouvelle, on pourrait exercer ses talents sans que Dieu y vît à redire. Et alors on rétablit les païens. Oui, par un miracle que le Joannès n'avait point prévu, on en met dans les rues de la Ville-Lumière pour avoir un peu d'ombre où compter les gains. On plante la terre nouvelle de goym fertiles et luxuriants. Dans l'Éden de Bar-Jehoudda, on n'aurait récolté qu'une fois par mois ; avec les goym autour on pourra récolter tous les jours, et ces jours seront de vingt-quatre heures de lumière !

XXII

LA CROIX

A l'estime du Joannès, la partie la plus immanquable du Millénium, c'était, immédiatement après la résurrection des morts et le jugement des tribus, la jouissance du lieu fortuné, du Jardin de Dieu dans lequel les élus attendaient le Jugement dernier et la destruction du monde extra-juif par le feu (1). Le Joannès croyait que

(1) « Résurrection de la chair, lieu fortuné dans lequel les élus

l'Eden refleurirait là où était la Terre de Canaan, c'est-
à-dire en Galilée. Et le champ où, poussés par leurs
Dieux, les rois se réunissaient pour s'exterminer dans
une dernière bataille, c'était ce beau champ d'Esdraëlon,
cette plaine de Mégiddo au milieu de laquelle se dres-
sait le Thabor, seul, comme une coupe haute et ronde
retournée sur une table de banquet.

Le Jardin de Dieu, l'Eden, c'était le Iar Eden, le
Jourdain ; le Paradis terrestre, c'était la Galilée melli-
flue et peut-être, pour les Juifs damascéniens, cette
partie de la Syrie où les Jardins d'Adonis avaient été
adorés. Géographiquement les Galiléens seraient les
premiers appelés, les premiers élus : n'étaient-ils pas
presque en possession déjà? C'est sous leurs yeux, dans
le Haram Mégiddo, que le Christ ferait l'appel des bons,
tandis que les mauvais périraient, à quelques lieues de
là, dans Sodome et dans Gomorrhe, sur les bords de ce
lac Asphaltite, de cette Mer Morte où les démons s'agi-
taient dans les cratères mal éteints.

Jardinier de Dieu, le Verbe Jésus replantera l'arbre
de vie, la Vigne, avec douze récoltes par an. Tous les
fruits de cette Cocagne seront à l'assemblée des élus :
fruits sacrés que l'Ange de la famine ne mettra plus
à prix! Et quand Jésus aura replanté cette Vigne du
Seigneur dont l'Evangile parle si souvent d'après les
promesses millénaristes, qui mangera le raisin avec
lui? Qui s'assiéra à sa table et boira de ce jus rouge
dont chaque goutte est le sang de la vie éternelle ? Les
élus, les élus seuls ! Longtemps, bien longtemps, la

attendent le jugement dernier, destruction du monde par le feu, don
de prophétie et vaticination, les Kannaïtes (Zélotes) et les Sicaires ont
tout cela. » (*Philosophumena*, liv. IX, 26.)

Vigne du Seigneur a révélé sa robuste constitution céleste. Et dans plus d'une contrée, au lieu de boire la
coupe de vin, on distribuait la grappe elle-même, on
mordait au raisin (1). Souvenir fumeux des vignes millénaristes, qui, au septième siècle, donnaient encore ces
maigres fruits de vieillesse, précieux par leur rareté !

C'est encore du Jardin de Jésus que vient l'huile à la
fois guérissante et rédemptrice dont l'apôtre Jacques
parle aux fidèles dans la lettre qu'on lui attribue. Et, en
effet, comment une huile qui d'avance provenait des
futurs pressoirs de Jésus ne guérirait-elle pas les maladies, ne rachèterait-elle pas les péchés ? Le baptême,
belle invention sans doute, mais l'homme est né pour le
progrès ! Par exemple, comment sauver un homme qui
a péché après le baptême et qui va mourir ? N'y a-t-il
pas dans le Jardin de Jésus quelque herbe efficace,
quelque plante de vie qu'on puisse approcher du malade
ou plutôt quelque liquide généreux dont on puisse le
christier, l'oindre avant qu'il ne teste ? Il y a bien le
vin, mais quelques-uns ont fait le vœu de n'en pas
boire : le Nazir n'en but de sa vie, frères, vous le savez.
Si pourtant, ayant péché, le baptisé montre la solidité
de son repentir en laissant son bien à l'Église ? « Quelqu'un d'entre vous est-il malade ? s'écrie Jacques avec
une onction vraiment extrème ; qu'il appelle les Anciens
de l'Église ! Et que ceux-ci prient pour lui en *l'oignant*

_____

(1) Au Concile de Constantinople, en 692, on constate l'antique usage
de la grappe qu'on distribue avec l'Eucharistie et qu'on doit bénir sé-
parément, comme de simples *prémices*.
Depuis que le corps et le sang de Bar-Jehoudda sont la seule
matière du sacrement, le raisin a repris sa place dans les prémices, et
même on n'en donne plus qu'à ceux qui en demandent, et encore *sépa-
rément*.

d'huile au nom du Seigneur! Et la prière faite avec foi sauvera le malade, et il sera relevé par le Seigneur, et *s'il a commis des péchés, ils lui seront pardonnés* (1). » Il peut arriver que le Seigneur ne relève pas le moribond, mais qu'importe à celui-ci? Une fois oint, une fois *christos*, une fois marqué d'une croix d'huile, au lieu d'aller en un lieu vague et peut-être infernal son corps ressuscitable sera du banquet où l'on boira le vin de la vie.

Le Christ qui avait fait Adam mâle et femelle ne pouvait accepter dans l'Eden que des hermaphrodites. Clément de Rome et Clément d'Alexandrie constatent, d'après les Évangiles en hébreu, que les *Paroles du Rabbi* statuaient conformément à la *Genèse* sur les conditions sexuelles dans lesquelles le Royaume s'établirait. On a interpolé *more ecclesiastico* Clément d'Alexandrie qui rapportait d'après les *Paroles du Rabbi* la doctrine du retour à l'androgynisme, doctrine inattaquable au point de vue de la logique, mais dont certains disciples de Bar-Jehoudda faisaient une application ou déréglée ou répugnante (2). Si ferme était le

(1) Quoique la lettre de Jacques soit d'une fausseté peu commune même parmi les documents ecclésiastiques, elle traduit une des plus vieilles idées du christianisme selon Jehoudda et ses fils.

(2) L'interpolateur de Clément d'Alexandrie n'a visé ici que les Nicolaïtes, disciples de Shehimon (*Pierre*) : Il y a, dit-il, des hommes qui ont interprété les *Paroles du Rabbi* comme s'il avait dit que Dieu préside à l'acte générateur accompli à plusieurs (en commun). Mais quoi! n'ajoutent-ils pas ensuite quelques-unes des *Paroles dites à Salomé* : « Mon Royaume est quand l'homme et la femme ne font qu'un », ces hommes qui ont appliqué la *règle évangélique* d'une manière absolument contraire à la vérité?... Mais il est un Sauveur pour le célibataire. En effet, comme elle (Salomé) avait dit au Rabbi : « J'ai donc bien fait, *moi qui n'ai pas enfanté*, » le Rabbi répondit : « Mange de toute herbe, excepté de celle qui est amère. » (C'est l'absinthe de la génération, racine contenant amertume et souillure,

dogme qu'il a été ramassé par les Pères de l'Église
dans les ruines du millénarisme et conservé par Hiéronymus (1). Hiéronymus dit qu'aucune femme ne ressuscitera dans son sexe, mais que toutes, au jugement dernier, seront changées en hommes. Hiéronymus est un
hérétique, si par « homme » il n'entend pas Adam
avant sa bissection.

On posait des questions fort embarrassantes au
Joannès sur le régime physique prescrit dans le
Royaume, par exemple, si deux époux séparés par la
mort se réaccoupleraient ressuscités (2). On ne sait ce
qu'il advenait des vierges, sinon qu'elles étaient sau-
vées, elles aussi. Mais comment s'opérait en elles la
reconstitution de l'androgyne ? Par la fusion avec un
vierge mâle? Problème ardu dont le Rabbi élude crâne-
ment la solution.

Donc deux écoles de christiens selon qu'on interpré-
tait les *Paroles du Rabbi :* les uns tenant que le
Royaume serait quand l'homme ne ferait qu'un avec
la femme en redevenant hermaphrodite, les autres
quand, au contraire, assemblés le jour du Seigneur, ils

Lettre de Paul aux Hébreux.) J'ai dû non pas arranger mais transposer une phrase de ce passage pour la rendre compréhensible. Il va
sans dire que jamais Bar-Jehoudda n'a dit à sa mère une aussi
énorme grossièreté avant que l'Eglise ne se soit avisée de déclarer
vierge cette matrone juive célèbre par sa fécondité. Sur cette question, cf. *le Charpentier*, p. 112 et suivantes.

(1) Saint Jérôme, dit l'Eglise. En son *Commentaire sur Osée.*

(2) M. Eugène Véron (*Histoire naturelle des religions*) a pensé que
les gens mariés étaient absolument exclus du Royaume. C'est une
erreur. Le jésus se bornait à dire, comme Jehoudda, que dans le
Millénium les époux ressuscités se rejoindraient semblables aux
Anges, c'est-à-dire formeraient un être bi-sexuel. Cette idée, mal interprétée par l'Eglise, a pu éloigner du mariage en ce monde, mais
ne contient aucune prohibition. (Mathieu, xxii, 23-33 ; Marc, xii, 18-27 ;
Luc, xx, 34-36, se copient là-dessus et sont d'accord.)

procéderaient en commun à la jonction des sexes par les moyens à leur portée. La première idée enfanta les christiens antiphysiques et tous les excès qui dérivent de la manie virginale; la seconde idée, les christiens génésiques et tous les excès qui dérivent de la fureur copulante. Une troisième secte passe entre les deux écueils par une foule de procédés qui témoignent déplorablement de son misogynisme. Ceux de la première secte sont dits Nicolaïtes, de Nicolas, prosélyte d'Antioche et disciple de Shehimon, frère du christ. Disciple direct? A la vérité, je ne le pense pas, quoique les *Actes des Apôtres* le mettent au rang des diacres, mais cet écrit est une telle imposture! En tout cas, disciple quant au dogme. Les Pères de l'Église, Irénée notamment, n'ont pu le dissimuler. Shehimon condamnait la femme comme complice de Satan dans l'institution de la mort. C'est la pensée qui avait conduit son grand frère à garder la virginité. Sa mère, dans un bien curieux passage de Valentin, se plaint un peu de Shehimon dont la théorie semble offenser les flancs qui l'ont porté.

Nous serons obligés de revenir sur ce dogme quand il se traduira dans l'histoire par des faits. S'il n'est pas juste de rendre Jehoudda et ses fils responsables des turpitudes qui se propagèrent dans ce milieu détraqué, il est bon de voir qu'ils n'ont laissé derrière eux aucun programme de moralité. Des prophéties, des interprétations absurdes de la Genèse, quelques recettes d'occultisme, voilà tous leurs livres, fruits amers d'orgueil et d'égoïsme, d'ignorance et de méchanceté. On juge de leur propre état mental par les honteuses passions, par les aberrations répugnantes dans lesquelles se plongent leurs disciples immédiats. Les accusations portées contre les christiens ne sont pas moins vraies que celles qu'ils ont portées contre les païens, et l'échelle de leurs vices est beaucoup plus longue par en bas que l'échelle de Jacob par en haut.

Sur ce, revenons à l'Agneau qui a failli attendre.

1. Il me montra aussi un fleuve d'eau vive, brillant comme du cristal, sortant du trône de Dieu et de l'Agneau (1).

2. Au milieu de la place de la ville, sur les deux rivages du fleuve, était l'Arbre de vie portant douze fruits et, chaque mois donnant son fruit (2) [et les feuilles de l'arbre sont pour la guérison des nations] (3).

3. Il n'y aura plus là aucune malédiction ; mais le trône [de Dieu et] (4) de l'Agneau y sera, et ses serviteurs le serviront.

4. Ils verront sa face et son nom sera écrit sur leur front (5).

5. Il n'y aura plus là de nuit, et ils n'auront pas besoin de lampe, ni de la lumière du soleil, parce que le Seigneur les éclairera, et ils régneront dans les cycles des cycles (6).

(1) En ramenant l'Eden d'où il avait expulsé Adam, le Verbe Jésus ramenait la fontaine qui s'élevait de la terre au commencement et qui en arrosait toute la surface. Il ramenait aussi le grand fleuve qui arrosait l'Eden et dont les quatre grands fleuves d'Asie ne sont que des branches. (Genèse, II, 6 et 10.)

(2) Douze récoltes par an et pas de travail ! Cet arbre de vie, c'est le plant de la Vigne du Seigneur.

(3) Interpolation faite pour déguiser la pensée excommuniatrice du Joannès. Elle dénote chez son auteur un esprit malicieux et badin. Que l'Eglise n'a-t-elle gardé toutes ces feuilles de vigne pour certains de ses papes !

(4) « Dieu » est ajouté.

(5) Ce qui jusque-là n'était permis qu'au Grand-prêtre.

(6) Répétition des versets 23 et 25 du chapitre précédent et qui est la marque d'un fort mastiquage à l'effet de boucher les trous faits dans le texte primitif.

6. Et il me dit : « Ces paroles sont très dignes de foi et véritables (1). [Et le Seigneur Dieu des esprits des prophètes a envoyé son ange pour montrer à ses serviteurs ce qui doit arriver bientôt.

7. Et voilà que je viens promptement. Bienheureux celui qui garde les *Paroles de la prophétie* de ce *Livre* (2) ! »

8. C'est moi, Johanan, qui ai entendu et vu ces choses (3). Et après les avoir entendues et les avoir vues, je suis tombé au pied de l'ange qui me les montrait, pour l'adorer.

9. Mais il me dit : « Garde-toi de le faire ; car je suis serviteur comme toi, comme tes frères les prophètes, et comme ceux qui gardent les *Paroles* de ce *Livre* : adore Dieu (4). »

10. Il me dit encore : « Ne scelle point les *Paroles de la prophétie* de ce *Livre*, car le temps est proche (5).

11. Que celui qui fait l'injustice, la fasse encore ; que celui qui est souillé, se souille encore ; que celui qui est juste, devienne plus juste encore ; que celui qui est saint, se sanctifie encore.

12. Voilà que je viens bientôt, et ma récompense est avec moi, pour rendre à chacun selon ses œuvres.

13. Je suis l'Alpha et l'Oméga, le premier et le dernier, le commencement et la fin. »

---

(1) A partir de ce verset nous allons d'altération en altération, de répétition en répétition et de confusion en confusion. Tout le monde parle à la fois, le Joannès du Jourdain, celui qui se dit de Pathmos, le Seigneur, l'ange, le serviteur de l'ange. Toute cette fin est de la main qui a corrigé l'*Envoi* dit de Pathmos, par conséquent ecclésiastique.

(2) L'adaptateur judéo-grec — c'est lui qui parle ici — a les *Paroles du Rabbi* sous les yeux. Les *Paroles de la prophétie*, c'est l'*Apocalypse* elle-même.

(3) Faux évident. Le pseudo-Johanan vient d'avouer et avoue de nouveau aux versets 9 et 10, 18 et 19 qu'il prend ces visions dans les *Paroles du Rabbi* autrement dites *Livres du jésus*.

(4) Répétition. C'est la scène du Joannès avec son père (xix, 20) que l'adaptateur arrange et s'applique.

(5) Il a marché le temps, depuis la quinzième année de Tibère, date à laquelle le septième et dernier sceau de l'*Apocalypse* a été rompu !

14. Bienheureux ceux qui lavent leurs vêtements dans le sang de l'Agneau, afin qu'ils aient pouvoir sur l'Arbre de vie, et que par les portes ils entrent dans la cité (1) !

15. Loin d'ici les chiens, les empoisonneurs, les impudiques, les homicides, les idolâtres, et quiconque aime et fait le mensonge.

16. « Moi, le jésus, j'ai envoyé mon messager pour vous rendre témoignage de ces choses dans les Églises. Je suis la racine et la race de David, l'Étoile brillante du matin. »

Il s'agit ici de Bar-Jehoudda ressuscité par les évangélistes. Mais la seconde phrase du verset peut parfaitement appartenir à son *Apocalypse* que l'auteur de ce chapitre a sous les yeux au moment où il écrit. Je vous invite à la relire, parce qu'elle établit clairement et limite les prétentions du jésus. « Je ne suis pas le Christ, dit-il dans le *Quatrième Évangile* (2), je ne suis pas Élie, ni un prophète. » Et : « Vous m'êtes tous témoins vous-mêmes que j'ai dit : « Ce n'est pas moi qui suis le Christ, mais j'ai été envoyé devant lui (3). » Qu'est-il donc ? L'Antéchrist, le Précurseur, l'Étoile du matin qui annonce le lever du Soleil Sauveur, c'est-à-dire l'aurore du Grand Jour, mais il n'est que cela.

17. L'Esprit et l'Épouse disent : « Viens (4) ». Que celui qui entend dise : « Viens. » Que celui qui a soif vienne ; et que celui qui vient reçoive gratuitement l'eau de la vie (5).

---

(1) Excitation au martyre. Les Douze Apôtres ne ferment plus les portes de la Jérusalem céleste aux incirconcis qui verseront leur sang pour le nouveau dieu galiléen, Bar-Jehoudda ressuscité.

(2) i, 20, 21.

(3) iii, 28.

(4) L'Épouse, c'est la Judée sous Antonin.

(5) L'eau de la vie, c'est le baptême. « Vous avez reçu gratuitement, donnez gratuitement », dit l'Évangile. Bar-Jehoudda ne prenait rien que la bourse et la vie.

18. Car je proteste à tous ceux qui entendent les *Paroles de la prophétie* de ce *Livre* que, si quelqu'un y ajoute, Dieu accumulera sur lui les fléaux écrits dans ce *Livre;*

19. Et si quelqu'un retranche quelque parole du *Livre* de cette prophétie, Dieu lui retranchera sa part du *Livre de vie,* et de la Cité sainte, et de ce qui est écrit dans ce *Livre* (1).

20. Celui qui rend témoignage de ces choses dit : Oui, je viens bientôt. Amen. Venez, Seigneur Jésus.

21. Que la grâce de Notre-Seigneur Jésus-Christ soit avec vous tous. Amen.]

Je vous fais grâce de toute réflexion sur ce qui se passait au bout du Millénium.

Satan, délivré de ses chaînes, s'échappait pour aller aux quatre coins de la Terre soulever Gog et Magog et les mener au combat contre les Juifs millénarisés et la Ville bien-aimée, mais la foudre les dévorait. Satan était enfin jeté dans l'étang de feu et de soufre où les Bêtes, les faux prophètes et les antijuifs grinçaient des dents pendant toute l'éternité. Après le Jugement dernier, tout est ramené à l'unité : il n'y a plus qu'un Dieu, celui des Juifs, un Roi, le Christ des Juifs, une Ville, celle des Juifs.

Enfin seuls !

Vous savez maintenant pourquoi Dieu a fait le monde.

En dépit de l'anathème lancé aux contrefacteurs, l'Église a ajouté, retranché dans les « paroles de Dieu » tout ce qui lui a paru nécessaire ou superflu. Et les fléaux annoncés par la prophétie ne lui sont pas plus

(1) Le *Livre du Rabbi* contient l'*Apocalypse* qui contient elle-même la clef du *Livre du monde* que Jehondda a trouvée et avec laquelle l'*Agneau* ouvrira au Christ.

7

tombés sur la tête que le tiers des étoiles n'est tombé
sur la nôtre. Aussi a-t-elle multiplié ses tromperies
avec l'aplomb croissant que donne l'impunité. Jésus —
et par ce mot il faut entendre le Joannès-jésus Bar-
Jehoudda, mué en Fils de Dieu par la fable — est substitué, par la fourberie des scribes, au Christ-Moisson-
neur et Vendangeur du monde, au Christ-Verbe, au
Christ-Épée dont nous avons vu la fulgurante image
dans les précédents chapitres. La mystification juive
est en train de passer d'Asie en Occident. Il y a des
croyants à Jésus en chair ; et pour achever la ruine de
leur âme on les menace, s'ils reviennent à la raison et
à la vérité, des peines effroyables inscrites dans l'*Apo-
-calypse* du Jourdain. La foi ou la mort ! Puis, et c'est
la flèche empoisonnée, s'ils ne s'en tiennent pas aveuglément au texte falsifié qu'on leur impose, si à l'examen ils y relèvent des additions ou des suppressions
faites dans le but d'appuyer l'imposture évangélique,
excommunication par Dieu ! Le silence ou la mort !
Perindè ac cadaver.

XXIII

L'APOCALYPSE RENVERSÉE

Le premier qui aurait eu honte de l'*Apocalypse*, c'est
un certain Caïus, écrivain ecclésiastique fort orthodoxe
à raison du temps où on le fait écrire. Caïus a essayé de rejeter l'*Apocalypse* sur Cérinthe, ce qui pourrait être vrai de l'adaptation grecque dite de Pathmos.
On voit très bien que Caïus essaie par là d'effacer l'iden-

tité du Joannès et du jésus. Malheureusement ce Cérinthe est le véritable auteur du *Quatrième Évangile*, et dans cet écrit, clair en cela mais nébuleux dans tout le reste, il ne cesse de représenter Jésus comme une Christophanie fabriquée par le procédé classique. Basile, Grégoire de Nazianze, Grégoire de Nysse ont rejeté l'*Apocalypse* hors du Canon des vieilles Écritures. Hiéronymus constate que les Grecs la repoussent. La vérité est que si le Canon ecclésiastique se compose uniquement de pièces fausses, le Canon apostolique se compose d'un seul livre : l'*Apocalypse* de l'horrible Juif qu'on adore aujourd'hui sous le nom de Jésus et qui annonçait la venue du Christ pour le 15 nisan 789.

Hiéronymus (1) s'emporte contre le millénarisme dont l'idéal charnel n'a pu être adopté, dit-il, que par des pourceaux d'Epicure. C'est sur les fondateurs de sa religion qu'il frappe, c'est sur Joseph et sur Maria.

Car la pure doctrine, c'est le Royaume du Christ sur terre, avec Jérusalem pour capitale (2). « Ceux qui en dehors de cette doctrine se disent christiens sont des impies, des hérétiques, des athées qui ne profèrent que blasphèmes et folies. Ils s'écartent de la voie de Dieu pour adhérer à des systèmes d'imposition humaine. C'est une audace inouïe de s'appeler christien quand on

(1) Un faussaire intrépide que l'Eglise appelle saint Jérôme après avoir placé d'autres faux sous son nom. Hiéronymus avait sans doute percé le secret — le même que celui de Polichinelle — des origines christiennes, et il y avait trouvé deux siècles de millénarisme jusqu'à l'Evangile. De là son éloignement pour l'*Apocalypse*. Mais il eut beau essayer de la rayer du Canon, il lui en resta cette opinion que le monde finirait après le Millénium en cours La *Lettre de Barnabé* n'en donne pas à ce pauvre monde pour plus longtemps.

(2) Ici je traduis à peu près textuellement l'auteur du *Dialogue avec Tryphon*, ch. LXXXI.

blasphème ainsi le Dieu d'Abraham, d'Isaac et de Jacob, qu'on nie la résurrection des morts et la translation des âmes au ciel aussitôt après la mort ! Gardez-vous de les considérer comme christiens ! Ceux-là seuls sont christiens orthodoxes qui attendent la résurrection des corps et mille ans de vie dans Jérusalem rebâtie, adornée et dressée vers les cieux, comme l'ont annoncé Isaïe, Ezéchiel et autres prophètes... et particulièrement un des apôtres du Christ, nommé Joannès, qui dans ses Révélations a promis toutes ces choses, en attendant la résurrection générale et le Jugement dernier, à tous ceux qui croiraient à son Christ ; et là, comme dit notre maître (1), ils ne se marieront ni ne seront épousés, mais ils seront semblables aux anges, étant fils de Dieu. »

Le véritable nom de l'*Apocalypse*, c'est Évangile, Bonne nouvelle pour les Juifs, Annonce de leur triomphe sur les nations. Le premier de tous les Évangélistes, c'est le Joannès. L'*Apocalypse*, c'est l'Évangile selon Joannès, il n'y en a point d'autres. Tous les Évangiles millénaristes furent dits selon Joannès. Le mot Évangile ne convient à aucun des écrits qu'on a mis sous ce titre ; le mot Évangéliste, à aucun des scribes inconnus qui ont ourdi la fable de Jésus. Après Joannès, les trois grands Évangélistes sont Philippe et Toâmin, ses frères, et Mathias, fils de Toâmin, dont aucun n'a laissé d'*Évangiles* dans la forme où nous les voyons et dans le sens que leur donne la superstition. Philippe notamment est dit l'Évangéliste dans les *Actes des Apôtres* (2), ses filles sont dites prophétesses parce que leur père, par

(1) Paroles du Rabbi reportées dans Luc, xx, 35, 36.
(2) *Actes*, xxi, 8.

écrit, et elles, par la parole, ont répandu la Bonne nouvelle selon le Joannès. Le *Quatrième Évangile*, qui
est de Cérinthe, passe à tort pour être d'un certain,
Joannès parce que Cérinthe y critique l'Évangile selon
Joannès, la Bonne nouvelle du Règne d'Israël sur terre.
C'est l'Évangile selon Joannès, c'est ce même dogme
millénariste que Valentin déplore dans sa *Foi assagie*
comme une erreur qui a été fatale aux Juifs. Est évangéliste quiconque expose ou commente l'Apocalypse,
et les *Lettres de Paul* appliquent le mot à des gens
qui n'ont participé en rien à la rédaction des *Évangiles*
actuels.

Le Joannès — nous allons le voir d'ici peu dans son
rôle politique de christ — a voyagé en Palestine pendant onze années consécutives et il avait plus de quarante-deux ans quand il a commencé de prêcher. Il n'est
pas mort décapité à trente-deux ans et demi, comme le
veut l'Église, pour entériner ses propres impostures,
mais crucifié à près de cinquante ans. Il avait trente-
huit ans lorsqu'il monta poser sa candidature à la couronne (1) et quarante-six lorsqu'il annonça qu'il dé-
truirait le Temple hérodien en trois jours avec l'assistance du Verbe. « On a mis quarante-six ans à
bâtir ce Temple, et toi, tu le relèveras en trois jours? (2)
Mais le jésus parlait du temple de son corps », lequel
était en effet bâti depuis quarante-six ans en 785,
date de cette aventure, et fut rebâti au bout de trois
jours par les évangélistes lorsqu'ils appliquèrent au

(1) Voir plus loin, p. 165.
(2) Allusion au dispositif de l'*Apocalypse*, emprunté à Zacharie et
d'après lequel Jérusalem devait être renouvelée par tiers.

Joannès juif l'allégorie du Jonas chaldéen ressuscité après les trois jours passés dans le ventre du poisson (1). C'est bien au Joannès, sous son pseudonyme évangélique de Jésus, que s'adressent les Pharisiens lorsqu'ils disent : « Comment ! tu n'as pas cinquante ans et tu dis que tu as vu Abraham ? » car, en sa qualité de Joannès, il était antérieur à Abraham ; il se vantait de « révéler des choses cachées depuis le commencement du monde » (2), depuis Aleph. C'est pourquoi il répond avec assurance : « En vérité, devant qu'Abraham fût, j'étais (3). » Rien de plus vrai, il se dit fils d'Adam, qui est fils de Dieu (4).

Rapprochés de l'*Apocalypse* et des témoignages évangéliques, ceux de Johanan le Presbytre, de Papias, de Polycarpe et d'Irénée, dont il résulte que le christ est

(1) Le Saint-Siège propose l'interprétation suivante :

« Le Sauveur répond aux Juifs d'une manière énigmatique, parce qu'il connaît leur incrédulité et la malice de leur cœur. Hérode le Grand fit rebâtir et embellir le temple de Jérusalem, vers l'an 20 avant J.-C. Le temple proprement dit fut achevé en un an et demi, et les bâtiments accessoires en huit ans ; mais la décoration n'en fut achevée que l'an 64 de notre ère (817 de l'ère consulaire), c'est-à-dire plusieurs années après la mort de J.-C. Les Juifs disent à Notre-Seigneur qu'il y a 46 ans qu'on travaille au temple, sans prétendre par là que tout est terminé. »

Or les Juifs ne disent rien de semblable, et même ils disent tout autre chose par l'organe du scribe, car, vous le pensez bien, c'est lui qui fait la demande et la réponse. En effet la construction du Temple ayant commencé en la quinzième année du règne d'Hérode, soit 728, ce n'est pas en quarante-six ans qu'on l'a mené au point où il est en 785, c'est en cinquante-sept ans. Le scribe compte comme on compte dans la secte, d'après l'*Apocalypse* et à partir de la nativité de Bar-Jehoudda, 739. S'il en était autrement, Jésus pourrait répondre : « Pour des habitants de Jérusalem vous êtes inexcusables, vous êtes d'une ignorance qui surpasse par anticipation celle de l'exégèse catholique, car vous avez vu poser la première pierre de l'édifice. »

(2) Mathieu, XIII, 35.

(3) *Quatrième Évangile*, VIII, 57, 58.

(4) Sa généalogie dans Mathieu.

mort à cinquante ans, sont d'une concordance édifiante. Dans cet ensemble imposant pas une seule dissidence.

Le Joannès n'a pas été compris de sa génération, dit le *Quatrième Évangile* (1), « mais à ceux qui ont eu foi dans le *nom* qu'il prêchait, *il a donné le pouvoir de devenir enfants de Dieu*, » comme il l'était lui-même, mais il n'a pas *vu* le Christ. « PERSONNE SUR LA TERRE, DIT DIEU, NE PEUT VOIR MON FILS ET CEUX QUI SONT AVEC LUI (LES DOUZE APOTRES ET CONSORTS), SINON AU JOUR MARQUÉ (2). »

Car le Christ ne vint point, la terre ne fut ni moissonnée ni vendangée. Personne ne se présenta, le van à la main, pour serrer les Juifs dans un grenier et brûler les païens comme de la paille. Les Vingt-quatre Vieillards, les Douze Apôtres, les Cent quarante mille des Tribus préadamiques, aucun de ces personnages de marque, pourtant reconnaissables à leur stature, ne parut sur la montagne de Sion. Et le Joannès finit comme son Apocalypse, par le *thav* (la croix). La *Vierge* avec les douze étoiles qui la couronnent fut insensible au sort de l'enfant mâle qui s'était abrité dans son signe. Il est impossible de peindre l'indifférence du *Capricorne* en face de cette lamentable déconfiture. Satan ne tomba point du ciel comme un éclair, et semblable au Verbe il est toujours là haut où peut-être il persiste à mal parler des Juifs, car en ce temps il était antisémite. Le *Verseau* ne répandit pas une larme sur le crucifié, les *Pois-*

(1) Il a été parfaitement compris, et ramené à sa juste expression, non seulement par les Juifs du Temple, mais aussi par ceux de son ressort. Seulement, de sa faillite le *Quatrième Évangile* veut sauver le baptème, qui est un article d'exportation et très vendable.
(2) Jésus n'est qu'une christophanie, c'est entendu.

sons continuèrent à s'agiter dans la lumière héliaque loin des filets préparés par le Zibdeos. Quant à l'*Agneau*, j'ai le regret de le dire, il continua de tondre les vaines pâtures célestes irriguées par le *Verseau*, et personne ne le vit conduire les élus vers les sources éternelles d'eau vive.

Mais la Vierge-Mère, le Christ Jésus, les Douze Apôtres, les miracles, les Paraboles sur le Royaume de Dieu, les Résurrections, la Transfiguration, la Cène, tout l'Évangile était à l'état larvé dans l'*Apocalypse*. Il n'y a que la Passion qui n'y soit pas prévue. Quant à Jésus, l'habitude de le faire aller et venir, monter et descendre, parler et dicter, est contractée par Jehoudda et par ses fils plus de deux cents ans avant que l'Église ne se soit décidée à le faire naître comme il naît aujour-d'hui, pendant le Recensement de Quirinius. C'est le doigt sur l'*Apocalypse* que les scribes ont fabriqué Jésus et les *Évangiles*.

Etant donné que dans leur allégorie ils font de Jésus un homme, autant l'unir à la personne même de celui qui s'était donné pour son précurseur. Il ne saurait habiter un autre corps que celui du Nazir vierge, prendre un autre nom que celui du jésus, naître un autre jour, d'une autre mère, dans une autre maison que celle de David, ni avoir d'autres frères et d'autres sœurs que les frères et les sœurs du Rabbi, quoique à chaque instant il mette le public en garde contre l'erreur qu'on pourrait commettre en lui attribuant un corps et une famille. « Femme, qu'y a-t-il de commun entre vous et moi? » Mais puisqu'il a pris le corps de son précurseur, c'est bien le moins qu'il agisse en bon Juif de la Révéla-tion : il profite donc de ce qu'il est sur terre pour se présenter au baptême du Joannès, il lui empruntera même les signes par lesquels il le lui a révélé, notamment la colombe. Il consentira même à suivre jusqu'au pied de la croix l'enveloppe mortelle que les scribes lui ont prêtée. Mais comme il ne saurait mourir, il ressuscitera son prête-corps comme il l'avait promis, dans l'*Apocalypse* qu'il lui a dictée, à tous les Zélateurs de la Loi qui seraient morts pour lui.

Au milieu des épreuves qu'il s'inflige pour être agréable à son précurseur et pour le présenter au monde sous des couleurs plus favorables qu'elles n'ont été dans la vie, il ne peut oublier qu'il est le Verbe par qui tout doit être sauvé. Il devait ressusciter les morts, il les ressuscite, du moins ceux de la famille davidique tombés dans l'action à laquelle il est mêlé, c'est-à-dire Jacob junior, Éléazar et Bar-Jehoudda lui-même. Il devait renouveler le temps pour ses élus, il le renouvelle, comme il fait tous ses autres miracles, sur le papier ; et ce sont les *Noces de Cana*, c'est la *Multiplication des pains*, c'est la *Samaritaine au puits de Jacob*. Il devait amener les Douze Apôtres, les trente-six Décans et les Cent quarante quatre mille anges qui composent les Douze tribus célestes, c'est ce qu'il fait en choisissant douze Zélateurs de la Loi et soixante-douze autres disciples, et en se faisant suivre par des foules que les évangélistes auraient très bien pu compter jusqu'à cent quarante-quatre mille, s'ils n'avaient pas craint de dévoiler tout leur secret de composition. Il devait rendre la parole aux sourds, la vue aux aveugles et le mouvement aux paralytiques. Manque-t-il un seul instant à ce programme ? Il devait venir le 15 nisan 789, dans la nuit de la Pâque, et célébrer la dernière Cène avec ses Douze Apôtres? Ne la célèbre-t-il point, en effet, quoique sur les douze hommes qu'il réunit à sa table, l'un, le christ lui-même, soit en croix l'après-midi ; que depuis la veille Jehoudda Is-Kérioth soit étendu, ventre ouvert, dans le Champ du potier aux portes de Jérusalem ; que la plupart des autres convives soient en fuite sur la route de Damas, et que d'autres soient entrés en lice onze ans seulement après la crucifixion de Bar-Jehoudda ? Il devait transfigurer les disciples pour les rendre aptes à la vie éternelle ; est-ce que Bar-Jehoudda n'est pas transfiguré fort congrûment ? Il devait ramener l'Eden et assurer le Royaume des Juifs dans le monde. Mais est-ce sa faute, si toute la troupe a décampé sans attendre le Grand Jour ? Le plus qu'il puisse faire, c'est de pardonner aux fuyards dont la chair a été faible — sauf toutefois à l'endroit des pieds ! — et de leur léguer solennellement quoi ? le corps et le sang du Joannès assis à côté de lui et penché sur sa poitrine pendant la Cène (1) !

Tout est mathématique dans l'*Apocalypse*, et c'est pourquoi, sauf les écarts anecdotiques, tout l'est également dans l'action de l'Evangile. Jésus fait tout ce que peut faire, dans le plan terrestre, un Christ qui devait venir et qui n'est pas venu. C'est « l'absence réelle » dans toute son ampleur, la mystification dans toute son hypocrisie.

Les Douze Apôtres, Jésus les a autour de lui comme

---

(1) Le nom du Joannès est resté lié si étroitement aux monstrueuses visions de l'*Apocalypse*, ces visions elles-mêmes sont si bien celles du christ gaulonite que la primitive Eglise s'est trouvée forcée de les attribuer à celui dont elle a fait « Jean, le disciple chéri de Jésus » et qui, vous le savez assez, est le même homme que le Joannès baptiseur.

il devait les avoir selon l'*Apocalypse*. Mais les Cent quarante mille des Douze tribus, où sont-ils ? Aussi près que peuvent l'être des légions interplanétaires : dans l'encrier des évangélistes. Que dit Jésus lorsqu'il est « arrêté sur le mont des Oliviers », pendant que le corps qu'il a pris dans l'Écriture agonise sur la croix du Guol-golta ? « Pensez-vous que je ne puisse prier mon Père, lequel m'enverrait plus de Douze légions d'anges ? (On n'ose plus mettre le chiffre exact de cent quarante-quatre mille.) Mais comment (si l'*Apocalypse* se réalisait en cela) seraient accomplies *les Écritures d'après lesquelles il en doit être ainsi* (1) ? » C'est-à-dire : « Comment l'agneau immolé ce jour-là pourrait-il être figuré par le fils de David si, moi, Jésus, j'appelais à son aide mes Cent quarante-quatre mille Anges ? Toute l'allégorie édifiée sur la faillite et la crucifixion du Joannès, toute la fable évangélique, tout le travail des scribes, en un mot, tomberait à plat. »

Car, tout le secret est là : la Grande Pâque n'étant point venue, les docteurs millénaristes en ont été réduits, dans l'intérêt du commerce baptismal, à soutenir que le Joannès, crucifié par Pilatus à la Pâque de 789 et victime de sa prophétie, était lui-même l'*Agneau de Dieu*, et que le Christ, crucifié dans la personne de son précurseur, reviendrait un jour pour le venger.

C'est un peu après la troisième veille, et au lever de l'Etoile du matin, que le Christ devait venir dans la fameuse nuit de la pâque ; Jésus n'annonce-t-il pas à Bar-Jehoudda dit Joannès, quoique à ce moment celui-ci fût en croix depuis deux heures de l'après-midi, à

(1) Mathieu, xxxi, 52.

Shehimon dit Pierre, à Jacob dit Jacques et à leurs compagnons, tous absents, qu'il sera livré par eux en la personne de son Précurseur ? Quand le coq chante dans Jérusalem pour annoncer l'Etoile du matin, la partie est perdue. Le fils de David est mourant, et l'*Agneau*, signe de la venue du Fils de l'homme, passe au-dessus de la Judée sans s'arrêter. Les apôtres n'ont qu'à se disperser, et c'est ce qu'ils font avec un ensemble mathématique. La chair a été faible ce jour-là, comme le dit si bien Jésus, et c'est peut-être à cause de cela que l'*Agneau* de la Grande Pâque, l'Agneau du Millénium, est *passé* sans descendre sur la montagne de Sion. La Cène et la Fuite des Apôtres au Mont des Oliviers n'ont jamais eu d'autre signification que l'astrologique, et même il est impossible de leur en donner une seconde, étant donné ce fait, — ce fait énorme qui est dans l'Evangile depuis dix-huit cents ans ! — que le christ davidique est prisonnier depuis la veille, lorsque Jésus, compatissant à son sort, l'admet, ainsi que ses frères, en son giron pascal ! Lorsque l'Eglise eut assez menti sur toutes choses pour faire croire que « c'était arrivé », il lui a fallu enlever sa signification millénariste à cette Etoile du matin qui était le précurseur lui-même, annonçant le Grand Jour, le premier des Jours ayant vingt-quatre heures de lumière. Alors elle a dit, dans les pseudo-*Lettres de Pierre*, que « nulle prophétie — il est question précisément du rôle apocalyptique de l'Etoile du matin dans la Fuite des Apôtres — ne s'explique par une interprétation particulière » (1) non reçue par l'Eglise, et qu'en ce qui

(1) Deuxième *Epître de Pierre*, i, 20.

touche l'Etoile, elle se lèvera pour annoncer le Royaume de Dieu, non sur terre, mais simplement « dans les cœurs » (1). Le Joannès devait décrire une parabole encore plus vaste dans le ciel. D'Etoile annonciatrice qu'il disait être modestement dans son *Apocalypse*, il devient soleil levant dans Luc, — ceci après sa résurrection par les premiers scribes — en attendant qu'en dernière analyse il soit promu Créateur du monde par la grâce ineffable de la bêtise humaine !

XXIV

APERÇU DE QUELQUES MANŒUVRES ANTI-APOCALYPTIQUES DANS L'ÉVANGILE

C'est une chose curieuse que le travail des scribes pour préparer le corps du Joannès à incarner l'Esprit nouveau que Jésus apporte dans le roman évangélique.

Avec les idées de paix, de résignation et d'humilité qu'il a gagnées dans la fréquentation des païens, Jésus ne voudra pas revêtir la chair du frénétique auteur de l'*Apocalypse*, si préalablement on ne le camoufle (2). Il faut d'abord que le Précurseur annonce un Royaume très vague dont l'échéance, l'assiette et la durée soient indéterminées.

Les quatre leçons de la Prédication du Joannès-jésus se ressemblent en ce qu'aucune n'avoue qu'il annonçait le Millénium ; que cette prédication a duré sept

(1) La même *Epître*, I, 19.
(2) Mot de police par lequel on désigne l'action de se déguiser dans un but défini.

années ; que la première année était un Sabbat et la dernière un Jubilé, celui de 788. Avouer cela, c'était renvoyer à l'*Apocalypse de 782* et dater de 789 la mort de son auteur. On ne pouvait avouer non plus qu'il attendait le Renouvellement de la terre pour la pâque de cette année-là et qu'il ne devait pas mourir avant que Jésus ne vînt. Dans toutes les leçons, sauf Luc, il est censé n'avoir point prêché sa propre *Apocalypse*, mais obéi aux suggestions d'Isaïe. Or il n'avait rien qui le soumît à Isaïe. Au contraire, étant antérieur à Abraham et fils d'Isaï, père de David, il dominait Isaïe dans le temps et dans l'histoire.

Cependant Marc laisse échapper que le Joannès disait : « Le temps est accompli (rappel de Jehoudda levant la main vers le ciel et disant : « Il n'y aura plus de temps ! ») (1) et le Royaume de Dieu est proche : faites pénitence et croyez à la *Bonne nouvelle*. » Et Luc reconnaît que le jésus annonçait l'*An de grâce*. (2) Point de doute par conséquent, l'Année 788 termine le Cycle du *Verseau* ; le Cycle des *Poissons* commence avec le 15 nisan 789.

La leçon de Luc paraît être la plus ancienne.

Joannès dit devant tout le monde [dans l'*Apocalypse*] : « Pour moi, je vous baptise dans l'eau, mais il en viendra un Autre plus puissant que moi, et je ne suis pas digne de dénouer les cordons de ses souliers. C'est lui qui vous baptisera dans le saint esprit et dans le feu.

Il prendra le van en main et il nettoiera son aire (l'aire du Christ, c'est la Judée) ; il amassera le blé (les Zélateurs

(1) *Apocalypse*, ch. x, p. 23 du *Roi des Juifs*.
(2) Dans l'épisode de *Jésus chez les Naziréens*. Ainsi nommait-on les disciples du Nazir et de ses frères.

de la Loi) dans son grenier, et il brûlera la paille (les Juifs non xénophobes) dans un feu qui ne s'éteindra jamais. »

Il disait encore beaucoup d'autres choses au peuple, dans les exhortations qu'il lui faisait. [et dont le recueil s'appelle les *Paroles du Rabbi.*]

Ce qui me fait dire que cette leçon prime les autres, c'est qu'elle ne contient pas l'artifice par où Marc et Mathieu préparent l'entrée de Jésus. Alors qu'ici le Joannès donne clairement à entendre qu'il en viendra un Autre, lui vivant, et qu'il participera au baptême de feu en l'An de grâce imminent, Mathieu et Marc lui font dire que cet Autre viendra « après lui », précaution nécessaire à l'économie de la fable.

La leçon de Marc est la plus ancienne avec celle de Luc. Bar-Jehoudda y apparaît sous les trois dénominations que lui ont values son Apocalypse et le baptême (1) : *christ, fils de Dieu* à la fois par sa généalogie (2) et son onction, et *jésus* par la rémission des péchés.

Joannès était dans le désert, baptisant et prêchant le baptême de pénitence *pour la rémission des péchés.*

Tout le pays de la Judée et tous ceux de Jérusalem venaient à lui ; et confessant leurs péchés, ils étaient baptisés par lui dans le fleuve du Jourdain.

Joannès leur remettait leurs péchés, donc il était leur jésus (3), et, Jésus le constate, il n'y eut point d'autre christ sous Tibère. Theudas ne fut christ que sous

(1) Le premier verset est : « Commencement de l'Évangile du christ jésus, fils de Dieu. »

(2) Il y est fils d'Adam, qui est fils de Dieu.

(3) Revoir sa Nativité selon Mathieu, et dans la Nativité selon Luc le discours de Zacharie.

Claude (1). Toutefois on ne consent plus à reconnaître dans Marc que le Joannès devait être baptisé dans le feu avec toute sa génération; ce serait faire ressortir le néant du baptême d'eau.

Somme toute, Luc seul reconnaît que le Joannès eut de Dieu une *Apocalypse* directe. Mathieu a l'air de tomber des nues lorsqu'on lui parle de cette *Apocalypse*, — et ceci est admirable si l'on songe que Mathias est l'un des trois scribes qui l'ont transmise.

Voyant les pharisiens et les saducéens venir à son baptême, Joannès leur dit (2) : « Engeance de vipères, *qui vous a donc avertis* de fuir devant la colère qui va venir?

Faites donc de dignes fruits de pénitence.

Et ne songez pas à dire en vous-mêmes : « Nous avons Abraham pour père »; car je vous le dis, Dieu peut, de ces pierres mêmes, susciter des enfants à Abraham.

Maintenant même la cognée est mise à la racine de l'Arbre (de vie). Tout arbre donc qui ne produit pas de bon fruit sera coupé et jeté au feu. »

Le dernier septénaire est en train, nous le savons, et il ne servira de rien aux Juifs d'avoir eu Abraham pour père, car Dieu n'a pas révélé à Abraham ce qu'il a révélé au Joannès; et ce n'est pas d'Abraham qu'il faut se réclamer en pareille occurrence, c'est d'Adam, car il ne s'agit de rien moins que de revenir à la Genèse et à l'Arbre de vie d'où sont issus tous les arbres individuels. Ici comme chez Luc on avoue encore que le feu est l'élément de l'Esprit-Saint dans lequel le Christ devait baptiser son Précurseur et renouveler le monde.

(1) Theudas est le Thaddée de l'Évangile. Battu, pris et décapité.
(2) Mathieu, III, 6 et suiv.

« Tout homme (soit juif, soit païen) verra prochainement le Jésus (1).

Purgée de sa date et de son caractère millénariste
par l'Église, voilà bien toute la prophétie de Bar-
Jehoudda. Réduite à quelques mots, voilà bien toute
l'*Apocalypse*. On y retrouve jusqu'à l'image du Christ
moissonneur, qui lui appartient en propre. Est-il
besoin de dire que si le Christ Jésus est Moissonneur,
ou Vendangeur ou Pêcheur, il n'exercera sur la terre
aucun autre métier manuel. Jehoudda non plus ne fut
oncques Charpentier, sauf peut-être à ses moments perdus, comme Louis XVI fut serrurier. Quant à son fils,
Charpentier lui aussi, d'après Marc, vous verrez qu'en
fait de bois équarri il n'a jamais vu que celui de la croix.

Dans Mathieu on n'avoue déjà plus que le Joannès
était le jésus. On ne prononce plus le mot : « rémission des péchés » qui constitue l'étymologie spirituelle
de ce surnom. Mais dans Luc on reconnaît que « le
peuple était dans une grande suspension d'esprit, tous
se demandant en eux-mêmes si Joannès ne serait point
le Christ ». Vous avez pu voir, par deux passages de
l'*Apocalypse*, qu'on avait à lutter contre des gens toujours prêts à adorer un fils de David, surtout quand il
avait pour père un homme comme Jehoudda. Vous
avez vu aussi que, tout en niant qu'il fût le Christ, il
se faisait passer pour le christ provisoire, si bien qu'en
son vivant beaucoup le proclamaient Christ avec la
grande lettre. La perspective de vivre mille ans avec
lui dans l'Éden excuse cette hyperbole.

Après avoir caché le plus possible que le Joannès eût

(1) Luc, citant Isaïe, pour ne pas citer le Joannès lui-même.

8

été le jésus, il fallut nécessairement que dans son programme politique et social personne ne pût retrouver
les passions xénophobes et les résolutions subversives
de Bar-Jehoudda. Voici ce contre-programme bénin,
candide et tout à tous, par où Luc prépare le Joannès
à entendre, à tolérer les discours de Jésus, qui ne peut
plus, au temps de sa fabrication, s'incarner dans un
homme qui a prêché le refus du tribut, le massacre des
étrangers et l'incendie du Temple, la liquidation des
biens et l'affectation de leur produit à sa davidique personne, s'est fait roi des Juifs, a pris et pillé des villes,
a débauché les soldats d'Antipas, tétrarque de Galilée, pour les lancer contre Jérusalem, a été finalement
battu par Pilatus, arrêté en pleine fuite par les gens
de Kaïaphas et crucifié la veille de la pâque : toutes
choses à venir si nous nous en tenons à la date de 782,
mais passées depuis longtemps au moment où écrit
Luc, tellement passées qu'elles sont consignés dans
d'histoire de Flavius Josèphe et de Juste de Tibériade.

Et le peuple lui demandait : « Que devons-nous donc
faire ? » Il lui répondit : « Que celui qui a deux vêtements
en donne à celui qui n'en a point; et que celui qui a de
quoi manger fasse de même. »

Il y eut aussi des publicains qui vinrent à lui pour être
baptisés et qui lui dirent : « *Maître*, que faut-il que nous
fassions ? »

Il leur dit : « N'exigez rien au delà de ce qui vous a été
ordonné. »

Les soldats [d'Hérode Antipas] lui demandaient : « Et nous,
que devons-nous faire ? » Il leur répondit : « N'usez point
de violence ni de fraude envers personne, et contentez-vous
de votre paye. »

Hé! mais voici un fort honnête bourgeois de Tibériade et mûr pour le brevet de citoyen romain. Et ce pauvre Zacharie qui est mort, comptant sur lui pour secouer le joug de ses haïsseurs! Et ce naïf Cléopas qui dira le lendemain de sa crucifixion : « Nous espérions bien qu'il était celui qui devait délivrer Israël! » Où êtes-vous? Bonnes gens, je ne vous peux voir. La vérité est, en ce qui concerne les soldats, qu'il leur disait : « Trahissez votre maître, abandonnez son drapeau en pleine bataille et passez à mon service avec l'argent qu'il vous a donné. » En ce qui touche les publicains, qu'il leur disait : « L'enfer à quiconque percevra le tribut sur ses frères, palpera, regardera la monnaie à l'image de la Bête! » En ce qui touche le peuple, qu'il disait aux riches : « Vendez vos biens, et m'en remettez l'argent non point en partie mais en totalité, si vous voulez être baptisés de feu! » Aux pauvres : « Vivez sur ces terres pharisiennes et saducéennes, elles sont à vous en attendant le Jardin aux douze récoltes! » A l'extorsion de fonds qu'il prêchait en vue de l'échéance fatale on substitue la charité individuelle et la distribution facultative du superflu. Bien fin qui sous ce déguisement reconnaîtra le héros de la Journée des Porcs, et les assassins d'Ananias (1)!

Toutefois une vérité perce à travers ces mensonges imbéciles, vérité qui brille comme un diamant dans du charbon. Le *Maître*, c'est le Joannès. Au Jourdain, on lui donne du Rabbi à pleines lèvres. Demain, chez les Juifs hellènes, il sera le Kurios et ses *Paroles* seront dites *Logia Kuriou*. Quelques siècles après, il sera le

(1) Nous verrons ces choses en leur temps, plus loin.

Dominus des Romains et enfin le *Seigneur* des Français. Et philosophiquement je trouve cela beau, si je considère qu'en son vivant le père de ce Juif disait aux autres Juifs : « N'appelez personne sur la terre votre Maître, car vous n'avez qu'un Maître qui est au ciel. » Notre Seigneur, à nous gens des Gaules, c'est ce Juif de gibet ! Qui niera que nous ne soyons le peuple le plus spirituel de la terre ?

Telle était l'autorité des révélations que Bar-Jehoudda put soutenir son personnage de jésus jusqu'à la fin et que ses frères purent le prolonger après sa mort. Si on n'avait pas pensé qu'il dût vivre mille ans sans compter la suite, et qu'on pût les vivre avec lui, jamais on n'eût considéré qu'il pût sauver les autres et leur octroyer la rémission. Par lui on se trouva porté au-dessus de Noé, de Job et de Daniel, les seuls hommes qu'on estimât sauvables dans le cataclysme final (1). Jésus-né, jésus-christ, il put donner ou refuser le salut à volonté. Avec cela d'heureuses dispositions pour le charlatanisme et quelques études de magie, il était de ceux qui, savamment triturés par d'autres charlatans, deviennent dieux.

On admirait cet homme qui jouait aux échecs avec Iahvé, calculait les chances, faisait mouvoir les étoiles, poussait les planètes, jusqu'à ce que le Roi des Rois, étourdi par ses chiffres et amolli par ses prières, échec et mat, fût obligé de tirer sa grande épée pour lui, entraînant contre le monde païen toutes les puissances du feu ! On lui demandait d'où il savait ces

(1) Ezéchiel, xiv, 12-21.
(2) Luc, iii, 12.

choses sublimes. On voulait être du secret, on s'age-
nouillait devant lui pour être initié. Pour avoir la foi
qui donne la grâce, et la grâce qui donne le salut, on
donnerait tout, et, en effet, on donna tout, biens, famille
et vie. On croyait avant de savoir, comme des condamnés à croire. Sans le Christ, plus d'Israël! On ne cher-
cha même pas à comprendre. A ceux qui en étaient
capables, on lisait les Révélations de Jehoudda. On
adorait cet imposteur par la raison même qui faisait
croire au Christ : peur du châtiment et attente du
salaire. Je dis : *salaire*, comme l'*Apocalypse*. La
récompense est facultative, le salaire est un dû. Bar-
Jehoudda et ses frères s'attribuaient le pouvoir de
retenir ou de déchaîner le mal, bénéfiques ou malé-
fiques à volonté, selon l'état du ciel, la position des
astres et la direction des vents.

Voilà donc le Joannès épanoui de son vivant dans
une continuelle apothéose. Il remet les péchés, il sauve
les hommes et il sauve les femmes. Il est *le jésus* en
titre et sans partage. Quiconque aura de son eau sera
reçu dans le Jardin. Piperie grossière et magnifique,
spéculation stupide et géniale que l'Église, jalouse des
grandes inventions, a mises sous le nom de Dieu lui-
même !

LA RÉMISSION DES PÉCHÉS

I

RETRAITE AU DÉSERT

Une fois fils de Dieu par la colombe, le reste allait tout seul pour un gaillard qui déjà était fils de David par son père et par sa mère.

D'accord avec les sept Anges, les sept sceaux, d'accord surtout avec l'homme à la voix du Lion, et les sept tonnerres dont il était le plus grand, Bar-Jehoudda donnait toute une période sabbatique, soit sept ans, à la Judée pour se repentir et se mettre en état de recevoir Jésus à sa venue.

Le fils aîné de Salomé n'était pas joli, malgré la céleste collaboration de Jésus à sa naissance. Mais, quoique petit, maladif, de tournure basse et commune (1), il était Nazir, donc sublime. Le Maître dans

_____

(1) Les plus anciens auteurs sont d'accord sur ce point, d'après une tradition à laquelle les Evangiles ne contreviennent jamais. Le faux Origène (*Contra Celsum*) convient qu'il était laid, mais n'admet

une secte où il n'y en avait point, c'était lui, le grand marabout de la zaouia, le chérif de cet Ouezzan. Iahvé l'écoutait, les démons lui cédaient.

Ce n'était pas un joli petit saint Jean, comme on se le figure, et comme on en expose au Salon avec une chevelure en ondes, une bouche fraîche, des dents de loup, des yeux extatiques suivant dans l'air limpide un vol de colombes. C'était un diable de Juif, hirsute et tonitruant, qui peut-être avait reçu quelque estafilade en dépit de son nazíréat. Pourtant la race juive était superbe, surtout en ce pays de Basan où les dieux anciens avaient fait souche de géants, et dans la famille de Jehoudda les hommes étaient hauts et bien découplés.

Shehimon, le puîné, semble avoir eu tout ce qu'il faut, notamment la taille, pour plonger dans le Jourdain des gaillards capables de tuer un Juif tolérant d'un coup de poing.

En communication directe avec Dieu par l'*homme de lumière*, Bar-Jehoudda entend sa voix dans le tonnerre, il guette ses volontés dans les éclairs et dans les astres : le don de prophétie le paye de son renoncement au monde. Les révélations flottent autour de lui, l'enveloppent d'une atmosphère peuplée d'anges remportant sur les démons des victoires qui retentissent dans les orages. Il appelle Dieu, et Dieu se

pas qu'il fût de petite taille et vulgaire. Eusèbe raconte que Thaddée — c'est Theudas — l'un de ses disciples immédiats, prêcha à Abgare, roi d'Edesse, sur « la petitesse, la laideur et l'aspect humble et bas de l'homme qui s'était manifesté d'en haut ». Clément d'Alexandrie, Tertullien, Cyprien, Cyrille d'Alexandrie, Augustin, s'accordent à le regarder comme vulgaire, laid, presque difforme. Avec Jérôme commence une épuration de la tradition primitive : on lui trouve du divin dans sa laideur.

montre. Dieu lui apprend à lire la destinée dans le grand livre dont son père avait déchiffré les caractères étincelants. Si près du désert, on a Dieu pour voisin de campagne ; on lui parle, il répond.

Le Joannès a-t-il, sous le prétexte qu'il suppléait Élie, revêtu le vêtement de poil de chameau et la ceinture de cuir dont ce prophète s'était bandé les reins ? C'est une grande question que celle-là, pensez-y, exégètes ! Elle est digne de vos méditations, et au surplus beaucoup d'entre vous se sont déjà prononcés pour l'affirmative. Pour moi, modeste pionnier de la logique, le Joannès n'a rien qui lui appartienne, ni ce nom qui a servi ailleurs, ni ce costume de poil et cette ceinture de cuir qui ont déjà couvert les flancs d'Élie. Je crois tout simplement qu'étant de Gamala, — d'où vient Camelus, disons Chameau — le Joannès est revêtu dans le roman d'un costume qui rappelle aux initiés le berceau de son illustre père et probablement le sien propre. Ce qui m'incline en ce sens, c'est l'esprit de calembours et de rébus qui inspire tout l'Évangile et qui s'affiche jusque sur la croix (1).

Il se peut que dans les mois hivernaux qu'il passa au désert, le Joannès ait revêtu un complet de poil de chameau pour se protéger contre les morsures de la bise. Nous le lui aurions conseillé d'autant plus volontiers qu'il en avait les moyens. Mais les exégètes voudront bien admettre avec moi qu'ayant prêché le Grand Jour pendant Sept années dans lesquelles il entre fatalement sept étés avec quarante degrés à

(1) Je veux parler du fameux calembour sur Elie et Eloï, tout à fait déplacé en une telle circonstance.

l'ombre, l'homme qui annonçait le retour de l'Eden aux fraîches fontaines et aux ombrages épais, cet homme, dis-je, avait un trop vif sentiment du vrai confort pour s'emmitoufler de chameau sous la Constellation du Chien. Les exégètes n'admettront cela, je le sais, qu'après la résistance la plus opiniâtre ; mais ayant consulté les populations qui vivent aujourd'hui sous la même latitude, nous sommes fondés à croire que, séparé du Paradis terrestre par un aussi faible intervalle, le Joannès serait plutôt revenu au costume de peau naturelle qu'avait porté cet Adam dont il se disait fils (1).

Je suis donc obligé sur ce point comme sur tant d'autres de rompre avec les exégètes, ce qui ne me met pas en bonne posture devant le monde, mais je suis résigné à subir toutes les humiliations.

Luc et le *Quatrième Évangile* ne présentent point Bar-Jehoudda sous ces dehors sauvages. Il était plus policé que ne dit Mathieu. Homme rude sans doute, et voix tonnante, comme il convient à un prophète, mais délié comme un politicien, roué comme un charlatan, effronté comme un brigand. Il prenait le désert comme on prend le maquis.

Dans la fable il apparaît dépouillé de tout caractère fanatique : c'est un impulsif et un illuminé. Mais la renommée ne va pas chercher les gens dans le désert, elle les y suit. Prendre le désert, c'est se cacher pour s'armer. Kaïaphas et les fils d'Hérode n'empêchent personne de prophétiser. Mais on est bien près d'être

(1) Revoyez sa Généalogie. Nous n'avançons jamais rien qui ne soit prouvé.

un révolté comme Jehoudda quand on entraîne à sa suite les pharisiens zélotes, — des saducéens même. Nous verrons les procurateurs romains, et nommément Fadus, traiter en rebelles, disperser et massacrer des bandes qui, comme celle de Bar-Jehoudda, n'avaient fait que gagner le désert. Si elles vont loin de la foule, ce n'est évidemment point par cette délicatesse de sens dont parle Horace.

Au Recensement les hommes de Jehoudda avaient combattu à visage découvert, mais leur fin modifia les mœurs de la secte. On ne faisait plus front à l'autorité, comme dans les temps héroïques. On tolérait, même on conseillait la fuite comme un moyen de prolonger la lutte et d'attendre l'occasion. « Si on vous poursuit, fuyez de ville en ville ! » Ne pas se laisser prendre, tout est là. Bar-Jehoudda est en état de fuite perpétuelle à partir de 782. Personne ne fuit mieux ni plus souvent que Shehimon, nous le verrons. Au quatrième siècle, Athanase, le grand Athanase, évêque d'Alexandrie, imposteur sublime, fuit à faire pâlir Shehimon. On le lui reproche, il s'écrie : « Mais je fuis *more apostolorum !* »

L'Évangile nous voile toute une face du baptiseur : celle du « prophète » au sens musulman. Il ne pouvait convenir aux évangélistes de la mettre en relief, puisque c'est un parti pris chez eux de ménager les susceptibilités romaines et de noyer dans une ombre hypocrite tout ce qui fut Bar-Jehoudda. Le Joannès, *nassi*, prince du peuple, — roi des Juifs, dira Pilatus — ne pouvait pas être plus favorisé que son père, puisque tout l'effort de l'Évangile a été de couper, par Jésus, les christiens de leur base.

Ce n'est point par choix que le Joannès a honoré le
désert de sa présence, c'est par nécessité. Si, mort,
on le compare à Élie, c'est que comme Élie il a été en
fuite dans les sables transjordaniques. C'est là qu'Élie
avait trouvé un refuge contre les violences d'Achab.
Prophète de malheur comme toujours, Élie avait dit,
en engageant Iahvé, qu'il ne tomberait ni rosée ni
pluie sur les terres d'Achab que selon la parole qui
sortirait de sa bouche. Achab s'était mis en colère,
Élie s'était caché vers l'Orient, sur les bords du Carith
qui est en face le Jourdain. Là, il buvait l'eau du tor-
rent, tandis que les corbeaux lui apportaient matin et
soir du pain et de la chair. Quand il n'eut plus de quoi
boire dans le Carith, Élie, victime de la sécheresse
qu'il avait produite, alla chez une bonne veuve de Sarepta, ville des Sidoniens, où Achab ne put le découvrir. Le Joannès alla de même chez les Sidoniens,
voire les Tyriens.

Outre sa mère et ses sœurs, il eut sa bonne veuve
de Sarepta en Suzannah, femme de Chuzaï, intendant
de Philippe le tétrarque ou d'Hérode Lysanias. Elle
était riche, elle fit passer au Joannès tout ce dont il
eut besoin, nourriture et subsides.

II

L'EXORCISTE POSSÉDÉ

Les démons sont soumis à Jésus, ils le sont même
à ses subdivisions, les Douze Apôtres, les Trente-six
Décans et les douze Tribus célestes; ils le sont par con-

séquent à tout Juif possédé de lui. « Seigneur, les démons mêmes nous sont assujettis par votre nom », disent Bar-Jehoudda et ses acolytes. L'*Apocalypse* révèle aux christiens l'autorité qu'ils ont sur les puissances du monde. « J'ai vu, redit le jésus dans l'Évangile, Satan tomber du ciel comme un éclair. Voici que je vous ai donné le pouvoir de marcher sur des serpents et sur des scorpions et sur la puissance de l'ennemi sans que rien vous puisse blesser. Toutefois ne vous réjouissez point de ce que les esprits vous soient soumis, mais plutôt de ce que vos noms sont inscrits aux cieux (1). » C'est sa théorie, c'est celle de ses frères : « Les démons croient qu'il y a un Dieu, disait Jacob, et ils en tremblent (2). » Ils en tremblent, disait Jehoudda-Toâmin (3).

Par la suggestion Bar-Jehoudda a pu réussir des exorcismes et quelques guérisons subalternes qui ont été jugés à leur exacte mesure par les contemporains bien équilibrés, mais personne n'a paru accomplissant les miracles sur lesquels s'est attaché l'œil énorme des foules. Je dis les « foules », je prends le mot aux Évangiles. J'aurais le droit, en puisant à la même source, d'appeler « Mer de Galilée » le lac de Génézareth. C'est le même parti pris de grossissement et d'exagération. On ne niait point que le guérisseur ne fût d'une certaine force, mais il ne dépassait pas la moyenne. Les opérateurs égyptiens faisaient beaucoup mieux et les livres étaient pleins de leurs prouesses. « Aucune vertu divine dans ces expériences, disaient les rabbins qui

----

(1) Luc, x, 18.
(2) Pseudo-épitre de Jacques, ii, 19.
(3) Pseudo-épitre de Jude, 6.

étaient un peu sortis de chez eux; des scélérats y excellent (1). »

Quand Mathieu fait guérir des possédés par le fils de David, il a tort d'ajouter que le peuple disait : « On n'a jamais rien vu de pareil en Israël! » Car on voyait cela depuis Salomon, et c'est pourquoi le peuple souligne : « N'est-ce pas le fils de David? » Tout le monde en Judée était le fils de David, à la condition de connaître le secret de Salomon.

Par certaines formules que nous retrouvons chez les gnostiques d'Alexandrie Salomon matait les démons de telle sorte qu'une fois chassés ils ne pouvaient revenir. (Ce n'est pas comme les Juifs.) Irénée nous en a conservé quelques-unes; elles venaient de plus loin que la Palestine, du fond de l'Inde sans doute ou de l'Ethiopie. Salomon avait indiqué les racines qu'il fallait faire humer au possédé. On approchait de son nez un anneau dans lequel était enchâssée l'une des racines indiquées, et le démon sortait par les narines, attiré par l'odeur. Le possédé tombait à terre comme assommé, ce qui prouve au moins la puissance du remède : alors on conjurait le démon de ne plus rentrer, en lui parlant de Salomon et en récitant sur le malade les formules que ce prince avait léguées (2). Certains opérateurs mettaient devant les assistants un petit vase d'eau ou une cuvette à laver les pieds, ils commandaient au démon de renverser ce récipient en quittant le corps du malade, et quand ils étaient habiles, le démon ne manquait jamais son coup.

(1) La *Réplique du Rabbin* dans Celse.
(2) Josèphe, *Antiquités judaïques*, livre VIII, ch. II.

D'autres guérissaient ou suspendaient les accès d'épilepsie par un moyen que tout le monde connaissait en Palestine, mais que quelques-uns seulement osaient employer, car pour s'en ménager l'emploi exclusif ils répandaient le bruit que s'en servir, c'était courir risque de la vie. Ce remède, c'était le *bara*, plante qui tirait son nom d'un endroit situé dans la vallée septentrionale de Machœrous (1). Les sorciers disaient du bara qu'on ne le pouvait toucher sans avoir déjà de sa racine dans la main, et comme on mourait infailliblement si on touchait à la plante, ceux-là seuls s'en servaient qui avaient le courage d'exposer leurs jours pour l'arracher, et cette catégorie de naturalistes a toujours été rare. Une fois arraché, point de démons en état de résister au bara ; le tout, vous le voyez, c'est d'avoir du bara et Bar-Jehoudda en avait.

Eléazar qui sous Vespasien excellait dans l'expulsion des démons — le chiffre en avait augmenté depuis les apôtres — ne se recommandait nullement de Bar-Jehoudda mais simplement de Salomon. Ce n'est point un christien qu'on appela pour faire l'expérience devant Vespasien, ses fils, ses officiers et ses soldats, c'est un Juif ordinaire. Josèphe qui conte cela perd encore une belle occasion d'opposer les « miracles de Jésus » à ceux de cet exorciste orthodoxe : « J'ai cru devoir rapporter ce fait, dit-il, afin de faire connaître combien ce prince était chéri de Dieu, et afin qu'aucun homme vivant sous le soleil n'ignore le degré de supériorité auquel il possédait toutes les vertus (2). » Ah ! tais-toi, Josèphe, tais-

(1) Josèphe, *Guerre des Juifs*, livre VII, chap. XXII.
(2) Ce passage qui n'a point été touché est une des preuves accessoires que le fameux « passage sur Jésus-Christ » est une fraude ecclésiastique.

toi ! Dieu a un Fils dont les miracles ont eu pour témoins
ta patrie et ton père, et, avec tous les Juifs de ton
temps — Josèphe écrit sous Domitien — tu en es resté
à Salomon ! Josèphe, ta place est en enfer, à côté de
Pilatus et de Kaïaphas !

Bar-Jehoudda n'était point saisi du « démon muet »
qui agite l'homme, le fait écumer, tomber là où il se
trouve, dans le feu ou dans l'eau : il est possédé du
démon opposé, du « démon qui parle », de la Parole
divine que les Juifs traitent de folie. Il punit l'épileptique et admoneste sévèrement le démon de l'épilepsie
qui d'ailleurs ne peut répondre, étant muet de sa nature.
Ce démon, en effet, c'est la Lune elle-même, il est muet
comme la Lune. Bar-Jehoudda, éloquent comme le Soleil, a facilement raison de ce lunatique (ainsi l'appelle
Mathieu) possédé de la *Lues deifica*, du *Morbus sacer*
des gentils. Esculape lui-même n'a-t-il pas dit que l'on
contractait le mal caduc au renouvellement de la Lune,
et n'est-ce point une croyance constatée par les poètes,
acceptée par les nations? Ce mal descendu de la Lune,
il n'y a que la foi dans le Christ ou le Christ lui-même
qui puisse le guérir. « J'ai prié tes disciples de chasser
ce démon, dit le père du jeune épileptique à Bar-Jehoudda, mais ils n'ont pu le faire. » Et à leur tour les
disciples, un peu humiliés, demandent au Rabbi en particulier pourquoi ils n'ont pu.

A cette question Bar-Jehoudda répond, selon Marc :
« Cette sorte d'esprits ne peut être chassée par aucun
moyen autre que la prière et le jeûne. » Si c'était Jésus
qui parlât ici, reprochant aux disciples de ne pas prier,
de ne pas jeûner et par conséquent de manquer le but,
les disciples répondraient deux choses : l'une d'après

les *Évangiles* : « Mais tu ne jeûnes pas plus que nous !
Tu n'as ni prié ni jeûné pour chasser ce démon ! Tu es
tout le temps à table dans nos Écritures ! » ; l'autre selon
les *Actes* : « Mais nous jeûnons dans les *Actes* plus que
tu ne jeûnes dans tout l'Évangile, et Pierre que voici
jeûne si inconsidérément qu'il va se trouver tout à
l'heure dans l'obligation de s'asseoir à la table d'un centurion pour ne pas mourir de faim ! » Ce n'est donc pas
Jésus qui parle, mais le Nazir, le jésus qui attribue ses
succès personnels au jeûne et à la prière (1).

Et cette interprétation, Mathieu la fournit tout au
long. Il répondit : « C'est à cause de votre incrédulité
(que vous n'avez pu chasser ce démon) : car je vous
assure que si votre foi était seulement de la grosseur
d'un grain de sénevé, vous diriez à cette montagne :
« Transporte-toi d'ici là », et elle s'y transporterait, et
rien ne vous serait impossible. Mais cette sorte de
démon ne peut être chassée que par la prière et le jeûne.
(Vous n'êtes donc pas en état). »

« Il chasse les démons par Beel-Zib-Beel, disaient
les saducéens. » Pour se défendre, il lance à ses détrac-
teurs ce trait qui n'a rien de mortel : « Si je chasse les
démons par Beel-Zib-Beel, par qui vos fils les chas-
sent-ils ? » (2) Et en effet les Juifs de Jérusalem prati-
quaient l'exorcisme avec autant de succès, voire davantage, que le fils du Zibdeos. Il peut donc chasser les

---

(1) L'hypothèse de l'existence de Jésus en chair a conduit Twels
(*Recherches sur les démoniaques du Nouveau-Testament*, 1738, in-12) à
des commentaires aussi savants qu'erronés.

(2) « Mais, s'écrie le théologien Bullet, il est indifférent au christianisme qu'il y ait ou qu'il n'y ait pas eu, au temps de Jésus-Christ, des
Juifs qui chassent les démons, puisque la synagogue n'était pas encore réprouvée ! » (*Réponses critiques*, 1773, 1, p. 317.)

9

démons comme font les prêtres de Dagon, guérisseurs d'épilepsie, sans être accusé de sacrifier à Beel-Zib-Beel. « Pendant tout le temps qu'il a vécu, dit l'empereur Julien, il n'a rien fait qui soit digne de mémoire, à moins qu'on ne considère comme quelque chose de grand d'avoir guéri des boiteux et des aveugles et exorcisé des démoniaques dans les villages de Bethsaïda et de Bathanea (1). » Les Juifs eux-mêmes n'étaient point supérieurs aux exorcistes païens fort nombreux et fort habiles aussi.

En vain Bar-Jehoudda se disait-il possédé de Jésus, on ne considérait que la fin de ses détestables visions. Pour les uns, c'était un être malfaisant ; pour les plus indulgents, un fou. « Il chasse les démons par le prince des Démons (Satan), il est possédé d'un Esprit immonde (2). » En un mot, il est d'inspiration satanique ; *similia similibus curat*. Sa retraite au désert était un argument de plus en faveur de la possession diabolique : les solitudes passaient pour être habitées par des Esprits immondes, — voyez les tentations d'Antoine, — et pour être mauvaises conseillères. Aux sept Esprits de Dieu (3) Satan opposait sept Esprits de ténèbres qu'il allait chercher au désert quand il se sentait trop faible pour venir à bout d'un homme (4).

La possession dont Bar-Jehoudda est accusé par les

---

(1) Julien ne parle point des résurrections. Ce n'est pas qu'il les ignore, mais il sait et qu'elles appartiennent à Jésus et que Jésus n'a point vécu.

(2) Appliqué plus tard à Jésus, mais dit primitivement du Joannès, Jésus le reconnait. (Mathieu, xi, 18 ; Marc, iii, 22 et 30.)

(3) Les sept flambeaux de lumière. (Voyez l'*Apocalypse*.)

(4) Mathieu, xii, 43.

Juifs n'est point l'épilepsie, mais le fluide magnétique
exalté par le jeûne : « Joannès est venu, ne mangeant
ni ne buvant, dit Jésus, et les Juifs disent : « Il est possédé du démon (1). » Lorsque le Joannès fut *transfiguré*
par les évangélistes, toutes les accusations portées
contre lui pendant sa lutte avec le Temple passèrent à
Jésus qui reprenait le rôle, parfois avec les modifica-
tions convenables, mais très souvent avec toutes ses
conséquences. Joannès ayant été possédé, Jésus resta
possédé. « Il a le démon, il a perdu le sens » (2), ces
mots reviennent à chaque instant dans l'Évangile. Il
faut se méfier toutefois quand on les trouve dans la
bouche de la mère, des frères ou des sœurs de Bar-Jehoudda : on ne jugeait point autour de lui qu'il fût
« hors de sens » ; au contraire, on l'estimait pour sa
malice et ses ruses. Jusqu'au dernier jour il fut leur
orgueil et leur espoir.

Plus tard cependant les scribes ecclésiastiques trou-
vèrent que leurs ancêtres avaient trop insisté sur cette
possession. Jésus ressemblait par trop au Joannès, les
Juifs paraissaient trop raisonnables, Jésus trop au-
dessous de lui-même. On introduisit quelques miracles
dont le Verbe est seul capable, comme de rendre la
vue aux aveugles et aux sourds de naissance par sa
seule parole, et on fit commenter ces exploits imagi-
naires par des Juifs théologiens. Au rebours des incrédules, ceux-là disent : « Ce ne sont point là les discours
d'un possédé : est-ce que le Démon peut ouvrir les yeux
des aveugles ? » Et ici le mot Démon a le sens satanique de Puissance des ténèbres. Le scribe qui l'em-

_____

(1) Mathieu, xi, 18.
(2) *Quatrième Évangile*, x, 20. *Idem*, vii, 20. *Ib.*, viii, 48-52.

ploie veut dire : « Est-ce qu'un autre que le Christ de lumière peut rendre la vue aux aveugles ? » Au moment où il écrit, on conteste que Bar-Jehoudda soit dieu, il faut bien que quelques Juifs d'aspect sérieux témoignent rétroactivement que, pour avoir fait ce qu'il a fait, cet autre Juif ne pouvait pas ne pas être pour le moins consubstantiel au Père.

Les apparences de résurrection, quand elles s'appliquaient à des apparences de mort, n'étaient point hors de la portée d'un opérateur expert. Par son naziréat Bar-Jehoudda était dans des conditions excellentes ; il fallait que le sujet ne fût pas mort pour qu'il pût s'en approcher : la résurrection était donc infaillible. Toutefois il ne s'y risqua point ; toutes les résurrections de l'Évangile, y compris la sienne, sont statutaires de par l'*Apocalypse* et appartiennent à la christophanie de Jésus.

On ne peut donc admettre, étant donné son vœu, qu'il ait exécuté le tour de magie dont les Égyptiens étaient coutumiers : la résurrection simulée, formule qui se payait fort cher, étant la propriété d'un tout petit groupe d'individus que leur aplomb formidable et surtout leur don de ventrilogie prédisposaient à la pratique (1). En ce cas l'opérateur prenait une certaine herbe, l'appliquait à trois reprises sur la bouche du mort et l'y laissait. Il en posait une autre sur la poitrine, de manière vraisemblablement qu'elle formât la croix, puis, se tournant vers le soleil à l'Orient, il lui adressait une

---

(1) Voyez la formule dans l'*Ane d'or* d'Apulée (livre II), où elle est employée avec succès en Thessalie par l'Égyptien Zachlas, « propheta primarius », prophète de premier ordre.

prière qui rendit le miracle possible. L'invocation terminée, le mort, s'il l'était trop pour se tenir assis, prenait la parole par la bouche de l'engastrimythe. Les assistants fortement suggestionnés croyaient voir, que dis-je? voyaient — c'est la même chose — la poitrine du mort se soulever, et son pouls battre sous l'influence du souffle créateur. Alors, dans un discours influencé par la forte somme que l'opérateur avait reçue, il dénonçait un membre de la famille ou un voisin qu'il accusait de l'avoir expédié prématurément au tombeau pour hériter. Et quand c'était vrai, le résurrecteur ne quittait le pays qu'après avoir encore touché de l'héritier pour renoncer à l'envoûtement (1).

III

LE SIGNE DE JÉSUS

Quoiqu'il doive un peu de gloire à la magie, c'est en agitant le vieux spectre du Jour d'Iahvé que Bar-Jehoudda sème la terreur autour de lui : des hauteurs du Temple à la table rase du désert, il n'y avait pas un Juif qu'on ne pût faire trembler avec les Écritures.

La prophétie entrait comme un coin de fer dans ces dures cervelles de christiens : ceux de la plaine et du lac, plus faciles, plus exposés aux tentations qui amollissent, aux gains qui détendent; et les transjordaniques, tirant vers le désert à l'Orient, plus sombres,

_____

(1) La formule à laquelle Valentin fait allusion dans la *Sagesse* — sans la donner, elle n'est transmissible que verbalement — devait se rapprocher de celle-là.

plus exaltés par la superstition des démons et des
anges. Dans la Galilée d'Antipas, les villes judéo-ro-
maines, la belle Séphoris, la neuve Tibériade résis-
tent. En Transjordanie où le souvenir de Jehoudda
persiste dans le feu qu'attisent sa veuve et ses enfants,
les vieux bourgs font comme le Joannès : ils dévorent
le *Livre des destinées du monde.*

Lorsque le grand prêtre Kaïaphas apprit que Bar-
Jehoudda travaillait de ses prophéties les populations
du Jourdain, Hanan dit à son gendre : « Connu. Ce
sont les fils de Jehoudda qui recommencent. Nous
avons peut-être eu tort de ne tuer que le père. » On en-
voya au Jourdain des pharisiens, des prêtres, des lévites pour enquêter. Ils virent un homme très fanatique, mais qui ne mentait point sur lui-même, quoique
tout le monde autour de lui fût prêt à l'adorer comme
s'il était celui-là même qu'il annonçait. Il déclara qu'en
sa qualité d'Israélite et de Nazir, il était deux fois fils
de Dieu, mais qu'étant homme et venu de la terre il
ne pouvait être ni le Christ Jésus, ni le prophète Élie
ou tout autre prophète réincarné.

Il n'ajouta pas, comme aujourd'hui dans l'Évangile,
qu'*après lui* viendrait l'*Agneau* de Dieu qui enlève les
péchés du monde. Celui qui enlevait les péchés, c'est
lui-même ; et il ne mourrait pas que le Fils de l'homme
ne vînt sur les nuées du ciel, dans sa gloire, avec
l'Agneau, les Douze Apôtres, les vingt-quatre Vieillards et les Cent quarante-quatre mille Anges. On lui
aurait donné la question qu'il n'aurait pas dit autre
chose.

Le Christ Jésus viendrait à la Pâque de 789, la der-

nière du Cycle du *Verseau*, et ce jour-là les Juifs élus
mangeraient d'un agneau qui ne serait plus celui du
Temple mais celui de Dieu même, tandis qu'Hanan,
Kaïaphas, le sanhédrin, les pharisiens et les saducéens
non xénophobes seraient plongés dans le feu d'enfer,
avec les Romains de Pilatus.

Et il était tellement pénétré de cette jubilaire...
échéance que, la veille de la Pâque de 789, gardé à vue
dans la cour du grand prêtre et interrogé par lui, il ne
lui accorde pas la moindre remise : « Je te dis que *dès
maintenant* tu verras le Fils de l'homme venant sur
les nuées. »

Dans ce système, se faire *zib* était l'idéal. Le poisson
bravait tous les dangers, il avait résisté au déluge, il
résisterait au feu. Iahvé lui avait fait un sort meilleur
que celui d'Adam. On enviait le poisson du lac de Génézareth qui, toutes nageoires déployées, fendait les
eaux avec une sérénité qu'il tenait de sa constitution.
Quel symbole eût-on pu trouver qui représentât mieux
le règne du douzième Cycle, le Cycle du *Zib?* Un Juif
hellène pouvait saluer dans l'Ιχθύς la formule intégrale
du Christ Millénaire :

Iésous (Jésus) ;
Xristos (Christ) ;
Θεου (de Dieu) ;
Υios (Fils) ;
Σoter (Sauveur) ;

Les cinq initiales font le mot *Zib* en grec. Quoi de
plus régulier dans la forme, de plus savoureux dans le
fond, de plus significatif en tout, que cet anagramme
comestible !

IV

LE BAPTISEUR

L'impérialisation de Jérusalem sous Kaïaphas eut un avantage : elle fournit de nouvelles images au Joannès qui commençait à s'essouffler. Elle exaspéra le nationalisme des christiens à qui elle donnait de nouveaux affronts à laver. Et puisque tous les Juifs dits honnêtes esquivaient le devoir, désormais on recruterait les vengeurs dans la canaille! Puisque dans le Temple Kaïaphas continuait Hanan, puisqu'Antipas bâtissait Tibériade en Galilée, et que Philippe, crevant de flatterie, après avoir bâti Césarée auprès des sources du Jourdain sur le territoire de Panéas, édifiait Tibériade en Gaulanitide, dans le pays de Jehoudda, et Juliade en Basan sur les fondements de Bethsaïda, on lèverait contre eux l'armée des meurtriers, des vagabonds, des détrousseurs et des publicains en rupture de caisse, la horde des mauvais garçons et des filles perdues.

Le Joannès publia qu'à tous ceux qui viendraient à son baptême il remettrait leurs péchés.

Loin de nourrir moins de haine contre le genre humain, il fit tomber les barrières qui pouvaient retenir les disciples hors du crime. Il abolit la conscience. Avant lui le Christ avait une armée de fanatiques, tremblant pour leur salut; avec lui, il eut une armée de bandits sûrs de l'impunité. On vous prenait des hommes de six pieds six pouces, — il y en avait beaucoup, la race était superbe, — qui avaient trois ou quatre assassinats sur les bras, on vous les plongeait dans le Jourdain en prononçant le nom du Christ, et ils en sortaient tout prêts à recommencer, pour peu que cela fût agréable à Dieu. Les Sicaires de Jésus qui tuèrent jusque dans le Temple, sans raison apparente, au hasard, puisaient leur assurance dans le baptême, trempaient leurs biceps dans la même eau que leur sique.

Une spéculation nouvelle, plus aiguë et plus pressante, le chantage à la peur, naît de la date fatale après laquelle il n'y aura plus de temps : « Encore sept ans, disait le baptiseur, et vous êtes dans le feu pour mille ans! Ou pour mille ans vous êtes dans l'Eden juif, assis à l'ombre de l'Arbre de vie! » Personnifié en Joannès, le baptême cesse d'être une forme de purification respectable par son archaïsme. C'est la rémission accordée ou refusée, selon qu'il plaît au remetteur. S'il accorde, la faute entraînée par le courant du Jourdain va se perdre dans la Mer Morte. De ce jour, le Joannès est véritablement *jésus* et *messiah*, presque avec des majuscules. L'homme une fois sorti de l'eau, *péché*, comme dit crûment l'Évangile, on en fait ce qu'on veut, comme d'un simple poisson : vidé d'abord de sa bourse, c'est un friand morceau, un manger digne de la table apostolique.

Le baptême autorisait la faute par la promesse d'en être absous. D'ailleurs il n'y a plus crime là où il y a foi. Jésus envoie tout droit au ciel un voleur mâtiné d'assassin, et ce voleur est qualifié de bon parce qu'il croit. On pourrait penser que les excès du zélotisme au Recensement furent modérés par le baptême. Ils grandirent au contraire ; le baptême ouvrait la secte à tous les scélérats en circulation dans les provinces. Ce fut la concentration des escarpes. Aucun de ces hommes qui n'eût le cœur et les mains souillées. Tous avaient, par amour de Dieu, pillé, rançonné, volé, brûlé, éventré. D'autre part, s'ils ne défendaient pas Dieu, le Christ ne viendrait pas régner sur une bande d'adultères beaucoup plus dignes du dernier supplice que du Premier jugement ! Pour conquérir l'Eden, la plupart avaient pris les moyens de l'Enfer. Ils avaient brûlé surtout, il pouvait leur en cuire. Un peu d'eau sur ce beau feu ferait grand bien à tous. Non content de laver les péchés, Bar-Jehoudda remit les crimes.

Le baptême devint ainsi l'article principal de la secte. Outre le privilège de conserver, il eut le pouvoir de nuire. Il fut le « permis de chasse aux étrangers », délivré par les agents du Christ. Et pris en ce sens, il est pire que la tyrannie dont on se plaignait. Vous rappelez-vous que le plus beau titre de Jehoudda et de Zadoc, c'est de *pouvoir nuire* à leurs ennemis et d'avoir « *tourmenté les hommes ?* » On contraignait les pauvres d'entrer dans la secte, — le *contrains-les d'entrer* de l'Évangile — tantôt en leur refusant l'aumône quand ils avaient besoin, comme Shehimon dit Pierre fait au boiteux devant le Temple (1), tantôt en les menaçant de Jésus.

Le chrétien peut ainsi se définir d'un mot : physiologiquement, c'est le Juif malade ; religieusement, c'est le surjuif ; moralement, c'est le mauvais juif.

(1) *Actes des Apôtres*, iii, 6.

La Circoncision cesse d'être un signe suffisant de l'alliance d'Israël avec Dieu.

Après le déluge, Iahvé exige la circoncision ; mais contre le feu de l'Esprit-Saint que vaut ce signe ? Par le baptême passé sacrement, le jésus aggrava les difficultés que les Juifs du commun faisaient pour admettre les Gentils parmi eux. Dans sa fureur d'exclusion, il ne recevait même pas les Juifs qui n'avaient pas déclaré la guerre à l'humanité. Les paroles effroyables que Tacite a dites de la haine des Juifs pour le genre humain tombent avant tout sur cette espèce de scélérats.

L'huile vierge se mêla bientôt à l'eau de source, oignant la chair qui avait été lavée. Mais l'eau séchée, l'huile essuyée, à quel signe se reconnaître entre soi ? De l'imposition des mains que restait-il ? Encore moins que de l'huile et de l'eau. Si par hasard le péché a été mal lavé, si l'eau a séché trop vite, il y a le signe de salut greffé sur la peau, charrié par les veines, la croix au front ou sur le bras. La croix, poignée de sique, la plus terrible des armes de combat, recourbée comme un cimeterre, large du dos, fine de la pointe, facile à cacher sous la robe, excellente dans les guet-apens. De cette croix, de cette sique, on perce les démons visibles et invisibles. Esclave, on est roi ; crucifié, on meurt vainqueur. Comment la chair eût-elle été vaincue quand elle était signée de Dieu (1) ?

La croix est partout pour qui veut voir ! Il y a des plantes qui portent la croix ! Le senevé, — ce fameux

(1) *Caro signatur ut et anima muniatur*, dit Tertullien. *De resurrectione carnis*, ch. VIII.

senevé qui revient si souvent dans l'Évangile — a le grain en forme de croix ! Ayez seulement de la foi gros comme lui et vous serez sauvé, bien que, disait le jésus, le senevé soit le plus petit de tous les grains. En quoi il se trompait, comme dans le reste.

Les grains de pavot, de rue, de sauge, de basilic, sont moins gros que le grain de senevé. On a mis le propos dans la bouche de Jésus, à qui on a fait endosser toutes les hérésies du Joannès. Mais, comment Jésus peut-il dire, lui, créateur de toutes choses, que le senevé est la plus petite de toutes les semences ? Un théologien répondra : « Il a voulu dire que le senevé était la plus petite des semences... crucifères. » Soyons sérieux, si c'est possible, sinon le senevé lui-même (c'est la moutarde) monterait à tous les nez !

Par le baptême, le jésus ramenait aux proportions d'un grain de senevé la somme d'humanité dont le christianisme était susceptible. Les premiers apôtres avaient été des insurgés, les seconds furent des sicaires (1). Sous Jehoudda on avait combattu, à partir du jésus on assassine.

Les femmes vinrent nombreuses, horde de paillardes, de voleuses et d'hystériques de la grande hystérie, à ce point perdues que si on croyait l'Église, il ne se rencontrerait pas dans l'Évangile un seul type féminin pur de corps ou de sentiment (2). Elles avaient quelque raison de craindre pour leur salut. On pouvait bien les baptiser, mais il n'était pas facile de les circoncire. De

---

(1) Et c'est le nom qu'on leur donna.
(2) Mais il ne faut la croire en rien, car elle a diffamé Maria Magdaléenne de la plus révoltante façon.

deux signes d'alliance il leur en manquait toujours un.

Sous-produit mauvais, elles avaient perdu le premier homme et beaucoup continuaient à perdre les suivants. Toutes celles de l'Évangile paraissent avoir été particulièrement inquiètes de leur sort dans le Jardin de Jésus. Salomé fut la déléguée aux femmes : il lui incomba de les attacher à ses fils par les liens solides de la terreur, d'utiliser leurs fautes, d'exploiter jusqu'à leurs remords, de leur persuader que les femelles participeraient au salut comme les mâles, tous les êtres devant revenir à l'androgynisme originel. On les eut à ce prix.

V

POUVOIR SANS LIMITES ET SANS PARTAGE

Les Évangiles n'exagèrent pas lorsqu'ils disent que dans les premiers temps on venait de toutes les parties de la Judée au baptême du jésus. Tout ce qui restait des anciens cadres zélotes accourut au Jourdain par petits paquets non d'humbles pèlerins, mais d'apaches résolus. On s'en retournait lavé de toutes les souillures qu'on avait apportées, délivré de tous les scrupules d'honneur et de société, en un mot sauvé. Que cette cérémonie fût un lien de confrérie, point de doute. On s'appela frères entre soi, et les femmes sœurs. Quant à Bar-Jehoudda, rabbi du Maître, messiah du Messiah, christ du Christ, oint de l'Oint, baptiseur d'eau en attendant le Baptiseur de feu, tous le surnommèrent jésus. Il était déjà nazir. Que lui manquait-il pour devenir un jour Jésus de Nazareth ?

On lisait dans les *Psaumes* : « Le Seigneur fait grâce à son christ, à David. » Quand le peuple poursuit de ses acclamations : « Bar-David ! Bar-David ! » cet homme horrible et fastidieux, c'est cette grâce infuse qu'il célèbre. « Bar-David ! Bar-David ! », c'est la voix naïve de tout le peuple juif. « Le roi-messie se nommera David, qu'il fasse partie des vivants ou des morts, c'est-à-dire qu'il s'agisse de ceux qui sont déjà venus dans le passé ou de ceux qui viendront dans l'avenir (1). » « ... Il s'appellera Cémah, disait l'un, Ménahem, disait l'autre. » Ces noms ne se contredisent pas, ils veulent dire *Consolateur* (2). Bar-Jehoudda était mieux que cela, *jésus :* à lui seul *tout* (3), Lévi et Juda.

S'il eût été le seul fils de David qui existât parmi les Juifs, ses chances eussent été centuplées ; les pharisiens n'auraient opposé qu'une faible résistance, d'autant qu'en dehors de ses généalogies il prouvait sa descendance par une habileté salomonique. Mais peut-être était-il le seul qui le fût des deux côtés à la fois, par son père et par sa mère. Il était du sang de David, dit l'*Epître aux Romains*, fausse, mais ancienne. Il s'appelait le fils de David, dit le calife de Bagdad qui connut toute la fourbe évangélique et la dénonça. Gamaliel, qui était de la même famille, et qui présidait le sanhédrin lorsque Bar-Jehoudda fut condamné au fouet,

---

(1) Talmud, traité *Berakhoth*, ch. ii.
(2) Talmud, traité *Berakhoth*, ch. ii.
(3) Lucien tenait probablement ce renseignement fort exact de Celsus, philosophe épicurien sous Marc-Aurèle, qu'il ne faut pas confondre avec Celsus, platonicien sous Julien. L'épicurien Celsus, dans son ouvrage *Contre les Magiciens* qui infestaient le monde, avait consacré deux livres aux christiens, Bar-Jehoudda, Simon de Kitto et autres.

n'eût jamais consenti à parler pour lui s'il n'eût point été convaincu qu'en même temps il défendait un privilège personnel.

Ce jésus, dans les commencements, garda une certaine retenue. Il était vice-Christ, et non le Christ — intervalle immense que l'Église lui a fait franchir sous le nom de Jésus. Tous les frères — à un degré moindre évidemment, puisqu'ils n'étaient pas nazirs, — étaient christs à partir du baptême. Mais il n'y avait qu'un jésus. Conférant par cette pratique une personne nouvelle à l'homme, et ce nouvel homme prenant dès ce jour un nouveau nom, c'était bien le moins que le dispensateur de ces grâces en bénéficiât avant tout le monde. Comment Shehimon serait-il devenu *Képhas* ou *la Pierre*, Jacob senior *Oblias* ou *Force du peuple*, Jacob junior *Andréas* et *Stéphanos*, Jehoudda junior *Toâmin*, si on eût refusé à leur frère aîné le nom même de sa fonction prédestinée ?

Selon le principe de la secte, un homme ne pouvait se dire Roi ou simplement Maître d'un autre homme. Principe excellent au dehors, contre Tibère, par exemple ; exécrable au dedans, si on l'eût appliqué à Bar-Jehoudda. Bar-Jehoudda est plus que roi, plus qu'empereur, plus que grand pontife, il est christ.

Le vice-christ, c'est Shehimon, en Evangile la Pierre. Il s'assimila les quelques tours de magie dont usait le jésus ; il avait la manière, il portait beau, à la fois bête et rusé, lâche et brutal, leste, tout en jambes et fuyard intrépide. Même dans la légende ecclésiastique, depuis le Mont des Oliviers jusqu'à Rome on ne voit que ses talons et sa nuque. Il n'apparaît de face qu'une fois, c'est quand il assassine Ananias et Saphira, vrai type de sacripant juif qui fuit pendant vingt ans la croix qu'il mérite depuis le premier jour, boit, jeûne, prie, tue, harangue, détrousse, bénit et baptise sans qu'il soit possible à l'observateur le plus minutieux de rencontrer en lui le moindre geste honorable.

Impossible de savoir ce qu'a fait Jacob senior jusqu'à sa crucifixion sous Claude, sinon qu'il a coopéré avec Andréas, fougueux manieur de sique, au meurtre d'Ananias et de sa tant bonne femme. On l'a affublé d'une toison si épaisse qu'il y est comme enseveli debout (1). Dans l'imposture des *Actes apostoliques* il apparaît comme le conservateur des lois et ordonnances de la secte ; il juge les cas de conscience aventureux qui surgissent dans ce joli monde et les conflits graves dans lesquels la moralité publique est engagée, les questions qui agitent l'âme de l'humanité, — comme de savoir s'il faut toucher ou non à la chair des animaux étouffés.

Beaux esprits, Philippe et Jehoudda dit Toâmin sont les scribes de la famille ; ils transmettent aux églises la doctrine de leur père. Ménahem n'appartient point nominalement à la fable évangélique, d'où l'on a banni tout ce qui pouvait rappeler trop clairement la fin du dernier des fils de Jehoudda.

A Shehimon et à Jacob la charge de l'intendance, et l'organisation des Agapes, qui jamais ne furent minces.

On était riche, très riche, plus riche que les lévites

---

(1) C'est Epiphane (*Contra Hæreses*) qui lui tresse cette chevelure toute nazaréenne.

avec leurs décimes et leurs prémices. Là on se par-
tagea la terre, l'argent, la substance même du fidèle.
Il n'y eut de mauvais moments que pour le jésus. Les
gués du Jourdain passés, dans ce désert de pierres qui
commençait au delà de Bathanéa, il n'y avait point
d'hôtelleries pour loger les hommes qui de toutes parts
venaient au baptême. On était fort suspect aux gens
des villes, aux soldats d'Antipas et de Philippe, aux
pharisiens qui tenaient pour le Temple. Ce baptême,
qu'on faisait loin des ponts pour n'être point cernés,
commençait en sacrement pour finir en cocarde ; en pèle-
rinage pour finir en concentration. Le ciel, par les
nuits d'étoiles, faisait la plus belle des tentes et l'on
s'endormait en rêvant à ce lendemain terrible et doux,
désiré, attendu par tous, dans lequel on allait se trouver
face à face avec le Christ Jésus. Comment nourrir cette
cohue grossissante au printemps ? Elle n'avait pas soif,
car on buvait l'eau du baptême, mais le Jourdain ne
charriait pas de pain! Les hautes moissons, ce beau
blé d'or que les apôtres mangeront sur tige un jour du
Sabbat, les vergers touffus pleins de fruits, les vignes
luxuriantes aux grappes lourdes, tout cela était sur
l'autre rive, la rive des hérodiens, des saducéens et
des Romains maudits. Si c'est la bonne rive pour ceux
qui possèdent, c'est la mauvaise pour ces gueux : c'est
le pays des haies épineuses, des chiens hargneux et
des bâtons brandis. De maigres sauterelles et du miel
sauvage, voilà tout ce que Dieu donne au jésus pour attendre les trésors du Millénium. Point de manne comme
pour les Hébreux de Moïse. Parfois le vent chaud
et sec, roulant sur les pierres comme la mer sur les
galets, passait, courbait les dos, secouait les cheve-

.lures, faisait trembler les lèvres... « Il approche, murmurait le jésus, c'est son esprit, le voilà ! »

Et c'est à un de ces moments qu'un autre homme du
nom de Jésus se serait présenté ! Le malheureux ! Où
est son Agneau, où sont ses Douze Apôtres, ses Vingt-
quatre Vieillards, ses Trente-six Décans et ses Cent
quarante-quatre mille Anges ? Où est le Feu céleste
dont il doit baptiser la Judée et purifier le Temple ?

Les signes qu'attendait Bar-Jehoudda étaient à
l'Orient, dans les aurores brûlantes et dans les crépus-
cules magnifiques. Theudas, quinze ans plus tard, em-
mène les christiens vers l'Orient pour leur montrer les
signes, et de l'Orient les ramène au Jourdain.

Bar-Jehoudda ne pouvait confondre aucune personne,
sauf la sienne, avec le Christ Jésus. C'eût été un bien
petit Christ qu'un Jésus de Nazareth avec sa bisaiguë et
sa varlope, pour faire la charpente d'un monde nouveau ! Avec les quelques gouttes d'eau vive qui étince-
laient dans sa main, Bar-Jehoudda était de plus haute
envergure, lui qui, tenant le salut entre ses doigts,
immunisait les élus contre le feu final. Quelques journées encore, et les incrédules allaient regretter le déluge ! Mais avec un peu de cette eau dans laquelle fon-
daient les péchés et les crimes, on pouvait traverser la
mer de feu jusqu'à ce que devant l'Éden aux douze récoltes on criât : « Terre ! Terre nouvelle ! » Le baptême,
c'était l'ignifugeage sauveur, moyennant qu'on se
baissât un peu pour laisser passer Dieu. Mais entre le
baptême d'eau du Joannès et le baptême de feu de
Jésus, où y a-t-il place pour un Jésus de Nazareth ?

Le baptiseur tenait le milieu de la route, toute la

route même, et il ne se serait jamais rangé pour céder le pas à un inconnu qui, n'étant ni prophète ni exorciste, ne fût venu à lui que pour lui voler sa place.

Les disciples étaient nombreux au Jourdain, à Jérusalem et dans les bourgs de Judée. La secte était constituée depuis près de trente ans, elle avait ses presbytres, ses diacres et ses apôtres. Le plus qu'on eût pu faire pour un nouveau venu, c'était d'examiner ses titres et de sonder ses reins. Mais s'il eût émis des prétentions à l'omnipotence, il eût été vivement reconduit : non seulement le jésus ne l'eût point baptisé, mais se tournant vers lui et de la voix dont il annonçait la fin du *Verseau* :

— Ah ! te voilà, engeance de vipères ! Où étais-tu, où était ta famille au Recensement de Quirinius ? Trois ans et demi la mienne a lutté contre Auguste, contre les Hérodes et contre Hanan. Les nôtres ont eu faim, ils ont eu soif. Lapidés, crucifiés, égorgés, sept mille sont morts pour la Loi. Mon père, mon oncle sont tombés dans le Temple.

« Qu'as-tu fait, toi, pendant que, chassés de village en village et perdant le sang par toutes nos blessures, nous mettions les pierres du désert entre les publicains et nous ? Tu t'es terré comme un renard devant les chiens, et maintenant, tu ne sors de ton trou que pour prêcher le tribut à la Bête. Quelle absolution viens-tu chercher ici, serpent qui parles comme un grand-prêtre nommé par Rome ?

Et s'adressant à ses frères, froidement :

— Noyez monsieur !

Ce n'est pas seulement à l'examen de conscience que

Jésus aurait succombé. Ce qu'il y a d'absolu dans la constitution du Christ selon le Joànnès, c'est qu'il est matériellement impossible à un homme, même à un grand homme, de se faire passer pour lui. Non seulement Jésus doit descendre du ciel pour fonder le Millénium, mais encore il ne peut le fonder qu'à la condition de réunir en lui les deux sexes.

C'est à la conformation d'Adam qu'il doit ramener l'homme et la femme avant de´ les admettre dans son Royaume. Jésus de Nazareth, venant de la terre d'une part, et conformé comme Abel et Caïn de l'autre, c'est le cumul des impropriétés. Pour faire illusion, au moins lui eût-il fallu présenter la conformation physique d'Adam avant sa séparation d'avec lui-même. Encore n'eût-il été considéré que comme un être d'exception. Même dans ce cas, il eût été au-dessous de l'un quelconque des Cent quarante-quatre mille Anges.

C'est à la fin du second siècle seulement que, revenu du Millénarisme et ému par la fin lamentable de tous ces égarés (1), Jésus consent à les recevoir dans le ciel sans exiger d'eux qu'ils redeviennent hermaphrodites.

Auparavant, avec toute la famille de Jehoudda, il professait que la génération, même dans le mariage, est un péché, et que le Créateur de la génération, Satan, est lui-même le Péché (2). Or, homme, il eût été fils du Péché. Le Sauveur insauvable !

Au contraire, le baptiseur dispose d'un moyen de

(1) Dans Valentin, éd. Amélineau.
(2) C'est ainsi que Clément d'Alexandrie définit la doctrine millénariste.

salut qui s'appuie sur la Parole même de Dieu, et qui, par conséquent, est infaillible. Devant Jésus, les femmes qui étaient dans une situation très inférieure à celle des hommes, puisqu'elles étaient cause du mal de nuit, les femmes vont être remises sur le pied de l'égalité. Quels qu'aient été leurs vices pendant leur existence, elles peuvent gagner le *Millénium du Zib* par le baptême en Jésus, puisque ce baptême lave tout, emporte tout, purifie tout. Cette doctrine livra, pieds et poings liés, et même par les nageoires, tous les hommes superstitieux et encore plus les femmes, tremblantes à la fois de peur et de reconnaissance. Qui ne voudra rentrer dans l'Éden dont Adam a été et dont il serait encore s'il n'avait pas failli ? Qui refusera d'échapper, fût-ce par un truc charlatanesque, à la peine afflictive pour l'homme, infamante pour la femme, que Dieu fait peser sur la race humaine et qui atteint jusqu'à la famille juive ?

VI

JEHOUDDA IS-KÉRIOTH

« Et moi, dit un homme, suis-je donc hors du salut ? — Qui donc es-tu ? — Caïn, fils aîné d'Adam, Esaü, fils aîné d'Isaac fils d'Abraham, et le premier en droit dans le Royaume du Christ. » L'homme qui prononça ces paroles s'appelait Jehoudda, comme l'autre. Il est, sous le nom de Judas l'Iscariote, l'objet de l'exécration universelle, les mères se signent en parlant de lui. Ce serait trop de lui tendre nos mains et de lui ouvrir nos bras, mais rendons-lui justice : c'est le seul embryon de sage qu'il y ait eu parmi ces fous.

De toute cette aventure, en dehors des fils et des gendres de Salomé, Jehoudda Is-Kérioth et Saül sont les plus importants (1). Ils en sont aussi les plus mystérieux. Jehoudda était de Kérioth (2) et fils de Shehimon, ce qui ne dit rien, mais veut dire beaucoup, si Shehimon est le Grand-Prêtre dont Hérode avait épousé la fille. Il avait un beau nom, lui aussi, car si Shehimon veut dire Dieu favorable, et Lévi, Soutien de la société, Jehoudda signifie Action de grâce, ce qui n'est point à mépriser.

Lui aussi attendait le Royaume de Dieu, lui aussi espérait le triomphe des Juifs dans le monde renouvelé, mais à la différence de Bar-Jehoudda il professait que le Fils de l'homme ne viendrait pas régner, surtout pendant mille ans, sans le Père. On aurait les deux à la fois ou personne : échec au *Livre des destinées du monde* et par conséquent au gouvernement provisoire du Messie. Il était pour le Christ, mais contre son lieutenant. De grande famille certainement, il était le seul qui pût contrebalancer la tyrannie de son homonyme gaulonite toujours prêt à abuser des avantages qu'il tirait de la gloire davidique et de la magie. Il tenait contre le baptême, tel que l'entendait le fils de David, et

(1) Celui dont l'Eglise a fait l'apôtre Paul : il va entrer en scène dans quelques instants, vous verrez avec quels sentiments.

(2) Il y a trois ou quatre Kérioth ou Kiriat, aujourd'hui Koureiyat. Les plus considérables sont l'un dans le pays de Moab, au delà du Jourdain, un autre en Idumée, un autre en Judée, Kiriath-Yearim, entre Lydda où le jésus fut arrêté et Jérusalem où il fut crucifié. Ce rapprochement nous fait pencher pour Kiriath-Yearim, où l'Arche fut déposée par les Juifs vainqueurs des Philistins et ensuite retirée par David (II Rois, VI).

contre le pouvoir que s'attribuait celui-ci de remettre les péchés. Comme Saül, c'est un antidavidiste notoire.

Ce que Bar-Jehoudda voulait par sa généalogie, fils de Dieu par Adam, fils de Seth, fils de Lévi et fils de David, c'est que tous pliassent devant lui et le reconnussent pour médiateur entre le Christ et le peuple. Ce n'est pas par lui que les sauvés vivraient pendant mille ans, mais c'est grâce à lui.

Je l'ai déjà dit, on passe trop légèrement sur les *Généalogies du jésus*, sous le prétexte qu'elles sont adultérées et ennuyeuses. On a le plus grand tort, car on abandonne le fil politique de toute l'affaire. En ce qui touche le christ Bar-Jehoudda et Is-Kérioth, elles éclaircissent la querelle et vident la question. Bar-Jehoudda se prétendait héritier du salut par Seth et par Israël : seuls les Israélites séthiens sont fils de l'Homme d'en haut. Jésus ne sauvera ni la descendance de Caïn ni même celle d'Abel, ni l'Idumée, ni Moab, ni Amalech, ni les Samaritains non israélites, ni les Juifs métis de Syro-phénicie. Mais il sauvera toutes les « brebis perdues d'Israël », fussent-elles en Égypte ou dans les pays païens. L'intérêt des Généalogies est donc primordial : elles déchaînèrent des haines terribles et des divisions que le Presbytre d'Asie (1) a essayé de conjurer en recommandant aux christiens sérieux d'éteindre ces brandons de discorde.

En tant que mathématicien Bar-Jehoudda disait descendre de Seth, fils d'Adam, qui, de son côté, tenait de Iahvé que le monde périrait une fois par l'eau et une

(1) *Lettres* dites de Johanan (dans le *Nouveau Testament*, où les généalogies sont condamnées comme propres à causer des divisions.

fois par le feu. Les Séthiens avaient bâti deux colonnes
sur lesquelles étaient gravées leurs connaissances astrologiques, une colonne de brique pour l'eau, une colonne
de pierre pour le feu. Le déluge avait emporté la
colonne de brique, mais on voyait encore en Syrie, au
temps de Josèphe, la colonne de pierre sur laquelle
était gravée la procédure d'Iahvé dans la destruction
du monde par le feu. L'*Apocalypse* y était tout entière.
On était certain que le monde ne périrait plus par l'eau,
Iahvé l'avait dit. On avait fait au nom d'Adam et de
Seth des livres qui confirmaient cela. On était tranquille sous ce rapport : l'eau qui avait été le mal devenait le remède pour les Séthiens, dont étaient les Joannès baptismaux. C'est ce que Josèphe appelle le « so-
phisme » de Jehoudda le Gaulonite. Bar-Jehoudda avait
donc fait sa généalogie par « Adam, fils de Dieu », et
par Seth (1). Remercions Luc de nous avoir conservé la
généalogie qu'il a copiée dans les *Paroles du Rabbi* :
l'arbre y est plus complet. Sans Luc nous en serions
réduits à la généalogie selon Mathieu, coupée bien au-
dessus de la racine, presque à mi-tronc.

Inspiré de Dieu et possédé du Christ comme les Joannès de Gamala, Jehoudda Is-Kérioth faisait coura-
geusement sa généalogie par Caïn, fils aîné d'Adam,
et non par Seth. Les partisans de Bar-Jehoudda s'ap-

(1) C'est celle que donne Luc et c'est la bonne. Mathieu, convenablement arrangé, ne remonte pas plus haut qu'Abraham, et de cette
façon esquive Caïn sans décourager les Séthiens. Mais, dans la descendance d'Abraham, il s'accorde avec Luc en ce qu'il exclut Esaü dit Edom
au bénéfice de Jacob dit Israël. La grosse affaire, on le voit, c'était
d'être le fils de Seth d'abord, et ensuite de reconnaître les droits de
Jacob contre Esaü, son frère aîné.

pellent Séthiens. Ceux d'Is-Kérioth s'appelaient Caïnites et ils ont laissé un Évangile (1). En tenant à la fois pour Caïn et pour Is-Kérioth les Caïnites avaient autre chose en tête que d'honorer l'assassinat en Caïn. Chacun composant son Évangile à sa guise d'après le canon milléhaire, Is-Kérioth combattait Jehoudda et ses fils en soutenant que, malgré le meurtre d'Abel, Caïn avait hérité de la promesse d'Iahvé à Adam, et Esaü de la promesse renouvelée à Abraham.

En faisant sa généalogie par Seth, Bar-Jehoudda jetait d'avance hors du Royaume toute la race de Caïn, premier-né du premier androgyne. Avec une bravoure dont toute la Judée doit lui être reconnaissante, Is-Kérioth prenait à son compte la faute d'Ève et le crime de Caïn, il acceptait la destinée telle que Iahvé l'avait faite à sa créature, il ne rachetait point l'homme par la grâce, il le réhabilitait par les œuvres, il attendait son pardon de l'expiation par le travail : pensée touchante et grandiose par où il se met bien au-dessus du petit charlatan prétentieux qui s'agitait dans les bas-fonds transjordaniques.

Que ce fût par système ou autrement, Is-Kérioth se solidarisait avec cet Esaü que Jacob avait si joliment évincé de l'héritage d'Isaac. A lui seul, il était toute la part volée à Edom (2), il était le droit d'aînesse vivant ; peut-être avait-il des exigences d'autant plus grandes que la justice et la volonté paternelles avaient été jadis violées en lui. Il trouva scandaleux que, pour préparer

---

(1) Tout ce qui a trait au dogme de Jehoudda Is-Kérioth provient d'Epiphane, *Contra hæreses.*
(2) Surnom d'Esaü.

l'avènement de la loi divine, Bar-Jehoudda se permit, même en rêve, de recommencer contre lui le coup d'Israël contre Esaü.

Le premier homme, formé par Dieu du limon de la terre, était roux comme ce limon, d'où il fut appelé Adam, comme Esaü, fils aîné d'Isaac, reçut le nom d'Edom (1) qu'il garda parce que lui aussi était roux. Velu, né à tout le poil, un peu diable, jumeau de Jacob qui lui tenait le talon lorsqu'ils vinrent au monde, Esaü avait fondé l'Idumée : il était le père du peuple d'Edom, d'où étaient issus les Hérodes. Moins puissant que ne devint Jacob, il n'en était pas moins fils d'Isaac et petit-fils d'Abraham. Il n'en avait pas moins de droits que Jacob à la promesse faite à l'aïeul par Iahvé. Son père l'aimait assez pour lui avoir pardonné d'avoir épousé deux princesses cananéennes à la fois. A lui, et non à Jacob, Isaac avait réservé sa bénédiction : on sait par quel ignoble subterfuge Jacob la lui avait ravie ainsi que l'héritage qui en dépendait.

Mais le feu céleste allait descendre, et dans le Royaume, sur la terre purifiée, il n'y aurait que les fils de Seth et ceux de Jacob dit Israël ! Le père Adam n'était donc pas commun à tous les Juifs ? La mère Ève n'était donc pas commune ? Et fallait-il, parce que Caïn avait tué, qu'Edom, autrefois dépouillé par Israël, fût par surcroît consigné à la porte de l'Eden ? Le sang d'Is-Kérioth n'avait fait qu'un tour lorsqu'il avait vu ce crapaud sortir de la bouche du Joannès. Le fils de David usurpait le Royaume, avant même d'avoir usurpé la royauté !

(1) Il en résulte qu'Adam et Edom sont synonymes. (V. Flavius Josèphe (*Antiquités*), à l'article Adam et Edom.)

Il n'y a pas d'homme juste qui, à la réflexion, ne tienne pour Is-Kérioth, comme celui-ci tenait pour Caïn et pour Esaü. Ce n'est pas seulement parce que Caïn et Esaü étaient les aînés que Jehoudda les défendait, c'est parce que Caïn avait vécu du produit de son industrie, alors qu'Abel n'avait prospéré qu'en exploitant la création animale, et parce qu'Esaü-Edom avait imité Caïn, tandis que Jacob-Israël n'avait fait qu'imiter Abel. Abel en somme avait offert du lait et sacrifié des animaux à Iahvé. Caïn, labourant et plantant, lui avait offert les fruits de son travail, entre lesquels était certainement le blé. Caïn avait eu le plus grand tort de tuer son frère, personne n'en disconvenait, mais était-il bien certain que Iahvé eût préféré le sacrifice sanglant d'Abel au sacrifice végétal de Caïn ? Puisque ce dieu avait condamné l'homme au travail de la terre, ne s'ensuivait-il pas que l'offrande du travail fût le meilleur moyen de mériter la grâce ? Cette doctrine entraînait presque la suppression des sacrifices du Temple, quoique à la vérité Caïn eût apaisé la colère divine par un sacrifice analogue à celui qu'avait offert Abel; mais, ce faisant, il avait agi contre son gré, et parce que Iahvé avait préféré le sacrifice animal à l'offrande.

Malgré tout, Iahvé avait pardonné à Caïn. Malgré tout, Caïn était le premier-né d'Adam, fils du Fils de l'Homme : il avait inventé l'agriculture, le commerce, les poids et mesures ; ses fils avaient créé la musique, le psaltérion, la harpe, d'autres, l'art de forger. Malgré tout, il était le Progrès. Malgré tout, Iahvé lui avait donné le signe de protection, la croix, contre les dangers de la vie. Mais Caïn avait une tare irrémédiable dans son passé? Il était le premier qui eût placé des

bornes pour distinguer les terres ? Peut-être, mais voici
Bar-Jehoudda qui s'adjuge la terre elle-même !

Après avoir fait sa généalogie par Caïn au lieu de
Seth, Is-Kérioth, sans contester l'héritage laissé par
Isaac à Esaü et à Jacob, faisait passer la part qu'Abraham avait abandonnée de son vivant à Loth, son neveu,
avant celle qu'Isaac avait laissée plus tard à ses deux
fils. On sait qu'Abraham avait adopté Loth bien avant
qu'il n'eût Ismaël avec Agar et Isaac avec Sarah. Ici
évidemment Is-Kérioth s'éloignait de la ligne naturelle
par scrupule de légalité, — peut-être aussi pour une
autre cause intéressée — mais Agar, mère d'Ismaël,
était une simple servante égyptienne ; et quant à Isaac,
il avait été conçu par Sarah dans des conditions extraordinaires, avec la collaboration d'Anges mystérieux
dont deux au moins avaient un corps parfaitement
constitué, puisqu'ils avaient exterminé Sodome et chassé
Loth de son domaine. Sodome, Loth, sa femme changée
en statue de sel, cet homme chassé de sa ville, réduit
par Dieu à commercer incestueusement avec ses deux
filles pour conserver sa race à défaut de ses biens, tout
ce conte monstrueux semble forgé pour masquer on ne
sait quelle basse conspiration de la vieille Sarah contre
Loth, au bénéfice d'Isaac.

En attendant que le jour se fît sur ces horreurs, il
était constant que les deux filles de Loth avaient eu
deux fils, l'une Moab, l'autre Ammon, que ces deux
fils étaient antérieurs à la naissance d'Isaac, et que
leurs successeurs, Moabites et Ammonites, quoiqu'ils
ne descendissent pas d'Abraham en ligne directe,

avaient comme collatéraux des droits à l'héritage avun-
culaire. On avait vu Is-Kérioth décider, au nom de la
primogéniture, en faveur des Caïnites, fils du meurtre;
on le vit, avec un courage égal, prendre parti pour
Moab et Ammon, fils de l'inceste, au nom de l'irres-
ponsabilité des descendances. Lorsqu'en troisième lieu
il décida pour Edom contre Jacob, il ne lui manquait
plus, pour être complet, qu'à décider pour Choré contre
Moïse. C'est ce qu'il fit.

Qu'est-ce donc que Choré? Un lévite considérable
par sa race et sa richesse et qui mena la révolte contre
Moïse et Aaron, pour avoir été évincé par eux de la
grande sacrificature dont il se croyait plus digne, étant
plus ancien et non moins capable. Voici la chose : on
avait attaqué la terre de Canaan, on avait été repoussé,
on avait dû retourner au désert, on murmurait contre
Moïse. Choré agita les Lévites dont il était, lui aussi,
dit que, sous prétexte de communiquer avec Dieu,
Moïse était un insupportable tyran qui avait établi son
frère Souverain Sacrificateur par bon plaisir et « sans
prendre les voix du peuple »; que la place revenait
soit à lui, comme au plus âgé, soit, si l'on tenait compte
de l'antiquité des tribus, à Dathan, à Abiron ou à Phala,
les plus anciens et les plus riches de la tribu de Ruben ;
qu'en tout état de cause, la fonction dépendait du
peuple et non de Moïse qui avait abusé du nom de
Dieu pour la donner à son frère. Il parla si bien qu'on
faillit tuer le tyran et déposséder le Grand-prêtre.
Moïse avait de puissantes raisons pour préférer la voix
de Dieu à celle du peuple. Il demanda un répit : le
peuple aurait peut-être choisi Choré, Dieu étant acquis
à Aaron. Le lendemain, convenablement stylé par

Moïse, Dieu ensevelissait Dathan et Abiron avec toutes leurs familles pour leur apprendre à être les plus anciens dans la tribu de Ruben, et il consumait de flammes Choré avec deux cent cinquante prétendants, pour leur apprendre à être les plus influents dans la même tribu qu'Aaron. Sur le moment les Israélites reconnurent que ce n'était pas Moïse, mais Dieu qui avait établi Aaron et ses enfants dans la souveraine sacrificature. Cependant l'idée de Choré n'était pas morte avec lui, et il se trouva des hommes, surtout parmi le peuple, pour la soutenir en persistant à vouloir que la grande-prêtrise fût élective. Et quoique en son temps Moïse eût triomphé d'eux par un de ces miracles qu'il combinait adroitement avec Dieu, Is-Kérioth reprenait à son compte la doctrine de Choré, il la tournait contre tous les imposteurs du genre de Bar-Jehoudda qui exploitaient la crédulité des pauvres gens d'après le principe de consultation posé par Moïse.

Bar-Jehoudda voulait tout pour lui, l'Eden plus tard sous le prétexte qu'il descendait de Seth, et le Temple immédiatement sous le prétexte qu'il descendait de Lévi.

« Mais, disait Is-Kérioth, est-ce qu'il y avait un Temple du temps de Moïse? Est-ce que Moïse avait songé à en bâtir un? Le Tabernacle mobile suffisait à tout, Dieu n'habitait pas encore Sion. Et puis Dieu n'avait-il travaillé que pour David? Le Cycle va finir, la Judée n'en a plus que pour mille ans dans vos calculs, et vous donnez à Dieu un Fils qui va confirmer à votre profit un jugement dont nous demandons instamment la revision au Père? Et vous vous dites fils de

Dieu? Et dans vos palabres vous vous entregrattez de compliments imbéciles : « Nous sommes le sel de la terre, la lumière du monde. » Bar-Jehoudda, tu es fils de Moïse; moi, je suis fils de Choré! Je suis avec Ruben contre Lévi, avec la seule tribu devant laquelle Choré abdiquât toute prétention à la grande-prêtrise, la tribu que Moïse a évincée par le crime, en attirant Dathan, Abiron et leurs familles près d'un gouffre et en les y précipitant! »

On voit donc apparaître clairement l'idée très large d'Is-Kérioth : le droit d'aînesse selon Caïn et Esaü couvrant tous les Juifs, ceux de Moab et d'Ammon, ceux d'Idumée, ceux même de Sodome et de Gomorrhe ; et en attendant le Christ, le suffrage du peuple, soit l'élection selon Choré, décidant du gouvernement temporel des choses. Sur toute la ligne échec à Bar-Jehoudda.

Pas une minute, pas une seconde, avec un pareil programme, Is-Kérioth n'a pu marcher sous la bannière des sept fils de la Veuve. Lui seul était logique, lui seul était juste inflexiblement, lui seul était miséricordieux. Lui seul consentait à partager le Royaume entre tous les héritiers. Jamais cet homme-là ne s'est assis à la table de Bar-Jehoudda. Il était bon à tuer depuis le jour où il avait parlé!

LE PRÉTENDANT

I

CHRONOLOGIE ÉVANGÉLIQUE

Pour n'être qu'une suite de paraboles reliées par un semblant d'action, l'*Évangile* (1) n'en est pas moins une notation en raccourci de la prédication de Bar-Jehoudda, pendant ses onze dernières années. Bar-Jehoudda laisse le désert aux sauterelles, rentre dans les tétrarchies hérodiennes, et là, émerveillant les villages par ses prodiges, échappant aux embûches que les hérodiens et les saducéens lui dressent sur son passage, il porte sa doctrine jusque dans le Temple où il se couvre à la fois de scandale et de gloire. Cela dure soit onze ans, soit six mois, selon qu'on s'adresse au *Quatrième Évangile* ou aux trois *Synoptisés*.

Dans l'Évangile, le Joannès ne met pas une seule fois les pieds au Temple. Il est censé habiter le désert

---

(1) A la condition toutefois d'y comprendre le *Quatrième* qu'on n'a pas pu synoptiser à temps.

et baptiser au Jourdain. Il ne monte à Jérusalem pour aucune fête, il ne va même pas à la Pâque, tandis que le jésus et ses compagnons n'en manquent pas une, profondément attachés qu'ils sont à la Loi rituelle. Sur ces apparences, on trouve beaucoup moins de judaïsme aigu dans le Joannès que dans le jésus. On peut même être tenté — je le fus — de croire que le Joannès et ses partisans ont brisé avec le Temple et remplacé les sacrifices par le pain rompu et partagé. Mais quand on sait que, comme homme, Jésus est synonyme de Joannès et que Joannès n'est que le pseudonyme apocalyptique de Bar-Jehoudda, on sait du même coup que c'est Bar-Jehoudda qui monte à Jérusalem pour toutes les fêtes d'institution mosaïque et autres : les Phurim (1), la Pâque, les Tabernacles et la Dédicace. Et Josèphe nous dit que, dans son malheur, la Judée eut la consolation de voir la loi des sacrifices observée sans défection jusqu'à la chute. « Il vaut mieux pour vous, disait Bar-Jehoudda, que vous entriez dans la vie n'ayant qu'une main, que d'en avoir deux et d'aller en enfer, où le ver qui les ronge ne meurt point, et où le feu ne s'éteint jamais. Car tous doivent être salés par le feu, comme *toute victime doit être salée avec le sel*. Le sel (des sacrifices) est bon ; mais si le sel devient fade, avec quoi l'assaisonnerez-vous (elle, la victime) ? »

Alors que dans les *Synoptisés* le jésus ne débute qu'au Jourdain et six mois avant les azymes de 789 où il fut crucifié, dans le *Quatrième Évangile* il débute onze ans auparavant, à Jérusalem, en Judée et en

(1) Ou les Sorts chaldéens renversés au bénéfice des Juifs. Cf. *le Charpentier*, p. 130 et suiv.

Samarie. Cet Évangile entre de plain-pied dans la carrière du jésus, en supprimant tout ce qui touche à ses origines, à sa famille, à sa naissance, à sa descendance davidique : le nœud se serre à Jérusalem, lors de la fête des Sorts de 777 et de la pâque de 785 où le précurseur du Christ renverse les étalages des boutiquiers et les tables des changeurs.

Entre la pâque de 785 et celle de sa crucifixion, il y en a bien une aux approches de laquelle se place l'allégorie de la Multiplication des pains dans le *Quatrième Évangile*; mais à cette pâque-là, 788, Bar-Jehoudda ne monta pas à Jérusalem où déjà les Juifs de Judée « cherchaient à le tuer ».

Pourquoi, après avoir volontairement omis les Sorts de 777, les *Synoptisés* suppriment-ils tout ce qui s'est passé depuis 785 jusqu'aux azymes de 789 ? Parce qu'ils ne peuvent pas avouer que le Joannès-jésus fut jeté dans la prison du Temple par le sanhédrin avant de l'être par Pilatus dans la tour Antonia, prison romaine ; et fouetté par les sergents juifs avant de l'être, si toutefois il le fut, par les soldats de Pilatus. Ils ne veulent pas avouer qu'il y eut contre lui deux commencements de lapidation avant sa mise en croix, et que Jacob junior, son frère, et Eléazar, son beau-frère, furent martyrs avant lui.

Les *Synoptisés* sont d'accord pour supprimer les Négociations avec la Samarie, qui sont de 785, ainsi que la fête des Tabernacles et celle de la Dédicace qui sont de 787, tandis que, de son côté, le *Quatrième Évangile* supprime la Journée des Porcs (1) et le

(1) Nous nous expliquons sur cette Journée au chapitre suivant.

voyage à Sidon avec retour au lac de Génézareth par la Décapole, qui sont de 788 ; il y a un trou d'une année — la proto-jubilaire — dans cet Évangile où l'on ne retrouve Bar-Jehoudda qu'à son Sacre, en février 788. Ce trou, on peut le combler par les divers événements rapportés dans les *Synoptisés*, depuis la Journée des Porcs (été de 788) jusqu'à la crucifixion qui suivit le Sacre d'assez près. Il est impossible d'admettre qu'après cette Journée Bar-Jehoudda se soit risqué dans Jérusalem. Il ne pouvait plus s'y produire depuis la Dédicace de 787 où il avait failli être lapidé pour tout de bon. Et déjà, aux Tabernacles précédents, il avait été arrêté et fouetté : cet épisode n'est plus que dans le *Quatrième Évangile* où il se réduit à l'arrestation ; pour trouver la fustigation, il faut ouvrir les *Actes des Apôtres*.

Mais on ne peut les ouvrir avec fruit qu'à la condition de savoir que tous les événements dont il y est question ont été d'abord dénaturés, puis placés après la crucifixion du jésus, alors qu'ils lui sont antérieurs, et que le jésus lui-même y figure encore sous son nom apocalyptique de Joannès. En un mot, si l'on examine attentivement le système adopté pour toutes ces impostures, on voit qu'elles ont pour but d'effacer l'identité du Joannès de l'*Apocalypse* et du Joannès-jésus et celle de ces deux masques avec le personnage dont les histoires juives parlaient sous son vrai nom de Bar-Jehoudda comme ayant fini sur la croix après avoir agité le pays pendant onze ans.

II

DÉCLARATION DE CANDIDATURE (777)

C'est en 777 qu'il monta faire sa déclaration de candidature aux habitants de Jérusalem. Quoiqu'ils con-
nussent l'astrologie réduite aux douze signes et aux
sept planètes, ils étaient peu capables de saisir les
finesses de ces morceaux précieux qui s'appellent *Apocalypses*. Ils étaient plus sensibles à des cris assaison-
nés de gestes. Bar-Jehoudda poussa son premier cri,
esquissa son premier geste à la « fête des Juifs » (1) qui
répond, je crois, aux Phurim et dont nous avons élucidé
le sens occulte dans le *Charpentier* ; c'est-à-dire le
renversement des Sorts chaldéens et la conversion des
Poissons en signe favorable aux Juifs. Sur ce qui s'est
passé là nous n'avons plus que l'allégorie de la *Piscine probatique de Bethsaïda*, littéralement la piscine
indiquée par les prophètes comme le « lieu de pêche »
pré établi pour le troupeau davidique de Jérusalem. Il

(1) Dans le *Quatrième Evangile* qui seul rapporte le miracle de la
Piscine de Bethsaïda-lez-Jérusalem, ce miracle se trouve placé au chapitre v, après les débuts de Bar-Jehoudda en Judée comme baptiseur,
sa tournée de Samarie et les Noces de Cana en Galilée. Mais l'éva-
luation de la durée du mal dont souffre le miraculé, trente-huit ans,
place la chose avant toutes les autres dans la carrière de Bar-Jehoudda;
car l'évangéliste date le temps depuis la naissance de l'auteur de
l'*Apocalypse*, c'est-à-dire depuis le jubilé de 739. Ainsi Bar-Jehoudda,
reparti pour l'Egypte avant la révolte de son père qui est de 760, en
serait revenu après deux périodes sabbatiques et une demi-période,
ce qui répond à la fois aux indications de l'*Apocalypse* et à la date
de 777, fournie par le *Quatrième Evangile* comme étant celle de son
premier voyage politique à Jérusalem.

s'agit d'une Piscine précédée de Cinq Portiques où nous voyons gisant « une grande multitude de malades, d'aveugles, de boiteux, de paralytiques, attendant le mouvement des eaux, car à certains moments un ange du Seigneur descendait dans la piscine, et l'eau s'agitait. Et celui qui le premier descendait dans la piscine après le mouvement de l'eau était guéri, de quelque maladie qu'il fût affligé (1). » Oh ! la merveilleuse Piscine ! Et comme elle aurait été célèbre si elle avait eu d'aussi merveilleuses propriétés ! Que ses Cinq Portiques auraient été fréquentés ! Comment se fait-il qu'il n'en soit question nulle part ?

« Or il y avait là un homme qui était malade depuis *trente-huit ans*. Lorsque le jésus le vit couché et qu'il sut qu'il était malade depuis longtemps, il lui dit : « Veux-tu être guéri ? » Le malade lui répondit : « Maître, je n'ai personne qui, lorsque l'eau est agitée, me jette dans la piscine : car, tandis que je viens, un autre descend avant moi ». Le jésus lui dit : « Lève-toi, prends ton grabat et marche ». Et aussitôt cet homme fut guéri, et il prit son grabat, et il marchait (2).

... Le jésus ensuite le trouva dans le Temple et lui dit : « Voilà que tu es guéri ; ne pèche plus, de peur qu'il ne t'arrive quelque chose de pis (3) ». Ainsi, ce miraculé n'est point un malade, c'est un pécheur ; et s'il continue à pécher, en s'attachant aux gens du Temple notamment, il lui arrivera pis que la maladie, ce sera dans un délai prochain la *première mort.* « Car, comme

(1) *Quatrième Evangile,* v, 3 et 4.
(2) *Quatrième Evangile,* v, 5-9.
(3) *Quatrième Evangile,* v, 14.

le Père a la vie en lui-même, ainsi il a donné au Fils d'avoir la vie en lui-même, et il lui a donné le pouvoir de juger parce qu'il est le Fils de l'homme. Ne vous en étonnez pas, parce que vient l'heure où tous ceux qui sont dans les sépulcres entendront la voix du Fils de Dieu. Et en sortiront pour *ressusciter à la vie* ceux qui auront fait le bien (Jehoudda et consorts), mais ceux qui auront fait le mal (Hanan et ses pareils) pour *ressusciter à leur condamnation.* » Voilà qui est clair : les malades, aveugles, boiteux et paralytiques réunis autour de la Piscine probatique sont malades de tout autre chose que de cécité, de claudication et de paralysie. Le miraculé notamment était malade depuis *trente-huit ans*, parce qu'il ne savait pas que depuis trente-huit ans il lui était né dans la maison de David un jésus baptiseur d'eau et préparateur au Baptême de feu. Rien que cela nous indique devant quelle Piscine nous sommes. Mais d'abord prenons l'avis de la Sacrée Congrégation de l'Index sans laquelle nous ne saurions faire un pas qui ne soit une chute. « On croit, dit-elle par l'organe de ses exégètes ordinaires, qu'elle était appelée *probatique*, parce qu'on y lavait les animaux (*probata*) que l'on devait offrir en sacrifice dans le temple de Salomon. Elle est située au nord-ouest de la porte d'entrée de l'église actuelle de Sainte-Anne, non loin de la porte Saint-Étienne, dans la partie nord-est de Jérusalem. Cette piscine porte aujourd'hui le nom de *Birket Israil*. Elle était probablement alimentée par les eaux amenées au temple au moyen d'un aqueduc des environs de Betléhem. » Malgré notre respect bien connu pour tout ce qui vient de la Sacrée Congrégation de l'Index, nous ne pouvons accepter cette

explication. En effet le mouvement d'eau qui fait l'admiration des Juifs et la vertu curative de la Piscine
est l'œuvre d'un ange, ce qui lui donne une origine
mystérieuse dont l'adduction par canaux est visiblement
dépourvue. Or le réservoir où l'on cherche la Piscine
probatique était alimenté par conduits, donc sans intérêt au point de vue où se plaçait Bar-Jehoudda ; son
eau n'était point envoyée de Dieu.

La seule source de Jérusalem qui soit dans les conditions requises, c'est la fontaine de Siloë, et comme
elle existe encore avec le caractère d'intermittence
qu'elle avait au temps de Bar-Jehoudda, il est facile de
l'identifier avec la Piscine probatique. L'erreur est
d'autant moins possible qu'il n'y a pas, qu'il n'y a
jamais eu d'autre source naturelle à Jérusalem ou près
de la ville. Toutes les personnes qui y sont allées le
Bœdeker à la main vous diront que le même ange du
Seigneur descend encore dans la fontaine de Siloë
et qu'il en remue les eaux deux fois par jour en été,
une fois seulement en automne et jusqu'à *cinq fois* en
hiver, après des pluies abondantes, comme il arrive
notamment sous le signe des *Poissons*. Il y a dans la
montagne un bassin relié par un siphon rocheux à la
fontaine où le contenu du bassin caché se déverse d'un
coup, chassé par la pression atmosphérique. Il est bien
vrai comme le dit la Sacrée-Congrégation de l'Index
que *probaton* fait au pluriel *probata*, mais il ne désigne
point les animaux qu'on immolait dans le temple sous
le fils de David et de Bethsabée ; il désigne le troupeau
de la bergerie que le *békôr* (1) de Jehoudda et de Salomé

_____

(1) Le premier-né, il vous en souvient sans doute.

devait conduire aux riantes prairies dont il vous a
donné la description sous son nom de Joannès. « Je ne
suis envoyé que pour les brebis perdues d'Israël, disait-
il », (et non pour ces ignobles goym que je paîtrai avec
ma verge de fer sur un sol où il n'y aura point d'herbe) :
c'est moi qui suis jésus, berger de ce troupeau. » La
christophanie le répète-t-elle assez? Quant aux Cinq
Portiques, vous saurez qu'il n'en existe nulle part de
semblables, attendu qu'ils sont composés de mille
colonnes (années) chacun; mais toute leur valeur est
qu'ils précèdent le Sixième Portique, celui des *Poissons*, seuil millénaire du Royaume de Dieu.

Vous avez immédiatement reconnu dans les Cinq
Portiques les Cinq Cycles de mille ans, *Balance, Scorpion, Sagittaire, Capricorne* et *Verseau*, par lesquels
les Juifs ont dû passer pour aborder au Royaume du
Christ, et dans les cinq agitations quotidiennes de l'eau
les cinq avertissements de Dieu. Ces Cinq Portiques
ont été aussi mauvais pour les Juifs de Jérusalem que
les Cinq époux de la Samaritaine dont il sera question
tout à l'heure et les Cinq pains d'orge que nous verrons
dans la Multiplication des pains. C'est, sous trois
formes, la même image du *Thème du Monde* et de
l'*Horoscope des Juifs*; ce sont les Cinq Cycles de
Satan auxquels Iahvé va opposer enfin le *Cycle de
grâce*, le Sixième Portique ou *Cycle du Zib*. « Le salut
est dans l'eau, a dit autrefois le Zibdeos, » et c'est à qui
doit lutter pour être jeté le premier dans la Piscine de
la bergerie dont le fils de David a la garde de par
Dieu.

Vous remarquerez que Bar-Jehoudda ne baptise point
dans la fontaine de Siloë; il se borne à y réunir son

troupeau de fidèles : c'est la vieille fontaine royale qui donnait de l'eau à la partie basse de Jérusalem dite la Ville de David (1). Mais pendant son septennat il viendra baptiser dans la piscine de Siloé située un peu plus bas et qui était comprise dans l'ancienne enceinte au temps des rois ; elle est alimentée par la source *probatique*. Des fouilles récentes ont mis à jour des bains qui semblent dater d'Hérode et dont l'origine remonte peut-être à David ou à Salomon, puisque Bar-Jehoudda les revendique pour y pêcher ses poissons de Jérusalem. A la fontaine Bar-Jehoudda *lève* un partisan ; à la piscine Jésus rend la vue à un aveugle-né. Dans le premier cas, c'est l'homme qui a agi ; dans le second, c'est le Verbe qui parle. Et il parle dans le sens où le jésus de 777 a agi ; il renvoie les Juifs aux Écritures qui leur promettent un Messie fils de David. « Va, dit le Seigneur à l'aveugle, lave-toi dans la piscine de *Siloé*, ce qu'on interprète par *Messiah* (envoyé). Il s'en alla donc, se lava et revint, voyant clair (2). »

Tout cela, en effet, est clair comme de l'eau de Siloë. A l'âge de trente-huit ans, Bar-Jehoudda est monté

(1) Il semble bien que la fontaine de Siloë soit le lieu dit Gichon où Salomon fut sacré roi par les émissaires de David. (I *Rois*, I, 38.) C'est une très vieille tradition, et recueillie par les Arabes, que la mère de Bar-Jehoudda y aurait puisé de l'eau. « Aïn Sitti Maryam, disent-ils. »

(2) *Quatrième Evangile*, IX, 7.
Il est remarquable que sans le *Quatrième Evangile* nous ne saurions plus ni que Bar-Jehoudda est venu à Jérusalem, âgé de trente-huit ans, ni qu'il a baptisé à la piscine de Siloë, en Judée et en Samarie. Si nous ajoutons que cet Évangile mentionne seul la condamnation et la mort d'Éléazar, beau-frère de Bar-Jehoudda ; qu'il est le seul à ne pas contenir de Cène, et à dire catégoriquement que Bar-Jehoudda fut mis en croix avant la pâque, ne nous étonnons plus que Cérinthe, auteur de cet *Évangile*, ait été classé parmi les plus abominables hérétiques de son temps !

à Jérusalem où demeurait sa sœur, la femme de Cléopas, il a réuni les ouailles de la bergerie davidique et leur a annoncé qu'on entendrait bientôt parler de lui.

III

L'ÉCLIPSE

Tandis que les Juifs raisonnables et les politiques saducéens perdaient chaque jour davantage le sentiment de la Grande Année, les disciples, tourmentés par leur génie sinistre, fatiguaient Dieu de leurs prières pour qu'il envoyât Jésus à la date indiquée.

A chaque Pâque ils avaient attendu des signes, et parfois ils en avaient obtenu. En Asie notamment. Le Christ Jésus venait lentement, mais il venait. Grand trouble, angoisse inexprimable quand le jésus et ses frères jetaient ce cri dans les fêtes : « *Maran atha*, le Seigneur vient, — *Maran etha*, que le Seigneur vienne! » (1)

Quelle importance ont les signes exceptionnels survenant au milieu d'une prédication pareille! Le plus symptomatique de tous, c'est l'éclipse, le soleil ou la

(1) Et non « Notre Seigneur *est venu* », comme certains ecclésiastiques le voudraient. On s'étonne vraiment de lire ces mots syriaques avec cette traduction dans les commentaires de M. l'abbé Paul Flach sur les *Épîtres de saint Paul*, 1871. (Sur ce point, voir *Intermédiaire des chercheurs et des curieux*, du 13 février 1906.) M. l'abbé Flach est le fils d'un ancien rabbin converti au catholicisme.

Maran atha vient de l'Apocalypse. Loin d'être une formule de malédiction, comme d'autres l'ont avancé, c'est un appel, un cri d'espoir. C'est avec le Moyen âge seulement qu'il est entré dans le vocabulaire de l'excommunication.

lune se voilant la face, s'obscurcissant comme pour
acquiescer aux prophéties. Pour Joël, un des vieux prophètes favoris de la secte, c'est un indice de la fin des
temps. Le jésus eut toutes les chances : il avait obtenu
de Dieu un tremblement de terre en 774 ; vers 785, il
lui arracha une éclipse de soleil. « Homme approuvé
de Dieu, dit son beau-frère Cléopas dans Luc ! »

Le jour venait enfin où le Joannès des Juifs se trouvait, par le décret d'Iahvé dans la même situation que
le Joannès des Égyptiens, à la peau de poisson près.
O bienheureux temps où les éclipses conduisaient
au trône! Dans les âges fabuleux, le Joannès égyptien, envoyé d'Hermès et sachant que le soleil
allait être éclipsé, avait tenu ce discours au peuple :
« Je viens vers vous comme messager de la colère
divine, car la divinité est irritée de ce que vous ne
vous êtes pas rangés sous l'autorité d'un prince. Si
vous ne changez pas de conduite et si vous n'établissez
pas un roi au-dessus de vous, le grand Luminaire du
jour s'obscurcira pour vous (1). » Les Égyptiens

(1) Michel Psellos d'après Chérémon. (*Origines de l'histoire* par
M. Fr. Lenormant, p. 585.)
Depuis longtemps la science honnête — j'entends celle qui n'use
pas de supercherie — prédisait les jours, les heures et les instants où
devaient se produire les éclipses de soleil et de lune. Elle n'en abusait point pour tromper le peuple : au contraire, elle essayait de le
faire revenir sur le préjugé que ces phénomènes étaient un effet de
charmes et d'enchantements irrésistibles (voyez Pline là-dessus). Un
Grec comme Périclès étend son manteau devant les yeux du pilote
épouvanté par une éclipse de soleil et lui dit : « Ce que je fais là n'en
diffère qu'en ce que le corps qui passe devant le soleil est plus grand
que mon manteau. » Un Romain comme Sulpicius Gallus, tribun de
la seconde légion au temps de Paul-Emile, prédit une éclipse de lune
qui devait arriver la veille de la bataille contre Persée, assemble ses
soldats pour qu'ils n'en soient point impressionnés, leur explique les
raisons physiques du phénomène, en marque la durée de deux à

l'avaient chargé de chaînes, résolus, si sa prédiction ne
s'accomplissait pas, à le mettre à mort et, si elle se
réalisait, à le faire roi. La lune étant venue se placer
devant le soleil dans le temps annoncé, on avait délivré
le Joannès au milieu des acclamations, on l'avait sup-
plié d'apaiser le dieu. Le Joannès s'était laissé fléchir,
et serrant les lèvres comme un possédé, murmurant
quelques mots cabalistiques, il avait consenti à ce que
le soleil reprît sa lumière. Le jour même il était roi. Le
Joannès du Jourdain ne pouvait pas l'être avant 789,
mais son éclipse était d'aussi bon poids que celle du
Nil. Dans sa famille on pensa qu'elle était de lui.

Il semble qu'une partie, d'ailleurs très faible, des miracles qu'il avait annoncés se soit produite dans les
dernières années de la procurature de Pilatus. Ce ne fut
pas, bien entendu, l'accomplissement de l'*Apocalypse*,
mais Jésus fit d'en haut un petit signe à son prophète.

Cette éclipse qu'il avait sans doute prédite — son programme était si vaste! — vint au secours de sa réputation menacée. Au bout d'un siècle ou deux il fut très
facile aux évangélistes de dire qu'elle avait coïncidé
avec l'année de sa mort et marqué la part que le ciel
avait prise à ce malheur. Quant à coïncider avec l'instant précis de la crucifixion, c'est une autre affaire : je
ne sais ce que l'avenir nous réserve, mais on n'a pas
encore vu d'éclipse de soleil pendant la pleine lune!

Phlégon, l'affranchi d'Hadrien, qui a fait la chronique

quatre heures, et fait ensuite un traité sur cette matière. (Valère
Maxime, livre VIII, ch. XI.) Un Juif comme Bar-Jehoudda s'attribue
le mérite de l'éclipse, perturbe l'esprit, compromet la vie et pompe
l'argent des malheureux qu'il ensorcelle. Qui du Grec, du Romain ou
du Juif connaît le vrai Dieu?

des prodiges advenus jusqu'au temps d'Antonin, mentionnait une éclipse totale sous Tibère. Or comme, malgré toute son érudition, il ne parlait point de Jésus et qu'au contraire il citait l'*Apocalypse* (1), Phlégon a disparu de toutes les bibliothèques à partir de Théodose. Mais Julius Africanus, — dans Eusèbe — dit avoir vu l'éclipse dans Phlégon. Cela se peut bien, puisqu'il écrit quatre-vingt-dix ans après lui. Ce qui se voit beaucoup mieux que l'éclipse, c'est l'effort de l'Église pour l'adapter aux diverses dates qu'elle a successivement collées sur la croix de Bar-Jehoudda.

On mit d'abord dans l'*Anticeïse* que ce phénomène était contemporain de la Passion, sans en apporter d'ailleurs la moindre preuve. On s'enhardit dans Eusèbe qui, à propos d'une lettre où on fait résoudre par Africanus la difficulté des généalogies du jésus, produit le passage où il est question de l'éclipse de soleil comme étant advenue en l'an IV de la deux cent deuxième Olympiade, et la plus grande éclipse qu'il y eût jamais eu. « Il faisait nuit, dit-il, à *la sixième heure* (midi — encore faudrait-il savoir pourquoi Phlégon compte à la juive?) et on vit les étoiles : un grand tremblement de terre dans la Bithynie renversa presque toute la ville de Nicée. » Philoponus, qui cite également ce passage, d'après Eusèbe sans doute, dit en deux endroits que l'éclipse arriva la IIe année de la 202e Olympiade, et en deux autres endroits que ce fut la Ve, à l'encontre d'Eusèbe qui adopte la IVe. Observons que Philoponus donne cinq ans à l'Olympiade qui n'en eut jamais que quatre.

---

(1) Nous montrerons même qu'il en citait l'auteur, lorsque nous arriverons aux témoignages des écrivains de tout pays qui ont connu Bar-Jehoudda et qui par conséquent n'ont pas connu Jésus.

L'astronomie appelée au secours de la chronologie a, par Képler, Hogdson, Halley et autres, décidé qu'il y avait bien eu une éclipse à Jérusalem et au Caire à l'heure d'environ midi et quelques minutes, mais que ce n'avait été ni dans la IIe, ni dans la IVe (ni dans la Ve année !) de la 202e Olympiade, mais bien dans la Ire. Tracas fort inutile, puisque, même en admettant deux éclipses à quatre années d'intervalle, Phlégon n'établissait aucune relation de cause à effet entre le phénomène dont il parlait et la crucifixion de Bar-Jehoudda dont cependant il connaissait l'*Apocalypse*. Mais j'ai honte vraiment d'alléguer l'autorité de chroniqueurs du second siècle comme Phlégon, et de savants modernes comme Halley, Hogdson et Képler, lorsque nous possédons la relation ecclésiastique de l'éclipse advenue pendant que le jésus était en croix. La foi étant au-dessus de l'histoire et de la science, nous ne devons créance qu'à Denys l'Aréopagite. Le 14 nisan 789, à trois heures de l'après-midi, au moment précis où l'éclipse a lieu dans l'Évangile, Denys l'Aréopagite qui voyageait en automobile avec son ami le sophiste Apollophane, arrivait à Héliopolis de Phrygie, la ville du Soleil, et là ils étaient tous deux spectateurs d'un miracle tel que Denys, depuis canonisé pour sa véracité, croyait devoir envoyer à ses collègues d'Athènes une carte postale dont le texte nous est parvenu (1). Denys et Apollophane virent distinctement la pleine lune qui, sans aucun souci de son état gravide et témoignant d'autant de respect pour l'Évangile que de mépris pour les lois astronomiques, venait se placer sous le soleil à

(1) C'est un monument des plus curieux de l'imposture christienne, mais non des plus extraordinaires. Nous verrons mieux.

midi, restait là jusqu'à *trois heures*, et retournait ensuite vers l'Orient, au point d'opposition où elle ne peut se trouver que quatorze jours après. En foi de quoi Denys l'Aréopagite signait ce que dessus avec le sophiste Apollophane.

IV

LA PAQUE DE 785 (1)

Les pharisiens, quoi que disent les Évangélistes, n'en voulaient point à la vie de Bar-Jehoudda. On a beau le représenter comme évitant de « circuler *en Judée*, car les Juifs cherchaient à le tuer » (2), si les Hiérosolymites avaient eu un pareil dessein avant 788, ils n'avaient qu'à étendre la main pendant les fêtes. Il est vrai qu'il n'était jamais plus fort qu'aux fêtes.

Quand tout le poisson frétillait à Jérusalem, Bar-Jehoudda et ses frères, laissant leurs filets symboliques sécher sur les bords du Jourdain et du lac de Généza-reth, montaient pêcher dans la Ville Sainte. Ce jour-là, Bethsaïda ou Kapharnahum ne pouvait plus être capitale. La Grande Église était à Jérusalem. Après les sacrifices et les offrandes, les vœux de naziréat accomplis, on se réunissait en des Agapes dont les fidèles faisaient tous les frais. On courait les synagogues des Affranchis où

(1) Nous datons de 785 sur les indications du *Quatrième Évangile* où le jésus est donné comme ayant quarante-six ans. V. le présent volume, pp. 101, 102 et 200, 201.

(2) *Quatrième Évangile*. La Judée et les Juifs sont mis là par opposition aux Juifs transjordaniques et aux quelques Samaritains qui tenaient pour le fils de David.

se réunissaient les Juifs de Rome et quelques prosélytes, celles des Hellénistes, des Cyrénéens, des Alexandrins, des Ciliciens et des Asiatiques et là on débitait de furieuses apocalypses.

Le rendez-vous était sous le Portique de Salomon qui terminait l'enceinte du Temple vers l'Orient d'où Jésus devait venir. On y parlait de la Consolation d'Israël, de ce que la Loi défendait aux Croyants et surtout de ce qu'elle permettait contre les infidèles. On était Juif physiquement et métaphysiquement, avec délices. La bourgeoisie pharisienne, bardée d'inscriptions et de phylactères, redoutait ces rebouteurs dont le pouvoir maléfique était le seul qu'on ne contestât point. Aucun n'osait leur chercher querelle, car s'ils chassaient les esprits impurs, ne les déchaînaient-ils point aussi ? Quelques Hiérosolymites, hommes, femmes, enfants, tournaient autour d'eux, aboyant à la santé. Les habitants des villages voisins venaient, et quand par hasard on en soulageait un, ils remportaient une foi qui tenait du miracle. On en vint à disposer les malades dans les rues, sur des grabats, de manière que l'opérateur, rien qu'en passant devant eux, les effleurât de son ombre et les touchât de sa grâce (1).

Pendant les pâques surtout on se sentait fort de la cohue, fier de la Loi qui ces jours-là tirait du coude à

---

(1) On peut admettre sur ce point les *Actes des Apôtres* : ce sont des pratiques en usage dans tout l'Orient. C'est à Shebimon que les *Actes* les attribuent, mais tout démontre qu'elles appartenaient à Bar-Jehoudda. Le fait a été transporté de l'Évangile dans les *Actes*, après que l'Église eut décidé que le jésus ne serait allé qu'une seule fois à Jérusalem, pour y être crucifié. C'est pour la même raison que la guérison du boiteux, les emprisonnements et fustigations, l'assassinat d'Ananias, etc., ont été placés après la crucifixion.

coude une cohésion irrésistible. Kaïaphas était bien
grand-prêtre à midi de par Pilatus, mais le serait-il
encore au coucher du soleil ?

Ce qui caractérise la folie christienne, c'est une impitoyable logique dans son objet. Jérusalem étant le seul
endroit du monde où les Juifs pussent être sauvés (1),
Bar-Jehoudda leur commandait de quitter la nation où
ils étaient répandus, de revenir au centre de la croix et
d'apporter leur argent à ceux qui défendaient le Christ.
Croisade, en un mot, et tribut : être là pour la Grande
Pâque. Le mouvement partait bien de Jérusalem, mais
pour y revenir toujours. Sur les deux voisins de Bar-
Jehoudda crucifié, l'un était de Cyrène ; il avait cru, il
était venu.

La pâque que veut Bar-Jehoudda, c'est l'Internatio-
nale juive. Petit à petit les prêtres avaient monopolisé
le sacrifice, retiré le droit de tuer aux chefs de famille
et à leurs fils aînés. L'ordre y gagnait certainement,
mais le fanatisme y perdait. Moïse avait ordonné qu'à
la pâque tout le peuple fût prêtre en ce qui touche
l'agneau, et que chacun en fit le sacrifice soi-même, sans
le concours des lévites comme pour les autres victimes.
Des aristocrates comme Philon le reconnaissent (2).

_____

(1) « Je les ai jetés au loin parmi les gentils et dispersés à travers les
régions, dit Iahvé des Juifs, mais je leur ai été un petit sanctuaire
dans les contrées où ils sont allés... Je vous recueillerai d'entre les
nations, et vous rassemblerai des contrées où vous avez été répandus,
pour vous donner la terre d'Israël. Quand ils y seront rentrés, ils en
ôteront toutes les idoles et toutes les abominations. Je ferai qu'ils
auront un même cœur et mettrai en eux un esprit nouveau ; de leurs
corps mêmes j'écarterai le cœur de pierre pour le remplacer par un
cœur de chair, afin qu'ils cheminent dans mes prescriptions, qu'ils
gardent et pratiquent mes lois, qu'ils soient mon peuple et que je sois
leur Elohim. » (Ezéchiel, xi.)

(2) _Vie de Moïse_, livre III.

D'autre part, la Loi interdit formellement de tuer « hors de la maison de Dieu et là où est son nom » (1) ; il s'ensuit que selon Bar-Jehoudda le Temple, ce jour-là, était au peuple. L'unité des fils d'Israël dans l'ancienne pâque rétablie, et point d'étrangers dans la Cour du Temple ! « La Pâque est dite ainsi dans la langue hébraïque de ce que les particuliers assemblés sacrifient sans les prêtres, selon la Loi qui leur permet de vaquer eux-mêmes au sacrifice chaque année dans l'unique jour à ce destiné (2). »

Ç'avait été tout le programme religieux des Zélotes qui s'étaient emparés du Temple à la mort d'Hérode, pour y célébrer ce que Josèphe, pharisien méticuleux et grand-prêtre manqué, appelle dédaigneusement « leurs sacrifices. » Ce fut tout le programme de Bar-Jehoudda, il n'en eut jamais d'autre, il ne vit jamais plus loin que le bout du nez de l'agneau mené à l'autel et égorgé des mains de chacun Juif. « *Le zèle de ta maison me dévore* », dit-il (3). Il émettait certainement la prétention d'entrer dans le Temple avec des chaussures et des bâtons. Les Evangiles sont pleins de recommandations là-dessus et les christiens de Ménahem les ont suivies en 819. Pour le reste on s'entendait avec le Temple, on ne lui refusait rien, ni les décimes, ni les prémices, ni les honneurs. On n'en voulait pas aux lévites. Jehoudda et ses fils étaient de la tribu de Lévi, ils tinrent jusqu'au bout pour ses privilèges.

Je ne doute pas que le jésus n'ait fait à la pâque de

(1) *Deutéronome*, XIII.
(2) Philon, *Vie de Moïse*, livre III.
(3) *Quatrième Évangile*, II, 17.

785 l'esclandre que l'on dit, en bousculant les étalagistes. Personne toutefois ne renversa les boutiques
stables placées à gauche et à droite de la porte orientale
du Temple, sous le Portique de Salomon, la seule partie
qui restât de l'ancien édifice. On y vendait le vin,
l'huile, le sel, la farine et les autres choses nécessaires
aux sacrifices.

Comme pêcheur d'hommes, Shehimon valait presque
Bar-Jehoudda. Lui non plus n'était pas un apôtre pour
vieilles demoiselles et qui a l'air de sortir de chez l'on-
dulateur. Il tenait comme personne l'article de pêche,
chassait les démons, quand ils s'y prêtaient, guérissait
les paralytiques, quand ils étaient curables, rendait la
vue aux gens, quand ils n'étaient pas aveugles, et les
ressuscitait quand ils n'étaient pas morts. Il tirait ces
facultés du même fond magnétique et charlatanesque.
Juif, profondément, irrémédiablement Juif, il voulait
que son art ne profitât qu'à ceux de sa race et le refusait à tout être humain qui ne se recommandait pas
d'une des douze tribus anciennes. Comme son grand
frère, il n'était « envoyé que pour les brebis perdues
d'Israël ».

On attribue indifféremment le même miracle à
Shehimon et au Joannès-jésus. Ils sont ensemble lorsqu'ils font marcher le boiteux assis près de la Belle porte
du Temple, mais alors que, dans l'Évangile — car ce
miracle est une épave d'Évangile — c'est le jésus lui-
même qui opère, dans les *Actes des Apôtres* c'est
Shehimon qui de sa poigne solide met le boiteux
debout au nom du Christ Jésus (1). Disons-le tout de

(1) Après avoir transporté ce miracle de l'Évangile dans les *Actes,*

suite : ce boiteux était des plus ingambes, il ne boitait que du cerveau (1). Il se tient devant la porte hérodienne du nouveau Temple, la porte qui, malgré toute sa magnificence, était la fausse porte. Qu'il mendie, Shehimon ne lui donnera rien. Mais qu'il consente à guérir de l'infirmité qui le met sur un si mauvais pied; qu'il reconnaisse son erreur en entrant dans le Temple par la porte orientale au bras des deux frères, et il jouira prochainement de tous les bienfaits du Royaume. Ce n'est pas à la porte du Sud qu'on se tient, mon ami, quand on attend le Christ d'Israël, c'est à celle de l'Orient, là où était jadis le portique de Salomon. Vas-y et embrasse tes libérateurs! Tu sais maintenant tout ce qu'il faut savoir!

Le peuple les suit jusqu'au Portique de Salomon, le boiteux les tenant par la main. Dans l'ombre du soir, ils parlent du Royaume futur avec une telle animation que les prêtres, le stratège du Temple et les saducéens surviennent, les arrêtent et les jettent en prison tous trois. Le lendemain, les magistrats anciens, les scribes, Hanan, Kaïaphas, Jochanan (2) les font comparaître

on fait dire à Pierre qui a depuis longtemps cessé d'être Shehimon : « Au nom de Jésus-Christ *le Nazaréen*. lève-toi et chemine. » Conséquence logique de la transformation du nazir Bar-Jehoudda en Jésus-Christ et de Shehimon en Képhas ou Pierre.

(1) C'est un boiteux dans le genre du malade que nous avons vu à la fontaine probatique en 777. Et qui sait s'il ne s'agit pas du même fait?

(2) Jochanan ben Zaccaï, vice-président du Sanhédrin. à moins que ce ne soit Jonathan, fils de Hanan, lequel Jonathan, nommé grand-prêtre par Vitellius en 790, succéda par conséquent à son beau-frère Kaïaphas. Son frère Théophile, également nommé par Vitellius, prit sa place en 791, sous Caligula. L'emprisonnement de Bar-Jehoudda et de Shehimon s'explique autrement, et d'une façon bien plus plausible, que par la guérison d'un boiteux. Si l'on réfléchit que Rome

devant eux. Shehimon, dit-on, confesse la foi au nom
de tous : ce n'est pas lui, mais le Christ Jésus qui a
« guéri » le boiteux, cause du tumulte de la veille.

Comme le fait de tenir un boiteux par la main n'est
point un délit, et que dans les *Actes* nous venons de
voir des milliers de malades guéris ou baptisés en une
seule journée (1), il faut bien admettre que si on conduit les deux frères en prison et devant le sanhédrin,
c'est pour avoir annoncé au boiteux un Royaume où
les Kaïaphas, les Hanan et les Jochanan devaient
occuper peu de place. Et, en effet, ce qu'ils commen-
çaient à prêcher au peuple, c'est l'accomplissement
imminent de l'*Apocalypse* paternelle conjuguée avec la
leur et, pour le début, la destruction du Temple
hérodien.

Les *Actes* qui, vous le savez, ont la prétention de
succéder à l'Évangile, font dire à Shehimon devant le
sanhédrin qu'il a « vu le jésus ressuscité », vivant malgré le crime des Juifs! C'est qu'au moment où le scribe
compose, Shehimon s'appelle depuis longtemps Pierre
et que ce nom oblige. Mais Shehimon n'a jamais rien
déclaré de pareil à aucun sanhédrin, par la bonne
raison que le futur ressuscité comparait avec lui

poussait successivement au trône pontifical le gendre et les fils de ce
Hanan qui avait été le *grand-prêtre du Recensement*, on conçoit sans
peine le tumulte soulevé par les fils de Jehoudda sous le Portique de
Salomon.

(1) Les *Actes* évaluent les christiens à cinq mille, chiffre tiré de la
Multiplication des pains. A la Pentecôte, en une seule journée, Pierre
baptise trois mille personnes !

C'est à lui, en effet, que les *Actes* attribuent spécialement ces miracles analogues à ceux de son frère. Les *Actes*, dans la première
partie, sont tout à la gloire de Pierre qui opère seul, car pour eux il
n'est déjà plus le frère de Bar-Jehoudda qui, de son côté, s'appelle déjà
Jésus dans l'Évangile.

comme auteur principal du trouble de la veille. Il y a une délibération à laquelle ni le claudicant ni eux n'assistent. C'est dire qu'on résolut de les relâcher sans jugement. Cette arrestation est le premier avertissement du Temple aux fils de Jehoudda. Simple mise au poste suivie d'une admonestation. « Ne recommencez pas. La prochaine fois, ce sera le fouet! »

On a remarqué que les *Actes* donnaient à Hanan le titre de grand-prêtre qui appartenait à son gendre Kaïaphas. Et on en a tiré la preuve que cet écrit a été composé fort longtemps après les événements, par des gens qui n'en avaient pas été témoins et sur les dires d'autres gens qui, eux-mêmes, n'y avaient point assisté.

Sans doute, et rien n'est mieux établi. Mais ce n'est pas le mot « grand-prêtre » qui doit frapper l'observateur, puisque Hanan l'avait été; c'est le mot « Alexandre » que nous rencontrons ici.

Sous Tibère, on ne connaît d'autre Alexandre que l'alabarque des Juifs d'Alexandrie, frère de Philon, et qui n'eut jamais la moindre occasion de siéger au sanhédrin pour y juger les fils de Jehoudda. En revanche on connaît beaucoup Tibère Alexandre, fils de l'alabarque et procurateur de Claude en Judée entre 799 et 802. On le connaît d'autant mieux qu'en cette année 802 Shehimon dit Pierre par les *Actes* et Jacob senior dit Jacques « frère du Joannès » par ces mêmes *Actes*, ont comparu tous deux devant Tibère Alexandre qui les fit crucifier exactement comme Pilatus va faire crucifier leur frère aîné. Le nom d'Alexandre appartient donc bien à l'histoire des fils de

Jehoudda, mais il n'y entre que seize ans après le premier emprisonnement du Joannès-jésus et de Shehimon ; le scribe des *Actes* l'a fait passer du troisième et
dernier emprisonnement de Pierre dans le premier (1).
La crucifixion de Shehimon et de Jacob, fils de Jehoudda,
par Tibère Alexandre étant tout au long dans les *Antiquités* de Josèphe, l'Église ne pouvait laisser le nom
d'Alexandre mêlé à l'emprisonnement de Pierre et de
Jacques sans reconnaître en même temps que ce Pierre
et ce Jacques, « frère du Joannès », étaient le Shehimon
et le Jacob de Josèphe, et que ce Joannès était frère de
Shehimon non moins que de Jacob. C'eût été dénoncer
toute la fourberie évangélique.

Aussi ne s'est-on pas borné à transposer de seize ans
le nom d'Alexandre ; on a fait mourir Jacques « par le
glaive » sous Agrippa Ier, roi de Judée, cinq ans avant
sa crucifixion, et on a fait évader Pierre qui, dans les
Actes, ne meurt d'aucune façon, car on le met de côté
pour l'envoyer rejoindre Paul à Rome où l'Église les
tuera tous les deux sous Néron (2). Mais laissons cette
collection d'impostures et revenons devant la vitrine où
sont rangés en bel ordre les mensonges appartenant au
règne de Tibère.

(1) Comme il a fait passer le discours de Gamaliel du troisième
emprisonnement dans le second, nous verrons cela tout à l'heure.
(2) En renversant le cas de Jacques dans les *Actes*. Dans la fable de
Pierre et de Paul, martyrs à Rome, c'est Paul qui meurt décapité et
Pierre crucifié.

V

LE PRÉTENDANT A AIN DE SALEM, PRÈS BETLÉHEM

Après son exploit contre les étalagistes et les changeurs, Bar-Jehoudda s'en alla baptiser à Ain de Salem, dans la tribu de Juda. Ce sont proprement les sources qui alimentent les Vasques de Salomon et Salem (Jérusalem), à une petite heure de Betléhem, et que les Arabes appellent encore aujourd'hui Aïn Salih.

Il y fit un séjour assez prolongé : « Le jésus vint avec ses disciples dans la terre de Juda, et il y demeurait avec eux et il baptisait. Or *Joannès aussi* baptisait à Ennon, près de Salim, parce qu'il y avait là beaucoup d'eau, et on y venait et on y était baptisé. Car Joannès n'avait pas encore été mis en prison. » Mais je m'aperçois que je n'ai pas encore consulté la Sacrée Congrégation de l'Index sur la topographie d'Ain de Salem que les anciens copistes ont écrit Ennon et Salim, ce qui n'en modifie pas l'emplacement. Réparons cette omission : « *Ænon*, dit saint Jérôme après Eusèbe, est un endroit qu'on montre encore aujourd'hui à huit milles de Scythopolis, au sud, près de Salim et du Jourdain. » *Salim*, que l'évangéliste mentionne pour fixer la situation d'Ennon est malheureusement inconnu. On a trouvé un Salim à l'est et non loin de Naplouse (Samarie), et il y a là deux sources très abondantes. On a découvert un ouadi Selam ou Seleim, au nord-est de Jérusalem, à environ deux lieues, près de l'ouadi Farah, où les sources abondent. »

Ici encore nous avons le regret de rompre avec le Saint-Siège. Ainon étant de la tribu de Juda ne peut être à huit milles de Scythopolis et personne n'en a jamais entendu parler comme étant voisin de l'ouadi Selam. Au contraire, Ben-Sotada, prétendant à la succession de David et descendant de Salomon, fils de l'adultère Bethsabée, Ben-Sotada (1) a le devoir étroit de parcourir la tribu de Juda pour y poser sa candidature en offrant le baptême comme prime d'engagement. Il est à l'Ain de Salem par la même raison qu'à l'Ain de Siloë. Et c'est une centième preuve qu'en dépit des ruses du scribe, le Joannès et le jésus de l'*Évangile* ne font qu'un avec le Ben-Sotada du *Talmud*. Toutefois, et puisque nous tenons Bar-Jehoudda sur le théâtre de ses baptêmes aux environs de Betléhem, il n'est pas mauvais de montrer, par la suite de la citation, combien est indécente à force de sottise l'imposture qui met en présence, à la même date, autour de la même source et des mêmes disciples, les deux personnages que l'Église a tirés du même individu. « Or, il s'éleva une question entre les *disciples du Joannès* et les Juifs, touchant la purification. » Notez que s'il y avait eu deux baptiseurs en rivalité, Joannès et Jésus, la querelle serait entre les partisans de l'un et ceux de l'autre. Mais elle est entre les Juifs orthodoxes et les disciples survivants de l'unique baptiseur qui ait paru en Judée sous Tibère. Et ce que contestent à bon droit ces Juifs (du second siècle au moins), c'est la validité du baptême d'eau qu'a laissé le Joannès : il se peut que le baptême d'eau soit une forme de purification comme une autre, mais il ne

(1) Sur cette appellation, cf. le *Charpentier*, pp. 105 et 175.

confère pas la rémission des péchés, comme le disait cet imposteur, et comme les Marchands de Christ le soutiennent à leur tour. Voilà la thèse des Juifs et elle est d'autant plus fondée que, le Baptiseur de feu n'étant pas venu, Bar-Jehoudda s'est trouvé tout à fait au-dessous de ses folles prétentions. Voici comment l'Église par l'organe de l'évangéliste répond non aux Juifs qui, eux, savent à quoi s'en tenir, mais aux païens réfractaires :

« Et (les Juifs) étant venus vers Joannès, lui dirent : « *Rabbi* (1), celui qui était avec vous au delà du Jourdain, et à qui vous avez rendu témoignage, baptise maintenant, et tout le monde va à lui.

Joannès répondit et dit : « L'homme ne peut rien recevoir, s'il ne lui a été donné du ciel.

« Vous m'êtes témoins vous-mêmes, que j'ai dit : « Ce n'est pas moi qui suis le Christ, mais j'ai été envoyé devant lui.

« Celui qui a l'épouse est l'Époux ; mais l'ami de l'Époux, qui est présent et l'écoute, se réjouit de joie, à cause de la voix de l'épouse. Ma joie est donc maintenant à son comble.

« Il faut qu'Il croisse et que je diminue.

« Celui qui vient d'en haut est au-dessus de tous (2). Celui qui est sorti de la terre est de la terre et parle de la terre (3). Ainsi celui qui vient du ciel est au-dessus de tous.

« Et il témoigne de ce qu'il a vu et entendu, et personne ne reçoit son témoignage.

« Celui qui a reçu son témoignage, a attesté que Dieu est véritable.

« Car celui que Dieu a envoyé dit les paroles de Dieu, parce que ce n'est pas avec mesure que Dieu lui donne son esprit.

(1) *Maître*. Nous avons déjà vu le Joannès appelé *Seigneur* dans Luc.
(2) C'est le cas de Jésus dans la christophanie.
(3) C'est le cas du Joannès dans la réalité.

« Le Père aime le Fils, et il a tout remis entre ses mains.

« Qui croit au Fils a la vie éternelle ; mais qui ne croit point au Fils ne verra point la vie, mais la colère de Dieu demeure sur lui (1).

« Lors donc que Jésus sut que les pharisiens avaient appris qu'il faisait plus de disciples et baptisait plus que Joannès,

« (Quoique. Jésus ne baptisât point, mais ses disciples) (2),

« Il quitta la Judée, et s'en alla de nouveau en Galilée (3). »

Dans cet Évangile c'est la dernière fois que Bar-Jehoudda apparaisse comme Joannès. A partir de ce moment, il est absorbé sous le nom de Jésus par la christophanie. Au moins ne meurt-il pas décapité comme dans les Synoptisés, particulièrement Marc et Mathieu. Sans lui couper la tête on cesse simplement de l'appeler Joannès ; il ne disparaît que de cette façon. C'est beaucoup plus tard qu'on a employé les grands moyens.

VI

NÉGOCIATIONS AVEC LA SAMARIE

D'Ain de Salem où il se sentait surveillé par les hérodiens, il vint en Samarie près de Sichar que le

(1) *Quatrième Évangile*, III, 26-36.
(2) Très exact, parce que c'est en contradiction absolue avec ce qui vient d'être dit au verset précédent. Jésus n'a jamais baptisé que par les mains des disciples du Joannès.
(3) *Quatrième Évangile*, IV, 1-4.

Quatrième Évangile appelle Suchar (1), « Ville du mensonge », nom que mérite, hélas! tout l'Évangile, particulièrement à cet endroit. Le jésus a baptisé en Judée d'où, chassé, il est venu baptiser chez les Samaritains.

Vous avez pu juger de l'imposture fabriquée pour faire croire à l'existence simultanée du Joannès et de Jésus : apprenant le succès de Jésus qui baptise en Judée — toutefois, ajoute l'évangéliste dans un remords de conscience, *il ne baptisait pas lui-même* (le fait est qu'on n'a jamais pu trouver personne qui eût été baptisé par Jésus), *ce sont ses disciples qui le faisaient* — le Joannès n'en montre aucun dépit. Au contraire il approuve tous ceux qui le délaissent pour Jésus, au point qu'il les menace de la mort éternelle s'ils ne se hâtent point. Alors pourquoi n'y va-t-il pas lui-même? Pourquoi continue-t-il à baptiser d'eau, si celui qui devait le baptiser de feu est venu?

Marc, Mathieu et Luc nous ont caché complètement les négociations et les baptêmes de Bar-Jehoudda en Samarie: Et, si on en croyait les trois Synoptisés, il se serait interdit ce territoire à lui-même, puisque selon eux Jésus défend aux disciples de mettre les pieds dans les villes samaritaines. Selon le *Quatrième Évangile*, au contraire, il entre en composition avec la Samarie dès le début de sa prédication, et selon Luc il renoue ces relations quelques jours avant d'être remis aux mains de Pilatus. Dans ces deux circonstances c'est un violateur flagrant de la consigne que

(1) Aujourd'hui Askar, en avant et à une demi-heure de Sichem, sur le côté est de l'Ebal, non loin du puits de Jacob dont il est question plus loin.

Jésus donne dans Mathieu : « *N'allez pas dans les villes des Samaritains.* » Qu'est-ce que cela signifie? Pourquoi ces villes ont-elles été exclues du salut comme les villes païennes? Pourquoi cette rancune contre des endroits où Bar-Jehoudda n'aurait jamais pénétré? Levons le voile : non seulement Bar-Jehoudda a traversé maintes et maintes fois le pays que Jésus met à l'index dans Mathieu et dans Marc, mais il a obsédé les Juifs purs de Samarie pour les réconcilier avec la famille de David et les lancer contre Jérusalem. Il est mort de la Samarie. Pis que cela, il y fut enterré, et il y est encore au moment où, par la plume des scribes, Jésus commande qu'on n'aille pas dans ce pays léthifère.

« Or, fallait-il, dit le *Quatrième Évangile*, qu'il traversât la Samarie. » Nullement, ce n'était pas son chemin : son chemin, c'était celui de Jérusalem à Damas qui passait sous les montagnes d'Ephraïm, longeant le Jourdain. Ce n'est point par nécessité, c'est par choix et élection qu'il traversait le cœur de la Samarie.

Jadis Samarie avait été capitale; le mont Garizim rival de Sion. Aujourd'hui la ville était vouée aux démons de Rome. Depuis Hérode elle s'appelait Sébaste, en latin Augusta : un blasphème de pierre! Une ville grecque et une ville romaine, avec des bains, des temples, un théâtre, des voies droites, tout l'appareil architectural de Césarée la Philippienne, de Tibériade l'Antipasienne, de Gérasa la porcine et de Juliade la malnommée (1). Oh! la pauvre Samarie avec les cinq maris qui

---

(1) Bethsaïda, à qui Philippe avait donné le nom bestial d'une impératrice.

l'avaient ou prostituée ou battue, l'Assyrien, le Cuthéen, l'Asmonéen Hircan, l'Iduméen Hérode et le Romain Tibère! On en compterait plus de cinq si on le voulait bien. Quand aurait-elle enfin le véritable Époux, le premier et le dernier, l'Alpha et l'Oméga des Époux?

La Samarie avait eu les mêmes faux maris que la Judée : elle était terre sainte, elle aussi, avec ses villes de Silo, de Sichem et de Sichar, elle était fille d'Éphraïm, fils de Joseph. Son véritable Époux, c'était donc le Christ d'Israël. Malheureusement elle tenait, avec l'ancienne Loi, qu'il n'y avait qu'un lieu où l'on dût adorer, le Garizim. Elle tenait cela contre David lui-même qu'elle accusait d'avoir sur ce point rompu avec Iahvé, volé Éphraïm, dépouillé Silo pour Sion; et telle était la haine qu'elle en avait conçue contre la tribu de Juda que, sous Antiochus Épiphane, elle avait accepté sans répugnance le culte de Jupiter Hospitalier. Bar-Jehoudda ne méconnaissait point les titres d'Éphraïm : dans le principe l'arche sainte, le tabernacle, la pierre de la maison de Dieu avaient été à Silo, sur le Garizim. Josué, les Juges en témoignaient indiscutablement (1). Sur le Garizim, à la fête anniversaire du Seigneur (la Pesach solaire), les enfants d'Israël, assis en face de l'Orient, avaient chanté sa louange jusqu'au soir. Le Christ s'y était affirmé hautement dans sa propre lumière, au milieu des sacrifices. Mais la fête qui avait lieu au levant de Silo ayant été reportée au couchant de Béthel, sur la route de Sichem, David avait demandé au Seigneur d'abandonner ces ingrats et de s'installer face à l'orient sur la montagne de Sion. Juda déposait Éphraïm, les

(1) *Josué*, ch. xxii, et *Juges*, ch. xxi.

Rois condamnaient les Juges. Affront mortel, cause d'une division irréparable!

Les Samaritains ne recevaient pas les prophètes; en quoi ils étaient mauvais Juifs, les prophètes étant des politiques insatiables de gloire. Mais les purs avaient quelque chose de jehouddique en ce qu'ils défendaient opiniâtrément le texte de la Vieille Loi. Sur le point capital du droit au sacrifice pendant la Pâque, les docteurs de Samarie étaient d'accord avec Bar-Jehoudda, Sichem avec Gamala.

Pour les Juifs de Juda les Samaritains étaient des séparatistes pires que les gentils: on ne devait ni leur parler, ni leur écrire, ni goûter de ce qui venait de leurs terres. Pour les Juifs de Samarie ceux de Juda étaient des parvenus sans vergogne: on devait refuser de les recevoir dans les maisons honnêtes. « N'oublierez-vous jamais? dit Bar-Jehoudda aux Samaritains de Sichar. Empêcherez-vous toujours le retour à l'unité, vous, Enfants de Dieu comme nous? Continuerez-vous à affaiblir Israël en face de l'ennemi païen? Justifierez-vous chaque jour cette parole si vraie: « Tout royaume divisé contre lui-même périra! » Vous détestez les Juifs du Temple? Pas plus que moi dont ils ont tué le père. Levez-vous contre ces Juifs latinisants, je vous amènerai ceux de Galilée et de Transjordanie. Et tous ensemble nous chasserons l'étranger après avoir emporté le Temple. La proposition vous étonne, venant d'un Juif; mais ce Juif est sincère, puisqu'il est intéressé dans votre vengeance. » Ainsi cette bonne âme pardonne aux frères de Samarie l'injustice que son père David leur a faite jadis. En politique ce fou est très sage.

Pour les décider il fit avec eux comme avec les Juifs de la Piscine aux Cinq portiques et d'Ain de Salem. Il leur débita l'*Apocalypse*. Les Cinq mille ans promis à la durée du Monde tirent à leur fin, le Sixième mille ou *Millénium du Zib* va commencer, l'Époux de la Samarie va venir. Dans quelques mois, à la pâque de 789, avènement du Christ Jésus, avec les Douze, les Trente-six et les Cent quarante-quatre mille, et, en attendant, le fils de David chargé de la lieutenance !

Car la promesse est faite à David et, malgré toutes leurs répugnances, il faut que les Samaritains s'en accommodent, s'ils tiennent à vivre mille ans avec Jésus. Il y a là une question de fait : le christ du Christ est dans la maison de David, et il est, lui, Bar-Jehoudda, deux fois fils de David. De plus il est du sang de Moïse et d'Aaron : combinaison idéale et qui ne se retrouvera plus. Les gens de Sichar ne perdront rien en marchant avec lui, car sur le Garizim David a enterré des vases... mais des vases... enfin des vases... dont les Samaritains lui diront des nouvelles quand il les leur fera voir. Mais s'il leur révèle dès maintenant tout ce que contiennent ces vases, où sera le charme ?

Sans doute un de ces vases était déjà célèbre pour contenir la manne tombée dans le désert sur l'ordre de Dieu pendant la nuit. Moïse l'avait recueillie (1), on l'avait déposée sur le Garizim et, en cherchant bien, son descendant trouverait le récipient. Mais il n'y en avait pas qu'un, il y en avait plusieurs où sommeillaient dans un rayon d'or le miel avec lequel était fait le pain des

(1) *Exode*, xvi.

Anges et l'huile réservée pour la grande onction messianique. Bar-Jehoudda savait où ils étaient, lui !

Les Samaritains n'auront donc pas la sottise de passer à côté du salut ; Iahvé a fait avec eux l'alliance de la circoncision, ils boivent au puits où Jacob a bu. Où trouver une boisson meilleure sinon dans l'Eden de demain ? Elle est déjà sainte par l'origine et par l'âge, que sera-ce quand le jésus lui-même aura plongé les Zélateurs de la Loi dans les sources d'Ænon, près de Salim ? Ils seront invincibles comme lui, aucun ne mourra que Jésus ne vienne.

Sur l'endroit de Samarie où Bar-Jehoudda a baptisé passe un fil que l'histoire doit enfiler à son aiguille : Ephraïm est donné comme étant le point où le Joannès cessa de « circuler librement parmi les Juifs (1). » Ephraïm n'est que le nom de la tribu : le nom de lieu, c'est Ænon, Aïnon (Eaux) près de Salim. On ne connait que deux Salim dans la tribu d'Ephraïm, l'une à vingt-cinq minutes et en face de Sichar, l'autre sur les confins de la Samarie et de la Galilée, entre Ginea (2) et Mégiddo (3). Vainement, pour donner le change, l'Église dit que cet Ephraïm était situé près du désert de Judée ; la montagne d'Ephraïm est près de Sichem, et c'est la Samarie même.

(1) *Quatrième Évangile.*
(2) Aujourd'hui Djénin.
(3) Dans le Haram Mégiddo de l'*Apocalypse.* C'est là que devait avoir lieu l'extermination des ennemis d'Israël.

VII

LES CINQ ÉPOUX DE LA SAMARITAINE

Seuls quelques villages autour de l'Ebal et du Garizim se laissèrent endoctriner. Le reste s'enferma dans
une défiance incrédule : gent qui n'eut point d'yeux
pour voir, point d'oreilles pour ouïr, point de langue
pour parler, point de jambes pour marcher ; peuple
aveugle, sourd, muet et paralytique, de qui Bar-Jehoudda n'a pu se faire entendre alors qu'il incarnait le
Verbe millénariste. Voilà tout le portrait des Juifs dans
l'Évangile. Ils n'ont pas suivi Jehoudda et ses fils, ils
ont abandonné la Loi, accepté la Bête, ils ont été punis
par la perte de leur indépendance et la ruine de leur
patrie. Mais puisque ces temps sont déjà lointains, et
qu'un peu de philosophie ne messied pas aux Juifs dispersés par Titus et par Hadrien, demandons à Jésus
ce qu'il pense du traité d'alliance que Bar-Jehoudda
proposait aux Samaritains ? Comme toujours c'est par
une parabole qu'il nous répondra.

Derrière Bar-Jehoudda et ses frères, Jésus apparaît
près de Sichar. Sans entrer dans la ville, il s'arrête au
puits de Jacob « proche de la concession que Jacob
donna à son fils Joseph ». Voilà d'un seul mot les Samaritains admis topographiquement au Royaume. La suite
dépend d'eux. Bar-Jehoudda ne partage pas les pré-
jugés des autres Juifs contre la Samarie, il a accepté
le commerce avec les Samaritains ; ses frères et lui ont
fait les premiers pas vers eux, ils sont allés aux provi-

sions dans Sichar. Tandis que Jésus est auprès du puits symbolique, une Samaritaine, qui est la Samarie elle-même sous la figure du *Zachû* (1), vient puiser de l'eau. « Donne-moi à boire, » lui dit Jésus. Elle répond : « Comment, *toi qui es Juif*, me demandes-tu à boire à moi qui suis Samaritaine? » — car les Juifs n'ont point de commerce avec les Samaritains, ajoute le scribe pour donner toute sa valeur à la situation respective des parties. « Si tu connaissais le don de Dieu (la grâce chrétienne, la Judée épargnée et le reste de la terre détruit) et quel est celui qui te dit : « Donne-moi à boire », tu lui en demanderais toi-même, et il te donnerait de l'eau vive. » Naturellement la Samaritaine insiste pour avoir des explications que Jésus brûle de fournir. — « Maître, réplique la femme, tu n'as pas de seau et le puits est profond, d'où tirerais-tu l'eau vive? Es-tu plus grand que Jacob, notre père, lequel a donné ce puits, dont lui-même a bu, ainsi que ses enfants et son bétail? (Elle pose sa candidature éventuelle au Millénium.) — Qui boit de cette eau-ci, dit Jésus, aura encore soif (c'est de l'eau du *Zachû*), mais qui boira de l'eau que je lui fournirai, (celle du *Zib*,) n'aura plus jamais soif, car cette eau deviendra en lui une source d'où jaillira une vie éternelle (2). — Seigneur, s'écrie la femme, donne-moi de cette eau, afin je n'aie plus soif et que je ne vienne plus ici en puiser ! »

Quoi ! vouloir abandonner si vite Jacob et son puits ? Le jeu de mots qui suit nous explique la promptitude

---

(1) *Le Verseau*, signe sous lequel était la terre en 785.
(2) Dans l'*Apocalypse*, l'*Agneau* conduit les croyants aux sources d'eau intarissables que le Cycle du *Zib* doit ramener dans l'Eden.

de ce revirement : « Va, dit Jésus, appelle ton époux et viens. » (Ironie féroce. Jésus sait que la Samarie n'a pas l'époux dont il veut parler.) La Samarie répond : « Je n'ai point d'époux. — Tu as bien dit, reprend Jésus : « Je n'ai point d'Époux (avec une grande lettre cette fois), car tu as eu *cinq* époux, et celui que tu as maintenant n'est point ton époux ; en cela tu as dit vrai. — Je vois, Maître, s'écrie la Samaritaine que tu es prophète (au sens de l'*Apocalypse*), car mes pères ont adoré sur cette montagne (le Garizim) et vous (Bar-Jehoudda et ses frères) dites que Jérusalem est le lieu où il faut adorer (1). » Quels sont ces six époux, dont le sixième est particulièrement illégitime ? Quelle est cette vérité dont la Samarie convient si facilement ? C'est une vérité si éclatante que la Samaritaine se déclare prête à faire le sacrifice de sa montagne sainte pour adorer sur Sion. C'est une vérité millénariste du même ordre que la Piscine probatique, les Noces de Cana et la Multiplication des pains. Les Cinq époux de la Samarie sont comme les Cinq portiques de la Piscine et les Cinq pains de la Multiplication, ce sont les Cinq cycles de mille ans que le monde a usés depuis la Création. Il est vrai qu'un sixième époux règne depuis 789, le Cycle des *Poissons* avec lequel la Samarie est si malheureuse ! Mais il n'est pas éternel. L'Époux des Noces de Cana, celui qui remplit les six cruches, peut, s'il le veut, arrêter le cours du lamentable Cycle pendant lequel Jérusalem est deux fois tombée, sous Vespasien et sous Hadrien ; il peut faire que se remplisse de vie éternelle la cruche avec la-

(1) L'*Apocalypse* est formelle, il vous en souvient.

quelle la Samarie va au puits de Jacob. Bref, il peut
réaliser l'Apocalypse qui a si misérablement échoué
en 789 et dont il vient d'exposer l'économie sous la
figure très voilée, mais très reconnaissable, des Cinq
époux de la Samaritaine. Ce qui a manqué à la Judée
en 789, c'est l'Époux des *Noces de l'Agneau*, l'Époux
céleste annoncé par le jésus et remplacé par un époux
terrestre encore pire, hélas ! que le *Verseau*.

Certes il eût mieux valu que le Royaume se réalisât
sous les couleurs magnifiques dont Jehoudda et ses
fils l'avaient paré dans leurs Révélations ! Mais puisqu'ils se sont trompés, puisqu'ils ont déçu l'attente des
Juifs, Jésus est bien obligé de condamner la doctrine
qu'ils leur ont prêché. « Femme, dit Jésus — il lui
parle comme il parle à Maria, sa mère selon la fable,
— femme, crois-moi ; l'heure vient que vous (Juifs et
Samaritains) n'adorerez le Père ni en cette montagne
ni à Jérusalem ; vous vous prosternez (les uns et les
autres) devant ce que vous ignorez ; nous (les gnostiques), nous nous prosternons devant ce que nous
connaissons *parce que le salut procède des Juifs*.
Mais l'heure approche, et elle est là, que les vrais
hommes religieux adoreront le Père en esprit et en vérité, car le Père demande de tels adorateurs. Dieu est
Esprit (ah ! mais non, il est Homme dans l'*Apocalypse*
et son Fils de même !) et il faut que ceux qui l'adorent, le fassent en esprit et en vérité. (Plus de baptême
de feu, plus de Jérusalem descendant des cieux avec les
Douze Apôtres pour fondement, plus d'Eden aux douze
récoltes, plus rien hélas ! de ce qu'avait prêché le
jésus !) — Je sais, dit la Samarie, que le Messie (c'est-
à-dire l'Oint) doit venir ; quand il sera venu, il nous

révélera toutes choses. — Eh bien, reprend Jésus, je suis cela, moi qui te parle. »

A ces mots, la Samarie court à Sichar et entraînant les habitants (elle ne ramène pas son époux de 785, elle serait obligée d'aller chercher Tibère à Caprée!) elle revient au puits : « Venez voir, dit-elle, un homme qui m'a dit tout ce que j'ai fait, (cinq Cycles de vie depuis la Création). Celui-là ne serait-il pas le Christ?» (Pas encore, mais patience, on le fabrique.)

Voilà certainement un discours des plus curieux. C'est le discours d'un pur Valentinien qui combat le millénarisme du jésus, mais à regret. Juif, il en retient cette idée que le salut procède des Juifs, il en sauve cette épave du baptême qui, avec un petit coup de peinture, fera l'effet d'un sacrement. On peut vendre cela très cher aux goym, puisqu'ils ont la même peur du feu que les Juifs de Bar-Jehoudda et que, convenablement roulés par les mythologues évangéliques, ils semblent disposés à considérer ce failli comme un dieu.

Quant à celui-ci et à ses frères, lorsqu'ils reviennent de Sichar, il s'est écoulé plus de cent ans. Aussi sont-ils très étonnés de trouver Jésus là où ils se sont arrêtés en 785 avant d'aller aux provisions. D'abord Jésus cause avec une femme, chose incompréhensible, puisque, selon eux, c'est par une femme que la mort est entrée dans le monde. Ensuite il refuse de toucher aux vivres qu'ils lui ont rapportés. Sur le premier point Jésus ne fournit pas d'explications, elles découlent de la Genèse. Sur le second il répond en être métaphysique. Il a demandé à boire et il ne boit pas, les disciples sont allés lui chercher à manger et il ne mange pas. « Quelqu'un lui aurait-il apporté à manger? » disent-ils entre eux. Mais lui : « J'ai pour nourriture un aliment que vous ne connaissez pas (1). » Son aliment, en effet, c'est de faire la volonté de son Père. Il ne ressemble pas encore au Jésus que Mathieu nous montrera buvant et mangeant dans Kaphar Naüm avec les publicains, les péagers et les gens de mauvaise vie! Il n'est pas encore *né* au Recensement. Il n'a pas de ventre, il n'a pas de dents.

Et les christiens que l'Évangéliste met en scène ressemblent si peu à ceux de 785 que Jésus dit à ces derniers : « Ne dites-vous pas vous-mêmes : « Il y a encore quatre *mois* (quatre *Agneaux*) et la moisson viendra (avec le Christ moissonneur de l'*Apocalypse*)... Mais ici se vérifie le proverbe : « Autre le semeur, autre le moissonneur. » Moi je vous ai envoyé moissonner où vous n'aviez pas travaillé, d'autres ont travaillé et vous êtes entrés en leurs travaux (2). » Le semeur de 785, c'est le jésus de l'*Apocalypse*. Le moissonneur, à l'heure où écrit l'évangéliste, c'est le Jésus de la fable. Pour moissonner au spirituel, comme il l'entend ici, il renonce à baptiser de feu les élus ; le baptême d'eau, tel que Bar-Jehoudda l'a institué, suffit. A l'instar de Jonas, le semeur de 785 se préparait à récolter sur une terre que pourtant il n'avait pas faite (3); d'autres ont travaillé depuis, les Juifs valentiniens notamment; et c'est Bar-Jehoudda, sous le nom de Jésus, c'est son père, sous celui de Joseph, c'est sa

(1) *Quatrième Évangile*, iv, 32 et suivants.
(2) *Quatrième Évangile*, iv, 40.
(3) *Jonas*, vi, 10.

mère, sous le nom de Maria, ce sont ses frères qui, transfigurés par le mythe, sont les moissonneurs d'une récolte à laquelle ils n'ont pas travaillé. Qu'ils daignent régner par la ruse, puisqu'ils ne l'ont pu par la force ! Telle est la psychologie de ce fatras obscur et insidieux, l'un des plus plats et des plus niais de tout l'Évangile, mais aussi l'un des plus précieux par la vérité qui s'en échappe. En 785, trois ans après le lancement de l'*Apocalypse*, Bar-Jehoudda fut reçu par les habitants de Sichar qui l'ont gardé pendant deux jours, si ce n'est plus (1), et ont conclu de ses titres et de ses Révélations qu'il était le précurseur du Christ annoncé pour 789. Il les a entraînés à Ænon près de Salim où il les a baptisés, c'est-à-dire enrôlés. Mais Jésus est si visiblement une christophanie que les habitants de Sichar disent à la Samaritaine : « Maintenant ce n'est plus sur votre parole que nous vous croyons (celle de Bar-Jehoudda en 785) ; nous l'avons entendu nous-mêmes, et nous savons que c'est vraiment lui qui est le Sauveur du monde ! »

Or, la parabole de la Samaritaine ne peut être antérieure au 15 nisan 789, car le sixième époux de la Samarie n'est entré en charge qu'à la dernière minute du 14, sur le coup de six heures du soir, heure à laquelle Bar-Jehoudda était en croix. En 785 la Samaritaine est encore sous la puissance de son cinquième époux, le *Verseau*, et il lui faut encore quatre *mois de nisan* avant que ne vienne son véritable Époux, le divin Moissonneur annoncé par le Joannès-jésus (2).

(1) *Quatrième Évangile*, IV, 42.
(2) Ce qui confirme l'âge de quarante-six ans que le *Quatrième Évangile* donne à Bar-Jehoudda en 785. V. plus haut, p. 176, note 2.

Ici je pose des questions auxquelles je défie qui que ce soit de répondre.

Si Jésus existe en chair, comme le prétend l'Église, si Mathieu est apôtre de Jésus, si Marc est l'interprète de Pierre, apôtre de Jésus, s'il existe un certain « apôtre Jean » auteur du *Quatrième Évangile*, — je laisse Luc de côté — comment se fait-il que ni Mathieu, qui dans cette hypothèse était au puits de Jacob avec Jésus, ni Pierre, qui y était aussi et qui a dicté l'évangile de Marc (1), comment se fait-il, dis-je, que ni Mathieu ni Pierre ne se soient rappelé l'épisode le plus extraordinaire de tous au point de vue du résultat : la conversion des Samaritains à leur prétendu maître ? Comment se fait-il, s'il est défendu aux apôtres de pénétrer dans les villes samaritaines, que le jésus et ses frères aient séjourné dans Sichar et à Ænon, près de Salim ?

Comment se fait-il que, dans les *Actes des Apôtres*, Philippe aille baptiser en Samarie, au lendemain de la crucifixion de son aîné, et que Pierre et « Jean » l'y rejoignent immédiatement, sous le vague prétexte de discuter avec un certain Simon, magicien de Kitto, chypriote qui n'a probablement jamais mis les pieds à Gitta de Samarie? Je réponds pour vous : « Il y a concert frauduleux entre les *Actes* et les *Synoptisés*. Les *Actes* nous cachent quelque chose, et cette chose c'est celle que les *Synoptisés* nous cachent de leur côté : la préparation de la révolte en Samarie par le Joannès-jésus, Shehimon, Philippe et consorts après la pâque de 785. Le « Jean » qui est en Samarie avec Philippe et Pierre, c'est le Joannès-jésus lui-même, c'est

(1) C'est un des mensonges de l'Eglise.

Bar-Jehoudda, et naturellement, à la date de 785, il n'a pas encore été crucifié. Comme on ne pouvait, étant donné Josèphe (1) et le *Quatrième Évangile*, nier que les apôtres eussent opéré en Samarie, on a mis dans les *Actes* qu'ils y étaient allés pour combattre Simon le magicien, et on a fait de ce Simon un samaritain de Gitta, alors qu'il était chypriote de Kitto. Ainsi, de quelque côté que nous nous tournions, depuis les grandes lignes jusqu'aux menus détails, nous nous heurtons au mensonge de parti pris ; il faut nous y faire, nous n'en sortirons pas (2).

VIII

MARIAGE D'HÉRODE ANTIPAS AVEC HÉRODIADE (787)

Après sa campagne baptiste en Samarie, Bar-Jehoudda revint chez sa mère, à Kaphar Naüm où le bruit de ses exploits l'avait précédé. Mais il n'y rentra pas sans quelque appréhension, « ayant déclaré lui-même qu'un prophète n'est point honoré dans son pays » (3). Et d'ailleurs un événement se produisit qui est d'une portée minime pour la grande histoire, mais incalculable pour l'histoire cantonale qui nous occupe : Phi-

---

(1) Josèphe raconte l'opération de Pontius Pilatus contre cet imposteur en Samarie, au mois de nisan 788. Nous y arrivons.

(2) Ce Simo Magus est une figure très curieuse. Ennemi des apôtres, à cause de leurs impostures et de leurs forfaits, il n'a jamais eu de conférence avec Pierre en Samarie, comme le disent les *Actes*, et Pierre, de son côté, n'a jamais lutté contre lui à Rome sous Néron, par la bonne raison que Pierre, transfiguration évangélique de Shebimon, crucifié à Jérusalem en 802, n'a jamais mis les pieds en Italie.

(3) *Quatrième Évangile*, IV, 44.

lippe, tétrarque de Gaulanitide, Bathanée et Trachonitide, mourut en 787 après trente-sept ans de règne (1).
On l'enterra dans Bethsaïda, nous n'ajouterons pas
sous les yeux du Nazir, puisqu'il lui était défendu par
son vœu d'assister à la cérémonie.

La secte christienne avait fait peu de progrès en Galilée cisjordanique. C'est surtout sur la rive orientale
du lac de Génézareth et du Jourdain que Bar-Jehoudda
recrute son armée, dans la tétrarchie de Philippe. Ce
Philippe est un Hérode à part, pacifique, aimant ses
États et peut-être ses sujets, quittant peu ses biens et
les embellissant fort, sans trop songer à mal. Il ne dé-
testait pas les Juifs hellènes, il y en avait autour de
lui d'assez propres et qui pouvaient lire Philon dans
le texte. Il s'entendait à la justice et souvent on le
pressait de la rendre au bord du chemin, sous un arbre.
L'Évangile ne le charge point.

Antipas, tétrarque de Galilée, avait failli être roi, il
ne l'oubliait pas. Du côté de la Pérée, il s'était arrondi
par son mariage avec la fille d'Arétas, roi des Arabes,
mais tout un plan d'agrandissement se révélait à lui
par la mort de Philippe. Philippe mourait sans enfants,
laissant une petite veuve de quinze ou seize ans, Salomé, qui, perdant son mentor, retombait sous la domination de sa mère, l'ambitieuse Hérodiade, et de son
père, Lysanias, un barbon sans relief, frère du défunt,
et plus que lui encore adonné aux plaisirs domesti-

(1) Aucune erreur possible. Il a pris possession de sa tétrarchie
en 750 et il est mort en la vingtième année de Tibère. (Josèphe, *Antiquités judaïques*). Nous verrons plus tard les falsifications ecclésiastiques dont Josèphe a été l'objet sur ce point particulier.

ques (1). Ce père, sous-tétrarque, Hérode obscur, ne comptait pas, se montrait peu, vivait on ne sait où, peut-être dans Antioche où Hérode le Grand avait laissé avec des biens la mémoire d'un souverain magnifique, peut-être dans Césarée, auprès de Philippe avec sa femme et sa fille, peut-être en Abilène, dans les anciens États de Lysanias dont on lui avait donné le revenu et le nom.

Philippe cérémonieusement enterré dans Bethsaïda Juliade, Antipas résolut d'aller demander à Tibère la succession du défunt. Vraisemblablement il prit sa route par Antioche, car, dans les circonstances où il était, il ne s'embarqua pas sans avoir vu et pressenti le proconsul Pomponius Flaccus, de qui il dépendait par ses ambitions. A Juliade, à Césarée, à Antioche, qu'importe? il vit ses deux nièces, la grande et la petite : la grande, Hérodiade, encore belle, désirable et remuante, juste la femme d'intrigue qui lui avait manqué jusque-là. On causa des choses juives, de cette

(1) Il n'y a pas ou plutôt il n'y a plus de preuves historiques qu'Hérodiade fût femme de ce Lysanias, et j'ai déjà dit qu'on trouvait dans les généalogies hérodiennes de Josèphe un passage qui faisait le premier mari d'Hérodiade fils de Mariamne, alors que le tétrarque d'Abilène était, semble-t-il, fils de Cléopâtre. Mais Luc a falsifié l'histoire en donnant Hérodiade comme femme de Philippe. Hérodiade était femme d'un Hérode qui n'est pas Philippe et qui était vivant lorsqu'Antipas la prit. Le texte de Josèphe paraît avoir été touché à l'endroit où il dit que cet Hérode était fils d'Hérode le Grand et de Mariamne, fille du grand-prêtre Simon. Il est exact en ceci qu'Hérodiade « n'eut point de honte de fouler aux pieds le respect dû aux lois en abandonnant son mari pour épouser, quoique le mari fût vivant, Hérode (Antipas) son frère, tétrarque de Galilée ». *Antiquités Judaïques*, livre XVIII, ch. VII. Ce texte est un arrangement ecclésiastique bien postérieur à l'imposture de la décapitation du Joannès introduite dans certains Evangiles, et c'est de ces Evangiles mêmes que provient la fausse qualité de frères donnée à Antipas et à Philippe. Ils n'étaient que demi-frères.

tétrarchie vacante à laquelle il manquait un homme, et de cette autre à laquelle il manquait une femme, car pouvait-on donner ce nom à cette fille arabe qu'Antipas avait prise par intérêt et qui ne lui avait rien apporté, sinon des terres contestées ? Le pharisaïsme donna de la voix, lui aussi : était-il bon qu'un prince juif eût cette arabe avec lui ? On comprendrait beaucoup plutôt qu'il fît venir dans Séphoris et dans Tibériade une femme de sang iduméen, comme était, par exemple, Hérodiade. Elle avait un mari, c'est vrai, et ce mari, son oncle, était par surcroît demi-frère du futur. Mais n'était-on pas entre Hérodes ?

De ces entrevues Antipas emportait une impression fort chaude que le voyage entrepris n'effaça point. Il proposa tout net à Hérodiade de l'épouser, quand il serait revenu de Rome. Puisqu'elle voulait bien se charger de son mari, Antipas faisait son affaire de la fille d'Arétas. Hérodiade se tenait toute prête, et lorsqu'Antipas la revit, il l'emmena. Dans l'intervalle, sa femme, ayant appris sa disgrâce, s'était retirée chez son père, sans esclandre, avec l'agrément marital.

Cet Antipas eut toute sa vie l'air d'un homme qui a manqué la couronne. S'il prit Hérodiade à son mari, c'est que son ambition ridée et fanée avait besoin d'être ravivée par celle d'une femme impérieuse et riche. Tandis que Salomé, sa fille, avait grimpé d'un saut d'enfant dans le lit de Philippe, Hérodiade était restée femme d'un tétrarque sans avenir. Si elle abandonnait ce barbon pour entrer dans le lit d'Antipas, elle réunissait ainsi trois tétrarchies, tenait dans sa petite main la moitié du royaume d'Hérode le Grand.

Philippe mort, il ne restait dans Césarée qu'une petite veuve qu'on caserait ailleurs, un jouet. Hérodiade et Antipas purent croire que, pour commencer, les États de Philippe allaient leur revenir. Tibère était vieux, on aurait bientôt un jeune empereur qui comprendrait les raisons du ménage. En attendant on courberait l'échine devant le proconsul de Syrie et on lui rendrait tous les services qu'on pourrait du côté des Parthes, dans l'espoir qu'il aurait égard aux prétentions d'Antipas sur la tétrarchie vacante.

Quoi qu'il en soit de toutes ces intrigues, le voyage d'Antipas à Rome est bien de 787, c'est bien à son retour qu'il épouse Hérodiade, et ce ne peut être avant 787 que le Joannès-jésus, le Boanerguès de l'*Apocalypse* et de l'*Évangile*, tonne au Jourdain contre ce scandale. Pour tonner de cette sorte, il n'avait pas attendu qu'Antipas eût fait venir Hérodiade en Galilée : le tétrarque était beaucoup plus coupable pour avoir introduit une fille arabe dans son palais ; et s'il s'était contenté de la chasser, loin d'encourir les foudres du prophète il les eût plutôt écartées. Mais la chronologie importe ici plus que la morale. Nous sommes en 787, vingtième année de Tibère, et le Précurseur continue à prêcher au Jourdain ! Et selon le calcul de l'ancienne Église, cinq ans se sont écoulés depuis la *crucifixion de Jésus-Christ* sous le consulat des deux Geminus, soit 782 !!!

Méditez cela, je vous prie, exégètes !

Cependant, Antipas se berçait de beaux rêves et, sur le conseil de l'astucieuse Hérodiade, nommait son frère Agrippa gouverneur de Tibériade dans l'espoir

que ce prétendant, couvert de dettes criardes, se con-
tenterait d'une situation qui lui permettrait de les
payer. Sous-tétrarque fastueux, ami de Caïus (Caligula), qui serait empereur demain, maître d'une ville
qui supplantait progressivement Séphoris et prenait
des airs de capitale, Agrippa pourvut ses proches des
postes et des emplois les plus importants. Penché sur
son doit et avoir, il ne voyait pas les astres qui, par
une conjonction tendancieuse, annonçaient l'avènement
du Fils de l'homme et plus encore celui du fils de
David. Un petit jeune homme commençait à s'agiter
dans l'atmosphère hérodienne, un prince nommé Saül
qui, la valeur n'attendant pas le nombre des années,
réclamait des pierres pour lapider le premier des fils
de Jehoudda qui lui tomberait sous la patte.

Tibère déjoua tous les calculs d'Antipas et réunit à
la Syrie les États convoités. Il semble bien que du
même coup il ait repris l'Abilène à Lysanias, de sorte
que ce malheureux ne put se consoler de l'abandon de
sa femme par la conservation de ses terres.

Le proconsul intervint certainement pour prendre
possession de la tétrarchie vacante au nom de l'Empereur; mais au point de vue fiscal la situation des habitants n'empira point. Tibère laissa dans le pays le
revenu du tribut qu'ils payaient à Philippe. Les Juifs
de Judée et les Samaritains relevaient de Pilatus ; le
fils de David releva de Flaccus, prédécesseur de Vitellius au proconsulat de Syrie.

Un détail m'a toujours frappé dans ce qui reste du
livre de l'Empereur Julien contre les christiens dits Galiléens. L'homme qui fut crucifié par Pilatus « était sujet
de Rome, nous le prouverons », dit Julien. Cela veut

dire qu'il était vis-à-vis des proconsuls dans la même condition que les Juifs de Judée et les Samaritains vis-à-vis de Pilatus, c'est-à-dire soumis au cens.

Du jour où Vitellius perçut le tribut par des publicains à lui, Bar-Jehoudda rentra dans la définition qu'en donne Julien. Mais il releva de Pilatus pour tous les crimes commis en Judée et Samarie.

Si l'homme crucifié par Pilatus eût habité la Nazareth actuelle (1), il n'eût pas été sujet de l'Empereur, il l'eût été d'Antipas, tétrarque de Galilée. C'est comme envahisseur de la Samarie qu'il sera déféré à Pilatus. Gaulonite de naissance, habitant Kapharnaüm, il était devenu sujet de Rome par la réunion de la Bathanée et Gaulanitide à la Syrie.

IX

ARRESTATION ET FOUET (SEPTEMBRE 787)

La fête des Tabernacles étant proche, ses frères lui dirent : « Pars d'ici et t'en va dans la Judée, afin que tes disciples voient les œuvres que tu accomplis, *car on n'agit point en secret, si on veut jouer un rôle. Si tu fais de telles choses, manifeste-toi au monde. Ses frères mêmes en effet ne croyaient point en lui.* » Ah ! scribe, mon ami, il faudrait pourtant s'entendre ! Tu nous as dit, au début de ton Évangile (le *Quatrième*), que *tous croyaient en lui*, et te voici avouant qu'en réalité aucun — sois franc, pas même

_____

(1) Je rappelle qu'elle n'a été bâtie qu'au huitième siècle.

lui! — ne pensait qu'il pût devenir un jour Jésus-Christ. La conduite de ses frères est ici plus qu'étrange. Si vraiment les Juifs de Judée cherchaient à le tuer, pourquoi le poussent-ils à aller à Jérusalem, un jour de fête, dans une circonstance où hérodiens et saducéens sont à leur poste? Avec beaucoup de prudence il répond : « Allez à Jérusalem si vous voulez, pour moi, *je n'y monte point encore, parce que mon heure n'est pas révolue.* Vous, on ne vous hait pas, mais moi, on me déteste, car je dis (dans l'*Apocalypse*) que *les œuvres du monde sont mauvaises.* » C'est très sagement raisonné. Le « terme » dont il parle dans l'*Apocalypse*, « l'heure » dont il parle dans l'Évangile, c'est la pâque de 789, il a dix-huit mois devant lui. Shehimon, les deux Jacob, Philippe, Jehoudda dit Toâmin et Ménahem prennent les devants et montent à Jérusalem. On ne leur fera rien, à eux, et si on leur demande où est le Nazir, ils répondront qu'il ne viendra pas. Sitôt partis, Bar-Jehoudda monte à Jérusalem de son côté, non point manifestement, mais en cachette, donc seul. Il trompera les recherches de ceux qui lui veulent du mal, il arrivera à l'improviste, il ira vers la piscine de Siloë et il baptisera, car le poisson y frétille et la fête est d'importance.

Placée à l'extrémité occidentale de la croix solaire, la fête des Tabernacles balance mathématiquement celle de la Pâque située à l'extrémité orientale. La Pâque est la fête de l'équinoxe de printemps, les Tabernacles, celle de l'équinoxe d'automne. Elles se font pendant, la Pâque au commencement du premier signe, quand les

Poissons s'effacent devant l'*Agneau*, les Tabernacles à la fin du sixième signe, quand la *Vierge* passe la main à la *Balance*.

La fête des Huttes ou Tabernacles a été diversement interprétée par les rabbins et je n'en veux point disputer avec eux. Comme la Pâque, elle est antérieure à Moïse. C'est la fête du rétablissement de la terre après le déluge, et l'on supposait sans doute qu'ayant mis sept jours à faire le monde, Dieu en avait mis autant à le refaire, car le septième était un jour dans lequel les vieillards, oubliant leur âge et perdant toute gravité, dansaient comme des enfants, sautaient, bondissaient, *sicut arietes et sicut agni ovium*. Après les épreuves de la pluie et de la foudre, on revoyait les astres, et pour les saluer on allumait des myriades de lampes qui faisaient de Jérusalem comme le miroir du firmament étoilé. Cette grande fête se composant d'une période d'affliction à laquelle succédait une période d'allégresse débordante, l'homme qui lisait le livre saint à l'endroit de deuil s'appelait l'*Epoux de la fin*, tandis que celui qui le lisait à l'endroit joyeux s'appelait l'*Epoux du commencement*. On y célébrait l'eau éruptive, l'eau salutaire opposée à l'eau tombante, à l'eau destructive du déluge. L'image de cette eau bienfaisante, c'était la fontaine de Siloë où, chaque année, au retour de l'automne, les prêtres allaient puiser dans des vases sacrés l'eau qu'ils répandaient ensuite, avec le vin, sur le parvis du Temple pour remercier Dieu d'avoir créé ces deux liquides de vie.

Le huitième jour était dit le « grand jour », parce qu'il avait été, comme son pendant de la Pâque, le jour de la victoire de Jésus sur les ténèbres, le premier *dies solis* de la semaine réorganisée après le déluge. Dans l'*Apocalypse* Jésus réclame les sept jours de la Pâque comme étant à lui tout entiers : ici nous le voyons revendiquer pour lui les sept jours des Tabernacles. De même qu'il est tout l'agneau qu'on mange pendant sept jours à Jérusalem, il est toute l'eau qu'on puise dans la fontaine de Siloë pendant sept jours et qu'on répand le matin dans le Temple, comme des larmes d'aurore, sur la corne de l'autel tournée au midi : « Si quelqu'un a soif, qu'il vienne à moi et qu'il boive ! Qui croit en moi, des fleuves d'eau vive, selon la parole de l'Ecriture, jailliront de son ventre (1) ! »

Quelle Ecriture ? Nulle autre que l'*Apocalypse* et c'est pourquoi on ne la cite pas. D'ailleurs ne trouve-t-on pas ce fleuve d'eau vive dans Ezéchiel, dans Joël et dans Zacharie, jaillissant de Jérusalem, arrosant les deux versants de la montagne, fertilisant la plaine et coulant éternellement ? Mais si l'on cite l'auteur de l'*Apocalypse*, on va livrer tout le secret de la fabrication évangélique. On va montrer que cette eau vive est de source hermétiquement joannique, qu'elle a nom *Millénium du Zib*. « Aux jours de votre délivrance et de votre salut, dit Isaïe en parlant des jours du Christ, vous puiserez dans une grande joie les eaux des fontaines du Sauveur (le Silo). » Or le jésus a baptisé de l'eau de la délivrance et du salut à la piscine de Siloë. Aux sources du Jourdain comme à celles de Kapharnahum, aux sources d'Ænon en Juda, comme à celles d'Ænon en Ephraïm, il a suivi ponctuellement les Révélations qui le concernent. Il fera de même à l'Ain de Siloë, « la

(1) *Quatrième Evangile*, VII, 37.

fontaine ouverte à la maison de David et aux habitants de Jérusalem pour y laver les souillures du pécheur et de la femme impure » (1).

Il arrive à la mi-fête, par conséquent le quatrième jour où les prêtres allaient puiser l'eau à la fontaine *probatique* dans des vases d'argent. Mais ils avaient récemment consenti à ce que Pilatus amenât de l'eau à Jérusalem et même ils avaient contribué à la dépense sur les fonds du trésor sacré. Et cette eau paganisée, des Juifs s'en servaient! Bar-Jehoudda fit un tapage infernal, ameuta les disciples, guetta les prêtres près de la fontaine et fit si bien qu'il les empêcha, soit d'y porter les vases, soit de les remporter, car Luc est le seul qui parle de cette affaire, sans détails, avec le désir manifeste d'en réduire les proportions, quoiqu'elle ait été l'un des motifs invoqués par le sanhédrin dans sa sentence de mort contre Bar-Jehoudda. Le *Quatrième Evangile* s'étonne qu'à cette occasion Bar-Jehoudda n'ait pas été lapidé. « Mais, disent les Juifs, qui parle de te faire mourir? » Et, en effet, il a beau crier qu'il est le christ, personne ne l'arrête « *parce que son heure n'était pas encore révolue.* » Il va les défier jusque dans le Temple où il recommence à clabauder. Les pharisiens et les chefs des prêtres *envoient des sergents pour le saisir*, ceux-ci reviennent sans en avoir rien fait.

Il échappe. On ne veut plus qu'il ait été arrêté, à cause de la peine du fouet qui lui fut appliquée comme à ses frères, car tous les apôtres furent arrêtés, disent les *Actes*. Cet emprisonnement ne peut se confondre avec l'affaire de simple police que nous avons contée,

(1) *Zacharie*, xiii, 1, déjà cité dans *le Charpentier*, p. 44.

qui ne tire pas à conséquence, ne dure qu'une nuit, n'engage que Bar-Jehoudda et Shehimon. Il s'agit cette fois d'un emprisonnement général et d'une émeute où le peuple intervient.

Dans les *Actes*, c'est Shehimon qui a la direction de la bande. Ils sont « arrêtés, dit le scribe, par ordre du Grand-Prêtre et ceux de son parti ». Mais pour quelle cause et dans quelles circonstances? Voilà ce qu'il ne peut pas dire. Dès la première nuit, ils s'évadent. Comment? Un ange du Seigneur les délivre; et au point du jour on les retrouve « enseignant dans le Temple. » Pendant ce temps Kaïaphas et les siens avaient assemblé tout le Sanhédrin et tout le Sénat. Ils envoient chercher les prisonniers par des sergents. Les sergents trouvent les portes de la prison fermées, les gardes à leur poste, au dedans personne; ils reviennent, au comble de l'étonnement. Kaïaphas est étonné, lui aussi; mais combien plus quand il apprend que les fugitifs sont tranquillement dans le Temple où ils « enseignent »!

On a pensé que, s'ils s'étaient retrouvés au matin dans le Temple, c'est qu'ils avaient été enfermés dans la tour Antonia, qui en effet communiquait avec lui par un souterrain. Mais la tour Antonia était prison romaine et Bar-Jehoudda n'était point encore justiciable de Pilatus.

Dans les dernières années les crimes s'étaient multipliés à tel point, et leur répression était si antipathique au peuple que le sanhédrin, par crainte de représailles, avait abandonné le Gazith où il rendait ses sentences pour se rapprocher de la vieille prison du Temple où il enfermait les condamnés (1). Il s'était établi dans le

(1) *Ghemara* de Babylone, traité de *l'Idolâtrie*.

Hanoth ou Boutiques du Mont du Temple, hors de l'enceinte sacrée, paraît-il, au nord-est, en contre-bas du Portique de Salomon (1). Il y avait là, dans l'angle, une grande salle de vieille construction et bâtie par les marchands. La tradition musulmane veut que Salomon y ait jugé. La prison était auprès, non loin de la porte Judiciaire ou de la Garde, avec une fosse où le prophète Néhémias fut jeté. Il semble qu'il y ait eu là comme un tribunal des flagrants délits. C'est au Hanoth que furent conduits Bar-Jehoudda et ses frères.

Délivrés par leurs partisans, ce n'est point par un souterrain qu'ils entrèrent dans le Temple ni pour y enseigner la théologie, c'est par la porte et pour rallier les Zélotes. Depuis quelque temps, il y avait dans le monument des prodiges d'où les forces célestes étaient visiblement absentes. Un matin on avait trouvé ouverte la porte de bronze qui était toujours fermée le soir (2). Or, il ne fallait pas moins de vingt hommes pour cette manœuvre. Le rabbin Jochanan ben Zaccaï était alors vice-président du Sanhédrin : de cette porte ouverte il conclut que le Temple devait être détruit par le feu : « Temple, dit-il, nous connaissons ton sort. » Ben Zaccaï connaissait l'*Apocalypse* et se rappelait la pâque du Recensement. C'est un miracle de ce genre qui avait ouvert le Temple à Bar-Jehoudda et à ses frères. Otons l'ange qui fait tomber les serrures de la prison, ils sont délivrés par le peuple avec la complicité des gar-

(1) Quarante ans avant la destruction du Temple (*Ghemara* de Babylone, art. Sanhédrin), soit 783. On était donc là depuis quatre ans.
(2) Fait placé quarante ans avant la chute du Temple, donc 783, par le Talmud de Jérusalem (Joma, *Traditio* et *Juchasin*); Josèphe relate aussi l'histoire de la porte, mais il la place trente-trois ans après le Talmud.

diens. Le jésus échappant aux sergents, prêchant dans le Temple malgré les prêtres et se retirant en paix, a évidemment un air plus détaché de ces contingences.

Les sergents coururent au Temple, y cueillirent ces forcenés et les amenèrent au tribunal. Le Sanhédrin délibéra et ne les relâcha qu'après leur avoir appliqué la peine du fouet. « Ils voulaient le lapider, dit le *Quatrième Évangile*, ils prirent des pierres pour les lui jeter (1). » Gamaliel, dit-on, parla pour eux. Son intervention n'est pas impossible, il présidait ; mais le discours qu'on lui attribue est faux (2). Le jésus a donc été plusieurs fois emprisonné, une fois avec Shehimon et le boiteux, avouée par les *Actes* seuls, une autre fois avouée par tous les Évangélistes (3), et qui correspond parfaitement à la fête des Tabernacles, (on s'est borné à faire disparaître la circonstance). Les *Actes* ont déplacé cette affaire pour ne pas être obligés de reconnaître que le Juif consubstantiel au Père avait reçu trente-neuf coups de fouet sur le postérieur. Les Évangiles, tout en avouant un vague emprisonnement, ont supprimé le fouet comme contraire à l'esthétique. Pour le même motif le *Quatrième Évangile*, tout en avouant

(1) *Quatrième Évangile*, viii, 59.
(2) On en a la preuve. Il y vise un fait historique (la révolte de Theudas) qui date de Cuspius Fadus, procurateur de Claude en Judée dix ans après Pilatus et la grande-prêtrise de Kaïaphas Je me suis toujours demandé si le nom de Gamaliel ne viendrait pas de Gamala et si l'indulgence qu'il montre pour les Jehouddistes n'aurait pas pour cause une commune origine, à la fois davidique et gamaléenne.
(3) Par Luc, iii, 20, comme si cette incarcération était le fait d'Antipas. Par Marc et par Mathieu comme si elle était le fait d'Hérodiade et de Salomé, sa fille, et qu'elle ait été immédiatement suivie de la *décapitation du Joannès* devenu un personnage indépendant du jésus et précurseur du prétendu Jésus de Nazareth. Par le *Quatrième Évangile*, dans le passage que nous avons cité plus haut, p. 185.

une manière d'évasion, supprime l'emprisonnement parce qu'il aboutit au fouet.

C'est que de toutes les peines inventées par les hommes la flagellation est celle qui ridiculise le plus, parce qu'elle déshabille les régions du corps que les Anglais ont nommées inexpressibles pour tourner la difficulté. Le prestige de Bar-Jehoudda n'étant pas augmenté par cette exhibition lombaire, les Évangiles remettent à Pilatus lui-même le soin de lui administrer le fouet ; et dans les prophéties par lesquelles Luc prépare le lecteur à la Crucifixion, l'ordre des peines est interverti de la manière suivante : « Il sera livré aux gentils, moqué, injurié, couvert de crachats. Et après qu'ils l'auront fouetté, ils le mettront à mort (1). » Alors qu'il fallait dire : « Il sera fouetté (787), puis livré aux gentils (788). » Postdatée de dix-huit mois, la fustigation rentrera dans le plan des supplices que la malice des hommes inflige à ce bon et doux Jésus qui, vu son inexistence, n'avait fait de mal à personne. Et ce qu'il y a de remarquable au fond, c'est que Bar-Jehoudda reçoit sur l'une et l'autre fesse ce que, dans son détachement des choses d'ici-bas, Jésus recommande d'accepter sur l'une et l'autre joue.

Kaïaphas semble avoir hésité à sévir contre les fils de Jehoudda. Il avait peur de cette bande toujours à la veille d'emporter le Temple. Deux fois, trois fois peut-être, il eut les chefs sous la main et les relâcha comme s'il avait nourri la secrète espérance de voir leur folie

---

(1) Luc, xviii, 19-20.

assez forte pour jeter Pilatus hors de Judée. Il les laissa faire et aller tant que sa responsabilité personnelle ne fut pas en jeu. Les *Actes* constatent à deux reprises la terreur qu'ils jetaient dans Jérusalem ; les Évangiles montrent les prêtres constamment partagés entre les velléités d'arrestation et la crainte d'un soulèvement. Comment n'être pas frappé de l'aisance avec laquelle les prisonniers s'évadent, de la spontanéité du Temple à se transformer pour eux en lieu d'asile, des sympathies qu'ils comptent au Sanhédrin et qui brillent comme un feu doux dans la plaidoirie de Gamaliel ? Certes Kaïaphas les arrête, il les enferme à triple tour, mais les portes s'ouvrent devant eux par la miraculeuse complicité des verrous. Honneur à ces honnêtes gardiens ! Eux au moins sont de leur temps. Ils ont agi en bons zélotes, en bons serviteurs de la Loi qui déplorent la tolérance de Kaïaphas pour les démons pilatiques et sont de cœur avec le prophète du Christ xénophobe. Tels nous les voyons dans l'Évangile, tels ils sont dans les *Actes des Apôtres*. Ils ne gardent les christiens que pour les conserver.

Pourtant un nouveau grief et très caractéristique surgit contre Bar-Jehoudda.

Les Pharisiens le couvrent d'injures et le chassent, mais on voit poindre dans leur colère une insulte inconcevable pour quiconque ne connaît pas ses négociations et ses baptêmes en Samarie. Comment l'appellent-ils ? Samaritain. Et c'est le signe du plus profond mépris qu'ils puissent lui témoigner. « Tu es un Samaritain, s'écrient-ils, et tu as le diable ! » Quoi ! Samaritain, cet homme que tous savent être surjuif par son père et par sa mère ? Oui, Samaritain, car il a partie liée avec les chefs de Sichem contre le Sanhédrin, avec le Garizim contre le Temple.

X

ASSASSINAT D'ANANIAS ET DE SAPHIRA PAR SHEHIMON ET CONSORTS

Bar-Jehoudda et ses frères quittèrent Jérusalem, la tête plus chaude encore que les lombes, ruminant cent projets de vengeance contre ces gens de Sodome et Égypte.

Malgré tous leurs appels à la crédulité juive, il entrait peu de citadins dans la combinaison financière. Trois siècles après l'ère apostolique, le scribe des *Actes*, traçant un idyllique tableau de la Thélème naziréenne, — imaginaire comme l'autre — ne peut citer qu'un seul habitant de Jérusalem parmi les donateurs volontaires : Joseph Hallévi ou le lévite, surnommé par les apôtres Barnabbas, c'est-à-dire fils de prophétie : encore est-il chypriote. « Nul indigent parmi eux, dit le scribe avec une assurance qui demanderait à être fortifiée par un second exemple, parce que tous ceux qui possédaient champs ou maisons les vendaient et apportaient le prix de la vente, le mettaient aux pieds des apôtres, et cela était distribué à chacun selon qu'il en avait besoin. » Le scribe des *Actes*, dans l'intérêt de l'église de Jérusalem partie prenante essaie, de faire croire aux ouailles que ces aubaines venaient aux apôtres parce que « très énergiquement ils rendaient témoignage de la *résurrection du Seigneur Jésus*.

Sur tous, dit-il, affluait la grâce. » Il poursuit un autre
but : colorer d'un prétexte charitable l'assassinat d'Ananias et de sa femme par les plus jeunes frères de Bar-
Jehoudda sous la conduite du noble Shehimon. C'est
ici, en effet, que se place cet épouvantable drame,
donné comme échantillon de la manière apostolique.
S'il n'avait pas été célèbre dans l'histoire et indélé-
bile, les *Actes* ne se seraient pas crus obligés d'en
tenir compte (1). Qu'était Ananias ? Très probablement
l'un de ceux qui avaient fait arrêter et fouetter le jésus.

Après cet exploit, Ananias était allé aux champs où
il goûtait un repos virgilien. Mais suivons les *Actes*
dans leur version et tirons-en la moralité. La scène est
chez Ananias. Est-ce avec son agrément ou par force
que les apôtres se sont introduits dans sa maison ? Le
lecteur choisira.

Ananias possédait un champ et il avait promis de le
vendre pour en déposer le prix « aux pieds des
apôtres ». Ananias vend, mais ressaisi par l'amour de
la propriété, le cœur gros, il remet en garde à sa femme
une partie de l'argent, et n'apporte aux apôtres que le
reste, excès ou différence. Le sacrifice d'Ananias ne lui
paraissant pas à la hauteur de ses ambitions, Shehimon le regarde de l'œil dont il caressait sa sique et lui
dit : « Ananias, comment le Satan a-t-il rempli ton

(1) Un autre Ananias, sacrificateur, fut assassiné par les Zélotes dans
des conditions qui ressemblent beaucoup à celles-là, mais quinze ans
plus tard. (Josèphe, *Guerre des Juifs*.) Est-ce la même affaire, dépla-
cée par les arrangeurs et reportée après la mort de Shehimon et de
Jacob senior, crucifiés en 802, de manière à exonérer de ce forfait la
mémoire de ces deux apôtres? C'est bien possible. Un autre Ananias
encore, probablement fils de celui-ci et grand-prêtre en 819, fut assassiné par les gens de Ménahem, dernier frère de Bar-Jehoudda. (Josèphe,
Guerre des Juifs.)

cœur pour que tu mentes au Saint-Esprit en lui sous-
trayant une partie de ta propriété? Si tu voulais la
garder, il ne fallait pas la vendre ; en conserver le prix,
il fallait le retenir entièrement. Tu n'as pas menti aux
hommes, mais à Dieu. » La sensibilité d'Ananias jaillit
en cette circonstance. Il fut tellement saisi qu'il tomba
et, alors qu'il aurait pu rendre l'argent, il rendit l'âme.
L'autopsie n'ayant point été publiée, nous ne savons si
ce fut de son propre mouvement qu'il fit ce suprême
effort. Ananias était là, gisant devant les apôtres, il fallait s'en débarrasser. Shehimon fit signe aux plus
jeunes (un enfantillage, comme on voit !), qui prirent le
corps, l'emportèrent au dehors et l'enfouirent avec une
prestesse qui épouvante, car on peut craindre qu'ils ne
l'aient enterré vivant.

Si Ananias, vaincu par l'émotion inséparable d'un
premier début dans le don manuel, est tombé naturellement, on se demande pourquoi ils l'enterrent avec cette
précipitation, sans chercher à le rappeler à la vie —
comme le veut l'humanité — et ensuite, lorsque leurs
efforts eussent été vains, à démontrer qu'il était mort
de lui-même — comme l'exigeait la prudence. Traction
rythmée de la langue, puis déclaration spontanée à la
police, voilà quelle est la seule conduite à tenir. Au
lieu de cela, Ananias disparaît avec sa sacoche, comme
un garçon de banque attendu pour encaisser un billet
près d'une champignonnière dans la banlieue de Paris.

Le cas de la pauvre Saphira n'est pas moins douloureux. Voici une femme qui, elle aussi, a de l'argent
dans sa sacoche. Elle a tout ce qu'on n'a pas pris à
son mari. Trois heures après la mort d'Ananias, elle

rentre, ne sachant rien, n'ayant entendu parler de rien. Shehimon avait à la main l'argent du mari (on n'avait pas enterré le métal). Il le montre à la femme et élevant la voix : « Dis-moi, avez-vous vendu le champ ce prix-là ? (En lui demandant ce qu'il savait très bien par le mari, Shehimon tend un piège odieux à la femme.) Est-ce bien là tout l'argent de la vente ? — Oui, répond Saphira. » Alors Shehimon : — Tu mens. Tu t'es entendue avec ton mari pour tromper Dieu. » Par la porte ouverte sur la campagne Shehimon lui montre un cadavre et des hommes qui creusent une fosse ; elle devine ce qui est arrivé, ce qui va lui arriver à elle-même, et prise de l'étourdissement qui a été tout à l'heure si fatal à son mari, elle s'abat, comme lui, raide morte aux pieds des apôtres. Cette fois ils ont leur compte : Ananias ne leur doit plus rien.

Sans doute les desseins de Dieu sont impénétrables, et s'il lui a plu de rappeler à lui coup sur coup Ananias et sa femme, ce n'est pas à nous de le trouver mauvais. Cependant notre cœur pitoyable nous porte à plaindre ce petit ménage de Juifs qui, enrichi peut-être en commerçant avec les hommes, avait consenti à s'appauvrir pour commercer un jour avec les anges.

Ce jardin assez grand pour recevoir deux cadavres et assez écarté pour cacher les allées et venues des meurtriers est un décor très convenable à cette histoire de chauffeurs. On attendait Ananias en force suffisante et, sans vouloir prononcer le mot guet-apens qui éveille de vilaines idées, on peut dire que l'arrivée du « pante » n'est une surprise pour personne. Ananias arrivé, Shehimon impatient de justice divine l'égorge après l'avoir dépouillé.

Ceux qui l'ont enterré, les jeunes aux biceps saillants, rentrent, mais la besogne n'est pas terminée : il y a là un second cadavre. Ils l'emportent à son tour et l'enterrent.

Très habile en ceci qu'aucun coup n'est porté par le bras de Shehimon, cette version est prodigieusement maladroite dans le fond. On peut reconstituer le crime avec des variantes : admettre, par exemple, qu'il ne s'est pas écoulé trois heures entre les deux meurtres; que Saphira est accourue aux cris d'Ananias; qu'elle l'a vu emporter et enterrer plus ou moins mort : la conclusion est la même. Un double assassinat qui s'avilit d'un double vol (1). Mieux eût valu dire la vérité : montrer le courroux zélote s'élevant contre les gens du sanhédrin après la fustigation des apôtres, et la main de Dieu sortant ensanglantée de la manche de Shehimon. C'eût été moins déshonorant, mais trop historique : on aurait retrouvé les fils de Jehoudda sous la robe des apôtres; les *Actes* auraient conduit à Josèphe!

Ce forfait dont les auteurs furent plus vite soupçonnés que convaincus eut un retentissement énorme, « ce qui amena une grande crainte sur l'Église et sur tous ceux qui apprenaient ces choses » (2).

---

(1) Je ne sais quel prud'homme mâtiné de jocrisse s'est écrié : « Il accuse Pierre d'avoir commis des assassinats! » Je ne l'en accuse pas, monsieur, je l'en convaincs.

(2) *Actes des Apôtres*, v, 6.

XI

LAPIDATION DE JACOB JUNIOR ET DÉBUTS DE SAUL

Trois mois après, les fils de la Veuve de Kapharnahum réapparaissaient à Jérusalem. Non contents de troubler les fêtes religieuses, ils se rendaient encore à celles que la politique avait ajoutées à la Loi. Dans le nombre était celle de la Dédicace, fête de pure convention, d'abord établie en mémoire de la restauration du Temple par Judas Macchabée, puis étendue à la consécration du Temple construit par Hérode. Elle commençait le 25 décembre et durait huit jours. Jaloux du passé, Bar-Jehoudda n'admettait rien qui rappelât les princes usurpateurs. Le tumulte qu'il excita prit naissance dans l'enceinte de l'Hiéron, sous le Portique de Salomon. Il y eut entre les fouetteurs et les fouettés une collision assez rude pour que les trois *Synoptisés* l'aient supprimée. Bar-Jehoudda poursuivi, arrêté peut-être pendant un instant, faillit être lapidé. « Les Juifs jetèrent encore des pierres pour le lapider », dit le *Quatrième Évangile* (1), de sorte que, si on en croyait ce scribe, il y aurait eu deux tentatives de lapidation à trois mois d'intervalle.

« Il échappa de leurs mains ! » s'écrie triomphalement le scribe. Mais quelqu'un fut pris qui le touche de si près que dans le Talmud de Babylone, il passe lui-même pour avoir été lapidé avant d'être crucifié. Si ce n'est

(1) x, 28.

lui, c'est donc son frère, c'est Jacob junior dit Andréas dans l'Évangile et Stéphanos dans les *Actes*. Le bouillant Jacob avait été de ces « jeunes » qui s'étaient illustrés dans l'enclos d'Ananias. En style biblique, il avait « consacré sa main » dans le sang d'un Juif insuffisamment xénophobe. Quand il fait en Moïse l'apologie de la vengeance et de la vengeance par l'assassinat, c'est sa propre cause qu'il plaide. « Voyant l'un de ses frères à qui on faisait tort, Moïse le défendit et vengea celui que l'on outrageait en tuant l'Égyptien (qui l'avait outragé). Or il pensait que ses frères comprendraient que Dieu leur devait donner délivrance par sa main ; mais ils ne le comprirent point (1). » Ils comprirent encore bien moins en 787, d'autant que, loin de se présenter avec la modestie qui convient à un meurtrier, Jacob proféra de nouvelles menaces blasphématoires, hurlant que le Sanhédrin n'en avait pas pour longtemps et que le Christ Jésus allait bientôt venir détruire le lieu saint (2). Cette fois, le peuple se rangea du côté des Anciens et des Scribes, on courut sus à Jacob, on l'enleva, disent *les Actes*, et on le traîna devant le sanhédrin. En vain donna-t-il à son visage une expression angélique et déclara-t-il, d'après l'*Apocalypse*, qu'il voyait déjà « les cieux ouverts et le Fils de l'homme à la droite de Dieu » (3), Gamaliel et le conseil lui répondirent selon la formule par des grincements de dents, et passant aux

---

(1) *Actes des Apôtres*, vii, 20 et suiv. Discours dont la rédaction peut être du quatrième siècle et où le véritable motif de la lapidation est soigneusement déguisé, comme celui de l'assassinat d'Ananias.

(2) *Actes des Apôtres*, vii. Déposition des *faux témoins* contre Stéphanos. Ces témoins ne sont pas faux, ils sont supposés et ils récitent ce que leur souffle l'auteur des *Actes*, au mépris de toute vraisemblance.

(3) *Actes*, vi, 48 et suiv.

voix le condamnèrent à mort. Ainsi feraient de nos jours toutes les cours d'assises de la chrétienté. La condamnation de Jacob fut accueillie par des cris assourdissants, on emmena le misérable hors de la ville et il succomba sous les pierres (1).

Au lieu du supplice étaient les témoins qui avaient déposé contre Jacob, parents, amis d'Ananias, et qui, pour satisfaire leur rancune, s'étaient transformés en bourreaux. Le plus acharné de tous était Saül qui n'avait point de raison pour se trouver là s'il n'était pas ou l'allié d'Ananias à un degré quelconque, ou l'officier qui avait arrêté Jacob. C'est ce Saül dont on a fait saint Paul, mais avec quelle peine ! Un travail de Romain !

J'ai longtemps cru que le « martyre de Stéphanos » était une invention destinée à consoler les Juifs hellènes qui, ne pouvant prétendre au premier rang dans l'échelle martyrologique (personne ne peut venir avant les héros de l'Évangile), occupaient honorablement le second rang non par une crucifixion — c'eût été trop demander — mais par une lapidation en règle. Je m'étais trompé. Il n'y a qu'un seul supplice par lapidation dans les légendes apostoliques et c'est celui de Jacob junior ; Jacob senior fut crucifié (2).

Stéphanos n'est pas un nom propre, mais un nom d'attribut : « la Couronne », récompense du martyre. Elle est statutaire de par l'*Apocalypse*. La première Cou-

(1) Très probablement au lieu où Bar-Jehoudda fut crucifié quinze mois après.

(2) Décollé, disent les *Actes*, ce qui est vrai de Theudas, mais faux de ce Jacob.

Il y avait eu quelqu'un de lapidé, avant la révolte de 788, Jésus en convient : « Jérusalem, Jérusalem, qui massacres les prophètes et lapides ceux qui te sont envoyés, s'écrie-t-il trois jours avant la crucifixion de Bar-Jehoudda ». (Luc, xiii.)

ronne que Jésus ait distribuée parmi les fils de la Veuve
de Kapharnahum, c'est celle de Jacob, dit Oblias, force
du peuple, Andréas dans l'*Évangile* et Stéphanos dans
les *Actes*. Lorsqu'il descendra dans les Écritures afin de
récompenser ceux qui sont morts pour lui, le premier
qu'il rencontrera, c'est le « fils de la Veuve » qu'on
emporte sur une civière hors de la maison et il le res-
suscitera dans l'ordre de son martyre, c'est-à-dire avant
Éléazar et le jésus lui-même (1). C'est aussi pour cela
que dans le *Quatrième Évangile* Jacob-Andréas est
le premier qui rencontre Jésus descendant du ciel. Si
au lieu d'être lapidé il eût été crucifié comme son frère
aîné, c'est lui qu'on adorerait sous le nom de Jésus-
Christ.

XII

RÉSURRECTION DE JACOB JUNIOR

Jacob mort, « des hommes pieux l'ensevelirent et
menèrent grand deuil à son endroit ». Ils le transportèrent à Kaphar Naūm, car voici ce que dit Luc, d'après
les plus anciens thèmes : « Jésus, se rendant en une
ville (*Kaphar*) nommée *Naīn* (2) et beaucoup de ses dis-

(1) Nous verrons tout à l'heure le martyre et la résurrection d'Eléazar, mari de Thamar. Dans l'Evangile la résurrection de Bar-Jehoudda
n'est que la quatrième. Dans l'ordre apostolique elle n'est que la
sixième. (Voir celles de Jehoudda et de son frère dans l'*Apocalypse*.)

(2) Précisément, il est à Kaphar Naūm la veille. (Luc. VII, p. 1.) Il
faut donc lire *Naūm*, et il y avait dans le texte araméen Kaphar Naūm,
littéralement « Village nommé Naūm ». Ce Naīn étant inconnu de
toutes les Ecritures, tant anciennes qu'évangéliques (le Naīn de
Josèphe est en Idumée), l'Eglise a été obligée de faire pour cette
« ville » ce qu'elle a fait pour Nazareth, c'est-à-dire de la construire
au huitième siècle. Elle a fixé Naīn dans les environs de Nazareth, les
deux faux s'appuyant l'un sur l'autre.

ciples marchant avec lui ainsi qu'une foule nombreuse, comme il approchait de la porte de la ville (1), on emportait un mort, dont la mère était Veuve (2), et une masse de gens du bourg se tenait avec elle (3). Le Seigneur la voyant en eut pitié et lui dit : « Ne pleure point. » Il s'avança donc, toucha le cercueil et, les porteurs s'étant arrêtés, il s'écria : « Jeune homme, je te l'ordonne, lève-toi. » Le mort s'assit alors sur son séant, et se mit à parler. Jésus le rendit à sa mère (4). » Cette Résurrection, beaucoup trop transparente à cause du lieu, de la date, de la Veuve et du reste, a disparu de tous les Evangiles, sauf Luc. De plus on a enlevé la partie de la scène (5) où Jésus ressuscitait le mort « à la demande de sa mère », ce qui équivalait à nommer Salomé, la veuve de Jehoudda.

Partout cette résurrection fut remplacée — quel progrès avec le temps ! Jésus ressuscitant un *roumi!* — par celle du fils du centurion ou officier royal (6).

Lorsqu'on a fabriqué les *Actes*, on a mis ce « martyr » parmi les « Sept Diacres de l'Église de Jérusalem ». De ces diacres on a fait des *hellénistes*, —

(1) Le Naïn d'aujourd'hui est un misérable petit village en pisé, sans aucun vestige d'antiquité.
(2) On a mis : « fils unique de sa mère » pour qu'on ne reconnût pas en lui l'un des Sept.
(3) Bar-Jehoudda ne le vit point mort et n'assista pas à l'enterrement. Son naziréat l'en empêchait. Il en fera de même avec son beau-frère Eléazar.
(4) Luc, vii, 11 et suiv.
(5) Augustin y fait un emprunt (*Confessions*, Livre VI, 1). Il se compare au jeune homme ressuscité et, comme lui, à la demande de sa mère.
La mère d'Augustin était veuve de Patrice comme Salomé l'était de Jehoudda.
(6) Royal est mis ici pour « impérial », terme inconnu des scribes juifs.

on nommait ainsi les Juifs qui parlaient grec — et du crime qu'il expia une petite querelle entre Araméens et Hellénistes, à propos du service intérieur des agapes. Les Diacres dont parlent les *Actes* comme ayant été choisis par les Douze pour suppléer ceux-ci sont de la même farine que les Douze eux-mêmes. Ce chiffre sabbatique a été introduit dans les *Actes* pour faire suite à celui des Douze introduit dans les Évangiles. De même que les Douze répondent à la division du *Thème du monde*, les Sept rentrent dans le cadre sabbatique de l'*Apocalypse*. Cependant, à la différence des Douze, ils ont une origine dans l'apostolat réel, ils sont mis en remplacement des Sept puissances mâles que Jésus a extraites du corps de Maria. A part Nicolas, prosélyte d'Antioche à qui ses mauvaises mœurs ont fait une renommée embarrassante pour ses collègues, on ne connaît ni ces Timon, ni ces Parmenas, ni ces Nicanor, ni ces Prochorus que les *Actes* commettent à l'intendance des agapes et ils ne deviennent rien dans l'histoire ecclésiastique (1). Dans ces Diacres nous retrouvons au moins deux des Sept fils de la Veuve : Philippe, sous le nom qu'il a dans l'Évangile, et Jacob-Andréas sous le nom de Stéphanos.

XIII

SAUL, PRINCE HÉRODIEN

Aucun scribe n'avoue que les fils de cette Veuve ont

---

(1) Il n'est pas besoin de faire ressortir l'importance qu'auraient eue ces Sept Dignitaires, si Jésus et les Douze eussent existé. Rien dans le monde ecclésiastique n'aurait pu se constituer sans eux.

laissé l'un des leurs, Jacob junior, sur le carreau
en 787. Il aurait fallu dire du même coup en quelle
qualité le nommé Saül avait débuté dans le monde
par la lapidation d'un frère du futur Jésus. Sa partici-
pation au supplice est reconnue par les *Actes*. Mais
quel est le Saül dont ces *Actes* disent « qu'il est aussi
Paul » ? D'où vient-il ? Pourquoi est-il là et à quel titre ?
L'auteur des *Actes* le sait, mais il ne veut rien écrire
d'irréparable contre Saül que, sous le nom de Paul,
l'Église a fait servir à ses mensonges par la supposi-
tion de toutes ses *Lettres*. Il dit aussi que Saül s'est
borné à garder les manteaux des lapideurs, plus loin
que c'était un Tarsien de séjour à Jérusalem pour on ne
sait quelle cause, un élève de ce Gamaliel qui, hier encore, plaidait les circonstances atténuantes pour les
apôtres fouettés, de sorte qu'on pourrait croire que ce
Saül a cédé à un mouvement passager. Mais tout dé-
ment cette absurde version. Tarse et Gamaliel sont
également inconnus de Saül dans les *Lettres* qu'on lui
prête. Si les exécuteurs ont déposé leurs manteaux à
ses pieds, c'est qu'ils étaient certains de les y retrouver
la besogne faite. Assurément les *Actes apostoliques*
d'Abdias ne méritent pas plus de confiance que ceux
dont l'Église nous repaît. Mais ils sont obligés de reconnaître que Saül excita le tumulte des lapideurs contre
Jacob junior et même qu'il précipita cet apôtre du haut
des degrés du Temple (1). Ainsi, après plusieurs siècles,
cette tradition avait résisté à toutes les impostures de
l'Église.

On fait Saül élève de Gamaliel, parce que dans les

(1) Fabricius, *Codex apocryphorum novi Testamenti*, t. 1, pp. 95
et suiv.

Actes des Apôtres ce Gamaliel parait prendre position en faveur des Jehouddistes dont il était parent,
et du messianisme davidique dans lequel il était intéressé (1). Saül n'a pas toujours été de Tarse en Cilicie,
et à la fin du quatrième siècle, il était encore de Gischala en Galilée. Pour que Hiéronymus (saint Jérôme!)
ait dit cela, alors que l'intérêt ecclésiastique lui créait
l'obligation de suivre aveuglément le texte des *Actes*,
il faut ou que ces *Actes*, s'ils existaient dans la teneur
actuelle, n'eussent aucune autorité, ou que la question
des origines de Saül n'eût pas encore été tranchée en
faveur de la Cilicie. Chiliarque hérodien ou stratège
du Temple, il a commandé l'escorte qui a conduit Jacob
au supplice. « Il a consenti à sa mort », disent les
Actes, comme s'il eût dépendu de lui de l'empêcher par
quelque moyen. Il ne l'a pas votée, car il n'était pas
juge, mais il l'a requise et assurée. Il ne s'en est pas
tenu à cette exécution. Nous le verrons bientôt, avec ses
gardes, « tirer par force de leurs maisons les hommes
et les femmes, pour les jeter en prison » (2), et cette
persécution est dirigée d'abord contre Bar-Jehoudda
lui-même, qui s'est fait roi des Juifs, ensuite, après sa
crucifixion, contre les frères survivants de celui dont on
a fait Jésus-Christ ! Dans toutes ces circonstances, il a
fallu que Saül eût sous ses ordres une force armée capable de réprimer une offensive qui n'était pas négli-
geable.

(1) Voir les prétentions de Siméon ben Gamaliel à la tyrannie davi-
diste dans le Talmud de Jérusalem. On croirait entendre Bar-Jehoudda
lui-même.
(2) *Actes des Apôtres*. Nous étudierons en temps et lieu le cas de ce
persécuteur, à son tour persécuté par les frères survivants de Jacob
junior et de Bar-Jehoudda.

Après la crucifixion de Bar-Jehoudda, nous le verrons commander une colonne expéditionnaire qu'il conduira jusqu'à Damas, et sans doute en Abilène, à travers la Galilée, la Bathanée et la Trachonitide, afin d'achever la déroute des Jehouddistes et de les ramener prisonniers à Jérusalem pour y subir le châtiment. Un chiliarque au service d'Antipas ne montrerait pas plus de zèle officiel, et, pour tout dire, il n'y a qu'un Saül en état d'accomplir une mission de cette importance, c'est celui que nomme Josèphe comme étant allié d'Agrippa Ier, plus tard roi, frère du tétrarque de Galilée et gouverneur de Tibériade en l'an 787. Saül est frère de Costobar et tous deux sont petits-fils de Costobar, prince iduméen qui épousa Salomé, sœur d'Hérode le Grand. Toute sa vie il a hérodianisé, et même costobarisé, car les Costobars se croyaient dieux et christs en Idumée (1). Il fut de toutes les mesures prises par Antipas et par Agrippa contre les fils de Jehoudda. Il est en service commandé lorsqu'il fait lapider Jacob, lorsqu'il « persécute » ceux qui conspirent contre le gouvernement d'Antipas, prêchent d'exemple le meurtre légal, annoncent la ruine du Temple et la préparent dans l'ombre avec l'aide des Samaritains.

Avec une ironie pleine de rancune et de fiel, les *Actes des apôtres* reçus par les Ébionites ou Naziréens, derniers descendants des Jehouddistes, diront qu'il était « né païen », (2) qu'il s'était fait circoncire,

(1) Flavius Josèphe, *Antiquités judaïques*. L. XV, ch. xi, 659. Costobar est Bar-Koche retourné et précisé, d'après ce que Josèphe donne à entendre. Saül est un « fils de l'Étoile » iduméenne, comme Bar-Jehoudda est un « fils de l'Étoile » davidique.

(2) Le père d'Hérode le Grand, Antipater, était Iduméen, mais sa mère, Cypros, était Arabe, sans doute fille d'un de ces rois Arétas

et qu'en échange de ses services il s'était flatté d'épouser la fille du Grand-Prêtre. Né païen? pas absolument, mais de famille assez bonne pour être le gendre de Kaïaphas, cela est certain, puisque, de son côté, par les femmes, il était allié à Hérode Agrippa.

Qu'il fût né par hasard à Tarse, peu importe. Il avait de la famille à Gischala, tout près de cette Chorazin, de ce Kaphar Naüm et de cette Bethsaïda qui dans les derniers temps se tourneront contre Bar-Jehoudda; il en avait à Jérusalem, un ou deux frères, une sœur qui s'y maria noblement. Mais, outre l'intérêt politique, une chose le distingue absolument des Gaulonites de l'Évangile : c'est la connaissance des langues. Avant tout il parle grec et il sait probablement quelques mots de latin (1). C'est un truchement né entre les Juifs de Judée, les Juifs *hellénistes*, les Juifs d'Italie et la politique romaine. Dans un instant nous le verrons, les armes à la main, faire contre Bar-Jehoudda le jeu de Vitellius, proconsul de Syrie. Tel nous le retrouverons, trente ans après, faisant celui de Cestius Gallus, également proconsul de Syrie, contre Ménahem qui fomente la révolte où sombra la nationalité juive.

chez qui Antipas, tétrarque de Galilée, avait pris femme. Donc, par sa grand'mère, Salomé, sœur d'Hérode, Saül avait du sang arabe dans les veines, du sang païen, diront les Naziréens.

(1) Les jehouddistes parlaient l'araméen avec un fort accent. Leur langage les « décelait », comme dit le serviteur de Kaïaphas à Shehimon dans l'Evangile. Ils avaient donc la plus grande peine à se faire comprendre des hellénistes. Saül, au contraire, avait cet avantage : « Tu parles grec? dit Lysias à Paul dans les *Actes*. Tu n'es donc pas cet Egyptien qui avant ces jours a excité des séditions et a conduit dans le désert quatre mille hommes armés de siques? » (Josephus Christianus, *Patrologie grecque*, t. CXI, p. 150.) Cet Egyptien semble être Apollos, disciple de Bar-Jehoudda quant au baptême. Nous examinerons la question en son lieu.

Comment s'étonner que « Saül le pharisien » ait laissé dans la secte la renommée exécrable d'un apostat et d'un traître ?

Son hérodienne famille, son enfance, sa jeunesse, son éducation dans le palais, tout cela était de notoriété publique, son rôle politique et religieux était consigné dans l'histoire. C'est le sujet du discours, faux quant à la teneur, vrai quant aux faits, dans lequel les scribes ecclésiastiques résument sa carrière devant le cousin Agrippa et la cousine Bérénice, comme lui morts depuis trois cents ans (1) : « Ma vie, dès ma jeunesse, telle qu'elle s'est passée, depuis le commencement, parmi ma nation, à Jérusalem, tous les Juifs la savent. Ils me connaissent depuis longtemps pour avoir vécu pharisien, selon la secte la plus rigide de notre religion (2)... Il m'a semblé, à moi, que je devais me comporter en ennemi contre le nom du Nazir jésus, (cela veut dire les fils de Jehoudda, les prétendants davidiques), ce que je fis à Jérusalem (3). Je constituai prisonniers nombre de *saints* (on ne parle déjà plus de ceux qu'il a fait lapider comme Jacob, tuer comme Éléazar, crucifier comme Bar-Jehoudda), y étant autorisé par les chefs des prêtres ; et quand on les mettait à mort, j'approuvais hautement (il y contribuait de tout son pouvoir). Souvent par toutes les synagogues (hors de Jérusalem), je sévissais contre eux les contraignant à blasphémer (à reconnaître les Hérodes et leurs protecteurs romains) et, forcené à leur encontre, je les per-

(1) *Actes*, XXVI, 6 et suiv.
(2) Après les christiens millénaristes toutefois.
(3) On a mis « Jésus le Nazaréen » bien entendu.

sécutais jusque dans les villes étrangères (Damas et Antioche notamment) (1). » Tel fut, avec les atténuations nécessaires ici, le Saül que tous ses contemporains, Josèphe lui-même, ont connu. Le Paul des *Lettres* ne ressemble pas plus à Saül que Jésus de l'Évangile ne ressemble à Bar-Jehoudda, Pierre à Shehimon et Stéphanos à Jacob. Qui a jamais vu Paul à l'œuvre? Qu'on cite un seul témoin historique de cet apôtre posthume !

(1) Certaines villes d'Arabie peut-être. Il avait de la famille, des terres peut-être en Arabie. C'est pourquoi, après son expédition à Damas contre les frères survivants de Bar-Jehoudda, il se serait retiré en Arabie où il serait resté trois ans. (*Épître aux Galates.*)

LA JOURNÉE DES PORCS

I

Nous avons pu nous tromper sur la date des événements que nous avons placés en 787, mais sur celle de la dernière année du monde aucune erreur possible. Il y a un *terme* que les hommes ne peuvent ni réduire ni allonger, un terme mathématique auquel le Renouvellement commencera. Du haut du ciel, enveloppés dans leurs robes blanches, Jehoudda et ses compagnons d'armes l'attendent avec impatience : « O Seigneur saint et véridique, jusqu'à quand t'abstiens-tu de juger, et de *venger notre sang sur les habitants de la terre?* » Mais il leur est recommandé « de se calmer quelque temps encore », jusqu'à ce que leurs frères de Judée fussent, de leur côté, *parvenus à leur terme* (1). Or, indépendamment même des Révélations de Jehoudda, c'était la croyance générale en Israël qu'on ne serait

(1) Apocalypse, VI.

libéré de toute entrave terrestre qu'en une année jubilaire, et c'est pourquoi dans les prières on avait fixé ce vœu à la septième bénédiction.

C'est la prophétie vingt fois répétée dans l'Évangile : « Cette génération ne passera pas que le Fils de l'homme ne vienne ! » soit à la complète révolution de l'année 788. Nous en avons la preuve dans le *Quatrième Évangile* (1), l'Évangile qui, précisément, est selon le Joannès. Le Christ Jésus, dans ses Révélations, n'avait pas dit au Joannès : « Tu ne mourras pas », il lui avait dit : « Tu ne mourras pas que je ne vienne ». Non seulement Bar-Jehoudda comptait ne point mourir que Jésus ne vînt, mais encore il comptait que son père et tous les Zélateurs de la Loi, membres de sa famille ou non, ressusciteraient à la pâque de 789. Et c'est pourquoi, dans la fable évangélique, quand le jésus rend l'âme, les morts entrent dans Jérusalem ; non tous certes, (Ananias et Zaphira n'en sont point) mais seulement ceux qui, comme Jehoudda, Zadoc, la fille de Jaïr, Jacob, Éléazar, ont donné leur vie pour le Christ. Car jamais les évangélistes n'ont prétendu dire que des morts rompant le tombeau fussent entrés dans la ville ; autrement ces morts, en ressuscitant le vendredi, auraient coupé tout l'effet de Bar-Jehoudda lequel, on le sait assez, n'est ressuscité que le dimanche à l'aube. Ces morts se bornent à exécuter sur le papier la prophétie qui échoua si misérablement à la pâque de 789, ils ne peuvent faire davantage. Les évangélistes met-

---

(1) *Epilogue.* Dans cet épilogue, le disciple à qui Jésus avait « dit » cela (dans l'*Apocalypse*) n'est pas nommé. C'est le Joannès-jésus lui-même. Si on l'eût nommé, d'un mot toute l'imposture évangélique croulait.

tent la chose au temps actif, comme si ce qui était au futur dans l'*Apocalypse* était réellement et publiquement arrivé (1).

Dans sa « manifestation » le Joannès a suivi très régulièrement le plan de son *Apocalypse*. A la fête des Tabernacles (équinoxe d'automne) il a prêché que Jésus était conçu de l'ombre de Dieu dans la *Vierge*. A la fête de la Dédicace du Temple (solstice d'hiver) il a prêché qu'il venait de naître dans le *Capricorne*. Sous l'*Agneau* (équinoxe de printemps) il marchera sur Jérusalem avec sa troupe pour aller au-devant du baptême de feu, mais au lieu de rencontrer le Fils de l'homme, il trouvera Pilatus ; au lieu de la vie éternelle, une mort ignominieuse. Ne nous lassons pas de le répéter, l'Évangile, c'est cette aventure très exactement chiffrée : Nativité de Jésus, Prédication de Jésus, Passion de Jésus, c'est la Nativité de Bar-Jehoudda, la Prédication de Bar-Jehoudda, la Crucifixion de Bar-Jehoudda. C'est pourquoi dans Mathieu, sauf la naissance du héros qui a lieu sous Hérode conformément à l'histoire, toute la christophanie ne dure que six mois, les six signes compris entre la *Vierge* et l'*Agneau*. Rien entre les deux jubilés, c'est-à-dire entre 739 et 788, voilà le plan des trois Synoptisés.

(1) C'est, par excellence, le procédé des scribes. « La terre trembla, dit Mathieu (et, en effet, elle devait trembler), et les pierres se fendirent (elles le devaient), les sépulcres s'ouvrirent (c'était leur devoir) et sortant des tombeaux, plusieurs corps de saints qui s'étaient endormis se dressèrent (cela devait arriver), entrèrent dans la ville sainte et apparurent à de nombreuses personnes » (xxvii, 50). On fit observer que ces résurrections ayant précédé de trente-six heures celle du crucifié, celui-ci passait au dernier plan de la démonstration. Alors on mit qu'ils étaient sortis des tombeaux « après la résurrection du Jésus ».

Chaque période de quarante-neuf ans ramenait le terme pendant lequel, outre certaines libertés accordées aux esclaves et aux débiteurs, on devait laisser les terres incultes et les champs en jachères. Qu'en Judée, les maîtres délivrent leurs esclaves juifs ! Qu'à l'étranger les esclaves juifs se délivrent de leurs maîtres ! C'est la loi jubilaire, inapplicable aux esclaves de race étrangère qui sont la chose perpétuelle du Juif. Belle Loi ! Dans quelques mois, Jésus descendra pour la confirmer *in æternum*. Moïse n'avait-il pas ordonné que de sept ans en sept ans on laisserait reposer la terre sans la labourer ni la semer ou la planter ? Ne fallait-il pas qu'elle aussi connût le repos sabbatique ? Cette année-là, tout ce qu'elle produisait d'elle-même n'était-il pas commun à tous les Juifs ?

Cette année de repos étant doublée par la cinquantième, il devait y avoir chômage et communauté de biens, dès la quarante-neuvième. Pendant les deux jubilaires, liberté pour les débiteurs, ils étaient quittes de toutes dettes. Affranchissement pour les Juifs qui, condamnés à mort, avaient vu leur peine commuée en servitude.

Ce sont les articles de cette loi tombée en désuétude, que Bar-Jehoudda ressuscite par procuration de Jésus. A quoi bon cultiver ? Pour que les Romains mangent ? A quoi bon posséder ? Pour payer tribut ? Vendez ce que vous avez ! L'argent, donnez-le-nous ! Vous hésitez ? Quelle misère ! Dans un an, c'est vous, riches, qui serez les pauvres. Vous semez ? Vous taillez la vigne ? Vous coupez le bois ? Vous portez l'eau ? Attendez. Sur cette terre, où bientôt toutes les bénédictions de Dieu vont pleuvoir, les Romains ne pourront plus, comme dit Pythagore, ôter la sueur avec le fer, c'est-à-dire enlever le fruit du travail avec l'épée. Bientôt viendra le Jardin où tout poussera sans soin et sans risques, planté, arrosé par Jésus, le figuier, la vigne, le palmier, tendant d'eux-mêmes leurs fruits aux bienheureux, le sein de la terre se gonflant jusqu'à leur bouche !

La Loi en main, Bar-Jehoudda empêcha les paysans de travailler. Ainsi avait fait son père, auteur de la famine sabbatique de 760. Ainsi feront ses frères, auteurs de la famine sabbatique de 802.

Le Fils de l'homme va venir baptisant dans l'Esprit-Saint et le feu, nettoyant toute son aire, amassant le grain dans son grenier, mais consumant la paille au feu inextinguible (1). Et prêchant « encore bien d'autres choses, le jésus annonçait au peuple la Bonne nou-velle », l'Évangile éternel (2) des Juifs rois de la terre. Tous se demandent en leur cœur s'il ne serait pas le Christ lui-même (3), mais lui, avec beaucoup plus de modestie qu'on n'en pourrait attendre, répond qu'à la vérité il baptise d'eau — jésus provisoire — mais que le définitif est Celui qui baptisera de feu tout à l'heure. Il n'est pas la Lumière, il en est seulement le témoin (4). Témoin du Christ Jésus, dit-il (5). Il alla jusqu'au reflet !

Dans un an la fin du siècle et le Messie ! Quelle force dans cette menace, chaque jour, chaque heure, chaque minute, suspendue sur les têtes ! Il y avait de quoi devenir fou, et en effet beaucoup le devinrent,

(1) Luc, III.
(2) Luc, III.
(3) *Quatrième Évangile*, Prologue.
(4) *Apocalypse.*
(5) *Apocalypse.*

sentant à leurs trousses la flamme qui allait les consumer s'ils ne marchaient pas, voyant de leurs yeux grands ouverts le Jardin du Millénium avec ses récoltes usuraires. Dans ces cervelles une idée n'avait point de peine à entrer, elle n'avait de peine qu'à en sortir. Ou plutôt elle n'en sortait plus. Elle était la seule idée, l'idée qui tourne en cercle, l'idée qui fait comme un bruit dans la tête et l'étourdit de son galop. Alors il n'y a plus ni meneurs ni menés, il n'y a plus qu'une épidémie ; il n'y a plus ni imposteurs ni dupes, il n'y a plus que des malades. L'*Apocalypse* est la clef qui ouvre cette maison de fous. Fin du *Verseau*, premier Jugement, Millénium pour les Juifs baptisés, enfer pour les réfractaires et les païens, telle est la devise que portait dans ses plis le drapeau du Royaume. Puisqu'il en était ainsi, il n'y avait plus qu'une chose à faire : se mettre en règle au plus tôt, et cesser d'être homme au sens des hommes.

. Le succès, que nous nous exagérons beaucoup, de Bar-Jehoudda vint uniquement de son aplomb, de ce Cycle d'or qu'il promettait à chacun en échange de sacrifices éphémères comme les biens, et légers comme la vie. Jugement fait d'avance et grâce certaine. Le salut n'est pas seulement infaillible pour les fous ; l'enfer est inéluctable pour les sages. Bénédiction « sur toute maison où l'on vous ouvrira, frères » ! Malédiction sur toute ville qui vous sera fermée! « Il y aura plus d'aise au jour du Jugement pour le pays de Sodome et Gomorrhe que pour cette ville-là! » Donc point de scrupules !

Que disent les compères dans les synagogues de Galilée ? Qu'il faut aller se faire vacciner, non, baptiser contre le feu dans cette blanchisserie de consciences que le jésus a installée au Jourdain. Ce que fut sa compagnie, on en peut juger par les deux sentiments sur lesquels il spéculait : une peur atroce et des espérances monstrueuses. Esclaves qui se croient maîtres, publicains qui pillent la caisse, êtres de mœurs infâmes qui pour la première fois redoutent le juge de Sodome et le bourreau de Gomorrhe, bateliers familiers du vice (*nequissimi*, dira Celse), filles et femmes hantées d'esprits malins et de maladies, criminels que le baptême rend sûrs de l'impunité, gens non seulement de mauvaise vie, mais d'instincts plus mauvais encore, sa horde de perdus et de paillardes — ainsi qualifiée par le *Quatrième Évangile* — est redoutée à plusieurs milles du Jourdain.

II

OU BAR-JEHOUDDA PART EN GUERRE

Celse avait eu en mains le texte le plus ancien de l'Évangile, ou l'un des plus anciens, car, de son temps, il ne restait déjà plus rien de l'original. Ce texte ne convenait nullement avec les mœurs du Jésus actuel, mais avec celles d'un imposteur qui n'avait tenu aucune de ses promesses, et dont les fabulistes avaient corrigé maintes et maintes fois l'histoire vraie. « Semblables à ceux qui poussent l'ivresse au point de se mutiler, ils ont changé et corrompu le premier texte de l'Évangile trois, quatre fois et plus, afin de pouvoir nier les choses qu'on leur objecte (1). »

(1) *Anticelse*, l. II, 27.

Le prophète qui fut livré par les Juifs de Kaïaphas aux Romains de Pilatus n'a aucun trait de l'inoffensif Jésus. C'est au contraire un homme redoutable contre qui il faut envoyer de la cavalerie et que les magistrats sacrifient sur la plainte de ses victimes à la tranquillité de la nation.

Malgré tout Bar-Jehoudda n'a pas disparu complètement des *Évangiles*.

Jésus a beau dire aujourd'hui, soufflé par les Valentiniens qui ont corrigé les apôtres : « Quiconque frappera de l'épée périra par l'épée », il y a de l'épée, et même de la sique dans l'Évangile et dans les *Actes*. Cette épée était encore pleine de sang lorsque les Valentiniens l'ont remise au fourreau, et c'est le jésus lui-même qui avait conseillé de la tirer : « Je ne suis pas venu apporter la paix, mais l'épée. » Dans l'*Apocalypse* il est armé d'un glaive flamboyant qu'il serre de rage entre ses dents. Les christiens s'armèrent, eux aussi ; ils avaient encore chez eux les siques du Recensement, les fortes siques trempées dans le Jourdain, baptisées dans l'eau en attendant mieux.

Le premier et le plus grand exploit de Bar-Jehouda, prétendant au royaume de David, c'est la Journée des Porcs qui termina les hostilités entre Antipas, tétrarque de Galilée, et Arétas, roi des Arabes.

Si le roi des Arabes en était venu à la guerre, c'est parce qu'il trouvait dans la répudiation de sa fille une occasion de courir le Juif : plaisir divin qu'il se refusait avec peine depuis son alliance avec Antipas. La liquidation fit surgir un différend de frontière.

Antipas avait rendu la fille, mais il prétendait

garder la dot, qui consistait en terres de Gaulanitide et de Pérée avec lesquelles le tétrarque avait arrondi sa Galilée. L'ambition de les reprendre travaillait Arétas, qui eût volontiers passé sur la répudiation de sa fille, — fait si banal. De la forteresse de Machœrous, limite de ses états au nord, il guettait d'un œil noir la bonne ville de Gamala qui ne lui semblait pas moins précieuse que l'honneur de sa famille. De son côté, la dame avait si grande envie de s'en aller qu'elle n'avait pas attendu son remplacement par Hérodiade pour se retirer à Machœrous sous la garde de gens de guerre moins déterminés à la défendre qu'à assaillir vigoureusement le mari. Hérodiade fournit un prétexte avidement saisi par le père, et, je le crains, par la fille.

Machœrous était une position très forte, la plus forte de toutes celles d'Arétas au nord. Les Juifs et les Arabes se l'étaient longtemps disputée : pointe contre les Arabes quand elle était aux Juifs, pointe contre les Juifs quand elle était aux Arabes. Ceux-ci, au siècle précédent, l'avaient perdue, mais ils l'avaient recouvrée, sans doute lors du mariage d'Antipas avec la fille de leur roi (1). Cette union fut certainement marquée par des délimitations de frontières qui en rachetèrent l'impopularité. Arétas céda du côté de la Galilée,

(1) *Antiquités judaïques*, l. XVIII, chap. VII. Alexandre, roi des Juifs, fut le premier, dit Josèphe, qui y bâtit un château. Ce château fut ruiné par les Romains sous Gabinius, puis restitué à Hérode qui le rétablit et le fortifia magnifiquement. Mais il est certain qu'après le règne d'Hérode, Machœrous passa aux mains des Arabes à qui les Juifs le reprirent avant la chute de Jérusalem en 823. En effet, Josèphe dit qu'il y avait une plante de rue qui faisait l'étonnement général, que cette rue y était encore *sous le règne d'Hérode* et qu'elle aurait pu demeurer longtemps, *si les Juifs ne l'eussent ruinée lorsqu'ils prirent cette place.*

Antipas du côté de la Perée, et les Arabes remontèrent jusqu'aux confins de Gamala, englobant Machœrous dans leur mobile empire. Josèphe est formel, Machœrous appartenait alors au roi Arétas (1), et lorsque l'épouse répudiée voulut rentrer chez son père, c'est là que celui-ci vint la prendre pour l'emmener à Pétra, sa capitale.

Lysanias, tétrarque de l'Abilène, à qui Antipas avait pris sa femme, se souvint-il qu'il avait sous la main un vengeur, le neveu de son frère de lait Ménahem? Le fils de David était prétendant à tout ce que Rome prenait, à tout ce qu'Antipas possédait, à tout ce que Pilatus gouvernait. Il avait de l'influence sur le peuple de l'Abilène et de la Bathanée. Lysanias contre ce « renard » d'Antipas qui venait le voler jusque dans son poulailler lui fit-il passer de l'argent en secret, par les mains de Suzannah, femme de Chuzaï, son intendant (1)? Lui promit-il au besoin des hommes pour la Grande Pâque?

Pour sa défense, Antipas à ses troupes régulières ajouta quelques bandes de Bathanéens, anciens soldats de Philippe peut-être et pour le moment sans emploi. Se voyant borné de tous côtés par les Arabes qui interrompaient les communications entre Babylone et Jérusalem, Hérode leur avait enlevé la partie de la Trachonitide par où les Juifs de Chaldée venaient au Temple. Là et en Bathanée il avait établi des Juifs de Babylone qui gardaient le pays contre les détrousseurs, moyennant exemption de tout tribut. Ces Juifs s'atta-

---

(1) Suzannah ou Joanna (Luc, VIII, 3).

chèrent extrèmement à Hérode, ils supportèrent les
impositions que Philippe, les Romains et les deux
Agrippa mirent successivement sur eux, tout en les
laissant jouir de leur liberté. C'est ce parti de Juifs que
les Évangiles appellent les Hérodiens, parce qu'ils
servaient les Hérodes sans répugnance et qu'ils leur
fournissaient des soldats, des chiliarques, comme
Jacim, des généraux même, comme ce Philippe
qu'Agrippa II nomma général de son armée. Peut-être
fournirent-ils aussi des publicains au proconsul de Syrie.

Heureuses de trouver une solde sous les enseignes
d'Antipas, ces bandes s'offrirent. Si coupable que fût
Antipas pour avoir épousé Hérodiade, ce n'était pas
tromper le Dieu des Juifs que de marcher contre les
Arabes envahisseurs. Et puis si on ne marchait pas, où
s'arrêterait Arétas? On accepta donc l'argent du tétrarque, quitte à voir ce qu'on ferait au moment de la
bataille. Elle se donna sur le terrain disputé, dans la
campagne de Gadara, de Gamala et de Gérasa. Antipas
n'était pas là, soit qu'il fût resté dans Séphoris, soit
que déjà il aidât Vitellius dans ses négociations avec
les Parthes. Peu sûres à cause de leur mélange, ses
troupes étaient commandées par des chiliarques.

Tout à coup devant les Bathanéens se dressa le prophète, le Nazir, le fils de David, le vicaire du Fils de
l'homme. Jamais il n'avait eu tant de démons à chasser :
démons d'Antipas et démons d'Arétas, diables hérodiens et diables arabes.

« Quoi! servir dans les troupes d'un homme qui,
après avoir épousé la fille d'un goy, venait d'épouser
la femme de son frère vivant! Combattre pour les
hérodiens dans ces champs d'où il fallait plutôt les

expulser ! Défendre un métis iduméen toujours rebelle à la Loi ! Les frères bathanéens, les fils du Fils de l'homme, du même côté que les soldats d'Antipas, sous les mêmes drapeaux que le Dragon roux de l'*Apocalypse !* Et cela quelques mois, quelques jours avant que leur Créateur ne vienne juger sur la montagne de Sion, avec les Douze Apôtres, les Trente-six décans et les cent quarante-quatre mille Anges ! Sont-ils fous ? Que leur importent les Arabes ? Croient-ils qu'Arétas entrera sur les terres que Rome a données à Antipas et reprises à Philippe ? Non, car il s'attirerait Vitellius, et ce serait la défaite assurée ! Le plus que les Arabes puissent faire, c'est d'emporter Gadara dans l'élan de la victoire. Mais Gadara est de la Décapole, vont-ils se mettre à défendre les villes de la Décapole à présent ? Qu'ils laissent donc Arétas se jeter dans Gadara ! C'est aux légions de Syrie de venger les Gadaréniens. »

Gadara était une ville d'eaux fréquentée par toutes sortes de païens fort mal disposés pour le Royaume d'Israël ; une ville dont les maisons étaient habitées par des morts-vivants, des gens qui n'auraient pas la Vie ! La Baïa de la Décapole. Chaque été, les Syriens allaient aux bains chauds de Gadara, d'où la tribu de Manassé s'était peu à peu retirée. Les sources avaient, semble-t-il, quelque vertu secrète touchant à l'amour. L'une d'elles s'appelait Éros, l'autre Antéros. On sait les prodiges qu'y fit Jamblique et les deux petits enfants qu'il tira de l'eau comme s'ils avaient été engendrés à sa prière (1).

(1) Eunape ne rapporte ce fait que sous toutes les réserves de la raison. Jamblique lui-même n'exécute ce tour que pour se débar-

Les Gadaréniens exécraient les Juifs et lorsqu'ils furent placés par Auguste sous la dépendance d'Hérode ils firent de grandes doléances à Agrippa, gouverneur de l'Asie, mais celui-ci ne les avait pas écoutés et même il les avait envoyés chargés de chaînes à celui dont ils se plaignaient. Ils avaient recommencé lorsque Auguste, en la dix-septième année de son règne, vint en Asie. Leur requête avait eu le même sort que la précédente, et ils avaient eu si peur d'en être punis qu'ils s'étaient exécutés eux-mêmes, les uns en se noyant, les autres en se précipitant. Mais, lors du partage des régions transjordaniques entre Antipas et Philippe, Gadara, qui vivait selon les coutumes grecques, avait demandé et obtenu sa réunion à la Syrie : elle dépendait des proconsuls, des Quinctilius Varus, des Quirinius, des Flaccus et des Vitellius, de toutes les bêtes de la Bête. Elle s'était offerte d'elle-même au tribut, elle avait passé sa tête dans le collier, elle était au pouvoir des démons de la Grèce et de Rome. Et voilà les maudits à qui des Juifs de la Loi vont faire un rempart de chair! Que les Bathanéens s'arrêtent! S'ils vont à la bataille, c'est la malédiction certaine, c'est l'étang de soufre éternel!

Parmi ceux qui avaient accepté l'argent d'Antipas et s'étaient joints à ses soldats, il y en avait de la région bathanéenne où Bar-Jehoudda baptisait depuis plusieurs années, des ouailles de Jaïr et d'Éléazar. Il en avait vu quelques-uns, tout nus, dans l'eau du Jour-

rasser d'importuns : il voit dans ces « révélations » des pratiques peu conformes à la vraie piété. (Eunape, *Vies des Philosophes et des Sophistes*, traduites par M. Stéphane de Rouville, Paris, 1879, in-12.)

dain. Arrivés en cette sous-Gaulanitide, toute pleine
de l'ancienne prédication jehouddique et de la nouvelle,
ce fut à qui retournerait aux pieds du jésus. Personne
ne se souciait de perdre sa place dans le Royaume, et
on avait l'argent d'Antipas pour attendre. On laissa
les hérodiens aux prises avec les Arabes, et on tourna
le dos, couverts des lauriers de la trahison. Les gens
d'Antipas furent battus à plate couture (1), dispersés,
jetés dans le lac de Génézareth. Ceci pris à Josèphe ou
plutôt à ce que l'Église nous en a laissé, car elle l'a
indignement mutilé en ce passage. Il y eut trahison ;
mais cette trahison quelqu'un l'a conseillée, ordonnée
même, un prophète « puissant en actes et en paroles »,
comme dit de lui son beau-frère Cléopas, un homme
qui hait encore plus les hérodiens que les Arabes, ces
chiens d'Arabes toujours aboyant en juif et mordant.
L'Évangile nous donne ses deux noms d'allégorie,
Joannès-jésus, mais Josèphe donnait son nom de circoncision, Jehoudda, qui permettait de remonter à
celui de son père, auteur de la secte, selon ce même Josèphe. Le texte est visiblement interpolé à cet endroit,
il témoigne pour le prophète d'un intérêt religieux diamétralement contraire aux sentiments de l'historien
juif qui ne manque jamais de dénoncer les méfaits de
l'armée du Christ et qui la tenait ici dans son chef (1).

Voici comment cette aventure est contée dans l'Évangile.

(1) Nous examinerons en temps et lieu, avec les développements
critiques qu'elle comporte, cette adultération de Josèphe.

III

LA JOURNÉE DES PORCS

Le jésus s'avance dans le pays de Gérasa où campaient les Bathanéens. Il en trouve deux mille prêts à servir le Démon dont son père, sa mère, toute sa famille et lui avaient souffert tant de maux. Ce Démon, c'est la Pérée incarnée dans Antipas, qui lui-même incarne deux Bêtes à la fois, la Bête hérodienne et la Bête romaine. Vivant dans les sépulcres qu'il a creusés (à quoi on reconnaît immédiatement Tibériade construite sur un cimetière), au milieu des morts qu'il a faits (tant de victimes au Recensement!), cassant, brisant toute chaîne humaine, criant, tempêtant, se meurtrissant lui-même avec les pierres des idoles, oui, c'est un enragé Démon! Car qui est semblable à la Bête de l'*Apocalypse*, sinon le Démon même? A lui seul il est possédé d'une armée de diables; et quand, au second siècle, Jésus descendu dans l'allégorie lui demande son nom, il répond, ce qui n'est point d'un fou, comme on l'a cru, mais d'un sophiste habitué à toutes les finesses: « Je m'appelle Légion. » A ce moment, il a plus que son bon sens, puisqu'il fait des jeux de mots. Ce n'est point un Esprit muet qui l'agite, c'est, au contraire, une Légion de démons parleurs. Sur les indications mêmes du pays possédé, Jésus le définit l'*Esprit immonde*, ou si vous aimez mieux l'*Esprit du monde*. Pour le moment ce malheureux pays n'a pas moins de deux mille démons dans le corps, puisque tout à l'heure il faudra deux mille porcs pour les absorber, à raison d'un démon par porc.

En voyant arriver Bar-Jehoudda, les deux mille transfuges bathanéens au service d'Antipas ne s'y trompent pas : c'est l'envoyé de Dieu qui vient pour les examiner, les « basaniser » (1), les passer à la pierre de touche avant le terme imminent du *Verseau*. La frayeur s'empare d'eux. Ils tombent à ses genoux, comme s'il apportait le Jugement tout fait : ils l'implorent, ils crient : « Qu'avons-nous à faire avec toi ?... Ne nous tourmente pas, je te prie, fils du Dieu suprême... Es-tu venu ici pour nous tourmenter *avant le temps ?...* » Ils le supplient de ne point leur commander d'aller dans l'abîme (2), le puits de l'abîme décrit par l'*Apocalypse* (3), et surtout de ne point *les envoyer hors du pays*, de ce bon pays où le Christ va venir à la pâque prochaine rétablir l'Éden et régner sur eux pendant mille ans. L'instant est solennel. Que va-t-il se passer ? Comment l'Évangéliste va-t-il mener jusqu'au bout son allégorie ? C'est l'Esprit qui lui souffle la solution dans l'infernale métempsycose que voici. Les Bathanéens aperçoivent « deux mille pourceaux », paissant sur la montagne (ce sont les soldats restés fidèles à Antipas) : « Envoie-nous dans les pourceaux,

(1) *Basanisai*, dit le texte ancien, plein de jeux de mots, comme on sait.

(2) Marc, v, 10.

(3) xi, 1, 2. « Une étoile était tombée du ciel sur la terre et la clef du puits de l'abîme lui fut donnée ; et elle ouvrit le puits de l'abîme, et la fumée du puits monta comme la fumée d'une grande fournaise, etc. » Après quoi viennent les scorpions qui ont le pouvoir de tourmenter les hommes qui n'ont pas le signe de Dieu, la croix, sur le front.

disent-ils à Bar-Jehoudda, et que nous entrions en eux ! » Dieu l'ayant permis, ces pourceaux, chargés du péché qu'allaient commettre les Bathanéens, sont précipités dans le lac. De leur côté les bergers-chiliarques qui menaient ces hommes-pourceaux s'enfuient et vont porter dans la ville (Gamala) la nouvelle de cette sinistre débandade. On sort, on se lamente, mais trop tard, le coup est fait. Antipas perd deux mille hommes dans la noyade, et on aperçoit l'Homme-Pérée dépossédé de ses deux mille hommes-pourceaux, infiniment tranquille, assis sur le chemin et vêtu d'habits qui sont certainement blancs comme il convient à un fils d'Israël purifié par l'observation de la Loi.

Remarquable expédient des scribes pour rappeler aux initiés cette magnifique journée des Porcs, dans laquelle la trahison des Bathanéens coûta deux mille hommes aux hérodiens ! Après cet exploit, le pays de Gérasa avait bonne envie de suivre son libérateur, mais celui-ci l'engagea plutôt à publier la nouvelle dans la Décapole, ce qui fut fait sur l'heure, « si bien que tous étaient émerveillés », dit Marc. Sans doute ! C'était un triomphe pour Bar-Jehoudda et le plus complet de toute sa carrière, mais ce fut aussi le dernier. Les Géraséniens, continue Marc, le prièrent de quitter leur district. Plus vite que cela, Marc, plus vite que cela ! Pour la génération de 788 les hommes-pourceaux qui souillaient la Pérée n'emportèrent pas au fond du lac le secret de cette exquise allégorie. Bar-Jehoudda s'empressa de vider les lieux, chassé par les habitants qui, ayant à pleurer un fils ou un frère, appréciaient médiocrement ce genre de métempsycose.

Qu'a fait ici Bar-Jehoudda ? Il a changé en pourceaux les deux mille hommes d'Antipas. Quoi d'étonnant à cela ? Il emploie la vieille formule d'*exécration*
que Moïse avait empruntée aux Egyptiens avec le reste.
Cette exécration consistait à appeler sur la tête d'une
victime tous les maux dont les Dieux étaient capables,
puis à rejeter, à chasser bien loin cette victime ainsi
chargée d'iniquités. Les Juifs avaient hérité des Egyptiens l'horreur du porc, animal encore plus « émissaire »
que le bouc. A partir du moment où ils sont passés
dans les pourceaux, les deux mille hommes d'Antipas
sont perdus, car le Porc est le sixième signe infernal
opposé au signe céleste des Anes ou Cancer. Le Christ
Jésus des Séthiens, régissant le Ciel et l'Enfer par une
verticale impitoyable, est représenté avec les oreilles
de l'Ane et les pieds fourchus du Pourceau. C'est pourquoi Jésus dans la fable évangélique fait son entrée à
Jérusalem sur les Anes, signe de son triomphe solsticial.
Il est donc très probable, étant donné le caractère chronométrique de l'allégorie des deux mille pourceaux, que
leur déconfiture remonte au solstice d'été de 788.

Et quand je vois que depuis deux mille ans bientôt
— presque autant que de pourceaux — des hommes aus-
tères demandent à Dieu de leur dire d'où peut bien pro-
venir ce troupeau d'habillés de soie, je ne rirais pas ?
J'aurais le mauvais goût de garder mon sérieux ? De
traiter comme un sujet sacré ces mystifications abrutis-
santes ? D'employer à l'analyse de ces turpitudes ce
que dans leur jargon prudhommesque les jocrisses de
la gravité appellent le « ton de l'histoire » ou la rigueur
de la « méthode scientifique » ?

Quel particulier aurait nourri ce formidable troupeau

de porcs, sur les rives du lac de Génézareth, la terre sainte de la Terre Sainte ? Pour qui ? A qui eût-il vendu ces porcs ? Qui en eût mangé ? Deux mille porcs en un seul troupeau, parmi les Juifs de la Pérée ! Qui ne sent qu'il y a là une impossibilité topique ? Mais deux mille hérodiens damnés par leur nom même, deux mille voués à l'enfer pour leurs manquements à la Loi, voilà une réalité à peine voilée ! On comprend tout de suite.

Ces deux mille pourceaux ont fortement troublé les intellects déjà minés par la théologie. On ferait presque un volume avec les commentaires qu'ils ont suscités. On a senti toutefois qu'ils étaient scandaleux par leur nombre. Pour l'expliquer, on a dit que Gérasa était de la Décapole où il n'y avait pas que des Juifs. Il y avait là des gentils fort capables de posséder deux mille porcs. Il fallait donc que Jésus détruisît ces bêtes immondes pour que ces gentils n'eussent plus la tentation de les immoler à leurs divinités et d'ingurgiter leur chair impure, oh ! combien ! On a dit que telle avait été sa pensée, vraiment transcendante. On a plaint le proprié- taire du troupeau ; quelques-uns ont vanté son humeur accommodante, car il ne réclame point. D'autres encore ont reproché à Jésus de ne l'avoir point indemnisé. Je demande à l'Eglise, si elle n'accepte pas mon interpré- tation, de renouveler pour ces porcs l'expérience qu'on a tentée pour les galions de Vigo : il y a au fond du lac de Génézareth deux mille porcs ou deux mille hommes. Qu'on les cherche avec des cardinaux-sca- phandres ! On doit pouvoir vider cette question sans vider le lac.

Ainsi finit la journée des Porcs qui a eu pour nous des conséquences plus terribles que la journée des

Eperons et celle des Dupes (1). Le *Quatrième Evan-gile* la supprime radicalement, comme il supprime l'incursion de Bar-Jehoudda sur le territoire de Tyr et de Sidon, qui vient après dans Marc et qui, je crois, est à sa place. Luc supprime également cette incursion ; je comprends cela, elle est si gênante !

Vous connaissez maintenant les causes de la rancune qu'Hérodiade et Antipas nourrissent contre le Joannès-jésus. Ce n'est pas pour quelques propos sévères tenus sur leur mariage qu'ils lui en veulent. Au point où en étaient les mœurs, l'union d'Antipas avec sa belle-sœur n'était qu'un demi-scandale, étant donné que le mari d'hier avait sans doute divorcé d'avec sa femme : nous n'apprenons pas qu'il ait couru sus à Antipas pour la lui reprendre.

(1) Nous l'avons prise dans Marc (v, 1-20) où elle est plus circonstanciée que dans Mathieu (viii, 23-26) et Luc (viii, 23-25). Mathieu met la scène dans la contrée des Gadaréniens, si voisine de celle des Géraséniens !

(2) Le fameux précepte : « Quiconque délaisse sa femme et en épouse une autre commet un adultère, et quiconque prend celle qui est *abandonnée* de son mari commet un adultère »* n'est nullement inspiré par le cas d'Antipas et de son beau-frère. Cette maxime placée aujourd'hui dans la bouche de Jésus par l'Evangile est du docteur juif Schammaï.

* Luc, xvi. Voyez aussi Mathieu.

SA MAJESTÉ

I

Chassé par les Gadaréniens, il revient « en sa ville »,
dit Mathieu. Sa ville, c'est tour à tour Gamala, Bethsaïda, Kapharnaüm, Béthara, Bathanea. Ici, je pense,
c'est Kapharnaüm. Il y entra suivi des Bathanéens en
rupture de ban, et de paillardes qui seules pouvaient
donner à ces coquins le prestige d'une armée régulière.
A Kapharnaüm il était sujet de Tibère, c'est-à-dire que
ce bourg appartenait la veille à la tétrarchie de Philippe. Quoique, par un ordre fort libéral de l'empereur,
l'argent de l'impôt dût être employé ! dans le pays
même au bénéfice des habitants, Bar-Jehoudda réunit
les péagers et les collecteurs chez Lévi, fils d'Alphée,
dont nous connaissons les sentiments et qui n'était
nullement publicain (1). Ennemi acharné au contraire

(1) Il est fils d'Alphée (Aggée, frère de Jehoudda) dans Marc, et
publicain. Publicain !
Lévi simplement, dans Luc. On a fait disparaitre ce Lévi dans

de tout ce qui touchait à la Bête, même en effigie : fils de son père, en un mot, et cousin germain de Bar-Jehoudda.

Supportable sous Philippe, la situation de la veuve et des fils de Jehoudda devenait impossible. Hier on était sous un prince débonnaire et qui ne leur réclamait pas l'impôt, ou, en tout cas, acceptait la monnaie juive. Aujourd'hui on allait avoir affaire à la Bête elle-même. Après avoir étendu la griffe sur la maison de David à Betléhem, elle venait la happer jusqu'au bord du Jourdain. Où Jehoudda avait empêché les Juifs de passer ses fils passeraient-ils ? Souffriraient-ils que les Zélotes de Transjordanie payassent tribut, tournassent entre leurs doigts l'image monnayée de la Bête avec le nom de blasphème qui y était marqué ? La question ne se posa même pas, elle était résolue depuis qu'il y avait une Loi. Que le proconsul fasse venir des Syriens, des Grecs, des gens de la Décapole pour exercer le métier de publicain, mais qu'aucun Juif ne se souille par un tel adultère ! Qu'il se fasse des amis avec l'argent de l'iniquité ! Qu'il le distribue pour la libération d'Israël ! Sinon c'est l'étang de soufre dans six mois, et le ver qui ne meurt point !

La peur de cet étang et de ce ver convertit sans

Mathieu et on l'a remplacé par Mathias lui-même que le *Quatrième Evangile* connaît certainement mais ne cite pas, Mathias n'appartenant point à la même période, à la même génération que les fils de Salomé. Mais comme l'Église a mis plus tard un Evangile sous le nom de Mathias, elle a fait de ce scribe, d'ailleurs ancien, un publicain de Kapharnaüm. Elle a eu pour but, en lui confiant cet emploi, de le transformer en un des « douze témoins oculaires de Jésus », qui, on le sait assez, n'en eut pas un seul, et aussi de faire croire aux dupes de l'Evangile que le jésus ne pouvait être l'homme qui avait été crucifié, entre autres causes, pour refus de tribut.

doute quelques délicats. Néanmoins les gens de sens
rassis demandaient des signes plus apocalyptiques
qu'une trahison conseillée à des soldats rangés en bataille. Les exhortant à la patience, Bar-Jehoudda s'en
alla aux confins de Tyr et de Sidon, évitant la Galilée
sinon à l'aller, du moins au retour.

Cette tournée, la plus importante de toutes, n'est
avouée que dans Mathieu et dans Marc (1).

De Khorazin (2) à Tyr, par la route actuelle, il n'y a
qu'une douzaine d'heures. Mettons qu'il en fallût le
double par les anciens moyens de communication. Peut-
être Bar-Jehoudda passa-t-il par Méiron où Hillel et
Schammaï étaient enterrés, et par Giscala (3) d'où était
l'hérodien Saül avant qu'on ne le fît de Tarse. Il avait un
frère à Sidon (4), Ménahem, le filleul de Ménahem Ier,
frère de Salomé. C'est « dans cette maison qu'il entra,
où il voulait que personne ne le vît, mais il ne put rester
caché (5). » En effet, ce n'est pas pour dissimuler ses
projets qu'il avait traversé la terre cananéenne. Ce
voyage dans le district de Tyr et Sidon, avec retour par
la Décapole, montre au net le plan de Bar-Jehoudda et
nous éclaire sur ses prétentions : rétablir l'unité d'Israël
sous les enseignes de David. Pilatus tout à l'heure ré-
sumera ces prétentions dans les quatre mots qu'il écrit
sur la croix : « *Le Roi des Juifs.* » Au fils de David
toute la terre de Canaan, sur laquelle Jésus doit régner

(1) Mathieu, xv, 19-29 ; Marc, vii, 24-30.
(2) Aujourd'hui Kérazé.
(3) Aujourd'hui El Djich.
(4) Que pour cette raison Hippolyte de Thèbes appelle Sidonios dans Josephus christianus (*Patrologie grecque*, t. CVI, p. 142).
(5) Ce détail n'est que dans Marc.

éternellement ! Promesse que David un instant réalisa :
Sidon, avec ses beaux jardins, fut la métropole de Ca-
naan (1), Bar-Jehoudda la réclame. Il n'excepte pas
Tyr ; il y a de l'espoir pour elle, malgré l'abaissement
où elle est tombée. En longeant la mer il passa par
Sarepta, la ville où Elie s'était caché pour fuir Achab.

Occupée surtout par des Syriens et par des Phéni-
ciens, cette région était fort compromise. Mais elle avait
été aux Juifs et il y en avait encore, mêlés à la population. Qu'adviendrait-il d'eux ? Seraient-ils jetés au feu
inextinguible, confondus avec les païens, ou suivraient-
ils l'Agneau qui dès la pâque prochaine conduirait leurs
frères aux fontaines d'eau vive ? Ils tenaient la route de
Ptolémaïs par où la Bête allait passer pour soutenir le
tétrarque de Galilée contre l'effort des Arabes. Assaillir
l'Hérode avant que Vitellius n'amenât sa légion, prévenir les Romains sur le Garizim où les Bathanéens
donneraient la main aux frères de Samarie, et la Vie
éternelle était à eux ! Les Juifs cananéens s'engagèrent
en échange du salut ; quelques-uns, très peu, tinrent
parole. La terre cananéenne est représentée dans l'Évangile sous les traits d'une Juive dont la fille est possédée
d'un *démon* (2). Or Bar-Jehoudda « n'est envoyé que
pour les brebis perdues de la maison d'Israël ». La fille
de la Cananéenne a quitté le troupeau ; si cependant sa
mère consent à y rentrer, en un mot si les Juifs de Syro-
Phénicie consentent à rallier leur tribu pour défendre
la Loi, ils seront du Royaume.

(1) *Canaan, d'après une exploration récente*, par le père Hugues Vincent (Paris, 1907, in-8•).
(2) Mathieu, xv, 21-28 ; Marc, vii, 24-30.

Avant d'adopter cette interprétation que la suite des événements confirme, nous nous sommes assurés qu'il ne s'agissait pas d'un exorcisme. Bar-Jehoudda ne voit même pas la possédée ; elle guérit loin de lui, à domicile. « Quand sa mère rentra dans sa maison, elle trouva sa fille étendue sur le lit et le *démon* (syro-phénicien) parti (1). »

Monter en armes à la pâque et se joindre au fils de David sur le Garizim, le Royaume est à ce prix, mais à ce prix seulement ! En effet : « Il n'est pas bon, dit-il, de prendre le pain des Enfants (de Dieu) pour le donner aux petits chiens (les Juifs qui ne marcheront pas sont assimilés aux goym). — Oui, reprit la Femme, toutefois les petits chiens mangent des miettes qui tombent de la table de leurs maîtres. » La mère reconnait que les Juifs sont les maîtres, sa fille est sauvée ! « O Femme, dit-il sur ce propos flatteur, grande est ta foi, qu'il te soit fait comme tu désires. Et à partir de cette heure même, la fille de la Cananéenne fut guérie de son démon (2). » Comme on n'aperçoit pas de porc émissaire

(1) Marc, VII.

(2) Plus tard, cette allégorie étant trop transparente, on a remplacé la Juive cananéenne par une païenne, une syro-phénicienne. Et voici ce qu'au point de vue moral il résulte de ce changement « Maître, fils de David, aie pitié de moi, dit la pauvre femme. Ma fille est misérablement tourmentée d'un démon. » Jésus ne lui répond même pas. Les disciples s'approchent : « Maître, chasse-la, car elle crie derrière nous. » Jésus répond : « Je ne suis envoyé que vers les brebis perdues de la maison d'Israël. » Mais, s'avançant, elle se prosterne devant lui en disant : « Maître, aide-moi. » Alors Jésus : « Il n'est pas bon de prendre le pain des enfants (de Dieu) pour le jeter aux petits chiens. » Mais la malheureuse avec plus d'esprit qu'il n'a d'humanité : « Oui, maître, reprend-elle, toutefois les petits chiens mangent des miettes qui tombent de la table de leurs maîtres ! » Flatté dans son orgueil de Juif et décontenancé par tant d'à-propos, Jésus répond : « O femme, grande est ta foi ; qu'il te soit fait comme tu désires. » Et la fille de la

dans le voisinage et que ce démon n'est pas noyé, on doit craindre qu'il n'ait été imparfaitement chassé. En effet, quelques jours avant la pâque, il revint et actionna les jambes des Juifs cananéens dans un sens diamétralement opposé à la montagne du Garizim.

II

LA TOURNÉE DE LA DÉCAPOLE

Les choses n'allaient pas trop mal. Antipas avait en un jour perdu une partie de la Pérée, et les Bathanéens détournés de son service consentaient à suivre le fils de David. Agrippa, son frère, qu'il avait fait venir de Rome pour gouverner Tibériade, s'en était allé vers Flaccus à Antioche, pestant contre son avarice et son orgueil. Les christiens de Tyr et de Sidon se lèveraient au moment voulu. Restaient ceux de la Décapole, perdus dans ces villes qui faisaient sur la carte comme le dessin d'une constellation aux trois quarts païenne. Le jésus regagna le lac de Génézareth par celles de la Haute-Décapole qui relevaient du royaume de David.

Je regarderais comme un crime envers Dieu de vous dissimuler la note qu'on trouve sur la Décapole dans le

---

pauvre femme fut guérie à l'instant même. » Ces traits révoltants et d'un égoïsme pire que la barbarie sont fréquents dans l'Evangile. Pauvre païenne de Syrie, ce n'est point parce que tu as besoin qu'on te donne — après tant de quérimonies! — c'est parce que tu as foi dans ce monstre. Quelle honte! Je n'ai jamais pu lire ce passage sans que l'indignation gonfle mon cœur, et j'espère pour l'espèce humaine qu'il ne se trouve rien de pareil dans aucune littérature.

Nouveau Testament approuvé par le Saint-Siège :

« *La Décapole* était la confédération de plusieurs villes unies entre elles pour leur commune défense. Quoique le mot Décapole signifie dix villes, le nombre des cités confédérées était variable. La plupart d'entre elles étaient situées à l'est du Jourdain. La capitale, Scythopolis, l'ancienne Bethsan, à l'ouest du fleuve, est la clef de la Palestine proprement dite. Après Scythopolis, les villes les plus importantes de la Décapole étaient Césarée de Philippe, Asor, Cédès de Nephtali, Séphet, Corozaïn, Capharnaüm, Bethsaïde, Jotapata et Tibériade. Le territoire confédéré s'étendait donc depuis Scythopolis au sud jusqu'au Liban et à Damas au nord ; à l'ouest, il se prolongeait jusqu'à Sidon ; à l'est, il se prolongeait au delà de Gadara, d'Hippos et de Pella. »

Hélas ! nous ne voyons pas que la Décapole ait formé une confédération au temps d'Auguste et de Tibère. Au contraire nous voyons que ces dix villes sont libres de toute confédération, et même que toute confédération est impossible entre elles, les unes étant dans la tétrarchie de Philippe, comme Césarée, Bethsaïda et Kapharnahum, les autres dans celle d'Antipas, comme Corozaïn, Asor, Cédès de Nephtali et Tibériade, laquelle Tibériade était une ville entièrement neuve, bâtie par Antipas lui-même et qui n'était en rien confédérée, pas plus que Séphet ou Jotapata. Nous savons que Scythopolis est à l'ouest du Jourdain, mais nous ignorons qu'elle ait été la capitale de la Décapole et que la Décapole ait eu une capitale. La confédération composée par le Saint-Siège on ne sait sur quelles bases archéologiques ou historiques a tout au moins un grand avantage : la plupart des villes de la Décapole au temps de

Bar-Jehoudda se trouvent rayées de la liste, de telle manière qu'il n'y a plus moyen de reconstituer le rêve de gloire où s'enfonçait le malheureux prétendant. Ni Gadara, ni Gamala, ni Gérasa, les trois villes de la Journée des Porcs, ne font partie de cette Décapole canonique !

Ici qu'est-ce que la Décapole? C'est avant tout Damas, jadis à Israël, et qui peut être sauvée si les Juifs qui l'habitent font comme ceux de Tyr et de Sidon. Bar-Jehoudda se rendit chez Ananias, rabbi très influent (1). Tributairement la ville était aux Arabes, commercialement elle était aux Juifs. Les Hérodes en avaient toujours ménagé la population ; Hérode le Grand y avait construit un théâtre et un gymnase, afin qu'il y fût quelqu'un et qu'elle lui dût quelque chose. Par son mariage avec la fille du roi des Arabes, Antipas s'était conservé l'influence du nom hérodien. Mais tout était fini, bien fini. Dans trois mois, plus d'Arabes ni d'Hérodiens ! Toute la Terre Sainte aux davidistes depuis Jérusalem jusqu'à Damas ! Un seul peuple sous un seul roi, Bar-Jehoudda ! Un seul roi sous un seul Maître, le Christ ! Et comme don de joyeux avènement, mille ans de vie en attendant le Père ! Ce n'est pas qu'Ananias eût besoin d'explications, mais peut-être voulait-il des garanties. Il fut assez accommodant, quand il vit que dans l'ordre de bataille il serait à l'arrière-garde (2).

---

(1) Dans les *Actes des Apôtres* cet Ananias est censé avoir baptisé Saül !

(2) Impossible de savoir ce que sont Dalmanutha (Damanutha ?) et Magada que le prétendant visite avant de rentrer en Bathanée.

Dans l'Évangile (1), on amène à Jésus la Décapole sous les espèces d'un sourd — ce sourd est Juif, n'en doutez pas — qui à cause de cette infirmité n'entend pas la Loi et qui, sans être muet positivement, s'exprime avec difficulté. Cela peint chez les Juifs décapolitains de 788 une regrettable indifférence pour le triomphe de Bar-Jehoudda. Ils manquent de cette ferveur qui fait les héros.

Jésus renouvelle sur le sourd l'expérience qu'a tentée Bar-Jehoudda. Naturellement il ne se sert pas des mêmes moyens. Il n'a pas besoin de persuader, lui, ni de menacer. Il lui suffit d'être, incarné dans Bar-Jehoudda. Créateur de toutes choses et surtout de la parole, il commence par tirer le Juif « hors de la multitude » (des goym), de manière que le fils soit seul en face de son père. Il lui met les doigts dans les oreilles, pour qu'il n'entende point les voix païennes, et, crachant, lui touche la langue, — cette langue qu'il a formée et à qui il a donné l'hébreu. Ensuite, il regarde le ciel avec un soupir et lui dit : « *Ethpethah* » (2), ce qui signifie : « Ouvre-toi. ». Et aussitôt s'ouvrirent les oreilles, et le lien de la langue fut délié, de sorte qu'il parla aisément. » Que dis-je ? Divinement ! Dès que Bar-Jehoudda lui eut révélé les splendeurs du Royaume, le plan qu'il avait conçu de se frayer le chemin de Jérusalem par la destruction des païens qui l'obstruaient, ses certitudes de l'aide céleste, la descente de Jésus, des Douze, des Trente-six et des Cent quarante-quatre mille, Pilatus culbuté dans l'abîme,

---

(1) L'allégorie du Juif décapolitain n'est que dans Marc, VII.

(2) Il y a : « Effathah » dans le texte, ce qui, d'après M. Ledrain, est une faute de copiste.

Kaïaphas plongé dans l'étang de soufre, la Méditerranée passée à pied sec par les Juifs enfin maîtres du
monde, le sourd de la Décapole ouvrit les oreilles, en-
tendit, comprit peut-être.

III

LE SACRE

Si l'on considère qu'avec ses titres davidiques et
quelques exorcismes ruraux, Bar-Jehoudda avait à son
actif une éclipse de soleil et la Journée des Porcs, on
voit qu'il n'était point en mauvaise posture pour ceindre
la couronne. Jusque-là il n'avait invoqué que les prophéties à immense rayon de son *Apocalypse*. L'approche du Grand Jour semble avoir calmé son appétit
mondial. « Le sceptre ne sortira pas de Juda et de sa
postérité que le Scilo ne vienne », avait dit Jacob. Le
sceptre, hélas ! avec la légèreté de cet objet mobilier,
avait échappé à Juda et consorts depuis plus de six
cents années. Cinquante ans en çà, on gémissait encore
sous la tyrannie d'un Iduméen contre lequel on ne ces-
sait de proférer les injures les plus sanglantes. Le
sceptre était si bien sorti de Juda, le Scilo était si peu
venu que Bar-Jehoudda, fils de David, avait été obligé
de se réfugier en Égypte avec ses parents, pour fuir les
estafiers d'un usurpateur qui n'était ni de la race de
Juda ni même d'aucune tribu d'Israël. Mais que le
sceptre rentrât dans la maison de David, et le Scilo descendrait ! Il semble que Bar-Jehoudda, en approchant

de la fin, ait réduit son vol à la première de ces deux perspectives.

Le *Quatrième Évangile* n'envoie Bar-Jehoudda ni dans la Décapole, ni sur les confins de Tyr, ni à Sidon, ni dans le district de Césarée Panéas. Est-ce à dire qu'il ignore tout cela? Il le connaît fort bien au contraire. Il connaît même certaine ville de Bathanea qui est au-delà du Jourdain, au-dessus de la Gaulanitide, et qu'on transportera un jour, sous le nom de Béthanie, à quinze stades de Jérusalem, parce que c'est dans la Bathanea transjordanique que Bar-Jehoudda se fit sacrer roi des Juifs (1).

On était au mois de février, sous le *Verseau*, signe avant-coureur du *Zib* après lequel le monde devait être renouvelé. Bar-Jehoudda se trouvait à Bathanea, chez Eléazar. Toute sa famille était là. Il y avait notamment sa sœur Thamar, femme d'Eléazar, Maria Cléopas et sans doute Cléopas, car un bon mari doit suivre et même précéder sa femme un jour de sacre. Sa mère, tous ses frères étaient là sans nul doute, serrés autour de lui, avec Jaïr et les chefs des synagogues zélotes.

Après un banquet où l'on s'échauffa plus que de coutume, lui toujours réfractaire aux boissons fermentées, il fut proclamé roi des Juifs. Il y eut une cérémonie de sacre, avec onction sainte. Une femme que Mathieu ne nomme plus, mais que nous connaissons par le *Quatrième Evangile*, Maria Cléopas, s'approcha de lui,

(1) Il est devenu impossible de savoir si c'est à Bathanea même, dans le vieux bourg, ou en Bâthanée, à Bethara par exemple ou même à Bethsaïda, ancienne capitale de Philippe, que Bar-Jehoudda s'est fait roi.

avec un alabastron d'huile parfumée, disent les uns, de myrrhe, disent les autres, de nard pur et d'un grand prix, disent d'autres encore, et le répandit *sur sa tête* pendant qu'il était à table. Comme il s'était écoulé plus de trois cents jours depuis la pâque dernière, Marc évalue le contenu du vase à plus de trois cents deniers. Ce vase en effet, est de la même famille chronométrique que les six cruches des *Noces de Cana*, la cruche de la *Samaritaine*, et celle de l'Homme-Verseau que le Joannès-jésus et son frère Pierre doivent suivre, sur l'ordre de Jésus, pour aller manger l'agneau à Jérusalem. Le fait est là : il y eut *chrisme*. Luc, qui le sait fort bien, préfère n'en rien dire ; cela vaut mieux pour sa cause. Dans cet Evangile le Roi des Juifs est tout oint quand il entre en campagne.

Ce chrisme, c'était celui dont le Verbe avait donné lui-même la recette à Moïse : onction sacrée dont les rois s'étaient attribué le monopole, quoique, selon la Loi ancienne, elle ne dût servir qu'à Aaron et à ses descendants. Peine de mort contre quiconque aura composé ce parfum pour en donner à un étranger ou pour le respirer par plaisir (2). Or, qu'avait fait le Temple depuis le temps des rois-prêtres ? Il avait oint la tête de gens qui non seulement n'appartenaient pas à la tribu de Lévi, mais qui étaient de sang étranger, des Asmonéens, des Iduméens. Et le parfum spécialement composé pour le tabernacle, pour les objets et les ustensiles du culte, il avait osé le donner à respirer aux païens que la curiosité seule attirait autour du lieu saint !

(1) Dans Mathieu on met la scène chez Simon le Lépreux, personnage conventionnel en qui se perd Eléazar.

(2) *Exode*, chap. xxx, versets 22-38.

Mais Bar-Jehoudda, qui descendait par son père d'Abia, fils de Samuel, et par sa mère de celle d'Aaron et de Moïse, Bar-Jehoudda qui cumulait tous les droits politiques et toutes les prérogatives sacrées, Bar-Jehoudda savait qu'il trouverait sur le mont Garizim, dans des vases qu'y avait enterrés David, les parfums composés par son grand ancêtre Moïse, père après Dieu de la religion juive. Il disait que le Scilo, le Christ Jésus ne viendrait pas qu'il n'eût, lui, Bar-Jehoudda, rétabli la royauté d'Israël et qu'alors seulement, la loi temporelle satisfaite, le Scilo descendrait.

Dans les vases enterrés par David au Garizim il y avait des parfums qui jamais n'avaient été prostitués par l'usage, des parfums vierges. Vienne la pâque et Bar-Jehoudda, lui-même en odeur de virginité, ferait son entrée dans le Temple où récemment encore, aux Tabernacles de 787, il avait empêché les prêtres de transporter, sous les narines juives, des vases et des ustensiles offerts par les Macchabées, par les Hérodes, pis encore, par les Auguste et les Livie !

Luc est le seul qui nous conte l'histoire de ces vases et de ces ustensiles. C'est le seul qui fasse figurer cette atteinte au culte parmi les motifs de la condamnation du roi-christ. Les autres évangélistes se sont bien gardés d'y faire la plus petite allusion. Mais nous savons par Josèphe que « l'imposteur » contre lequel Pilatus marcha à travers la Samarie en cette année 788 s'était proposé de fouiller le Garizim pour y retrouver les vases. Imposteur est le mot propre. Il y eut à Bathanea une comédie fantastique que monta toute la famille pour brusquer l'avènement du Nazir par l'exhibition d'un signe, visible, tangible, fleurant sinon plus du moins mieux que roses, et qu'on pouvait se passer de main en main. C'est Maria Cléopas qui opéra, et s'il n'est pas prouvé qu'elle ait eu tous les siens pour complices, il est bien certain que le bénéficiaire de cette supercherie en est également l'instigateur, et qu'il ne fut nullement étonné lorsque sa sœur, armée d'un riche alabastron, dans la pose et sous le signe du *Zachû*, lui versa le chrisme sur la tête (1).

Marc et Mathieu sont formels et d'accord avec la vérité historique. Le chrisme fut fait sur la tête et il y eut dans la maison d'Eléazar une odeur que tout le voisinage huma délicieusement. Comme il y avait dans ce geste la preuve indiscutable que le Rabbi avait été oint, c'est-à-dire *christ*, et l'explication très claire du titre de *Roi des Juifs* qu'il avait pris (l'inscription de Pilatus le lui conserva jusque sur la croix), on a imaginé ceci dans le *Quatrième Evangile* : au lieu de l'oindre sur la tête, ce qui a un sens politique très accentué, Maria l'oint... sur les pieds et les lui essuie avec ses cheveux (2), ce qui prend un air d'adoration toute religieuse ! ! !

Il ne faut pas croire que Maria Cléopas ait forcé la main de son frère ni qu'elle ait violé sa modestie. Le roi-christ ne se contenta pas d'une onction éphémère ; il se para des insignes royaux et il les avait encore le

(1) Rappelons que *Zachû* est le nom chaldéen du *Verseau* et le radical de Zachûri, un des surnoms évangéliques du grand Jehoudda.

(2) Il y est dit de Maria, belle-sœur d'Eléazar : « C'est la même Maria qui oignit le Rabbi de myrrhe et lui *essuya les pieds avec ses cheveux* (xi, 1). » Et un peu plus loin : « Prenant une livre de nard pur d'un grand prix, Maria en *oignit les pieds de Jésus*, puis les essuya de ses cheveux (xii, 3). »

jour qu'il fut arrêté par Is-Kérioth et amené devant
Antipas et Pontius Pilatus. Pour gouverner le monde
avec son sceptre de fer, c'était bien le moins qu'il fût
attifé comme son grand ancêtre David pour régner sur
la Judée seule : vêtement si outrageusement écarlate
que dans la fable Is-Kérioth n'en peut supporter la vue
sans suffocation. Bar-Jehoudda, qui revenait de prêcher
la guerre sainte sur le territoire de Tyr, s'était fait
offrir un complet satrapique par les Juifs affolés à la
pensée de la glorieuse échéance !

L'Église a essayé d'atténuer l'expression des quali-
ficatifs employés par les scribes originaux pour en désigner la couleur (1) ; mais le vêtement blanc étant réservé au Christ Jésus de par l'*Apocalypse*, celui de
Bar-Jehoudda était d'une pourpre éblouissante, afin que,
le Grand Jour venu, le peuple d'Israël pût distinguer
aisément entre le Jésus d'en haut et son homme de
paille. Non seulement les termes grecs ne laissent point
de doute sur le rouge de ce costume qui avait l'air
d'avoir été emprunté à la garde-robe hérodienne, mais
lorsque, dans la Transfiguration de Bar-Jehoudda, ses
vêtements deviennent blancs comme ceux de Jésus,
vestimenta ejus alba facta sunt sicut lux, cela ne peut
s'entendre que d'une métamorphose à vue, car les vêtements de Jésus sont toujours blancs. Avait-il posé sur
sa tête la merveilleuse couronne aux douze pointes, représentation des douze stations du soleil dans le Zodiaque ? En ce cas, ce devait être une fort belle chose à

(1) Ceux du *Quatrième Evangile* et de Marc. Mathieu atténue un peu
la couleur, mais la fait toujours rouge. Luc la maintient splendide,
éclatante, mais n'en spécifie pas le ton, ce qui a permis à l'Eglise d'insinuer qu'elle était *candida*, de la couleur de l'innocence.

l'œil, quoique le spectacle ne fût pas nouveau : cette forme, consacrée par le « songe de Joseph », rappelait opportunément l'*Apocalypse* sans empiéter sur les prérogatives de Jésus dont la chevelure comburante eût fait fondre en un instant toute espèce de diadème. Dès le moment qu'il avait la robe talaire du roi-christ, il en avait la couronne. Tel il était en 788, tel fut son frère Ménahem en 819 lorsqu'il entra, vêtu à la royale, dans le Temple (1).

Cette cérémonie, qui très probablement franchit les bornes de la noblesse pour atteindre celles de la bouffonnerie, eut lieu une cinquantaine de jours avant la Pâque, comme il appert de l'allégorie chronométrique de Marc. Maintenant, dans quel intérêt a-t-on rapproché la date du chrisme? Et pourquoi l'a-t-on mis « six jours avant la Pâque » dans le *Quatrième Évangile*? Parce qu'on a déplacé le lieu de la scène lui-même, la *Transfiguration* de Bar-Jehoudda en Jésus ne permettant pas d'avouer que ce prétendu Jésus ne faisait qu'un avec l'imposteur et le bandit qui avait été sacré roi des Juifs dans la Bathanea transjordanique. Et comme, à part la crucifixion, toute la Semaine pascale de l'Évangile est une pure fiction astrologique dont on a posé le décor sur le mont des Oliviers, il a fallu remplacer *Bathanea du Jourdain* qui est à quarante lieues de ce mont par *Béthania-lez-Jérusalem*. C'est alors, et alors seulement, qu'on a introduit dans le *Quatrième Évangile* cette incidente grotesque à propos du lieu où

---

(1) Josèphe est formel sur ce point, et c'est une indication précieuse en ce qui touche les « vestimenta » davidiques de Bar-Jehoudda.

avait été célébré le sacre : « Bathanea était près de Jérusalem, à quinze stades environ. »

Voyez-vous cela ? Bar-Jehoudda, sacré roi des Juifs à quinze stades de Jérusalem six jours avant sa crucifixion ! Sacré dans Béthanie, une petite promenade de vingt minutes à pied pour Kaïaphas ! Vendu dans Béthanie par Jehoudda Is-Kérioth moyennant trente sicles ! On a senti que cet intervalle de six jours était encore trop grand, et que dans ces conditions topographiques Bar-Jehoudda n'eût pas même fini le premier jour en liberté ; on a mis « deux jours avant la Pâque » (Mathieu et Marc). Et comme Éléazar fut la première victime de ce maudit sacre, — oh ! que n'a-t-on pu le supprimer tout à fait ! — on a, pour cacher cette vérité, mis le sacre après la *résurrection d'Éléazar* (1), alors que ç'avait été la seule cause de sa mort.

Mais aussi quelle idée à un homme de s'être imaginé qu'il allait, à jour et à heure fixes, paître les nations avec une verge de fer !

C'est cette grandeur-là que le Diable offre à Jésus du haut de la montagne d'où il lui montre non pas seulement la Judée, mais tous les royaumes de la terre. Jésus n'en veut pas, son Royaume n'est pas de ce monde ; mais Bar-Jehoudda n'en cherchait pas d'autre. Jésus rabaisse son caquet dans l'Evangile, et jamais il n'oublie de traiter David et Salomon en hommes. « Il y a ici mieux que Salomon, » dit-il. Le fils de David envisageait une entrée sensationnelle à Jérusalem, avec une suite

(1) Dans le *Quatrième Evangile*. Au chapitre XI, verset 2, on parle du sacre comme d'un fait acquis avant la *Résurrection d'Éléazar*, et on n'en trouve le récit qu'au chapitre XIII, après ladite *Résurrection*.

à cheval, comme en faisait Salomon. L'emploi des *Anes* comme monture triomphale n'est permis qu'au seul Jésus (1), c'est la condamnation par le ciel du faste que Bar-Jehoudda avait rêvé dans son train et dans ses équipages.

Jésus ira plus loin lorsque d'évangéliste en évangéliste il sera tombé aux mains de rhéteurs grecs frottés de philosophie socratique, il condamnera l'absurde croyance du roi-messie né dans la maison de David. Il se demandera comment les scribes (2), tant ceux de la famille de Bar-Jehoudda, comme Philippe, Toâmin et Mathias, que ceux du Talmud (3), osent soutenir de pareilles impiétés, à la face du ciel.

Les pharisiens assemblés, Jésus les interroge, disant (4) : « Que vous semble du Christ? de qui est-il fils? » Ils lui répondirent : « De David. » Il leur répliqua : « Comment donc David l'appelle-t-il en esprit son Seigneur, disant : « Le Seigneur a dit à mon Seigneur : Asseyez-vous à ma droite, jusqu'à ce que je fasse de vos ennemis l'escabeau de vos pieds? » Si donc David l'appelle son Seigneur, comment est-il son fils? » Et personne ne pouvait lui rien répondre; et depuis ce jour, nul n'osa plus l'interroger. »

Le fait est qu'il n'y a rien à répliquer, et la suite va nous montrer que Bar-Jehoudda n'était même pas le christ d'en bas qu'il croyait être.

(1) Signe de l'exaltation héliaque ou solstice d'été. Nous expliquerons l'allégorie tout astrologique du « Christ à tête d'âne » dans les chapitres consacrés à l'Evangile considéré au point de vue mythographique.
(2) Marc, xii, 35-38.
(3) Nous avons cité plus haut l'opinion du Talmud sur ce point.
(4) Mathieu, xxii, 41 et suiv.
Même version, moins franche, dans Luc, xx, 41-44.

IV

MARIA CLÉOPAS ET LA TRAHISON DE JEHOUDDA IS-KÉRIOTH

La mise en scène du chrisme produisit sur les assistants qui n'étaient pas de la famille un effet tout contraire à celui qu'en attendait Bar-Jehoudda. Cet alabastron, cette myrrhe, cette livre de nard, cette huile parfumée, par quel tour de magie tout cela se trouvait-il au dessert dans les bras blancs de Maria Cléopas, juste au moment où son frère, jetant le masque, se proclamait roi des Juifs? Interrogée, Maria ne sut que répondre ou répondit mal, elle fut pincée en plein charlatanisme. Les vases du Garizim, la vieille recette de l'onction royale, toute cette comédie tombait à plat, sombrait devant que les chandelles de la Pâque fussent allumées. Quand les évangélistes ne savent plus où donner de la tête pour expliquer, dissimuler ou pallier les choses, ils font intervenir Jésus qui arrange tout, en sa qualité de *Christus ex machinâ*. Au fond Maria s'était rendue complice d'une de ces mille supercheries dont l'Histoire est pleine et plus particulièrement la Sainte. Dans l'Évangile actuel Maria n'est plus coupable que d'une faute économique, d'une partiale prodigalité au profit d'un seul. Les disciples, au lieu de l'interroger sur l'alabastron et sur son origine, se plaignent de la dépense, et voilà du même coup la question principale écartée.

« A quoi bon cette perte? disent-ils, on pouvait vendre cela fort cher au profit des pauvres! » Sur ce terrain Maria n'est pas plus solide que sur l'autre, car on n'avait pas décrété l'égalité devant le Créateur pour que tout à coup le fils aîné de Jehoudda se fît oindre sur les fonds communs. Jésus, le sauveur de toute la famille, prend la défense de Maria, il prononce l'acquittement de Bar-Jehoudda, et naturellement il omet de dire qu'il s'agit de la sœur et du frère. Maria n'est plus qu'une sœur d'Éléazar (1), puis, comme ce titre de sœur et ce nom d'Éléazar sont encore de trop, on supprime Éléazar dans tous les Évangiles hormis le *Quatrième*, et on le remplace par un certain Simon le Lépreux dont la notoriété n'est pas inférieure à celle de Personne dans l'*Odyssée*.

Étant le Verbe, Jésus parle en sauveur... de la situation, il ne voit dans les vases qu'un subterfuge permis en politique, et on ne se serait peut-être aperçu de rien si Jehoudda Is-Kérioth n'avait révélé son mauvais caractère à cette occasion. « Pourquoi faites-vous du chagrin à cette femme? dit Jésus. Elle a fait *une bonne action* à mon endroit. *Vous aurez toujours des pauvres parmi vous*, mais moi, *vous ne m'aurez pas toujours.* » Autant de mots, autant d'antinomies : le programme du Royaume, c'était la richesse pour les Juifs de la Loi dans une Jérusalem tout en or. Un mot cependant est vrai : Jésus estime que Maria avait fait une bonne action en introduisant l'huile parfumée, le

(1) Ce qui d'ailleurs est vrai dans le système de Jehoudda.

nard et la myrrhe dans l'alabastron du Garizim et en les versant sur la tête de son frère. Car, en admettant qu'il y eût de la supercherie dans le détail, ce n'est pas cela qui empêchait Bar-Jehoudda d'être fils de Lévi et de David tout ensemble, donc fondé en droit!

A ce sacre où Bar-Jehoudda montre je ne sais quel faste davidique, je ne sais quelle affectation de pompe orientale, à ce chrisme révélateur, Luc substitue une innocente allégorie où d'ailleurs Maria reprend son véritable titre, car elle y est dite sœur de Marthe (Thamar) et par conséquent de Bar-Jehoudda. Dans ce conte bleu Maria est assise en manière d'odalisque aux pieds de Jésus, elle écoute la parole divine, pendant que Thamar se fatigue aux occupations du ménage. Ce contraste rend assez bien le caractère des deux femmes : Maria Cléopas, celle que Valentin appellera la Belle, plus ambitieuse pour son frère que pour son mari, confidente de ses tours de magie et monteuse de coups émérite, quoiqu'elle ait manqué celui des vases ; Thamar au contraire, femme d'Eléazar, toute à son foyer, et ne rêvant pas même pour son mari la grandeur de son frère. Maria Cléopas est au Guol-golta, on n'y voit pas Thamar.

Il faut s'appesantir sur cette turlupinade oléagineuse. Aucune voix parmi les zélateurs de la Loi ne s'élève en faveur de Bar-Jehoudda. Encore plus juifs que chrétiens, les chefs commencent à douter que le Messie descende du ciel pour jeter bas ce Temple si fermement assis sur le roc de Sion, quoique le bâtiment fût hérodien. Presque tous se sentent perdus s'ils s'associent aux orgueilleuses extravagances du nouveau roi. Maria en croyant bien faire a tout gâté. Un homme est à quelques lieues de là, qui depuis longtemps a deviné l'imposteur et qui le guette : cet homme, c'est Jehoudda Is-Kérioth, fils de Simon. L'évangéliste va employer pour calomnier Is-Kérioth les moyens dont il s'est servi pour disculper Maria.

Malgré les subterfuges des scribes, on retrouvait toujours, au fond de la fable, les vases qui la rattachaient à l'histoire selon Josèphe, les parfums qui rappelaient l'odeur du chrisme, la dilapidation des deniers communs qui complétait la physionomie morale de cette famille d'aventuriers, et jusqu'à la date du sacre incluse dans les trois cents deniers du pot aux roses. Il fallait inventer quelque expédient pour soustraire la mémoire du jésus à ces rapprochements calamiteux. On imagina donc qu'il y avait une question d'argent au fond de l'allégorie mathématique dont Jehoudda Is-Kérioth est encore victime dans l'imagination populaire : question dans laquelle Maria Cléopas était complètement désintéressée, tandis que Jehoudda Is-Kérioth aurait infailliblement détourné les trois cents deniers, car « il tenait la bourse et était un voleur ». S'il eût tenu la bourse, comme Maria Cléopas y a pris les trois cents deniers pour acheter le chrisme, c'est Is-Kérioth qui serait le volé. Mais il ne tenait pas la caisse de Bar-Jehoudda, il n'était pas son disciple, il n'était même pas de sa secte. Il ne l'a pas trahi au sacre par la bonne raison qu'il n'y était pas. Il ne l'a pas livré au Mont des Oliviers par la bonne raison qu'ils n'y sont allés ni l'un ni l'autre. Il n'y a qu'un cas dans lequel il aurait pu assister au sacre, celui où on l'aurait fait venir pour l'acheter. Mais en ce cas, comme il a refusé de se vendre, ce n'est pas la veille de la Pâque qu'on aurait trouvé son cadavre sous les murs de Jérusalem (1), c'est le soir du chrisme et sous les murs de Bathanea.

Si on laisse la scène du chrisme à Bathanea *trans Jordanem* en février, tout le monde va se demander pourquoi, ayant été pris ce jour-là en flagrant délit de trahison, Is-Kérioth n'a pas été immédiatement exécuté et pourquoi Jésus invite un traître à la Pâque christophanique dont il est libre de choisir les convives. On répondit à ces objections en changeant et la date et le lieu du sacre. On déclara que, s'étant passée à Béthanie-lez-Jérusalem et six jours ou deux jours seulement avant la pâque, la scène des parfums n'avait aucun rapport avec celle de Bathanea *trans Jordanem* et ne pouvait se confondre avec ce sacre dont l'imposteur nommé par Josèphe avait été le héros ; que, loin de songer à se faire roi et d'avoir été sacré, le jésus s'était dès Bethsaïda soustrait par la fuite (*sic*) aux entreprises des exaltés qui voulaient le proclamer malgré lui (2) ; qu'à la vérité Maria Cléopas s'était procuré un vase et des parfums, mais que — cela se voyait à la date — ç'avait été pour embaumer le jésus, lequel allait mourir sur la croix dans les quarante-huit heures, ainsi qu'il l'avait annoncé à tout le monde ; que cet acte de précaution révélait chez Maria une nature à la fois pleine d'un respect méticuleux pour cette prophétie et d'une tendre sollicitude pour le corps de son divin maître : à tout prendre, elle n'avait acheté l'alabastron et les parfums sur l'argent de la communauté que pour arracher ces fonds à la rapacité de Jehoudda

(1) *Actes des Apôtres*, i, 16, 19.
(2) *Quatrième Évangile*, vi, 15 : « Ayant connu qu'ils devaient venir pour l'enlever et le faire roi, il s'enfuit de nouveau sur la montagne tout seul. »

Is-Kérioth. Celui-ci n'avait protesté contre cette dépense que parce qu'elle limitait d'autant le produit de ses vols, sans aucun égard — quelle canaille ! — pour le pieux usage auquel, dans le désintéressement de sa pensée, Maria destinait les parfums dont on faisait tant de bruit. Au surplus voulait-on connaître la vérité ? Les parfums n'avaient été versés ni sur la tête ni sur les pieds ni autrement, ils n'avaient pas été versés du tout, mais bien... réservés pour l'embaumement du christ !

C'est dans le *Quatrième Évangile* qu'on plaide cette thèse ardue. D'abord on essaie de réparer la maladresse des scribes primitifs qui ont montré toute l'assistance irritée contre Maria et son frère. Les assistants ne s'indignent plus, ni à l'unanimité ni à la majorité, du détournement fait aux pauvres par le roi des Juifs et sa sœur. On ne veut plus laisser subsister un motif qui met tous les braves gens du côté d'Is-Kérioth. Ici, Is-Kérioth tient la bourse, il est furieux de voir qu'il y manque de l'argent auquel il ne pourra pas toucher, et lui-même évalue les parfums à trois cents deniers. Grosse faute du scribe, car si Is-Kérioth estime publiquement les parfums ce prix-là et qu'il les vende au profit des pauvres comme c'est son intention, il va en être comptable envers ses collègues. De quelque côté qu'on se tourne, Maria Cléopas apparaît coupable.

Jésus ne fera-t-il rien pour elle ? « Laisse-la, dit-il à Is-Kérioth (comme si celui-ci était présent), *laisse-la garder ce parfum pour le jour de ma sépulture.* » Qu'est-ce à dire ? Non seulement il n'y a pas eu chrisme, mais il n'y a pas même eu onction cosmétique ? Alors, comment dans les autres thèmes Is-Kérioth et tous les apôtres avec lui peuvent-ils vitupérer Maria d'avoir fait le chrisme, et Bar-Jehoudda de l'avoir accepté ? S'il n'y a pas même eu onction, comment, dans les thèmes de seconde main, Maria peut elle essuyer de ses cheveux les pieds de l'oint, et pourquoi toute la maison d'Éléazar est-elle « pleine de l'odeur » ?

Mais on ne veut plus qu'il y ait eu sacre et chrisme chez Éléazar ! On ne veut plus qu'il y ait eu alabastron ! La preuve qu'il ne s'agissait pas d'un sacre, dit l'un, c'est que le parfum a été versé... sur les pieds. A-t-il même été versé ? Non, dit l'autre, il s'agit de parfums qui ont été achetés par Maria l'avant-veille de la pâque, pour la sépulture de Jésus qui, vous le reconnaissez vous même, n'a plus rien de commun avec le crucifié de Pilatus. Quant à Jehoudda Is-Kérioth, c'était un voleur, vous entendez ?... un simple voleur. Laissez donc cette sotte histoire de vases. A aucun moment Jésus n'a été mêlé à l'histoire de vases dont parle Josèphe. Et en même temps qu'on effaçait peu à peu le chrisme de l'Évangile, on en enlevait l'expédition de Samarie qui est sa suite naturelle, de manière qu'à aucun moment de sa vie Bar-Jehoudda n'eût été sacré Roi des Juifs en Bathanée chez son beau-frère.

Luc, qui connaît tous les écrits évangéliques, supprime carrément le sacre et ses accessoires. Luc est dans le vrai : une écriture révélée ne doit d'éclaircissements à personne. C'est mettre les gens sur un mauvais pied que de discuter. Pourquoi avoir nommé Maria Cléopas ? Pourquoi avoir nommé Eléazar et sa femme ? Pourquoi avoir nommé l'endroit et cité Bathanea ? Simon le lépreux lui-même est de trop. Ce lépreux vaut mieux certes que le vaillant Eléazar, mais puisqu'on peut faire le vide absolu (1)? Située à Bathænea *trans Jordanem*, la maison d'Eléazar n'est point de ces maisons où il faille montrer tout ce monde six ou sept semaines avant la pâque, lorsqu'on a décidé de transporter la scène dans Béthanie, à vingt minutes de Jérusalem.

« Voilà la cause, ô mon âme ! » dit Hamlet. Quant à Jehoudda Is-Kérioth, eh bien, pourquoi assigner un motif quelconque, même anecdotique, à sa trahison ? N'est-il pas plus simple que, « le Satan étant entré en son cœur », il soit allé trouver les gens du Temple pour leur livrer le roi-christ ? L'Esprit du monde est entré dans le cœur d'Is-Kérioth, pourquoi chercher autre chose ? Ç'a été le Démon, le Fils de la perdition, le Satan qui a levé le talon contre le fils de David, c'est lui qui peut-être, pour avoir coupé en deux le parti zélote, a empêché le Christ Jésus de descendre.

V

LES TRENTE DENIERS

Marc évalue à *plus de trois cents deniers* la valeur de la myrrhe que la Femme à l'alabastron a versée sur la tête de Bar-Jehoudda ; c'est que Maria Cléopas est devenue l'Année elle-même, portant le vase des jours écoulés au mois de février 788 (*Verseau*). De son côté,

(1) Dans Luc le sacre a disparu pour faire place, tout au commencement de la prédication évangélique, à une vague scène de parfums où l'on voit une femme de mauvaise vie entrer chez un certain Simon pour obtenir son pardon de Jésus. Cette femme, c'est la Judée elle-même.

dans Mathieu, Is-Kérioth reçoit trente sicles pour livrer le roi-christ ; c'est qu'il est devenu le douzième et dernier mois de cette Année fatale.

Lorsque le soleil passa du *Verseau* dans les *Poissons*, la myrrhe de l'alabastron valait très exactement trois cent trente deniers qui, avec les trente deniers d'Is-Kérioth, forment les trois cent soixante jours requis pour former l'année mosaïque jusqu'à la venue de l'*Agneau*.

Ayant dit la valeur de la myrrhe, Marc nous laisse à deviner la somme d'argent qu'a reçue Is-Kérioth. Problème comme on en donne aux élèves de huitième dans les pensionnats, mais très important pour la chronologie : c'est après le trois centième jour et avant le trois cent trentième que Bar-Jehoudda s'est fait oindre en Bathanée et que le Temple a mis sa tête à prix.

Le sacre ayant eu lieu environ cinquante jours avant la pâque, et Is-Kérioth n'ayant eu que trente deniers, nous savons par là qu'Is-Kérioth n'assistait pas à la cérémonie. S'il y eût assisté, ce n'est pas trente deniers qui lui auraient été comptés, mais une cinquantaine. En ce cas il y aurait eu une protestation très vive de la part de ses Onze collègues, tous intéressés à part égale dans la distribution du fonds solaire (1). Car il convient de faire ressortir ce point que, sous le *Verseau* dont Maria Cléopas est la gracieuse image, dix de ces personnages symboliques, le jésus lui-même qui fait partie des Douze en tant que fils du Zibdéos, avaient reçu et mangé les

(1) Il suffit pour saisir l'économie de la fiction évangélique de se rappeler que, faute d'être venu le 15 nisan 789 avec les Douze Apôtres de l'*Apocalypse*, Jésus est remplacé dans cette fiction par le Joannès-jésus et onze autres Juifs qui ont joué un rôle dans l'histoire zélote antérieure à la chute de Jérusalem en 823.

trente deniers qui revenaient à chacun. Si on eût remis plus de trente deniers à Is-Kérioth, *Schebat* (1), en fonction sous le *Verseau*, aurait été lésé de la différence. Or il n'y a pas d'apparence qu'il se fût laissé dépouiller d'une façon aussi contraire à l'ordre de la nature.

Avec ses trente deniers, Is-Kérioth ne pourra pas aller plus loin que trente jours. C'est un cadran dont l'ombre de Jésus fait tout le prix, un sablier qui n'est que poussière quand il est plein, et moins que rien quand il est vide. Il ne reçoit rien qu'il ne soit condamné d'avance à dépenser : en marchant, il se dévore. Qu'il reçoive des sicles d'argent ou des deniers, il n'importe : ce n'est pas dans la valeur de la monnaie qu'est l'allégorie, c'est dans le nombre des pièces.

Vous préférez croire qu'une femme inconnue, poussée par on ne sait quel vertige cosmétique, a versé pour deux cent soixante francs d'huile sur la chevelure d'un nommé Jésus? A votre aise. Mais s'il s'agissait de valeur monétaire, il n'y aurait aucune contradiction entre les Évangélistes sur le montant d'une somme versée devant onze témoins. Dans tous les thèmes on aurait respecté le nom de la monnaie (*sicles*) indiquée par Mathieu, et s'il eût plu à quelqu'un de convertir les sicles du Temple en deniers romains — monnaie sacrilège portant l'image des Césars — il eût été obligé de les multiplier par quatre, ce qui aurait modifié profondément le chiffre (2). D'ailleurs il ne saurait être question de deniers romains, car le Temple ne se servait que de monnaie juive, et pour un christien comme Is-

(1) Le mois du 15 février-15 mars.
(2) Le sicle valait quatre deniers romains.

Kérioth le fait de toucher une pièce à l'effigie de là Bête était un cas de mort. C'est surtout pour lever cette consigne qu'au troisième siècle Jésus demande à *prendre entre ses doigts* la monnaie du tribut : car la scène machinée par l'Église pour amadouer Rome est en tout point contraire à la Loi selon le jésus.

D'autre part, trente deniers juifs ne valant qu'environ vingt-six francs, ce n'est pas à un homme de la force d'Is-Kérioth qu'on eût fait accepter trente deniers pour trente sicles d'argent qui valent environ cent cinq francs. C'est donc bien trente pièces qu'il reçoit dans l'allégorie chronométrique qui le concerne, et ces trente pièces c'est *Adar* (1) monnayé, c'est le dernier mois de l'année juive et en l'espèce de l'Année 788, le mois livreur des *Poissons* à l'*Agneau*.

Pourquoi Mathieu parle-t-il de sicles ? C'est que Mathieu a beaucoup, mais beaucoup d'esprit. En effet sur le denier se trouvait le sigle X qui est la première lettre du mot Χρίστος. Car Is-Kérioth a beau livrer Jésus, il est de l'année au même titre que les Onze autres divisions. Il en est une *pièce*, un *morceau*, et de la même chair arithmétique que le « morceau » dont Jésus le gratifie au Banquet des Apôtres.

La seule puissance en état de verser les trente deniers à Is-Kérioth, c'est celui qui va lui tremper, puis lui passer le « morceau », c'est Jésus lui-même.

Et voilà ce qu'il faut entendre par le « prix de la trahison » de Judas ? Oui, pas autre chose. Non seulement Is-Kérioth ne reçoit pas un seul denier qui ne vienne de

(1) Le mois du 15 mars-15 avril.

Jésus et qui n'ait été compté un à un par lui sur le « plat » zodiacal, mais encore il est payé en une monnaie qui répond exactement aux trente derniers degrés du cercle écliptique avant que celui-ci ne soit coupé par la ligne équinoxiale sous l'*Agneau*. Quand un scribe avait trouvé un de ces effets-là, on le traitait de cher maitre, quoique cela fût défendu dans la secte, on lui déclarait hautement qu'il dégageait une sensation d'art et qu'il faisait courir sur le monde un frisson nouveau.

Dans les thèmes primitifs, le livreur n'était qu'esquissé. C'était le douzième apôtre inventé par les évangélistes en remplacement du Douzième Apôtre céleste qui n'était pas plus descendu que ses Onze collègues du patriarchat juif. Mais comme on le retenait jusqu'à la fin en scène, il fallait corser son personnage. *Adar*, pour être le dernier sur l'affiche, n'en était pas moins important ; dans les théâtres anglais, l'acteur principal est toujours nommé le dernier.

Le 15 adar, Is-Kérioth reçoit son rôle, l'apprend et le répète chaque jour, en bon mois qu'il est. C'est le rôle d'un courtier en *pesach*, rôle ingrat, difficile, pour lequel il n'est pas plus payé que les autres artistes. La seule chose qu'exige Is-Kérioth, c'est de toucher d'avance, mais c'est l'habitude de sa « maison ». La marchandise n'étant livrable que commencement équinoxe, le 15 nisan, jour du *passage* solaire, il bénéficie de l'intérêt.

Il le mérite, car c'est un parfait christien qui refuse énergiquement de traiter sur des bases lunaires. Un rôle de mois lunaire ne lui eût assuré que vingt-neuf deniers et demi (1). Mais que la lune se montre ou non le 15 nisan, Moïse comptant trente jours au mois, Is-Kérioth n'acceptera pas moins de trente deniers. Il est de la Multiplication des pains (2), on ne le met pas dedans !

Il a vendu Jésus à trente jours sans remise. S'il ne livre pas à la date convenue, il sera disqualifié, mais il n'y a rien à craindre. Il a la plus grande habitude de ces marchés, et son crédit sur la place est excellent. Le seul reproche qu'on puisse lui adresser, c'est de s'être fait payer d'avance pour une opération sans aléa. Il reçoit trente deniers, et le même jour Kaïaphas, grand-prêtre, note sur son carnet de *Dépenses et avances* :

A Is-Kérioth stipulant pour Adar la somme de trente deniers, valeur en Christ Jésus, livrable au Mont des Oliviers, le lendemain de la crucifixion de Bar-Jehoudda (3), 15 Nisan prochain. Ci : 30 deniers.

A noter qu'Is-Kérioth n'a voulu s'engager que si les mois écoulés étaient témoins au marché, lesquels ont décliné leurs noms et qualités, à savoir :

Nisan (mars-avril).

Ijar (avril-mai).

Sivan (mai-juin).

---

(1) Un tout petit peu plus.
Le mois selon le Temple était de vingt-neuf jours, douze heures, quarante-quatre minutes, trois secondes.

(2) La *Multiplication des Pains* et *les Noces de Cana* sont des allégories millénaristes qui ne tiennent en rien à l'histoire de Bar-Jehoudda. Nous les avons réservées pour le volume consacré à la fabrication de la christophanie.

(3) Rien ne fait mieux sentir le caractère mathématique de la christophanie de Jésus. Arrêté le 13, Bar-Jehoudda est en croix depuis le 14.

Tammouz (juin-juillet).

Ab (juillet-août).

Elul (août-septembre).

Tischri (septembre-octobre).

Marcheschvan (octobre-novembre).

Kisleu (novembre-décembre).

Tebeth (décembre-janvier).

Schebat (janvier-février).

Lesquels ont déclaré ne savoir signer que sur le Zodiaque.

Et a déclaré Is-Kérioth ne vouloir signer que d'une croix, conformément aux usages de son commerce.

VI

ORDRE DE REFUSER LE TRIBUT

Le premier soin du roi-christ fut d'ordonner le refus du tribut par toute la Judée et la Samarie ; jusque-là il ne l'avait que prêché. Cette perspective n'était pas neuve, mais elle était agréable ; elle flattait surtout les Samaritains foulés de plus près par les agents de Pilatus. La Judée n'en augura rien de bon. Que Bar-Jehoudda refusât le tribut, c'était son affaire, il s'en expliquerait avec Vitellius. Mais si Jérusalem bronchait, c'était celle de Pilatus, et Pilatus tenait bonne garnison dans Césarée. Il arriverait malheur au roi des Juifs comme à ceux qui le suivraient ! On ne trouverait pas de minorité au sanhédrin pour conseiller la révolte au peuple. Gamaliel, président du sanhédrin, était, lui aussi, du sang de David. Peut-être fut-il de ceux qui envoyèrent au roi-christ pour le renseigner sur cet état d'esprit ; mais aucun membre de la famille de Hanan n'eût osé se risquer dans cette aventure, il n'en serait pas sorti vivant. Pharisiens de la Galilée, de la Pérée et de la Gaulanitide, habitants de Gamala, de Bethsaïda, de Chorazin, de Kapharnaüm et de Cana, tous avaient assez de ce mauvais plaisant. Quant aux Géraséniens, ils attendaient leur revanche et ils allaient la prendre. Selon la parabole de l'homme qui va dans un pays lointain recevoir la royauté (1), parabole qui est de la catégorie historique, il est dit : « Ses *concitoyens* le haïssaient si bien qu'ils envoyèrent après lui une députation pour dire : Nous ne voulons pas que celui-là soit notre roi ».

Ceux qui étaient le mieux disposés firent valoir l'intérêt du moment, l'impossibilité de rien faire contre Pilatus et, là-bas, derrière le Liban, Vitellius s'apprêtant à traverser la Galilée pour marcher sur Pétra (2). Tout l'effort de leur dialectique s'alla briser contre les Écritures. Le roi-christ exhiba la Loi, il s'enferma dans cette forteresse où il était inexpugnable, où quelques-uns des députés se fussent enfermés avec lui, s'ils s'étaient sentis en force.

Il était roi des Juifs enfin ! Dans cinquante jours, Jésus et le Baptême de feu ! A bas le Temple ! A bas la Bête ! Des signes ? On en avait plus que les pharisiens ne croyaient ! Tibère n'était pas mort, mais il était mourant : il retardait, voilà tout. Philippe était mort, Antipas était entamé par les Arabes, son frère Agrippa

(1) Luc, xix, 14.
(2) Capitale du roi Arétas, l'ancien beau-père d'Antipas.

s'était retiré de lui. On parlait vaguement de la venue de Vitellius, mais était-il seulement parti? Et s'il partait, arriverait-il à temps? L'*Apocalypse* était infaillible.

Certains députés n'étaient point des irréconciliables, et même ils tremblaient devant l'autorité des prophéties. Ils demandèrent au roi-christ, non pour lui tendre un piège, car ses opinions étaient connues depuis celles de son père, si vraiment ils pouvaient continuer sans damnation à payer tribut.

A la question que lui posèrent les pharisiens et les hérodiens : « Le paierons-nous ou ne le paierons-nous pas? » Bar-Jehoudda répondit selon son *Apocalypse*. Dans Luc, les chefs des prêtres, les scribes et les docteurs qui le conduisent en foule à Pilatus déclarent en termes exprès : « Nous l'avons trouvé subvertissant notre nation, *défendant de donner le tribut à César* et se disant christ-roi (1). »

Il ne leur dit pas : « Montrez-moi une pièce de monnaie », il lui était défendu de la regarder, encore plus de la toucher. Il ne demanda pas : « Quelle est cette image? » à propos d'un denier de Tibère, et ils ne lui répondirent pas : « C'est celle du roi. » Mais voyant de loin quelque chose briller entre leurs doigts il eut un mot profond dans sa subtilité judaïque : « Cela brille! s'écria-t-il, donnez au roi ce qui revient au roi (l'airain) et à Dieu ce qui est à Dieu (l'argent). » « A Dieu, l'argent! » c'est le refus du tribut. « A César, l'airain! », c'est la guerre sainte (2).

(1) Luc, XXIII, 2.
(2) *Pistis Sophia*, œuvre valentinienne, trad. Amelineau (Paris, 1895, in-8°, p. 151).

Il céda si peu sur le principe que le premier acte de Ménahem, son frère, du nazir Absalom et d'Eléazar, ses neveux, lorsqu'ils devinrent maîtres du Temple en 819, fut de frapper la monnaie de la Sainte Jérusalem, portant d'un côté la coupe de l'alliance, et de l'autre une fleur de lis disposée en croix, premier jet de la croix fleurdelisée qu'on retrouve dans l'écu de France. Si la fortune lui en eût laissé le temps et les moyens, Bar-Jehoudda eût pillé tous les ateliers monétaires de l'Empire, — il y en avait à Ptolémaïs, à Béryte, en Abilène — et il eût frappé à son nom ou plutôt à son signe.

Au troisième siècle, lorsque Jésus entre dans la maison où vécurent Salomé et ses fils, il y trouve Shehimou, combien changé depuis qu'il est devenu Pierre! Les receveurs arrivent, combien changés eux aussi! N'exigent-ils pas un impôt qui ne fut ordonné que par Vespasien pour remplacer l'impôt de même valeur payé par chaque Juif au Temple avant la chute de Jérusalem? Ils s'adressent à Pierre — on n'ose plus l'appeler Shehimon : « Votre Maître, disent-ils (il s'agit du Roi des Rois, le seul que les christiens dont avaient été les fils de Salomé reconnussent pour maître et qui défendait aux Juifs de payer tribut à l'étranger), votre Maître ne paie-t-il pas les didrachmes? — Si, répond Shehimon » tellement honteux de ce parjure qu'il s'est dissimulé sous le nom de Pierre.

Il y a ici un jeu de scène sur lequel j'attire spécialement votre attention. C'est un chef-d'œuvre d'hypocrisie où l'on joue non pas seulement sur les mots, mais aussi sur les temps. Comment, devenu Pierre malgré lui, Shehimon va-t-il s'y prendre pour conseiller sous un Sévère le tribut que tous ses frères et lui ont ordonné

de refuser sous Tibère ? Attendez. Ce Pierre, qui pour
la galerie a fait la réponse forcée que vous avez vue,
rentre alors dans la maison, et quelle maison ! celle de
la Veuve du héros du Recensement, la maison de sa
mère, de la mère de Bar-Jehoudda, des deux Jacob, de
Philippe, de Jehoudda dit Toâmin, de Ménahem qui
tous se sont levés contre le tribut. Là il est seul à seul
avec Jésus. Osera-t-il, humble sujet, mentir à celui que
l'*Apocalypse* appelle le Véridique ? Jésus a pitié de l'embarras de ce malheureux. D'un seul mot il le rassure,
il lui rend son nom de circoncision. « Shehimon, lui
dit-il, que te semble ? Les rois de la terre (les Empereurs notamment), de qui perçoivent-ils impôt ou taille ?
De leurs enfants ou des étrangers ? — Des étrangers,
répond Shehimon. (C'est évident, les princes ne paient
pas d'impôt au roi leur père, mais seulement les étrangers à la famille royale). — Les enfants sont donc
francs », dit Jésus. A la bonne heure ! voilà comment
on parle à des christiens de 788, comment parlait Bar-
Jehoudda, comment parlaient tous les fils de Salomé !
Les Juifs payer tribut, eux, fils de Jésus et héritiers de
la promesse, aux Romains établis sur la Terre Sainte ?
Depuis Jehoudda jusqu'à Ménahem, depuis Quirinius
jusqu'à Gessius Florus en passant par Pontius Pilatus,
la maison de Kapharnaüm ne s'est révoltée que pour
empêcher ce scandale ! On n'a été persécuté, on n'a été
crucifié que pour cela ! Cet hommage rendu au passé de
toute la famille jehouddique, les évangélistes recommencent à parler pour la galerie, par conséquent à tenir
un autre langage qu'en particulier. Jésus, non moins
changé que Shehimon, conseille de payer l'impôt à la
condition toutefois — ceci est délicieux — que l'argent

soit fourni par les fidèles en échange du baptême. « Afin que nous ne scandalisions point les receveurs, allez-vous-en à la mer et jetez-y votre ligne et le premier poisson (à nous, mon vieux Zibdéos !) que vous tirerez de l'eau, prenez-le et lui ouvrez la bouche ; vous y trou-verez un statère d'or que vous prendrez, et que vous leur donnerez pour moi et pour vous (1). » Marchands de Christ, dit le philosophe Justin !

On a senti qu'on ne pouvait plus laisser la question : « Paierons-nous ? Ne paierons-nous pas? » dans la bouche des pharisiens de Mathieu et des hérodiens de Marc ; on aurait avoué qu'ils étaient dans le doute en face d'un homme dont la doctrine était connue. Ceux que nous voyons dans Luc ne sont plus que des gens apostés par eux, des agents provocateurs « contrefaisant la bonne foi ». Ces provocateurs essaient d'arracher à Jésus la même réponse qu'à Bar-Jehoudda en 788. Pas si bête ! Vous connaissez sa réponse, elle est celle d'un pontife qui partage avec l'Empereur le produit de l'impôt levé sur les peuples : c'est une trouvaille de l'Église.

Ah ! si le zélotisme avait cessé avec la révolte de Bar-Jehoudda, on pourrait admettre qu'un Juif comme on n'en avait jamais vu eût paru avec les idées d'obéissance et de résignation qui sont aujourd'hui dans l'Évangile ! Mais en l'an 788 le sicariat n'en était encore qu'au pro-logue. Jehoudda et Zadoc ne s'étaient pas bornés à dé-soler toute la Judée : ils avaient jeté — ceci est de Josèphe — les semences de tous les maux dont elle fut affligée depuis, et de sa destruction totale. L'homme qui

(1) Mathieu, XVII, 26.

aurait prêché le paiement de l'impôt, alors que les Juifs officiels eux-mêmes le subissaient comme un châtiment, cet homme, s'il eût échappé au Temple, n'aurait point échappé à Bar-Jehoudda et à ses frères.

Jésus conseillant de payer l'impôt, c'est Kaïaphas en action, Kaïaphas complice de Pilatus. C'est le porte-voix des saducéens et des hérodiens. Au premier Kapharnahum venu, il aurait eu du couteau entre les deux épaules. L'auteur du : « Rendez à César ce qui est à César », ce n'est pas Jésus, c'est Hanan, grand-prêtre du Recensement de Quirinius !

VII

CONDAMNATION DE BAR-JEHOUDDA ET D'ÉLÉAZAR

Le plan de Bar-Jehoudda était de célébrer lui-même la Pâque dans le Temple en qualité de Grand Sacrificateur et de Roi-christ dans le sens davidique intégral. Il purgerait la cour du Temple, l'ancienne aire aux Juifs, de tous les animaux non juifs, de toutes les monnaies non juives, de tous les marchands non juifs, et il pénétrerait dans le sanctuaire par la porte d'Orient. Il ferait comme avait fait son père au Recensement, et comme fit Ménahem, son frère, en l'année de la grande révolte contre Néron. L'alliance renouvelée avec Iahvé devant les Juifs fanatisés par l'exemple, il se jetterait sur les hérodiens et les goym et il libérerait Israël. Cléopas, son beau-frère, l'avoue catégoriquement : « *Nous espérions qu'il était celui qui devait délivrer Israël* (1). »

(1) Luc, xxiv, 21.

Bar-Jehoudda, c'est un Ménahem manqué; Ménahem, c'est un Bar-Jehoudda réussi. Le seul de toute la famille qui soit parvenu à ses fins, pendant un moment, c'est Ménahem (1). Il est excessivement fâcheux que le roi-christ ne soit point entré vainqueur dans le Temple : le lendemain, il aurait été, comme fut Ménahem, massacré par ses rivaux.

Malgré toutes ses menaces et toutes ses promesses, il ne put rassembler qu'environ « neuf cents hommes, et il s'était mis à leur tête pour commettre ses brigandages » (2). Le Talmud de Babylone reproduit une vérité acquise à l'histoire lorsqu'il note que le pseudo-jésus s'était fait brigand, prenait des villes et régnait sur elles avec sa bande de voleurs (3). Il n'y a là aucune exagération. Les Évangiles eux-mêmes conviennent qu'il n'était entouré que de gens de mauvaise vie en rupture de ban ou de caisse.

Dans la *Sagesse* de Valentin, où pourtant il s'inspire du judaïsme le plus fervent, Jésus a beaucoup de peine à lui pardonner la somme de crimes qu'il partage avec ses frères. Jusque dans les vieilles légendes ecclésiastiques une odeur de banditisme le poursuit inexorablement : l'une des plus caractéristiques représente un chef de brigands, jadis baptisé par l'auteur de l'*Apocalypse*, et qui, émigré de Judée, terrorisait les environs d'Éphèse (4).

(1) Nous y viendrons, quand nous aurons épuisé l'histoire de ses frères.

(2) « Latrocinia fecit. » Lactance (*Institutions divines*, livre V, 3) d'après les sources non ecclésiastiques.

(3) *Gemara* de Babylone (*Traité Ketuvot*), ainsi traduit : « Fuit latro et cepit urbes, regnavitque super eas et factus est princeps latronum. »

(4) Dans cette légende, qui semble du quatrième siècle, l'*Apocalypse*

Cette troupe lui venait d'Abilène, des confins de Tyr et de Sidon, conduite à l'assaut du Temple par « dix ou onze hommes diffamés, publicains, pêcheurs chargés de crimes, menant avec lui une vie honteuse, vagabonde, mariniers fuyant partout devant le châtiment, vivant de rapine et de mendicité » (1). Personne n'a traité les apôtres plus durement que Barnabas, oui Barnabas, celui-là même que les *Actes* leur donnent pour agent et pour ami dans Jérusalem : « Une bande d'hommes surpassant tout péché, dit-il » (2). Pires que les plus mauvais Juifs, dit l'empereur Julien ! Enfin tels que leur histoire arrache des larmes de honte à l'auteur des *Lettres de Paul !* (3).

Sur les nouvelles venues de Bathanée, le sanhédrin s'assembla. Toute la délibération tient dans ce mot de Kaïaphas : « Si nous laissons cet homme, tous croiront en lui (4) et les Romains viendront exterminer le lieu (Jérusalem) et la nation. » On le condamna donc à mort et on promit une récompense à ceux qui le livreraient avant que sa folie ne fît trop de victimes (5).

cesse d'appartenir au 'Joannès du Jourdain : on la donne à ce « Jean de Pathmos » que personne n'a jamais vu.

(1) *Anticelse*, livre I, ch. LXII. Les expressions dont se servait Celse ont certainement été atténuées par l'homme d'église qui lui a répondu, et les faits qui les justifiaient ont été enlevés.

(2) *Lettre de Barnabé* longtemps admise dans le canon par certaines Eglises. Fausse, mais ancienne.

(3) J'en passe, que le lecteur le sache bien ! Nous reviendrons sur ces terribles témoignages quand nous dresserons le bilan de l'apostolat et nous les compléterons

(4) Remarquez le parti pris d'exagération qui, en dehors des mensonges qualifiés, inspire tout l'Evangile. Neuf cents individus, que l'espoir du pillage a groupés, sont transformés en une quasi-unanimité populaire.

(5) Aucun Evangile, sauf le *Quatrième*, n'avoue que cette condam-

Pharisiens, saducéens, scribes, tous opinèrent du même turban, Jésus le constate à mots non couverts : « Elie est déjà venu, et ils ne l'ont pas connu, mais *ils ont fait contre lui tout ce qu'ils ont voulu.* Ce que les disciples comprirent fort bien avoir été dit du Joannès baptiseur (1). » Gamaliel présidait le sanhédrin, et il est bon de savoir que ce vertueux docteur, représenté par les Écritures (2) comme un partisan des christiens, a successivement condamné Jacob junior en 787, Bar-Jehoudda en 788, Shehimon dit la Pierre et Jacob senior en 802, par conséquent quatre des fils de Jehoudda. En même temps que le roi-christ on condamna son beau-frère chez qui le sacre avait été célébré (3). Éléazar était le complice le plus avéré de l'entreprise, et il en fut le premier puni. Kaïaphas n'a donc pas dit : « Il vaut mieux qu'un *seul* homme meure pour le peuple que si la nation périssait tout entière. » C'est là un faux inventé pour qu'on ne puisse rattacher la condamnation de Bar-Jehoudda à celle d'Éléazar dont les Évangiles *synoptisés* (Marc, Mathieu, Luc) ne soufflent mot (4).

nation fut prononcée pendant que Bar-Jehoudda était encore au-delà du Jourdain. Cet Evangile est absolument conforme à la tradition talmudique.

(1) Mathieu, xvii, 12. On voit qu'il n'est pas encore question de sa condamnation par Antipas à la requête d'Hérodiade et de Salomé, ni de sa mort par décapitation. Son procès est instruit régulièrement par le Temple.

(2) Notamment *Actes des Apôtres*, v, 34.

(3) Fait et condamnation reconnus par le *Quatrième Evangile* seulement.

(4) Ils sont conséquents avec leur mensonge, puisque selon eux Bar-Jehoudda n'est condamné que trois jours avant la pàque. De plus ils ne peuvent pas avouer qu'Eléazar a été ressuscité quelques semaines avant lui.

Le propos en question a été introduit dans le *Quatrième Evangile* où

Au quatrième siècle, il restait encore assez d'histoire hors de l'Évangile pour qu'on pût connaître exactement le fond des choses, et il est fort simple : convaincu de crimes à la fois par les Juifs et par les Romains, jugé digne du dernier supplice (1), le roi-christ était condamné par le Sanhédrin quarante jours au moins avant la Pâque (2).

Il était un danger pour la paix générale, un *sotada* offensant pour l'unité de Dieu, un fléau pour le pays. Au conseil, Kaïaphas parla de lui comme Josèphe parle des Zélotes : même bande désignée par les mêmes termes. Nul machiavélisme, nulle précipitation dans la sentence : ce n'est pas l'instinct de la conservation qui l'inspire, c'est l'obligation de mettre un terme immédiat, si l'on peut, aux tueries commencées sous le prétexte de venger les martyrs du Recensement. Kaïaphas fut énergique et concis ; son beau-père et lui connaissaient les hommes à qui on avait affaire, c'était le

il détonne furieusement, car cet écrit est le seul qui fasse mention de la condamnation, de la mort et de la résurrection d'Eléazar.

(1) *Contra Celsum*, l. II, n° 9.

(2) *Talmud* de Babylone. Détail vrai perdu au milieu de détails artificiel provenant des Evangiles eux-mêmes. C'est ainsi que, renchérissant sur ces fables, le Talmud dira que le Nazir de 788 n'a été condamné que sur le témoignage de deux hommes embauchés par les juges.

Il dira que le Sanhédrin a fait afficher sa condamnation pendant quarante jours (ce qui est vrai), invitant tous ceux qui pouvaient justifier le condamné à venir déposer en sa faveur. (Comment ! après sa condamnation ?) Le prophète n'a pas été crucifié (légende de Simon de Cyrène transportée dans ces écrits au cinquième siècle) mais lapidé (fait vrai de son jeune frère Jacob et partiellement de lui-même), puis pendu (ce qui est vrai, en ajoutant : à la croix). Enfin ce n'est pas comme coupable envers les Romains mais envers la religion que les Juifs l'ont mené à Pilatus (théorie de l'Evangile le plus moderne). Ce n'est pas pour avoir conspiré contre Tibère, mais pour avoir trahi Moïse (un concile du sixième siècle n'en dirait pas plus).

Jehoudda du Recensement qui reparaissait dans sa veuve, dans ses fils et dans ses gendres.

C'est pourquoi après avoir rapporté que la condamnation visait au moins deux d'entre eux, le *Quatrième Évangile* réduit les effets de la sentence au seul jésus pour prévenir tout retour de vérité. Encore, dit-il, « Kaïaphas ne parlait-il pas ainsi *de lui-même*. *Mais il prophétisa* que le jésus devait mourir pour la nation, et non pour la nation seulement, mais afin de réunir dans l'unité les Enfants de Dieu dispersés (les Juifs habitant hors de Judée). » Ce Kaïaphas qu'on représente comme un juge politique, eh bien ! c'est un prophète et combien avisé ! Il a prédit que le roi des Juifs serait un jour mué en Jésus dont le Royaume n'est pas de ce monde !

« Seigneur, disent les évangélistes à Jésus, ce n'est pas pour rien que nous vous avons incorporé à feu Bar-Jehoudda. Nos majeurs se sont mis dans un bien mauvais cas. Si nous avouons qu'ils ont envahi, pillé, saccagé toutes les propriétés qui se sont trouvées sur leur passage sous le prétexte que c'était le dernier Sabbat avant le Renouvellement du monde, nous allons donner une des raisons pour lesquelles ils ont été condamnés ; vous serez compromis vous-même, puisque nous vous avons fait entrer dans la peau du principal coupable. Ne pourriez-vous mentir comme vous le faites depuis que nous vous tenons par les deux oreilles ? Ne pourriez-vous, par exemple, dire que c'est non pour avoir trop bien observé la loi jubilaire, mais plutôt pour avoir manqué à l'observation du sabbat, que le jésus et ses compagnons ont été condamnés ? Ce sera évidemment absurde, puisqu'ils n'observaient pas moins le sabbat que la loi de la septième et de la quarante-neuvième année ; mais cela détournera les soupçons, et rendra notre héros sympathique, puisqu'aussi bien les Juifs se sont rendus ridicules par leur attachement excessif à ces rites. De plus on en pourra conclure à la grande rigueur que, loin de s'être passés dans l'année proto-jubilaire 788, les divers épisodes que nous plaçons aux sabbats hebdomadaires ont eu lieu en une année quelconque ; et ce point de vue n'est point inutile à la mystification des goym. Au moment où nous écrivons, nous vous avons fait baptiser par le Joannès que nous avons ensuite crucifié sous votre nom, nous n'avons donc pas de permission à vous demander pour vous souffler un mensonge qui est en même temps une lâcheté. »

Et voici ce que Luc a trouvé dans cet ordre d'idées (1) :

Or il arriva qu'un jour du *Sabbat second-premier* (2), comme Jésus passait par les blés (3), ses disciples arrachaient

(1) Luc, vi, 1-6.
(2) Cette année est dite le Sabbat *second-premier*, elle serait mieux dite le *premier-second*, et mieux encore le *premier du second*. la proto-jubilaire, première de la *double année* 788-789. Bar-Jehoudda était né dans un jour du Sabbat *premier-second* 739-740.
On a supprimé cette indication révélatrice dans Mathieu et dans Marc. Le *Quatrième Evangile* supprime la scène tout entière. « C'était. dit à propos de l'expression « second-premier » la Sacrée Congrégation de l'Index, le premier sabbat après le second jour de la pâque. » Il serait bon vraiment qu'elle s'expliquât sur cette façon de compter. Les Juifs auraient-ils connu le premier sabbat après le premier jour de la pâque, le second sabbat après le second jour de la pâque, le troisième sabbat après le troisième jour de la pâque, et ainsi de suite jusqu'au septième jour? Cela pourrait aller jusqu'au septième sabbat; mais ce que nous serions curieux de savoir, c'est comment ils auraient compté à partir du huitième sabbat.
(3) C'est un paisible promeneur.

les épis et en mangeaient, en les froissant dans leurs mains. Quelques-uns des pharisiens leur disaient : « Pourquoi faites-vous ce qui n'est point permis les jours du sabbat? » Jésus, leur répondant, dit : « N'avez-vous point lu ce que fit David, lorsqu'il eut faim, lui et ceux qui étaient avec lui? Comment il entra dans la maison de Dieu, et prit les pains de proposition, et en mangea, et en donna à ceux qui étaient avec lui, quoiqu'il ne soit pas permis d'en manger, si ce n'est aux prêtres? » Et il ajouta : « Le Fils de l'homme est maître même du sabbat. »

Ils ont violé le sabbat, c'était pour ne pas mourir de faim ; que les païens leur jettent la première pierre !

A Marc maintenant (1) :

Il arriva encore que, le Seigneur passant le long des blés un jour de sabbat, ses disciples se mirent en marchant à cueillir des épis (2).

Sur quoi les pharisiens lui dirent : « Voyez, pourquoi font-ils le jour du sabbat ce qui n'est pas permis? »

Et il leur répondit : « N'avez-vous jamais lu ce que fit David, dans la nécessité, lorsqu'il eut faim, lui et ceux qui étaient avec lui? Comment il entra dans la maison de Dieu, au temps du grand prêtre Abiathar, mangea les pains de proposition qu'il n'était permis qu'aux prêtres de manger, et les donna à ceux qui étaient avec lui? (3) » Il leur dit encore : « Le sabbat a été fait pour l'homme, et non l'homme pour le sabbat. C'est pourquoi le Fils de l'homme est maître du sabbat même. »

---

(1) II, 23-28.
(2) Ils marchaient.. A quelle vitesse et où allaient-ils ?
(3) Le fait est exact (Rois, XXI, 2 et suiv.), mais il s'est passé sous Abimelech, père d'Abiathar, et non sous Abiathar lui-même.

Passons à Mathieu (1) :

En ce temps-là, Jésus passait le long des blés un jour de sabbat : et ses disciples, ayant faim, se mirent à cueillir des épis et à les manger. Les pharisiens, voyant cela, lui dirent: « Voilà que vos disciples font ce qu'il n'est pas permis de faire aux jours du sabbat. » Mais il leur dit : « N'avez-vous point lu ce que fit David, lorsqu'il eut faim, lui et ceux qui étaient avec lui? Comme il entra dans la maison de Dieu et mangea les pains de proposition, qu'il ne lui était pas permis de manger, ni à ceux qui étaient avec lui, mais aux prêtres seuls? Ou n'avez-vous pas lu dans la Loi qu'aux jours du sabbat les prêtres dans le Temple violent le sabbat, et sont sans péché? Or, je vous dis qu'il y a ici quelqu'un de plus grand que le Temple. Et si vous compreniez ce que signifie: « Je veux la miséricorde et non le sacrifice », *vous n'auriez jamais condamné les innocents !* »

Car le Fils de l'homme est maître du sabbat même.

« Vous n'auriez jamais condamné les innocents ! » Il a fallu que l'Évangéliste laissât passer le bout de l'oreille zélote ! Ç'a été plus fort que lui ! Jehoudda et Zadoc étaient innocents ! Éléazar et Bar-Jehoudda étaient innocents ! Leurs compagnons étaient innocents ! Jamais des Juifs n'auraient dû condamner des frères qui, même dans leurs excès, n'étaient pas sortis de la Loi !

(1) Mathieu, xii, 1-7.

VIII

ESSORILLEMENT DE SAUL, MORT ET RÉSURRECTION D'ÉLÉAZAR

Tandis qu'avec sa bande, grossie du contingent de l'Abilène, Bar-Jehoudda s'ouvrirait, à l'occident, le chemin du Garizim par la Galilée, Éléazar, à l'orient, se glisserait le long du Jourdain, passerait les gués et opérerait sa jonction en avant de Jéricho, où se ferait le rassemblement de tous les Zélateurs de la Loi.

En exécution de ce plan de campagne, Bar-Jehoudda monta aux sources du Jourdain où il avait autrefois baptisé, plus haut encore, jusque dans les anciens États de Lysanias. Il espérait y faire d'importantes levées. Ses frères étaient avec lui, tout au moins Jehoudda dit Toâmin. Mais son prestige était usé, le sacre l'avait tué.

Il était dans le district de Césarée Panéas — tous les Évangiles en conviennent, sauf le *Quatrième* — lorsque certains envoyés de Thamar et de Maria Cléopas arrivèrent, porteurs d'une déplorable nouvelle. Une force anonyme avait repoussé Éléazar qui s'était porté contre elle. Éléazar, fort maltraité dans le combat, avait été ramené chez lui, mourant.

Qui avait ainsi traité Eléazar? Saül, je ne vois que lui.

Ce n'est point un vain exercice ni mince de rechercher le fond de ces querelles sous la couche de men-

songes dont on l'a badigeonné. Le même parti pris
éclate chez tous les scribes qui, après s'être entendus
pour dissimuler le sacre, véritable cause de l'entrée en
lice d'Is-Kérioth, essaieront tout à l'heure de s'entendre
pour cacher l'invasion de la Samarie, véritable cause
de la crucifixion de Bar-Jehoudda. Tous les *Evangiles* noient le chrisme dans l'ombre et passent sur les
événements qui l'ont suivi. Tous, sauf le *Quatrième*,
sont muets sur Eléazar, qui a porté et reçu les premiers
coups. De son côté, cet Evangile est muet sur l'expédition de Samarie. Des faits importants sont traités en
une ligne, indiqués par un mot, ou, ce qui est plus pru-
dent encore, supprimés. Il n'en résulte pas moins deux
choses cardinales : et que Bar-Jehoudda ne put pousser
jusqu'à Béthanie-lez-Jérusalem et qu'Eléazar mourut
dans la Bathanea du sacre. Cet événement est bien antérieur aux jours de la Purification qui précède les Azymes et où nous voyons les routes s'emplir de gens qui
montent à Jérusalem avec l'espoir d'assister à l'entrée
du roi des Juifs et à la descente de Jésus. On nous
cache une action militaire à petit rayon, mais très vive,
qui prélude au passage du Jourdain, à l'invasion de la
Galilée et à celle de la Samarie où les davidistes furent
dispersés par Pilatus.

Cette action militaire, réplique des gens de Pérée et
de Galilée au vainqueur de la Journée des Porcs, deux
hommes ont pu la conduire, Is-Kérioth ou Saül. Dans
les Evangiles, elle semble avoir été livrée par Is-Kérioth.
Devenu Satan dans la fable, il a, pour jouer ce rôle, subi
la transformation inverse de celle qu'a subie Bar-Jehoudda pour jouer celui de Jésus. Bar-Jehoudda y a
tout gagné, même la divinité; Is-Kérioth y a tout perdu,

même l'honneur : c'est un effet de la grâce. Dans les *Actes*, au contraire, une persécution accompagnée de tueries est menée par Saül en un temps qui, indubitablement, a précédé la crucifixion de Bar-Jehoudda.

On sait ce qu'il faut entendre par le mot persécution, surtout quand il est employé par un homme d'Église trois cents ans après le fait. Persécution, c'est le mot qui déguise les attentats de la folie christienne contre les personnes et les choses. Persécution, c'est tout effort tenté par un pays ou par une ville pour repousser les attaques de cette maladie contagieuse. Dès que le Sanhédrin avait appris, non comme il est dit aujourd'hui dans l'Évangile la « résurrection » d'Éléazar, mais son insurrection, il s'était assemblé, « songeant à le faire mourir parce qu'il détournait beaucoup de Juifs ». Cela veut dire qu'avec l'appui du Sanhédrin dans les synagogues de Galilée et de Bathanée quelqu'un fut envoyé contre Éléazar.

Is-Kérioth n'avait point attendu les manifestations capillaires de Bar-Jehoudda pour le dénoncer aux douze tribus. Ce vernissage de royauté temporelle, machiné par un homme qui annonçait l'égalité de tous devant le Christ, lui parut quelque chose d'indécent, de bouffon, et qui pouvait tourner au dangereux. Il était visible que, si par hasard le Christ ne descendait pas à la pâque prochaine, c'est le fils de David qui, promu Grand-Prêtre, lèverait le tribut sur Is-Kérioth. Il était clair comme le soleil qu'il n'y avait pas deux personnes en Dieu, dont l'une, le Fils, viendrait gouverner avec Bar-Jehoudda pendant mille ans, tandis que l'autre, le Père, resterait au ciel dans une honteuse inaction.

20

Is-Kérioth incarne donc la résistance religieuse à l'entreprise de Bar-Jehoudda, jusqu'aux Azymes où ils succombent tous deux, lui éventré par les christiens, Bar-Jehoudda crucifié par Pilatus. Mais il n'avait point de troupes avant que le Temple ne lui en fournit. Saül, au contraire, immédiatement après la pâque, monte en armes à Jérusalem pour voir Kaïaphas et lui demande des lettres pour achever à Damas la répression commencée contre les bandits de Bathanée. Il était donc engagé dans l'action depuis quelque temps, il avait des hommes et qui lui obéissaient. Il incarne donc la réaction antidavidiste après le coup d'État de Bathanea, et il a les moyens matériels de la faire triompher. Allié en fait avec Antipas, nous le trouvons ici du même côté que ces fameux chefs qu'on appelle les « hérodiens » dans l'Evangile et qu'Hérode le Grand avait tirés de Babylone pour les attacher spécialement à la garde de la Haute Bathanée, de la Trachonitide et de l'Abilène, soit contre les Arabes, soit contre les partisans capables comme Bar-Jehoudda de soulever le pays. Il est avec les fils de Jacim (1) contre les fils de David et nous le retrouverons en 819, employé à la même besogne dans cette même région, avec celui qu'on appelle Philippe Bar-Jacim.

Il n'apparaît point que le proconsul de Syrie occupât militairement la province où Bar-Jehoudda s'était fait roi. On avait laissé les choses comme elles étaient à la mort de Philippe le tétrarque, les publicains percevant le même impôt sur une population dont on ne doutait pas

(1) C'est le nom du chef qu'Hérode avait fait venir en Bathanée.

et que les Bar-Jacim suffisaient à contenir. A moins de massacrer partout les postes romains, comme le fit son frère Ménahem en 819, jamais Bar-Jehoudda n'aurait pu se maintenir pendant deux mois, à trois jours de Césarée Maritima où Pilatus avait une légion et des cohortes de cavalerie. C'est donc une force hérodienne, ce sont des « pharisiens maudits » qui se levèrent contre Eléazar. Transporté d'un zèle massacrant, Saül « ravageait l'Eglise, pénétrait dans les maisons, en tirait de force les hommes et les femmes pour les jeter en prison, ne respirant que menace et tuerie » (1), ne parlant de rien moins que d'aller forcer les partisans de Bar-Jehoudda dans leurs repaires.

Au Jourdain il y eut une passe d'armes entre Shehimon et Saül. Shehimon fut repoussé, mais, avant de céder, l'Israélite détacha un violent coup de sique à l'Amalécite et lui emporta l'oreille droite (2). Ce fait était connu des

----

(1) Toutes expressions prises aux *Actes des Apôtres*, VIII et IX.

(2) *Quatrième Evangile*, XVIII, 10.

Saül n'était point proprement Amalécite, mais il ne s'en fallait pas de beaucoup. Les Amalécites étaient cette race maudite qui avait attaqué Israël au désert (*Exode*, XVII, 6-16). Aucun nom ne convenait mieux à Saül. C'est de ce chapitre XVII qu'est venu le nom baptismal de Shehimon, la Pierre d'Horeb, plus tard la Pierre tout court. De l'*Exode* était venu également le nom de Maria la Magdaléenne, plus tard Maria tout court, donné par les évangélistes à Salomé. « Allez jusqu'à la Pierre d'Horeb, dit le Seigneur à Moïse, je me trouverai là moi-même présent devant vous, vous frapperez la pierre, et il en sortira de l'eau afin que le peuple ait à boire. » (*Exode*, XVII, 5, 6.) Shehimon est la Pierre qui avait été frappée par le nouveau Moïse, son père, au nom de Iahvé ; et il en sortit de l'eau pour le salut du peuple, moins peut-être qu'il n'en sortait du jésus par droit d'aînesse et de naziréat, mais enfin en quantité notable. Moïse vainquit les Amalécites en faisant le signe de la croix avec ses mains étendues pendant toute la bataille, soutenu à droite par Aaron, à gauche par Hur. La malédiction des Amalécites par Iahvé termine ce même cha-

Juifs contemporains de l'apostolat, puisque Cérinthe le
relate dans son *Evangile* (1). Pendant trente ans Saül
a couru après son oreille comme Daumesnil après sa
jambe. C'est la blessure, l'infirmité à laquelle l'auteur
des *Lettres de Paul* fait plusieurs fois allusion comme
s'il lui en cuisait à lui-même : « De peur que la grandeur de mes révélations ne m'enorgueillît (la révélation
qui aurait rapproché Saül de la famille de Jehoudda
et que les *Actes* ont placée sur le chemin de Damas),
Dieu a permis que je ressentisse dans ma chair un
aiguillon qui est l'ange et le ministre de Satan pour me
souffleter. C'est pourquoi j'ai prié trois fois le Seigneur
afin qu'il se retirât de moi, et il m'a répondu : « Ma
grâce te suffit, car ma puissance éclate davantage par
ta faiblesse (2). » En un mot, on a pu réconcilier Saül
avec Shehimon, Pierre avec Paul, par la grâce de
l'Ecriture, mais Jésus n'a pu lui remettre son oreille
qu'à la date incertaine où, descendu dans l'Évangile,
il est remonté au ciel sur le Mont des Oliviers (3).

pitre de l'*Exode* : « J'effacerai la mémoire d'Amalec de dessous le
ciel (v. 14). » Sur quoi Moïse dit : « Le Seigneur est ma gloire, car la
main du Seigneur s'élèvera de son trône contre Amalec et le Seigneur
lui fera la guerre dans la suite de toutes les générations (v. 16). »
L'allégorie de Jésus remettant l'oreille droite de Saül Amalec *avec la
main* vient de ce verset, et c'est une allusion manifeste à la rencontre
de Shehimon et de Saül au Jourdain, peut-être aussi le besoin de
faire l'oubli sur ces vieilles choses, avant la conversion de Saül en
Paulos, laborieusement opérée par les auteurs des *Lettres de Paulos* et
des *Actes des Apôtres*.

(1) Le *Quatrième*, xviii, 10 et 26.

(2) *Deuxième aux Corinthiens*, xii, 1-9.

(3) C'est une chose remarquable que seul l'auteur du *Quatrième
Evangile* relate le coup de sique de Shehimon comme ayant été
envoyé à (Saül) Amalec, et que seul Luc (xxii, 51) parle de l'oreille
d'Amalec comme ayant été remise à sa place par Jésus. Il semble
qu'à un moment donné on ait voulu faire le silence sur cette marque
in aure de l'hostilité de Saül et des apôtres, et que n'y pouvant par-

Faute d'une oreille, la vengeance ne chôme pas dans ce milieu enflammé d'amour pour les hommes. Et telle était la vitesse acquise par Saül que, le lendemain de la crucifixion de Bar-Jehoudda, il ira trouver Kaïaphas et en obtiendra des lettres pour les synagogues de Damas, « à l'effet que s'il se trouvait là des gens appartenant à cette secte, tant hommes que femmes, il pût les amener liés à Jérusalem » (1). En dépit des honteux mensonges que lui a dictés l'Eglise sous le nom de Paul (2), tel il fut en 788, tel il resta jusqu'à ses derniers jours, d'abord ennemi puissant des Jehouddistes et ayant le pouvoir de nuire, ensuite obligé de les fuir pour échapper aux représailles, enfin victime de leurs rancunes la première fois qu'il osa remettre les pieds dans le Temple, après la mort de Shehimon et de Jacob senior en 802. Car, en admettant qu'Is-Kérioth eût honteusement trahi, livré le héros de l'Evangile, Saül l'a approuvé, Saül s'est offert pour le venger de ses assassins ; la crucifixion de Bar-Jehoudda ne l'a point apaisé, il a persécuté ses frères survivants, Shehimon, Jacob senior, Jehoudda-Toâmin, Philippe et Ménahem; dans les lettres qu'on lui prête il ne nie point leur avoir voulu et fait, quand il a pu, mal de mort; voilà la grande vérité qui plane au-dessus de toutes les impostures ecclésiastiques.

Eléazar était bien malade — c'est le mot qu'on emploie dans l'Evangile — quand sa femme Thamar et sa belle-sœur Maria envoyèrent prévenir celui qui guéris-

venir, à cause de ce vilain hérétique de Cérinthe, on ait chargé Jésus de guérir cette plaie.

(1) Toutes expressions prises aux *Actes des Apôtres*, VIII et IX.

(2) A la fois dans les *Lettres pauliniennes* et dans les *Actes*, sans jamais pouvoir se mettre d'accord avec elle-même.

sait si bien. Thomas montre de la décision : « Marchons, dit-il aux frères, marchons, nous aussi, pour mourir avec lui (1). » D'ailleurs le moment n'approchait-il pas d'entrer en Galilée ?

Puisque Eléazar était si malade, il fallait le tirer d'affaire. Tant qu'un homme n'est pas mort, il y a de l'espoir. « Je suis content de n'avoir pas été là, dit Bar-Jehoudda, d'abord parce que je suis valide, ensuite parce que j'espère pouvoir le guérir. » Eléazar, après tout, n'était qu'en sommeil : avec un peu de cette bonne huile vierge dont il oignait les blessés, le jésus, pensaient Thamar et Maria, le remettrait sur pied. Le cas était grave pourtant, et le jésus n'exagère pas lorsqu'il dit que c'est un homme mort... si d'ici peu on ne le rappelle à la lumière. Après deux jours de recueillement, de jeûne peut-être ou de voyage, selon le sens qu'il vous plaira de donner à une phrase apocalyptique sur les avantages de la circulation diurne et les inconvénients de la déambulation nocturne, il arriva dans Bathanea. Un funeste pressentiment l'agitait en chemin : « Eléazar est mort, » disait-il. Et en effet, dans l'intervalle, Eléazar était mort.

On se demande pourquoi il n'entre point dans la maison où il avait reçu le chrisme et où gisait maintenant le corps de son beau-frère. Il n'entre point parce qu'étant Nazir, s'il souillait ses regards par la vue d'un cadavre, il donnerait un gage à la mort. « Laissons les morts ensevelir leurs morts », dira-t-il tout à l'heure. Le corps n'était pas encore au tombeau comme le veut

---

(1) *Quatrième Evangile* seulement, xi, 16.

la fable, il était encore dans la maison. Afin que le Nazir ne péchât point par ignorance, Thamar alla au-devant de lui toute en pleurs :

« Si tu avais été là, lui dit Thamar avec un accent de reproche, mon mari ne serait pas mort (1). — Il res-suscitera, dit Bar-Jehoudda. — En la Résurrection, au dernier jour, reprend Thamar avec quelque défiance (2). — Non, tout de suite », dit son frère. Tout de suite est un peu exagéré, mais à la pâque. Dans cette réponse, il est conséquent avec la Révélation que Jésus lui a faite à lui-même : « Tu ne mourras pas que je ne vienne. » Thamar rentre alors dans la maison, elle appelle Maria Cléopas qui sort, elle aussi, sachant que le Nazir ne peut entrer : « Si tu avais été ici, dit-elle à son tour, mon beau-frère (3) ne serait pas mort. » N'allons pas plus loin ; les deux femmes, Thamar sur-tout, veuve éplorée, ont dit à Bar-Jehoudda ce qu'elles avaient sur le cœur ce jour-là, mais le personnage avec qui elles vont négocier la résurrection d'Éléazar cesse d'être le Nazir de 788. C'est Jésus, qui, au se-cond siècle, fait sa tournée de résurrection parmi les martyrs de la prédication en procédant par ordre. C'est bien le moins qu'avant de ressusciter Bar-Jehoudda crucifié le 14 nisan, il commence par Éléazar, tué vers la fin du mois d'adar, le mois fatal dont Is-Kérioth joue le rôle dans le thème astrologique. Jésus se con-

(1) Il y a « mon frère ». C'est la consigne depuis Jehoudda.
(2) Thamar tend un piège dogmatique à son frère, mais celui-ci n'y tombe pas. Thamar parle du Jugement dernier qui doit venir après les mille ans; son frère, du Jugement d'attente qui doit être rendu au commencement du *Cycle du Zib*.
(3) Il y a « mon frère », bien entendu. La grande ombre de Jehoudda l'ordonne.

duirait de la façon la plus injuste et la moins zodiacale,
s'il ne ressuscitait pas d'abord Éléazar, lequel a donné
sa vie pour lui plusieurs jours avant que le roi-christ
ne perdit la sienne (1). Et les pauvres femmes sont toutes
deux respectueuses de l'*Apocalypse* de leur frère, lorsqu'elles disent à Jésus : « Si tu avais été ici, notre
frère Eléazar ne serait pas mort. » — Ni votre frère
Bar-Jehoudda, ni vous-mêmes, » pourrait dire Jésus.
Car elles aussi sont mortes et tous les personnages de
cette histoire, mais Jésus les ressuscitera, lorsque ce
sera leur tour. Éléazar a beau être mort pour avoir suivi
la folie de Bar-Jehoudda, celui-ci lui ayant promis
qu'il ne mourrait pas que Jésus ne vînt, Jésus ne
souffre pas que son prophète reçoive un démenti. Et
même il va faire une chose que Bar-Jehoudda n'eût pas
faite pour tout l'or du monde : le Nazir, à cause de son
vœu, n'a pas pu voir Éléazar mort ; Jésus, lui, va l'aller
réveiller jusque dans son tombeau. Ainsi tiendra-t-il sa
parole dans le délai que l'*Apocalypse* lui avait assigné
à lui-même pour venir glorifier les vivants et ressusciter les morts. Devant Jésus, Thamar ne récrimine plus
comme en adar 788 devant le roi-christ, elle n'accuse
plus son frère d'avoir, par sa folle prédication, causé la
mort de son mari. D'ailleurs, Jésus prend toutes ses
précautions pour éviter un accroc : « Je suis, dit-il, la
résurrection et la vie ; celui qui croit en moi, quand
il serait mort, vivra. Et quiconque vit et croit en moi

(1) La résurrection d'Eléazar est la troisième des *Evangiles*, la cinquième en y comprenant celles de l'*Apocalypse*. Jésus a déjà ressuscité Jehoudda, Zadoc, la fille de Jaïr et Jacob junior. C'est à tort que
dans *le Charpentier*, p. 262, nous avons donné le n° 7 à Bar-Jehoudda,
il n'a que le n° 6. Avouons nos fautes afin qu'elles nous soient par-
données.

ne mourra jamais. Croyez-vous cela ? » Si Thamar répondait non, Jésus n'aurait plus qu'à faire ses paquets pour le ciel, mais ce serait s'opposer à ce qu'il ressuscitât Éléazar (1) : « Seigneur, s'écrie-t-elle, je crois que tu es le Christ » ; et, mettant à l'imparfait ce que son frère mettait presque au présent : « le Fils de Dieu *qui devait venir dans le monde.* » Et qui n'est pas venu, ma pauvre Thamar ! Personne ne le sait mieux que toi qui as survécu à son précurseur !

Les scribes ont accumulé tous leurs procédés ordinaires dans la *Résurrection de Lazare.* La conversion de Bar-Jehoudda en Jésus dans le même temps et dans le même lieu, sous la même espèce corporelle, rend particulièrement difficile le départ à faire entre le réel et le fantastique. On s'explique très bien que tant de gens simples y aient été pris et que, dans le monde de l'exégèse, tant d'esprits pénétrants y aient laissé leur acuité.

Mais il n'y a là ni imposture, ni magie, comme beaucoup l'ont cru. Au mois d'adar 788, le support humain de Jésus, soit Bar-Jehoudda, refuse d'entrer dans la maison du mort ; à l'époque de la rédaction évangélique, sa personne divine, incarnée dans le Nazir, opère la résurrection au tombeau. L'évangéliste fait même dire aux assistants : « Lui qui a guéri l'aveugle (depuis 789 les scribes ont eu tout le temps de leur apprendre que Jésus avait guéri l'aveugle-né), *ne pouvait-il empêcher Eléazar de mourir?* »

---

(1) Ce n'est pas la foi d'Eléazar, c'est celle de sa femme qui le ressuscite. De sa vie, s'il eût été nazir, Jésus ne se fût approché d'un cadavre. Or, non seulement il est toujours fourré auprès des morts pour les ressusciter, mais encore, au mépris de la loi sur le naziréat, les habitants viennent constamment le chercher pour faire son office de ressusciteur.

Non, il ne le pouvait pas sous la forme mortelle que la fable lui a donnée. Il ne leur avait jamais révélé par son précurseur qu'ils ne mourraient pas, mais simplement qu'ils ne mourraient pas avant sa venue. En quoi il avait trompé tout le monde. Il se rattrape par le moyen d'un mythe où il montre qu'en dépit de l'erreur initiale il se réserve de faire sentir un jour son pouvoir résurrectionnel aux héros du baptisme. Mais une imposture concertée avec toute la famille d'Éléazar, une mascarade lugubre et nauséabonde devant toute la ville sortie de ses murs, les deux sœurs dans la confidence, Éléazar faisant le mort pendant quatre jours avec des bandelettes mal liées, pouah ! Comment a-t-on pu penser à cela ? Magie ? Il n'y a pas de magie capable de ressusciter un mort, et, d'ailleurs, est-ce que Jésus agit ? Il ne touche point Éléazar, il ne le débarrasse pas de ses liens sans qu'on s'en aperçoive. Verbe Créateur, il parle en Verbe Résurrecteur : il appelle, Éléazar se lève et revit. C'est la pleine allégorie. On se croirait au Jugement (1).

Cette mort en deux temps, précédée de souffrances que le jésus n'avait pu guérir, et suivie d'un enterrement où le Nazir n'avait pu se montrer, ce départ sans un salut, sans un adieu, produisit un plus déplorable effet qu'une mort par maladie (2). On était donc vul-

(1) Et au Jugement de première instance, tel que l'entend l'*Apocalypse*, c'est-à-dire précédant de mille ans le Jugement dernier. Éléazar est de ceux qui devaient vivre et vivront mille ans avec Jésus en attendant le Père.

(2) La mort d'Éléazar par suite de blessures est certaine. Jamais Jésus ne l'aurait ressuscité sans cela. C'est l'opinion des chrétiens que vise Tacite lorsqu'il dit des Juifs : « Ils croient que ceux qui

nérable dans le parti ? Bar-Jehoudda l'était donc lui-même, puisque ses parents les plus rapprochés, ses partisans les plus immédiats succombaient à la première rencontre, comme des Juifs non baptisés ? « Lui qui prétend sauver les autres, disait Is-Kérioth, a-t-il pu empêcher son beau-frère de mourir ? Ce grand médecin qui n'a pu soulager son beau-frère, pauvres gens, comment pourra-t-il vous guérir si vous tombez dans la bataille ? Il ne voudra même pas vous voir ! »

Thamar ressentit cruellement l'égoïsme de son frère et la perte de son mari. Maria et son mari Cléopas sont de ceux qui montèrent à la pâque où le Fils de l'homme devait venir avec son Baptême de feu. Thamar resta pleurer dans Bathanea. Qu'avait promis le roi des Juifs à sa Maria pour son alabastron ? Que ses trois cents deniers lui rentreraient au centuple dans le Royaume, *Centuplum accipies?* Peut-être. Mais le pauvre Éléazar, maintenant sous terre, que lui donnerait-on pour prix de la vie ? « Thamar, Thamar, lui dit Jésus, tu te tracasses dans beaucoup de choses, mais une seule est nécessaire. Maria a choisi la bonne part, laquelle ne lui sera point enlevée. » En effet, au sacre, Maria dupe les gens crédules, Maria tout à l'heure va leur mentir en disant que le crucifié de Pilatus ne l'a point été, Maria est complète, elle a la grâce, elle a la vie. Quant à Thamar, qu'elle se contente des œuvres humaines ! Qu'elle reste avec la mort, et que chaque année elle délaye un peu de chaux pour blanchir la tombe d'Éléazar !

Et d'ailleurs qu'on fasse taire cette braillarde dont les cris déchirent le tant doux Évangile et ébranlent les

meurent dans les combats sont immortels. » Et Lucien dans *Pérégrinus* : « Ils se croient immortels. »

cieux! « Celui qui croit en moi, quand même il serait
mort, vivra, lui a dit Jésus. Et quiconque vit et croit en
moi ne meurt jamais, croyez-vous cela ? » Elle lui a répondu : « Oui, Seigneur. » Eh bien, Éléazar est mort,
persuadé, sur la foi de l'*Apocalypse*, que le Théanthrope,
le Fils de l'homme, allait venir le ressusciter après trois
jours (1)! De quoi te plains-tu, Thamar?

IX

DÉFECTION ET PUNITION DES SAMARITAINS

On peut se demander si la déconfiture d'Éléazar n'a
pas modifié le plan de campagne de Bar-Jehoudda et si
elle ne l'a point forcé de se jeter précipitamment en
Galilée. Les trois bourgs qui coiffaient le lac de Génézareth et sur lesquels il fondait tout son espoir, Bethsaïda,
Chorazin et Kapharnahum, restèrent fidèles au Temple.
Jésus fulmine contre eux au nom du prophète incom-
pris. A celui-ci il ne reste plus derrière lui qu'un peu de
la Décapole et les Juifs de Canaan, s'ils bougent, et
devant lui, que les Samaritains, s'il se lèvent! Ils traverse rapidement la Galilée avec les quelques partisans
qu'il domine encore par le rêve doré du Millénium et la
terreur du châtiment infernal. S'il comptait sur Cana,
Cana fut insensible.

Pour un disciple qui consentait à aller jusqu'au bout

---

(1) L'origine héliaque de cette croyance (le soleil créé le quatrième
jour) n'est pas douteuse. La résurrection de Jehoudda et de Zadoc
dans l'*Apocalypse*, celle d'Eléazar et du roi-christ dans l'Evangile en
sont quatre exemples fameux.

coûte que coûte, vingt autres voulaient s'en retourner.
Celui-ci devenait tout à coup formaliste, demandait à
prendre congé des siens : « Quiconque, dit Bar-Jehoudda, met la main à la charrue et retourne en arrière
est mal préparé pour le Royaume de Dieu. » Oui, très
mal. Celui-là prétextait l'enterrement de son père ; avec
l'égoïsme parfait qu'explique sa qualité de Nazir et
dont il vient de donner une si belle preuve à Thamar,
Bar-Jehoudda l'en empêche, disant : « Laisse les morts
enterrer leurs morts, mais toi, va-t'en annoncer le
Royaume. » Et, pour les retenir, il insistait sur les
avantages de la Vie Nouvelle à laquelle on marchait.
Ceux qui auront quitté la famille et le monde, ceux qui
auront vendu leurs biens pour donner l'argent à Maria
l'alabastrophore, ceux-là dans peu de jours allaient être
récompensés, « maintenant, disait-il, en ce temps, au
milieu des persécutions ».

Sans doute, et tout cela était dans l'*Apocalypse*.
Mais plus on avançait et plus le Royaume reculait. Il y
avait bientôt un an que durait cette fièvre du Millénium, cette faim des douze récoltes, cette soif du fleuve
d'eau vive. Et rien ne venait que la mort ou les coups.
Des doutes grondaient sur l'impartialité de Bar-Jehoudda
dans la distribution des charges. Le Fils de l'Homme
à sa venue pourrait réparer l'inégalité des profits et des
honneurs, mais enfin, puisque le roi des Juifs allait à
Jérusalem en précurseur, quel ordre donnerait-il à son
royaume, si par hasard Jésus ne venait pas? On suivait
troublé, épouvanté, dit Marc. Ajoutons : brûlé de jalou-
sies. Le feu de rivalité couvait dans ces âmes avides et
basses : on avait peur, comme il arriva sous Ménahem,
qu'ayant réussi son coup, l'imposteur ne prît tout pour

lui et pour ses frères et ne mît le peuple sous sa san-
dale !

Passé la Galilée sans encombre, il entre en Samarie.
Une énorme coupure a été pratiquée ici dans les Évangiles, et n'était Luc qui « mange le morceau », jamais
on ne saurait que le roi des Juifs a envahi cette région.
De cette courte et malheureuse campagne il ne reste
plus rien dans Mathieu, dans Marc et dans le *Quatrième Évangile*. Luc, au contraire, est presque abon-
dant. « Quand approchèrent *les jours de son assomption* — mot à double sens qui désigne la noire série
des journées au bout desquelles « il fut *enlevé* de la
vue des disciples » (1), c'est-à-dire *emballé* par la
police du Temple — et qu'il prit la résolution d'aller à
Jérusalem, il dépêcha des messagers... pour lui préparer un gîte (2). » Outre les disciples que nous appel-
lerons la garde, — on va la voir fuir plutôt que de se
rendre — ces fourriers le précédaient dans les villages.
Il leur avait donné des ordres farcis de malédictions
contre Chorazin, Bethsaïda et Kapharnahum et de précautions contre les habitants suspects de tiédeur : « Ne
saluez personne en chemin, mais saluez la maison qui
vous reçoit et tenez-vous-y. »
Il ne faut pas confondre l'envoi réel de ces fourriers
avec la mobilisation tout astrologique des *soixante-
douze disciples* (3). Ces soixante-douze disciples ne

_____

(1) Expression empruntée aux *Actes des Apôtres* (ɪ, 2 et 22) et qui n'a
nullement trait à l'*Ascension de Jésus*, puisque dans cet écrit Jésus
remonte au ciel par sa propre puissance comme il en est descendu, et
cela quarante jours après l'*Assomption* du Joannès-jésus.
(2) Luc, ɪx, 50.
(3) Il y a dans quelques versions « soixante-dix », c'est une leçon

sont autres que les Trente-six Décans de l'Année solaire dont les Douze Apôtres sont, comme on le sait, les Douze Chefs de par le Zodiaque (1). Jésus préside aux Douze Mois, qui président aux Trente-six Décans, qui, à raison de Trois Décans par mois, président aux Trois cent soixante jours. Les soixante-douze disciples de l'allégorie vont « deux à deux », dit Luc, parce qu'ils sont terrestres et qu'il en faut deux pour faire une journée comme celles que devait ramener Jésus, c'est-à-dire composée de vingt-quatre heures de lumière. Ils sont divisés en deux par les douze heures de jour et les douze heures de nuit de la journée juive (2). Impossible de dire plus claire-

fautive, à moins que le scribe n'ait fait son calcul sur l'année de 350 jours.

(1) Au-dessus du cours des planètes représentées dans l'Evangile primitif par les sept fils de Salomé, les Chaldéens plaçaient trente-six astres appelés les Conseillers ou Messagers — dans l'Evangile les « Disciples », ce qui est plus juste. Ces messagers inspectent à la fois tout ce qui se passe parmi les hommes et dans le ciel. Tous les dix jours, dans un invariable mouvement, l'un d'eux est envoyé des régions supérieures dans les inférieures, tandis que l'autre est envoyé des régions inférieures dans les supérieures (Diodore de Sicile, ii, 30.) Et en effet les Chaldéens dans leur système d'astronomie chronométrique disaient que Dieu, après avoir distribué l'année en douze mois, avait fixé à chacun d'eux trois étoiles formant décade. L'empereur Julien connaissait parfaitement cette disposition, il en parle dans son discours sur le Roi Soleil.

(2) « Jésus répondit : « N'y a-t-il pas douze heures au jour ? Si quelqu'un marche pendant le jour, il ne se heurte point, parce qu'il voit la lumière de ce monde, mais s'il marche pendant la nuit (les douze autres heures) il se heurte, parce qu'il n'a point la lumière. » (Quatrième Évangile, xi, 9, 10.) Jésus n'ajoute pas : « Moi, je ne me heurte jamais, ni de jour ni de nuit, parce que je suis la lumière », c'est inutile, Cérinthe l'a dit au commencement de son écrit : « Toutes choses ont été faites par lui... En lui était la lumière des hommes... Et la lumière luit dans les ténèbres... » Joannès « n'était pas la lumière, mais il devait rendre témoignage à la lumière... Celui-là (qui a fait toutes choses) était la vraie lumière, qui illumine tout homme venant en ce monde. » (i, 3, 4, 5, 8, 9.)

ment que le Christ de l'*Apocalypse* n'est pas venu (1).

Admettons que Bar-Jehoudda ait eu soixante-douze fourriers. Soixante-douze fourriers, allant deux par deux, en silence, dans les villages de la plaine et de la montagne pour préparer le logement d'un seul homme, c'est beaucoup plus qu'il n'en faut pour un régiment tout entier. Ce pèlerin accomplissait donc une œuvre mystérieuse dans ses moyens, éclatante dans ses effets? Tant de gîtes dans tant de bourgs à la fois, est-ce l'appareil d'un honnête Juif qui monte simplement à la Pâque pour manger l'agneau en famille et se plaint de ne savoir où reposer sa tête?

Les éclaireurs, fort semblables aux espions que Moïse avait envoyés jadis à la découverte de la terre de Canaan, se replièrent avec une rapidité inquiétante pour l'avenir du Royaume. Pilatus, prévenu, montait de Césarée avec ses troupes. Il tirait une diagonale de fer à travers la Samarie, et déjà ses fantassins occupaient le sommet du Garizim. Avec sa cavalerie, il irait barrer la grande voie qui parallèlement au Jourdain allait de Jérusalem à Damas.

Le plan de Pilatus, c'est le plan de Bar-Jehoudda retourné. C'est la réplique à celui que le prétendant avait exposé d'abord aux Samaritains de Sichar en 787, et successivement aux Juifs de la Décapole, à ceux de Tyr et de Sidon, à ceux de la Bathanée et de la Galilée : soulever les Juifs Cananéens contre les Syro-phéniciens,

---

(1) Pour l'authenticité, les instructions qu'il donne aux soixante-douze disciples valent celles qu'il donne aux douze apôtres. Celle-ci : « Mangez de ce qui sera devant vous » n'est point antérieure à la fin du troisième siècle. La question des viandes n'était point encor tranchée à la fin du second.

la Galilée contre Antipas, les Samaritains contre Pilatus, s'emparer du Garizim, montagne presque aussi
forte que Sion, se concentrer sous Jéricho et, de là,
marcher sur Jérusalem pour assister au triomphe du
Christ Jésus. Ce dispositif ayant échoué en Pérée par
la déconfiture d'Éléazar, c'est à Is-Kérioth que s'en
prennent les scribes de l'Évangile, mais 'Pilatus et les
Samaritains sont tout dans celle de Bar-Jehoudda.

Sichar, le bourg dont le roi-christ comptait faire son
quartier général, Sichar décline l'honneur de lui ouvrir
ses portes.

Gâtés par la fréquentation des Romains, pervertis par
des spectacles maudits, refroidis par la mésaventure
d'Éléazar, les purs de Sichar sont revenus sur leurs
dispositions premières. Indifférents à la Parole révélée,
réfractaires aux beautés du Royaume, ils refusent de
marcher. Impossible de rendre l'ouïe à ces sourds,
leurs jambes à ces paralytiques. Depuis qu'ils ont vu
les enseignes de Pilatus dans Sébaste, ils ont perdu
l'usage des organes utiles à la guerre. Ils ne veulent
pas recevoir le roi des Juifs et ils ne le recevront pas!
On avait compté sur les brebis perdues de Samarie, on
avait pensé les trouver, blotties avec des siques autour
du puits de Jacob, et les conduire au Garizim, assoif-
fées de l'eau vive d'Iahvé; mais voilà qu'elles ne voulaient plus quitter la bergerie. Elles avaient appris une
chose qui les avait glacées : « Bar-Jehoudda ne serait
monté au Garizim que pour en redescendre aussitôt
avec les vases! » Pour proclamer le Royaume sur le
Garizim, pour y planter la tente du Christ afin qu'il
descendît là et non ailleurs, peut-être seraient-elles
sorties! Mais travailler pour Sion, jamais! Plutôt

21

l'esclavage avec Pilatus ! Il n'y a pas deux Montagnes saintes dans Israël ! Il n'y en a qu'une, le Garizim. C'est là qu'habite Iahvé. Les Juifs de Samarie qui auraient peut-être accepté Bar-Jehoudda séparatiste, repoussèrent Bar-Jehoudda « *parce que son dessein était de se rendre à Jérusalem* » (1). Voilà la raison, la grande. On devrait l'imprimer en grosses capitales, elle explique toute l'affaire, elle domine l'histoire. Ainsi, « son dessein était de se rendre à Jérusalem ! » La marche au Garizim n'était qu'une feinte, pour reprendre les vases qu'il y avait mis ?

Cela juge l'énormité de l'imposture. Au premier coup de pioche on découvrait les vases qu'on avait enterrés la veille. Après avoir tiré tout le revenant bon du Garizim, on continuait la marche sur Jérusalem, on les portait dans le Temple et on y achevait l'œuvre commencée par Maria Cléopas dans Bathanea !

Les Samaritains se conduisant en l'occurrence comme de simples démons, on les traita comme tels. On les exorcisa par la torche. On brûla tout ce qu'on put pour purifier les environs de Sichar, afin qu'à sa venue le Christ eût moins de gens à baptiser dans le feu.

Ce n'est pas sans motif qu'après les avoir comblés de visites et de flatteries sous les espèces de Bar-Jehoudda dans le *Quatrième Évangile*, Jésus finit par comparer les Samaritains aux maudits habitants de Bethsaïda, de Chorazin et de Kapharnahum, inférieurs en grâce à ceux de Tyr et de Sidon, et par défendre aux disciples de mettre les pieds dans leurs villes.

Ce roi des Juifs, à qui Jésus avait oublié d'envoyer

(1) Luc, ix, 50.

l'Esprit-Saint sous la forme de la raison, voue au feu tout ce qui résiste à sa démence. Après Bethsaïda, Chorazin, après Chorazin, Kapharnahum, après Kapharnahum, les villages de Samarie que Pilatus n'a pu couvrir à temps. A la Journée des Porcs on avait chassé les démons par l'eau, ici on les chassa par le feu : le tout est de savoir utiliser les éléments. On n'appelle plus la bénédiction d'Iahvé sur Sichar. Au contraire, on se souvient qu'Élie, aux jours de gloire, a fait descendre (avec quelques bottes de paille) le feu du ciel sur les soldats d'Ochozias envoyés pour l'arrêter (1). « Seigneur, s'écrièrent Bar-Jehoudda et son frère Jacob, permets que nous disions au feu de descendre du ciel pour les consumer ! » Jésus eut une faiblesse : il permit. Il permit si bien que Bar-Jehoudda et Jacob ont mérité le nom significatif de *Boanerguès* (les Fils du Tonnerre) dans lequel Jésus les confirme tout d'abord. Mais depuis, dans Luc, il a quelque remords pour eux et quelque honte : ils avaient abusé ! « Vous ne savez pas de quel Esprit vous êtes, leur dit-il. » Lisez comme il faut lire : « Vous ne saviez pas de quel Esprit vous étiez à cette époque lointaine. Vous en étiez encore l'un et l'autre à l'Esprit qui est l'attribut du Christ apocalyptique dont le précurseur disait : « Celui qui viendra vous baptisera dans le feu et l'esprit saint. » Le « Vous ne savez pas de quel Esprit vous êtes » est une correction faite par Valentin à la morale apostolique. Elle a passé dans Luc et on la trouve dans Marcion. Elle était nécessaire, après toutes les horreurs que la bande répandit sur son passage. Jésus ne peut les effacer

(1) *Les Rois*, iv, 10-12.

qu'en revenant sur le programme de l'*Apocalypse*:
« Le Fils de l'homme, dit-il, *n'est pas venu pour
perdre la vie des hommes* (ce Christ destructeur fut
celui des Boanerguès en Samarie) mais *pour les sauver*. (Voilà le Fils de l'homme nouveau style, que les
Valentin et les Cérinthe tirèrent de la côte de Bar-
Jehoudda après avoir quelque peu décrotté ce zélateur
de la Loi.) » Résipiscences tardives et dépourvues de
toute sincérité.

L'image que trace Bar-Jehoudda de son effroyable
Mission ne permet pas de croire qu'il ait laissé sans
vengeance immédiate la défection des Samaritains. Les
bandits que le roi-christ menait au sac de Jérusalem
étaient relativement peu nombreux, puisqu'ils n'attei-
gnaient pas mille hommes, mais pour le pillage et l'incendie ils valaient une légion.

« *Je suis venu jeter le feu sur la terre*, disait leur
chef, *et que désiré-je sinon qu'il brûle déjà?* J'ai à
être baptisé d'un Baptême, (converti en corps de feu,
donc incorruptible), et combien suis-je dans l'angoisse
jusqu'à ce qu'il soit accompli ! Estimez-vous que je sois
venu mettre la paix sur la terre ? Non, vous dis-je,
mais plutôt la discorde; car désormais cinq dans la
même maison seront divisés, trois contre deux et deux
contre trois ; le père sera en discorde avec le fils et le
fils avec le père, la mère avec la fille et la fille avec la
mère, la belle-mère avec la bru et la bru avec la belle-
mère. » De Sichar en feu les Boanerguès « gagnèrent
un autre village » (1). Le feu! Longtemps ce fut le
grand argument des chrétiens. Hommes de feu, comme

_____

(1) Luc, ix, 53. C'est le bourg du Sôrtaba.

le Christ Jésus, mais avec des moyens terrestres, les deux Boanerguès furent l'éclair, l'étincelle qui embrasa la contrée. Le feu de Samarie était dans celui du Temple au Recensement ; le feu de Daphné, de Nicée, du Sérapéum, de Constantinople, les grands incendies chrétiens des premiers siècles, étaient dans celui de Samarie. Ce moyen était si naturellement chrétien que les ariens, cherchant dans les ténèbres de l'histoire les auteurs responsables de l'incendie de Rome sous Néron, n'ont rien trouvé de mieux que d'en accuser les disciples du christ-jésus (1) !

X

DÉFAITE ET FUITE DU ROI CHRIST AU SORTABA

Comment a fini la campagne de Samarie ? D'une façon terrible, sur laquelle tous les Evangélistes font un silence contraint. Mais de leur texte hypocrite, embarrassé, penaud, une plainte s'élève, une récrimination unanime. Après le chaleureux accueil que Bar-Jehoudda a reçu dans Sichar aux Tabernacles de 787, cette ville va mériter le nom de Suchar, la ville qui ment, la ville qui a menti, la capitale du mensonge. Dans ces champs de malheur, Jésus fulmine l'excommunication contre toutes les villes de Samarie. Qu'ont-elles donc fait ? Puisqu'on ne veut pas nous le dire, puisque, sauf Luc, personne n'ose prononcer le nom de Samarie qui réveille tout un passé douloureux, demandons la clef

(1) C'est, je pense, l'origine de l'interpolation de Tacite relative à Jésus-Christ.

du mystère à Flavius Josèphe. Ici c'est Josèphe qui est le Verbe, la Lumière et la Vie. La parole est à lui, et rien de plus édifiant que les efforts déployés par l'Église pour la lui couper, sinon ceux qu'elle a montrés dans les Évangiles pour éviter le funeste rayon de lumière qui tombe des hauteurs du Garizim.

Les chapitres de Josèphe relatifs à la procurature de Pilatus portent la marque non équivoque des altérations les plus profondes. L'Église s'y est acharnée. Parmi les lambeaux qu'elle a laissés du texte primitif, il y a ceci qui vient immédiatement après le *passage sur Jésus-Christ* — un faux de l'Église consécutif à la *Nativité de Jésus pendant le Recensement* et à la *Décapitation du Joannès*, par conséquent postérieur au quatrième siècle : — « Environ le même temps il arriva un grand trouble *dans la Judée...* » Or juste à l'endroit où Josèphe racontait l'aventure qui avait mis la Judée en émoi on lit maintenant qu' « *un imposteur* qui ne faisait conscience de rien pour plaire au menu peuple et gagner son affection lui avait donné rendez-vous sur le mont Garizim, promettant de lui faire voir des vases sacrés que *Moïse* y avait enterrés. »

Quand même il n'y aurait pas d'autres preuves de l'intervention de l'Église dans le texte de Josèphe, le nom seul de Moïse suffirait à la dénoncer. Là où il y a Moïse, il y avait David; le faux a été fait par un homme absolument étranger à l'histoire juive. Tous les Juifs du commun, à plus forte raison Bar-Jehoudda et Josèphe, versés à fond dans les Ecritures, savaient que Moïse n'avait jamais rien enfoui au Garizim, ayant été lui-même enterré sous la montagne d'Abar, en un lieu inconnu, sans avoir pu pénétrer dans la Terre promise (1). Nous sommes donc sûrs que le nom de Bar-Jehoudda a été enlevé du texte en même temps que celui de David. Poursuivons notre récit avec ce que l'Église nous a laissé de Josèphe.

Les Juifs de Samarie prennent les armes, et, en attendant « ceux qui devaient se joindre à eux de tous côtés pour monter au Garizim », ils assiègent le bourg du Sôrtaba. Comme il n'est pas nécessaire de s'armer pour déterrer des vases ni d'assiéger le bourg du Sôrtaba, nous voyons que ces Juifs s'étaient purement et simplement révoltés sur un mot d'ordre déjà ancien, puisqu'ils attendaient et celui qui leur avait donné rendez-vous au Garizim et ceux qui s'étaient juré d'y monter avec lui. Les gens qui défendaient le Sôrtaba contre les entreprises des révoltés étaient donc d'horribles pharisiens, de monstrueux hérodiens envoyés par Antipas et commandés par quelque Saül.

Qu'est-ce donc que ce mouvement dans lequel, sous la conduite d'un « imposteur » émérite, des hommes de Guerre sainte se disposent à monter sur le Garizim où, dit Josèphe (2), l'infanterie romaine arrive avant eux ? C'est le mouvement qui continue dans les montagnes de Samarie celui qu'Éléazar et Bar-Jehoudda ont commencé en Bathanée. Et il ne finit qu'à Jérusalem, car Jésus, qui sait tout d'avance en sa qualité de Fils de Dieu, nous révèle ici que Pilatus a massacré des Galiléens dans le Temple et « mêlé leur sang à celui de leurs sacrifices » (3).

(1) Josèphe, *Antiquités judaïques*, l. IV, ch. VIII, 179.
(2) *Antiquités judaïques*, l. XVIII, ch. V, 775.
(3) Dans Luc seul, XIII, 1.

Le roi des Juifs marchait, dit Luc, à son *Assomption* (1). Hé! sans doute, mais cette assomption ne
devait-elle point commencer par l'ascension du Garizim? En temps ordinaire, l'ascension du Garizim
était un sport licite. Montait au Garizim qui voulait,
surtout au moment des fêtes ; beaucoup de Samaritains
y adoraient sur les ruines du Temple qu'avait détruit
Hircan. Pilatus ne les en empêchait point. Pour qu'il s'y
soit porté et qu'il les y ait prévenus avec ses forces
d'infanterie, il faut que le mouvement adverse soit
parti de la Galilée, sans quoi les révoltés seraient
arrivés les premiers sur la montagne. Ce mouvement
n'affectait point que la Samarie, puisque la Judée en fut
troublée grandement, selon Josèphe. Il eut donc sa
répercussion sur la Pâque, puisque à une date qui ne
peut être que 788, Pilatus a mêlé le sang des Galiléens
à celui de leurs sacrifices, par conséquent dans le
Temple de Jérusalem. Dès lors il y a identité absolue
entre le roi-christ de Luc et l'imposteur de Josèphe. A
diverses reprises les Juifs de Jérusalem lui reprochent
d'être Samaritain, alors que tous connaissent son
origine gaulonite. De leur côté, les Juifs de Sichar
s'étonnent qu'un Juif pur comme lui négocie avec ceux
de Samarie. C'était, en effet, l'ambition de Bar-Jehoudda
d'unifier pour ainsi dire les deux montagnes saintes ;
mais dans son plan, commencée sur le Garizim, l'unité
devait se consommer sur Sion. En cela il suit très
rigoureusement le processus du peuple juif sur le sol

(1) Insistons sur cette expression qui s'applique et par définition
ne peut s'appliquer qu'à Bar-Jehoudda progressivement *enlevé* par
Jésus de la vue des disciples, comme le disent très bien les *Actes des
Apôtres.*

palestinien. Le plus ancien motif de sa condamnation à mort, c'est qu'il a, en un temps antérieur à sa révolte, — les Tabernacles de 787, — arrêté la circulation des vases du Temple, comme si ces vases lui semblaient moins aptes que ceux du Garizim à leur messianique destination (1).

Le Garizim leur étant interdit, les révoltés se rejetèrent sur le Sôrtaba, montagne fortifiée qui commande la vallée du Jourdain en avant de Phasaël (2). La position de Çôr était surtout importante à l'époque où les rois de Juda habitaient Samarie. Elle les couvrait à l'Orient et la porte de la ville qui y conduisait s'appelait la porte de Çôr (3). Hérodienne dans la suite (4), elle était acquise au Temple qui y avait des gens pour annoncer aux populations les nouvelles lunes et la pleine lune de la pâque par des signaux de feu (5). Les révoltés essayèrent de l'emporter, et s'ils se fussent emparés du château-fort, c'eût été pour eux une défense d'autant meilleure que la grande route de Césarée Panéas à Jérusalem par Jéricho passait au bas, leur amenant

(1) Cf. *Le Roi des Juifs*, p. 213.
(2) Josèphe lui donne son nom *grec*, et traduit Çôr, nom hébreu, par Tyr, comme on l'a fait pour la ville de Tyr et pour le château-fort de Tyros (au-delà du Jourdain), qu'on appelle encore aujourd'hui Soûr et Sir. Dans certaines édition (Dindorff), on lit : Tyritana. Le Talmud l'appelle Sôrtabé ou Sôrtaba (d'où le grec Tyrataba dans Josèphe); les Musulmans disent Surtubeh. M. Schwab, dans sa traduction du *Talmud*, dit : « Sartaba » par le changement de l'ô en a non moins fréquent que celui de l'i en ô et ensuite en a : témoin le mot « nazaréen » orthographié nazôréen dans Epiphane, alors qu'il vient de « nazir ».
(3) *Rois*, l. IV, cxi, 6.
(4) Asmonéenne aussi, et dans laquelle on croit trouver l'Alexandréion construit par Alexandre Jannée.
(5) Affectation constatée par le Talmud.

tous ceux qui de Galilée et de Transjordanie montaient à la pâque. Le bourg qui était sous le château ayant refusé de les recevoir, ils s'attardèrent au siège. Tout à coup, dans un nuage de poussière si épais qu'on n'aurait pas reconnu le Messie, Pilatus avec sa cavalerie déboucha, venant du sud. Il les enveloppa, les dispersa, fit trancher la tête à ceux qu'il put saisir.

Le reste de cette truandaille s'envola devant lui. Quelques-uns passèrent à travers les mailles du filet romain et montèrent à Jérusalem, sans vases ; mais le roi des Juifs ne passa point.

Entre l'imposteur, dont la troupe est dispersée au Sôrtaba et le *lestès* qui conduit ses neuf cents hommes à travers la Samarie, il y a une rencontre de fait et de date qui n'est point l'effet d'un hasard, et quand on voit ce bandit (1) mis en fuite avec tous ses partisans, lui-même échappant difficilement à la cavalerie de Pilatus, puis arrêté en pleine fuite, conduit prisonnier à Jérusalem et crucifié à la même date et pour le même fait par le même Pilatus, on conclut qu'il y a là plus qu'une coïncidence fortuite.

Que manque-t-il au texte de Josèphe pour que, même falsifié, il confirme la manifeste identité du héros de Luc avec l'imposteur dont la bande est dispersée autour du Sôrtaba? Rien que le nom. Il y était, il a été enlevé. Comment croire que Josèphe ignorait ce nom et ne le citait point, lui qui a fait entrer dans l'histoire le père du roi-christ, ses autres fils, Shehimon (Pierre), Jacob (Jacques le Majeur), Ménahem, et plusieurs de ses neveux, notamment Eléazar?

(1) *Lestès*, brigand. C'est ainsi que Celse l'appelle.

Qu'était-ce que cet homme ? Un imposteur. Qu'est-ce donc que Bar-Jehoudda, et comment l'appelle-t-on, quand on ne l'appelle pas brigand ? Un imposteur. Qui l'anonyme de Josèphe avait-il réussi à tromper ? La populace. Dans quel milieu Bar-Jehoudda fait-il ses dupes ? Dans la populace. « Est-ce qu'un des magistrats ou des pharisiens a cru en lui ? Mais c'est cette exécrable populace ignorante de la Loi ! (1) »

D'où vient l'imposteur anonyme de Josèphe ? D'un pays situé au-delà du Garizim et qui ne peut pas ne pas être la Galilée. D'où arrive Bar-Jehoudda ? De la Galilée. Par où débouche-t-il en Samarie ? Par la Galilée. Qu'advient-il du roi-christ dans l'Évangile ? La mort par crucifixion. Et de l'imposteur dans Josèphe ? Rien du tout, il n'arrive plus rien à ce scélérat qui a mis toute la Judée sens dessus dessous. Quoi ! l'imposteur qui guidait l'expédition du Garizim et soulevait les Samaritains sur son passage a simplement disparu ? Il n'a fini d'aucune façon ? Après avoir concentré la curiosité sur ce prophète qui n'a pas réussi, Josèphe le laisse s'évanouir anonymement dans l'atmosphère samaritaine ? Il donnait le nom, vous dis-je !

Sont-ce les seules rencontres de fait et de date qu'il y ait entre l'histoire et la fable évangélique ? Non pas. Dans les *Actes des Apôtres*, le Joannès qu'on donne pour compagnon ordinaire à Shehimon et à Jacob, et qui n'est autre que le jésus, disparaît pour toujours en Samarie (2). C'est en Samarie qu'il est « enlevé de la

(1) *Quatrième Evangile*, vii, 47, 48.
(2) Il n'y a encore qu'un Joannès à ce moment de l'imposture ecclésiastique (troisième ou quatrième siècle). Le prétendu Jochanan,

vue des disciples » (1). Et en effet ils ne devaient plus
le revoir qu'au jour du Jugement. « Je vous affirme que
vous ne me verrez plus jusqu'à ce qu'il advienne que
vous disiez : « Béni soit Celui qui vient (le Christ lui-
même) au nom du Seigneur (2). » Et : « Vous vous
disperserez, chacun de son côté, *me laissant seul ; mais
je ne suis point seul, le Père étant avec moi (3). »

Prenant son courage à deux pieds, seul, doublant
les étapes, il gagna les défilés qui mènent vers la mer et
le lendemain il se trouvait à dix lieues du champ de
bataille, près de Lydda. La poudre d'escampette ! C'est
sans doute de cette façon qu'il entendait le baptème du
feu. Où aller d'ailleurs après la débandade ? Il ne pouvait ni rester en Samarie sans être pris par Pilatus, ni
s'y cacher sans être dénoncé par ses victimes, ni retra-
verser la Galilée sans être pris par Saül, ni monter à
Jérusalem sans l'être par le Sanhédrin.

Le feu grégeois de paraboles que Jésus allume devant
nous (4) pour nous dérober cette situation ne nous éblouit
pas le moins du monde. Le rabbin de Celse avait en
mains la plus ancienne version de cette histoire, celle
qui avait ensuite passé dans l'Évangile de Marcion et
de Tertullien, et où la mystification avait encore gardé
quelque air de vérité. Le roi des Juifs, abandonné par
ceux-là mêmes qui s'étaient dits ses disciples, réussis-
sait à se cacher après avoir échappé aux troupes romai-

évangéliste, n'existe pas encore pour les scribes. En dehors du
Joannès-jésus, on ne cite que Jochanan-Marcos, son neveu, sans doute
fils de Shebimon.
(1) *Actes des Apôtres.*
(2) Luc, xiii.
(3) *Quatrième Évangile.*
4) **Dans Luc surtout.**

nes qui le cernaient. Arrêté lorsqu'il fuyait honteusement, il était amené à Jérusalem étroitement lié et enfin
exécuté.

Le rabbin de Celse (1), qui accepte bravement pour
les Juifs la responsabilité de la condamnation — l'exécution appartient à Pilatus — disait, en termes qui ont été
très voilés (2), comment les choses s'étaient passées
après la débandade du Sòrtaba. Se tournant vers ceux
de ses coreligionnaires qui se font jésu-christiens :
« D'où vient, s'écrie-t-il, que vous nous ayez quittés pour
changer de nom et de manière de vivre? Ce n'est que
d'hier que nous avons puni l'imposteur qui vous abusait
par des tromperies ridicules! C'est notre religion qui
est la base de vos doctrines, ce sont nos rites qui lui
ont donné naissance, pourquoi les rejetez-vous, les mé-
prisez-vous ? Nous avons condamné votre *jésus*, comme
il le méritait, au châtiment des impiétés et des blasphèmes qu'il débitait avec ses vieux contes sur la Résurrection des morts et le Jugement et le feu préparé pour
les méchants (3). S'il eût mérité quelque créance, n'aurions-nous pas été les premiers à lui ouvrir nos bras et nos
cœurs, nous tous qui avons annoncé au monde que Dieu
enverrait son Messie pour juger et punir les méchants?
C'est par nous que sa venue a été prédite. Nous l'atten-
dons avec impatience, et ce serait précisément nous qui
refuserions de le reconnaître, qui le repousserions ? Dans

(1) Celse le platonicien, qu'il ne faut pas confondre avec Celse l'épicurien, est du quatrième siècle. L'écrit du rabbin sur lequel il
s'appuie et qui naturellement a disparu, avec Celse lui-même, est antérieur à l'écrit du platonicien.
(2) L'Eglise n'a rien laissé intact de ce qui touche à l'imposture
évangélique.
(3) Les Juifs instruits connaissaient donc l'identité du Joannès de
l'*Apocalypse* et du baptiseur jésus.

quel but ? Afin d'être les premiers punis et plus sévèrement que les autres ? Mais comment aurions-nous pu reconnaître comme dieu un homme qui, d'une part, n'a rien fait, comme on le lui reprochait souvent, de ce qu'il se vantait de faire, et qui, de l'autre, lorsque nous l'eûmes convaincu et condamné au supplice, fut réduit à se cacher, à fuir honteusement, et fut enfin pris grâce à la trahison de ceux qu'il appelait ses disciples ?... Un bon général ne trouve jamais un traître parmi les milliers de soldats qu'il commande ; un chef de brigands lui-même, quelque perdus que soient les hommes qui composent sa bande, n'a rien à craindre de leur part, mais votre jésus n'a pas seulement pu se faire assez estimer et assez aimer de ses propres disciples pour n'être pas trahi par eux ! »

On est frappé du ton de modération des témoignages juifs, de la tendance qu'ils ont tous à ménager le circoncis qui, dans son pieux délire, avait promis de si beaux jours à la race. On lui pardonne beaucoup parce qu'il a beaucoup aimé. Les païens sont beaucoup plus durs, n'étant point du Royaume.

Un scélérat, disent Apulée (1) et Minucius Félix (2). Quoique l'Église ait remanié et interpolé l'ouvrage de ce dernier, elle n'a pu tant faire qu'il n'y soit resté ceci : « En reconnaissant pour auteur et pour fonde-

---

(1) *Apologie* ou plaidoyer prononcé devant Maximus pour repousser l'accusation de judéo-millénarisme portée contre lui sur de fausses apparences.

(2) *Octavius* ou *De Verâ religione*, dialogue célèbre entre un païen et un chrestien qui date du troisième siècle et où sont rapportées, le plus souvent avec exactitude, les abominables mœurs des chrestiens juifs, particulièrement ceux de la secte nicolaïte. (*Octavius*, p. 25 et 98 de l'édition donnée par messire Du Mas, sieur de la Gauterie, chanoine et doyen de l'Eglise cathédrale d'Alet, Paris, 1637, in-4°.)

ment de ces cérémonies un homme *exécuté pour ses crimes sur le bois funeste d'une croix*, ils se donnent le culte qui leur convient comme à des êtres noircis de vices : ils adorent ce qu'ils méritent ! » Et Minucius Félix lui-même sous le nom d'Octavius défend la religion chrestienne (1) (une bonne conscience et point de culte public) contre la confusion que la calomnie tend à établir entre l'anti-paganisme des chrestiens et la hideuse superstition du juif-dieu : « Adorer un *scélérat et sa croix*, non! C'est une étrange aberration de se figurer que parmi nous un homme puisse passer pour un dieu, surtout un pareil *coupable!* »

Un *lestès*, un brigand, dit Celse le platonicien. « Et quels autres que des brigands peut bien appeler à lui un *lestès* (2)? » Un bandit, proclame Hiéroclès. Toute cette ruée de la truandaille baptiste, qui commence au Jourdain pour finir dans le Temple, toute cette séquelle démoniaque, incendiaire, pillarde, meurtrière, cette armée de pêcheurs d'hommes en eau trouble, l'Évangile ne la peint pas, il l'efface. Des apôtres, le Nouveau Testament n'avoue qu'un seul acte, et c'est un double assassinat (3)!

XI

COMMENCEMENT DE L'ASSOMPTION DE BAR-JEHOUDDA

Tertullien regarde comme prodigieux que le héros de

(1) Je dis *chrestienne* et non chrétienne.
(2) *Anticelse*, III, 61.
(3) Celui d'Ananias et de sa femme, simple échantillon de la manière.

l'Évangile ait échappé à la cavalerie romaine déployée
contre lui, et il l'appelle Samaritain parce que la chose
a eu lieu en Samarie. Cependant l'imposteur qui conduisait la bande du Sôrtaba n'était point Samaritain
d'origine, c'était un Samaritain d'occasion comme
Scipion était Africain. Cet exploit à rebours était cité
comme miraculeux dans les Évangiles qu'ont eus Marcion et Tertullien (1). Il en a complètement disparu,
car il avait le défaut d'aplanir la piste devant l'historien, et de découvrir l'identité du triste individu qui avait
posé pour Jésus dans l'atelier des évangélistes. Présentée comme un commencement d'apothéose, la fuite
de Bar-Jehoudda rentrait dans ces fameux « jours d'Assomption », dont parle Luc. Néanmoins en sondant cette
matière ondoyante, on sentait quelque chose de résis-
tant : l'arrestation de l'imposteur opérée non à l'orient
de Jérusalem sur le Mont des Oliviers, comme dans la
mystification évangélique, mais à l'occident, non loin
du territoire sur lequel il s'était aveuglément engagé.
Dans ce prologue de l'*Assomption* définitive on voyait
trop qu'on avait devant soi un seul individu en deux
personnes distinctes, dont l'une était tout le salut de
l'autre dans les cas désespérés : un *deus* non *ex machinâ*,
mais *ex homine*. On ne pouvait laisser dans
la fable cette débâcle lamentablement historique et le roi-
christ n'échappant lui-même qu'à force de jambes. Sans
supprimer totalement la cavalerie de Pilatus, on avait
remplacé la disparition du jésus par une *Assomption*
en plusieurs tableaux, comprenant la crucifixion et la
résurrection, et je serais bien surpris, étant donné le

(1) Tertullien, *Contra Marcionem*. Tertullien est mort dans la première moitié du troisième siècle.

Baptême que ¦Bar-Jehoudda attendait de Jésus, qu'il n'y ait pas eu du feu au début de l'affaire. A part le détail de la cavalerie qu'on n'avouait plus au quatrième siècle, il reste quelque trace de cette Assomption dans Marc où ceux qui veulent arrêter *Jésus au Mont des Oliviers* ne trouvent devant eux qu'un fantôme enveloppé de voiles blancs. « Or, dit Marc, il y avait un jeune homme (un ange) qui suivait Jésus, couvert seulement d'un linceul, et les soldats ayant voulu se saisir de lui, il (Jésus) laissa aller son linceul et s'échappa tout nu de leurs mains. »

Dans la christophanie, les soldats juifs ne peuvent voir qu'un blanc fantôme, puisque telle est la couleur des vêtements de Jésus; mais la forme humaine qui détala devant les soldats romains au Sôrtaba n'était ni blanche ni nue, elle était vêtue du rouge tyrien le plus pur.

« Un seul le suivait, dit Mathieu ; les gens du Temple (1) lui mirent la main au collet : il s'échappa; *laissant son manteau entre leurs mains.* » Les soldats romains n'ont donc eu ici que le vêtement terrestre dont on revêt Jésus dans la fable, celui de Bar-Jehoudda. Quant à son vêtement de lumière, comment ces goym auraient-ils pu le regarder en face? C'est impossible aux Juifs eux-mêmes !

Ce vêtement, il l'avait apporté avec lui lors de sa descente, il l'avait déposé chez Barbilo la Sangsue et il le lui reprenait pour retourner vers son Père (2), quand il le

(1) Les soldats romains sont partout remplacés par les gens du Temple.
(2) Vous ferez la connaissance de Barbilo la Sangsue, lorsque nous examinerons les éléments de la christophanie selon les Valentiniens.

22

fallait, s'inquiétant assez peu de laisser en Samarie un jeune homme capable de scandaliser par sa nudité les femmes qui montaient à la Pâque. Car Dieu révèle que ce jeune homme était nu, canoniquement nu, Marc l'affirme. Vous doutez, et toujours parce que je ne suis pas Juif? Voici le texte — admis par le Concile de Trente (même chiffre que les deniers de Judas) : « Un seul jeune homme suivait Jésus, vêtu sur le corps d'un voile blanc, et ils s'en emparèrent. Mais, abandonnant son voile blanc, il leur échappa tout nu (1). » Vous sentez bien qu'aucun jeune homme nu n'est resté dans les plaines de Samarie le 11 nisan 788, alarmant la pudeur des vierges. Ce que les premiers scribes disaient très clairement, c'est que de Bar-Jehoudda les goym n'ont eu au Sôrtaba que la dépouille vestimentaire, comme au *guol-golta* ils n'ont eu qu'une apparence de corps. Partout il leur a échappé, protégé, sauvé, assumé par Jésus.

Mais, en dehors de ces assomptions, Jésus que les fabulistes ont incorporé à Bar-Jehoudda, Jésus qui concentre en lui tous les pouvoirs de la Lumière, Jésus qui est à lui seul les Douze Apôtres et les Trente-six Décans, Jésus qui vient de ressusciter Éléazar, le tout-puissant Jésus ne fera-t-il rien pour le roi-christ en Samarie? Pas grand'chose, mais puisque les scribes l'ont sous la main, c'est pour qu'il mente.

---

(1) Marc, xiv, 51-52. J'ai traduit τὴν σινδόνα par un « léger voile blanc » et je crois bien faire. D'autres proposent « chemise », mais cela paraît inexact et peu décent. Le vêtement spirituel qui enveloppe Bar-Jehoudda est emprunté aux théories chrétiennes d'Egypte, avec cette différence que pour les Egyptiens ce « double céleste » s'applique à l'âme seule, tandis qu'ici, selon la règle juive, il s'applique au corps.

Son *Voyage à travers la Samarie*, c'est l'expédition de Bar-Jehoudda « transfigurée ». Dans Luc seul — on ne l'a pas encore assez synoptisé ! — apparaît cette façon de marche funèbre à travers ce pays qui a vu jadis la défaite, la fuite et l'arrestation du roi des Juifs — son enterrement même ! Que la route est triste du Jourdain au *guol-golta* et que de fois les fils de Salomé demandent à Jésus de dire — on le croira, lui, le Véridique ! — ce qu'il est advenu d'eux au bout de ce voyage ! « Ils ont tout quitté, disent-ils, pour le suivre en la Nouvelle Vie », cette Vie millénaire qu'il avait révélée à leur père en son *Thème du monde*. Et d'abord qu'est-il advenu du jésus, de celui qui les avait armés, entraînés à la libération d'Israël ? Si bien commencée, la conquête du Royaume a si mal fini ! Quelle infraction à tout le programme apocalyptique dans cette prophétie lugubre où Jésus annonce qu'il va, en la personne de Bar-Jehoudda, être livré aux païens, mis à mort et réduit à ressusciter misérablement le troisième jour ! Comment les disciples ne seraient-ils pas « grandement contristés de ces paroles » au fond desquelles il y a une oraison funèbre par anticipation ? Et nous qui aujourd'hui lisons cela, comment pourrions-nous ne pas remarquer la gêne profonde, l'hypocrite et cruel embarras des scribes à ce tournant de leur travail ?

C'est qu'ici il ne s'agit plus de miracles et de thèmes chiffrés, il y a une part de biographie et qui touche à l'histoire juive dans ses rapports avec l'histoire romaine. Comment cacher cela? Comment faire que seuls les initiés comprennent? Que Jésus est ennuyé de ce qui lui est finalement advenu sous le nom de Bar-Jehoudda! Que Pierre est inquiet de ce qu'il a

fait sous le nom de Shehimon ! Que les paroles de
Jésus au jeune homme riche (1) lui semblent amères,
car si donner tout son bien ne suffit pas pour être
sauvé, qu'adviendra-t-il de lui qui cette fois-là n'a
pas donné sa vie ? La croix ? Oui, la croix. Et de son
frère Jacob qu'adviendra-t-il ? La croix aussi ? La
croix. Et des disciples que la fable leur a adjoints pour
former le chiffre Douze, nécessité par le thème astrologique ? Comment Jésus réconfortera-t-il ces martyrs
de l'*Apocalypse* ? En leur faisant des contes pour enfants, en les berçant d'espoir jusque dans le tombeau :
« Quand le Fils de l'homme sera assis au trône de sa
gloire, vous pareillement assis sur douze trônes, vous
jugerez les douze tribus d'Israël. Et quiconque aura
quitté, à *cause de mon nom*, maison, ou frères, ou
sœurs, ou père, ou mère, ou femmes, ou enfants, en
recevra cent fois autant (quoi donc ! cent femmes ? mais
c'est le paradis de Mahomet avant la lettre !) et aura en
possession la vie éternelle. Mais beaucoup d'entre les
premiers seront les derniers et beaucoup d'entre les
derniers seront les premiers. »

En fait de plaisirs terrestres, il ne leur en laisse
qu'un, celui de la vengeance : champ naturellement
vaste et qu'ils ont encore étendu. Il leur est permis,
enjoint même de tuer ceux qui ont empêché Bar-Jehoudda de régner. « Qu'on amène ces miens ennemis,

(1) Dans Mathieu et dans Marc les scribes ont eu vent de la dis-
tinction que les Chrestiens opposèrent au Christos juif : *Bon Maître,*
dit le jeune homme riche, que ferai-je pour posséder la vie éternelle ? — Pourquoi, dit Jésus, m'appelles-tu Bon (Chrèstos) ? *Il n'y a
de Chrèstos que Dieu seul.* » Réplique datée en quelque sorte par l'intention des scribes, c'est-à-dire postérieure de plusieurs siècles aux
temps apostoliques et antérieure à ceux où Bar-Jehoudda fut fait
« consubstantiel au Père » par l'Église.

dit Jésus, ceux qui n'ont pas voulu que je régnasse sur
eux (pendant mille ans), et les tuez en ma présence. »
Ces instructions sanguinaires qui continuaient celles
de Bar-Jehoudda, c'est toute l'histoire du christianisme
jusqu'à Ménahem, dernier *goël-ha-dam* de la famille (1).

(1) Vengeur du sang.

[1] [...]

PONTIUS PILATUS

I

ARRESTATION DU ROI-CHRIST A LYDDA (13 NISAN)

Cependant un gros de chrétiens avait pu gagner Jérusalem, avant que la cavalerie de Pilatus ne barrât la
route. Ils y firent les purifications qui précèdent la
pâque et attendirent les événements, croyant voir
apparaître le roi-christ vainqueur, le cherchant des yeux
« dans l'enceinte du Temple, et se disant entre eux :
« Que vous semble ? Est-ce qu'il ne viendra pas ? » Or
les chefs des prêtres et les pharisiens avaient donné
ordre que, si quelqu'un savait sa retraite, il la déclarât
pour qu'on pût le saisir (1). »

Le 11 nisan, trois jours avant la pâque (2), les prêtres

(1) *Quatrième Evangile*, ix, 54. Il s'agit ici du décret de prise de-
corps compris dans la condamnation et qui remontait à une quaran-
taine de jours.
(2) Ceci dans Mathieu qui n'avoue ni la condamnation antérieure-
de Bar-Jehoudda, ni sa déconfiture en Samarie, ni son arrestation à-
Lydda.

s'assemblèrent dans la cour de Kaïaphas, délibérant
« de le saisir par ruse » (1) — ils savaient donc où il
était — et de le mettre à mort. « Mais, disaient-ils, non
pas pendant la fête, dans la crainte de tumulte parmi le
peuple. »

Il fallait absolument que Bar-Jehoudda fût arrêté
avant la pâque. Si on l'arrêtait pendant la pâque,
quoique régulièrement condamné, on ne pouvait pas le
crucifier, à cause du peuple, dit Mathieu, à cause de la
Loi même, dit la raison. Tout le monde savait, — et
les *Actes des Apôtres* le disent bien haut, — que les
Juifs ne devaient pas exécuter quelqu'un pendant la
pâque.

En attendant l'arrivée de Pilatus, Kaïaphas, avec la
police du Temple, garantissait l'ordre, et Antipas
venait d'entrer dans la ville avec ses gardes, regret-
tant de n'avoir pu rencontrer le roi des Juifs pour le
tuer. On donna des hommes à Is-Kérioth qui partit
pour arrêter le fugitif là où il le trouverait, car on avait
appris qu'il se cachait entre la Samarie et la mer,
cherchant sans doute à gagner Joppé pour s'y embar-
quer. Is-Kérioth avait si peu trahi, il avait reçu si
peu de sicles à Bathanea, que, dans la fable évangélique elle-même, il est censé avoir fait toute la campagne de Samarie avec le roi des Juifs ! Mais il com-
manda la troupe envoyée à la recherche de ce fuyard
émérite contre lequel gens de Pérée et Samaritains,
Galiléens et Juifs, Pharisiens et Saducéens, s'étaient
insurgés avec une égale véhémence.

(1) Aucune ruse, au contraire. Mais il faut observer que dans la
fable Bar-Jehoudda est remplacé par Jésus qui est innocent de toute
faute et qui n'a été condamné par aucun sanhédrin.

Où Bar-Jehoudda fut-il pris ? A Lydda même, dit le Talmud, et cette indication semble d'autant moins suspecte qu'elle est immédiatement suivie d'un autre fait dont nous vérifierons tout à l'heure l'exactitude : « il fut suspendu au bois dans l'après-midi qui précède la pâque ». Ce qui confirme le Talmud, c'est la tradition arabe, héritée de la tradition juive ; Jésus au jour du Jugement doit tuer l'Antéchrist devant la porte de Lydda.

Huit ans après, Shehimon retournant à Lydda pour y visiter les saints — lisez : les habitants restés fidèles au jehouddisme — Shehimon « trouve un homme du nom d'Œneas — un équivalent d'Oannès, c'est-à-dire un prophète christien — lequel depuis huit ans gisait, paralytique, sur un grabat (il attendait un signal). Shehimon lui dit : « Oannès, le Christ Jésus te guérit ; lève-toi et fais toi-même ton lit. » Aussitôt l'homme se leva, et tous les habitants de Lydda et de Saron le virent et furent convertis au Seigneur (1). » Entendez qu'à la voix de Shehimon le parti zélote, un instant paralysé, se reforma sous Claude et, ô miracle ! dans le pays même où le Joannès-jésus avait passé sa dernière journée de liberté.

Une des premières choses qu'on fit pour masquer sa fuite et déguiser le lieu de son arrestation à douze lieues du Mont des Oliviers, dans la direction opposée, ce

---

(1) *Actes des Apôtres*, IX, 32. Vous êtes assez familiarisé avec les procédés des évangélistes pour savoir qu'un paralytique qui fait lui-même son lit, comme dans ce cas, ou qui l'emporte lui-même, comme dans l'Evangile, c'est un patriote juif qui, sur l'injonction du Verbe inspirateur de la Loi, rompt une période d'inertie plus ou moins longue.

fut de dire qu'il était monté à Jérusalem sans encombre, la bouche pleine de paraboles, entouré des disciples, et que ce *Voyage*, prélude de son sacrifice volontaire, avait duré trois jours : « Eloigne-toi de ce pays, lui disent quelques pharisiens employés à cette fraude par Luc, et quitte ce pays, car Hérode veut te tuer. » Il répond nettement : « Allez dire à ce renard que je chasse les démons et opère des guérisons aujourd'hui et demain et le troisième jour je serai à mon terme (Jérusalem) ; mais je vais marcher aujourd'hui et demain et le jour suivant, car il est impossible qu'un prophète meure hors de Jérusalem. » Rien ne lui était plus facile, au contraire : il n'avait qu'à se faire tuer au Sôrtaba, mais cette idée ne lui vint point. Au contraire l'idée vint aux évangélistes de le montrer guérissant de faux aveugles dont les yeux deviennent tellement perçants qu'ils l'ont vu faire une entrée solennelle dans Jéricho, le lendemain de son arrestation, aux cris assourdissants de : « Bar-David ! Bar-David ! »

II

ASSASSINAT DE JEHOUDDA IS-KÉRIOTH

Bar-Jehoudda était seul lors de son arrestation, mais il y eut une tentative pour le délivrer, lorsque la troupe qui l'amenait approcha de Jérusalem. Is-Kérioth n'entra point dans Jérusalem avec sa capture. Assailli par une bande de chrétiens ou attiré dans un guet-apens, il tomba, le ventre ouvert, sous les murs de la ville (1). C'est ce qu'il y a de plus clair dans son cas. Selon toute apparence le coup fut fait par Shehimon qui avait contracté l'habitude de ce genre d'opérations dans les rapports assez tendus qu'il avait eus avec Ananias et Zaphira.

Il se peut aussi qu'il n'ait été assassiné qu'au retour, après la crucifixion de Bar-Jehoudda qui eut lieu le lendemain de l'arrestation. Le secret est entre Dieu et la Poterie de de Jérusalem où Jehoudda Is-Kérioth fut trouvé par un clair matin, les entrailles hors du ventre. Les Évangiles primitifs se taisaient sur ce meurtre comme ils se taisent sur celui d'Ananias, de Saphira et de bien d'autres. C'était un cadavre de plus dans une affaire où on ne les avait pas comptés. Seuls les registres du Temple, brûlés avec ceux du Sanhédrin dans la chute de Jérusalem, en 823, pouvaient lui accorder quelque mention spéciale à cause de la cérémonie expiatoire qui s'ensuivit.

Nous avons montré, chiffres en main, car ce sont eux ici qui décident, qu'Is-Kérioth n'avait jamais exercé le moindre ministère dans la bande apostolique, qu'il n'assistait pas au chrisme et qu'il n'avait jamais reçu du Temple le moindre denier. Is-Kérioth a arrêté un individu condamné par la justice de son pays et dont peut-être il avait souffert dans sa famille ou dans ses biens. En fait de traître, je n'en vois qu'un : Bar-Jehoudda ouvrant aux Arabes le chemin de la Pérée et abandonnant sa troupe à la haste des cavaliers romains.

Le rabbin de Celse range certainement Is-Kérioth parmi les braves Juifs qui ont accompli un devoir

(1) *Actes des Apôtres*, i, 18.

civique en débarrassant la Judée de ce boute-feu.

On ne pouvait pas avouer aux dupes en cours et futures que le Juif transfiguré dans l'Évangile et représenté comme ayant volontairement souffert avait fui honteusement sur le champ de bataille, et qu'arrêté par la police dont il relevait plutôt que de l'armée, il avait fini en vulgaire malfaiteur.

On ne pouvait pas avouer qu'avant d'abandonner les siens, il avait été abandonné par eux dans une panique accélérée. Il était beaucoup plus facile de tout rejeter sur l'unique Is-Kérioth, lequel n'était entré dans l'aventure que pour la dénouer conformément à la sentence du sanhédrin.

Ce qu'on ne pouvait pas avouer surtout, c'est le motif absolument désintéressé pour lequel Is-Kérioth s'était porté contre cette bande de tyrans imposteurs et criminels. Tout le travail des scribes à la solde du baptême fut de justifier les fuyards par des prophéties, puis de changer l'ordre et le sens des faits quand ils contrariaient ces prophéties, travail singulier dont l'histoire du monde n'offre aucun autre exemple, et qui, fait sans méthode et sans plan, au fur et à mesure que les questions se posaient, ne résiste sur aucun point à la poussée du bon sens et de la justice. Il était de notoriété publique, au temps de Celse, que les scribes avaient remanié *trois ou quatre fois et plus* le texte des Évangiles, afin de répondre tant bien que mal aux objections que soulevaient leurs fourberies.

Les premières fables apostoliques, comme l'*Assomption du jésus*, émanent toutes de scribes à la dévotion des Beni-Jehoudda. En ce qui touche Is-Kérioth, elles respirent la forte odeur de la calomnie et de la lâcheté.

N'ayant aucune raison de se suicider, Is-Kérioth ne s'est ni pendu, comme dit Mathieu dernière manière, ni jeté dans un précipice, comme disent les *Actes des Apôtres*. S'il se fût suicidé de quelque façon que ce soit, il aurait rendu un tel hommage à la mémoire de Bar-Jehoudda et un tel service à la réputation des apôtres qu'il y aurait accord complet entre toutes les versions. Or, elles sont radicalement inconciliables, elles n'ont même pas le caractère d'un mensonge synoptisé. Dans chacune le scribe ment pour son compte. Mais étant donné que les évangélistes accusent unanimement Is-Kérioth d'avoir causé la mort de Bar-Jehoudda en le livrant au Temple, c'est qu'il a été puni par les *goël-ha-dam* de son prisonnier.

En fussions-nous réduits à marier la version des *Actes* avec celle de Mathieu, c'est un fait reconnu par elles qu'Is-Kérioth est mort dans les cinquante jours de l'arrestation. Mathieu dit le soir même, et par hasard il dit la vérité. Is-Kérioth ne s'est donc pas éteint, vieux, gros et gras, dans son lit, comme dit *Tryphon* (1) en un dialogue qui date du troisième siècle au moins. Ce Judas qui s'avance — das qui s'avance — paisible et fleuri dans les rues de Jérusalem m'a tout l'air d'être paré comme un animal dans le genre du Bœuf gras que son triomphe n'empêche pas d'être égorgé. Au milieu des meurtres que les christiens accumulent autour d'eux, Judas seul, béat et le ventre en proue, se prélasserait, répandant autour de lui comme un parfum de bourgeois qui a placé les trente deniers à gros intérêts et qui va toucher ses rentes ? Alors qu'Ananias et

(1) Dialogue millénariste faussement attribué à Justin.

Zaphira sont tombés, la gorge ouverte par la sique des apôtres pour une erreur d'addition, Judas la Honte, Judas, qui a livré le jésus, Judas, cicerone de la trahison à tant par jour, Judas, l'homme-Satan, ferait retentir le Gazophylakion de son pas pesant et tranquille ?

Tandis que les Beni-Jehoudda pendent au bois crucifiés, le nez sur l'éponge de vinaigre que leur tendent les légionnaires de Claude et de Néron, Judas ne cède qu'à la douce poussée des ans et se trouve un jour hors de la vie sans qu'on s'en aperçoive. Vous êtes sûr, Tryphon, qu'Is-Kérioth a vécu ainsi, jusqu'à un âge fort avancé, lisant le soir à la lampe la *Résurrection du jésus* et évoquant le bon temps où, aux portes de Lydda, il empoignait d'une main ferme le roi-christ encore tout étourdi par le galop furieux des cohortes romaines ? Vous ne préférez pas croire, étant donné que vous ne connaissez encore ni la pendaison de Judas, laquelle n'est point encore dans le féal Mathieu, ni son auto-éventrement, lequel n'est pas encore dans les *Actes*, vous ne préférez pas, dis-je, croire que, n'ayant pas plus de raisons pour s'éventrer que pour se pendre, Is-Kérioth n'est pas mort de son plein gré ? Voyons, tenez-vous beaucoup à votre version ? Puisque tout le monde accorde que le cadavre d'Is-Kérioth a été trouvé à la Poterie, sous les murs de Jérusalem, n'est-ce point pour effacer le souvenir d'un assassinat en règle, le plus explicable sinon le plus légitime de toute cette histoire, que par un contraste à la Désaugiers vous nous représentez la victime faisant son marché elle-même, vingt ans après, et prenant le menton aux commères ?

Allons au fait. Is-Kérioth est mort de la même main, percé de la même sique qu'Ananias et Zaphira. Sa pendaison dans l'Évangile, son auto-éventrement dans les *Actes*, sa fin patriarcale dans *Tryphon*, sont autant de déguisements inventés par l'Église. Je ne doute pas que dans les écrits de Philippe, de Toâmin et de Mathias, les Sicaires apostoliques genre Shehimon ne se vantassent d'avoir fouillé curieusement les entrailles de ce damné. Le nom d'Is-Kérioth était certainement dans Valentin, il en a disparu avec ceux des autres victimes de la bande christienne. Il a disparu en même temps que toute la scène, dantesque avant la lettre, où les apôtres, dans une crise de remords tardifs, demandaient à Jésus l'absolution de leurs forfaits et de leurs turpitudes (1).

Is-Kérioth n'acheta donc point le « champ du potier » dans la banlieue de Jérusalem. Il y a toutefois une Poterie dans son cas, celle où il fut trouvé, un matin, le ventre ouvert par le milieu. Tous les habitants de Jérusalem connurent, en effet, ce crime auquel ils attribuèrent sa véritable cause, et dont ils devinèrent les coupables sans pouvoir en désigner aucun. C'est fort à propos que ce champ fut surnommé le *champ du sang*, il s'agit de celui qui fut versé par les *vengeurs du sang* de Bar-Jehoudda. Il y eut ensuite une cérémonie expiatoire, comme l'avait ordonné non pas un grand-prêtre éphémère, mais Dieu lui-même. Dès que l'on eut trouvé le cadavre, les lévites de service et les Anciens s'assemblèrent, se transportèrent dans le champ, se lavèrent les mains dans le sang d'une génisse

(1) Nous en parlerons quand nous en ferons le bilan.

qu'on y avait sacrifiée et, les élevant vers les cieux, dirent : « Nos mains n'ont point versé le sang, nos yeux n'ont point vu celui qui l'a versé. Rachète de ce sang ton peuple, ô Iahvé, et ne rends point responsables les innocents (1). » Is-Kérioth ne posséda jamais de champ sous Jérusalem ; c'est le Temple qui, sous Claude, quelques années après le meurtre d'Is-Kérioth par les apôtres, acheta de ses deniers la Poterie où le malheureux avait trouvé la mort et la convertit en cimetière pour les étrangers.

Is-Kérioth avait si peu trahi, il avait été si peu acheté par le Temple, il avait si peu volé à Bathanea ou ailleurs, que dans les allégories du *Lavement des pieds* et de la *Cène* Jésus l'invite au repas, lui lave les pieds comme aux autres, l'admet au bénéfice de la Pâque comme les autres, lui confie comme aux autres les mêmes fonctions d'ultime judicature sur les douze tribus d'Israël. Il exhorte les descendants du grand Gaulonite à se rapprocher de ceux d'Is-Kérioth dont la secte n'est pas moins puissante que la leur, à oublier les rivalités qui ont décimé ces deux familles christiennes.

Si Valentin qui était Juif, et Jésus qui l'est encore plus, passaient condamnation, les Experts en Dieu (2) qui appartenaient au paganisme n'avaient pas les mêmes raisons de fermer les yeux sur cet horrible passé. Leurs écrits ont disparu parce qu'à la suite de ceux de Valentin, tous sans exception, — sans exception, vous en-

(1) Ainsi leur sera enlevé le crime de ce sang versé, dit la Loi. (*Deutéronome*, xxi.)
(2) Nom qui convient parfaitement aux Gnostiques ou connaisseurs en Apocalypses, mythes, fables et systèmes chaldéens ou égyptiens.

tendez ! — ils affirmaient l'inexistence du Jésus christophanique. Mais, tout en interprétant la fable millénariste dans le même sens que Valentin, tout en res-
pectant les mesures de temps dans lesquelles les
thèmes mathématiques enfermaient rigoureusement la
christophanie de Jésus, tout en reconnaissant, avec
les évangélistes, que la *Passion de Jésus* était la faute
du Douzième mois de 788, représenté sur la terre
par Is-Kérioth, ces effrontés païens disaient haut et
clair qu'il n'y avait eu dans tout cela qu'une seule
victime innocente, et que cette victime, c'était Jehoudda
Is-Kérioth (1).

Ils disaient que ni le Jésus ni les Douze Apôtres de
l'*Apocalypse* n'avaient existé en chair et que, la christophanie terminée, tous étaient remontés au ciel sauf
le Douzième qui, représenté par Is-Kérioth, était mort
victime des disciples terrestres. Comment pouvaient-ils
aboutir à cette stupéfiante conclusion, s'ils n'avaient
point par devers eux les preuves du meurtre ?

Dans les écrits que ces gens avaient sous les yeux,
Is-Kérioth ne se pendait pas, ne se précipitait pas, ne
croulait pas sous ses tissus adipeux. S'il fût mort de l'une
de ces trois façons, les connaisseurs n'auraient pas pu
dire que sa mort, c'était la *passion du Douzième
Cycle* (2).

Nous sommes donc certains qu'il y a mensonge là
où Irénée dit que : « Judas a *souffert de désespoir* pour

---

(1) Voyez Irénée (*Contra hæreses*) là-dessus, malgré les fraudes ecclésiastiques dont il est farci.
(2) Appelé Eon dans ces Commentaires. C'est un équivalent de
Cycle et d'Apôtre, avec cette différence que les Eons ne sont pas spécialement attachés au service des Juifs.

n'avoir pu trouver ce qu'il cherchait : la grandeur du Père. » Est-ce donc un crime de chercher la grandeur du Père? Vous entendrez Jésus. Il est avec Is-Kérioth contre Bar-Jehoudda qui voulait, lui, retarder de mille ans la grandeur du Père, contre Philippe et contre Toâmin, les deux scribes qui ont transmis dans les *Paroles du Rabbi* cette absurde et blasphématoire doctrine dont l'auteur s'attribuait par avance tout le bénéfice temporel. Par orgueil de race, par ambition de famille, par ignorance de la grandeur du Père, Jehoudda et ses fils n'ont pas compris que Jésus était en Dieu, avec Dieu, et qu'il ne s'en séparerait pas pendant mille ans pour faire plaisir au Juif que les théologiens ont déclaré consubstantiel au Père.

Si c'est un crime de livrer un ami, c'est un désir fort honnête de demander à voir la grandeur du Père, et une pieuse pensée de ne pas la séparer de celle du Fils. « Dieu est un. Si je dois voir la gloire du Fils sans voir en même temps la grandeur du Père, je ne marche pas, » avait dit Is-Kérioth. Et comme, pour attendre la grandeur du Père, Bar-Jehoudda s'était fait oindre vice-Christ par quelques aliénés de sa famille, comme au fond il n'y avait que ce dernier article de réalisable dans son plan, Is-Kérioth a marché contre ce dangereux fumiste.

D'où sa *passion*. « Passion stérile, dit Irénée, et qui n'a pas profité à l'humanité, tandis que la *Passion de Jésus* a détruit la mort et dissipé l'ignorance ! » Mais si misérable qu'ait été pour nous le fruit de la *Passion de Judas*, comment se fait-il que les Experts en Dieu aient pu voir dans ce pseudo-traître une représentation mathématique du Douzième Cycle ou *Cycle du Zib* et qu'ils aient cru cela sur la foi des Évangiles?

Irénée ne songe pas une minute à combattre par des faits ou par la tradition l'interprétation gnostique des douze apôtres de l'allégorie assimilés aux *Douze Cycles*, et d'Is-Kérioth exécuté pour avoir fait rater le *Douzième*. Il se borne à demander à ces théoriciens qui *soumettent l'Évangile à l'arithmétique* : « Comment pouvez-vous dire que Judas est une représentation symbolique du Douzième Cycle? D'abord il ne faisait plus partie des douze apôtres (1) lorsqu'il a été *mis à mort*, il avait été remplacé par Mathieu, selon qu'il est écrit dans les *Actes* : « *et qu'un autre reçoive sa charge de surveillant.* » De plus sa passion a été suivie de dissolution corporelle, il n'a donc pu rentrer dans les sphères célestes, comme Jésus par exemple, qui, s'il a souffert corporellement, ne s'est point dissous (2). Il n'y a donc aucun moyen d'identifier les Douze apôtres avec les Douze Cycles et d'admettre que le Douzième, Judas, ait *souffert*. » Le scribe continue : « Les Douze Apôtres en tant que Cycles avaient pu remonter au Plérôme (3), ils n'avaient point souffert.

(1) Le scribe ecclésiastique qui a mis son ouvrage sous le nom d'Irénée le millénariste, disciple de Papias et mort, semble-t-il, au commencement du troisième siècle, connait parfaitement toutes les fausses Ecritures fabriquées aux quatrième et cinquième siècles et même au-delà par l'Eglise romaine. Il connait même la *liste des premiers papes!*

(2) Dans les *Actes* en effet Jésus retourne au ciel par sa propre puissance. ce qui est tout naturel : il en vient. Le Joannès-jésus, le-christ, si vous aimez mieux, est simplement *enlevé* de la vue des disciples. C'est son *Assomption*, et vous en avez vu le premier tableau :: le *Sôrtaba*, dans Luc. Vous en verrez l'avant-dernier : le *Guol-golta* dans l'Evangile de Cérinthe (le *Quatrième*), mais vous n'en verrez pas le dernier qui pourrait être intitulé *Nacheron* : on le cache, c'est là qu'est le secret de la sépulture de Bar-Jehoudda.

(3) On désigne sous le nom de Plérôme l'ensemble des puissances célestes représentées par Jésus et les Douze.

Mais Judas ? Ayant souffert une mort non suivie de résurrection, comment avait-il pu retourner au Plérôme ? » Cette façon d'argumenter montre bien que les *douze apôtres*, et les *soixante-douze disciples*, n'étaient entrés dans l'Évangile que pour compléter la christophanie de Jésus, sur l'inexistence duquel toutes les écoles gnostiques sont d'accord sans aucune exception ni réserve. En dehors de cinq des fils de Jehoudda, d'Éléazar et de Theudas (1), il n'y a qu'Is-Kérioth dont on connaisse la fin : il est mort assassiné par les vengeurs du roi-christ conformément aux instructions de Jésus : « Tuez ceux qui n'ont pas voulu que je régnasse sur eux ! »

III

LA NUIT DES AZYMES OU PRÉPARATION A LA PAQUE
(14 NISAN)

Nous n'avons aucune idée de ce qu'était la Pâque à Jérusalem. Rien n'en approche, ni Rome et Séville avec leurs semaines saintes, ni Lourdes, Compostelle et le Montserrat avec leurs pèlerinages, ni Ploërmel avec ses pardons, ni Beaucaire avec ses foires, ni même la Mecque. Jérusalem pendant la Pâque, c'était tout cela réuni, et multiplié par la confusion la plus extraordinaire qu'on pût voir. On parle de trois millions, rien que pour les hommes. Du Temple autour duquel tour-

---

(1) Theudas, le Thaddée de l'Évangile, s'est levé sans Claude. Nous examinons son cas dans *les Marchands de Christ*, le volume qui fait suite à celui-ci.

nait la fête, la fourmilière débordait, gonflait les rues, barrait les portes, descendait et remontait les pentes, noircissant les routes blanches des environs. Jérusalem commençait presque à Jéricho. Il n'y avait plus de faubourgs : Béthanie était dans la ville. On campait partout, couché sous la tente. Au Ramadan le Caire est ainsi assiégé : on dirait d'une invasion de sauterelles.

Au premier jour ou Azymes, tout ce monde se pressait en ville et n'en sortait plus que le huitième, au risque d'étouffer. Car la pâque s'enveloppait de rites dont la stricte observance était absolue : elle durait sept jours, la journée juive commençant à six heures de l'après-midi : on préludait à la fête dans la journée du 14 nisan, *jour de la préparation à la Pâque* (1). C'est ce jour-là qu'on immolait l'agneau sans tache sur l'autel des sacrifices, et c'est au repas du soir qu'on le mangeait. Aucune infraction à cette règle n'était possible. Le 15 nisan ou *lendemain de la préparation* était le plus grand jour de la fête, avec le septième. S'absenter c'était rompre la pâque, et de même qu'il était défendu de manger d'autre pain que du pain sans levain pendant les sept jours, de même il n'était pas permis de sortir de la ville.

Bar-Jehoudda fut amené prisonnier à Jérusalem dans la nuit du 14 nisan, une vingtaine d'heures avant le repas de la pâque.

Le *Quatrième Évangile* veut nous faire croire que Bar-Jehoudda serait venu *six* jours avant la pâque, soit le 8 nisan, chez Éléazar, à Béthanie-lez-Jérusalem, où

---

(1) Je rappelle que, sauf le quantième, nisan répond à avril.

aurait eu lieu le chrisme en présence d'Is-Kérioth. Or le Sacre remontait à cinquante jours, et Is-Kérioth n'y assistait pas. Éléazar était mort depuis plusieurs jours, et sa résurrection au second siècle n'a eu aucun effet rétroactif sur les événements du mois d'adar 788. Quant à Bar-Jehoudda, pris d'un goût véhément pour les paysages maritimes, il se hâtait vers les rives de Phénicie dont les habitants, célèbres dans l'art de la navigation, pouvaient lui prêter une voile favorable. De plus, à l'heure où ce même Évangile nous montre le « chier sire » faisant le 11, à Jérusalem, une première Entrée qui a l'inconvénient d'être antérieure de trois jours à celle de Jéricho, bourg très éloigné de la ville de David, Luc nous le montre le 11 en Samarie où il annonce aux pharisiens qu'il ne sera pas à Jérusalem avant trois jours. Ce n'est donc pas de cette manière que le roi-christ a employé les *six* jours qui ont précédé sa crucifixion. En revanche nous pouvons croire Mathieu lorsqu'il nous montre le Sanhédrin s'assemblant trois jours avant la pâque, non pour condamner — c'est fait depuis longtemps — mais pour saisir Bar-Jehoudda. Ces trois jours sont le délai qui s'est écoulé entre cette délibération et la pâque. Dans ces trois jours le fuyard a marché, comme il est dit dans Luc, mais dans le sens le plus opposé possible à Jéricho, à Béthanie et au Mont des Oliviers. Depuis quarante jours, sa tête est mise à prix, et s'il avait fait le 13 dans Jérusalem la seconde Entrée dont les Synoptisés nous ont laissé l'hyperbolique description où il apparaît à califourchon sur deux ânes, il ne serait pas revenu coucher le soir à Béthanie, il eût été cueilli en plein triomphe, conduit dans le Hanoth et immédiatement exécuté.

Ce condamné à mort n'a pas couché six jours consé-
cutifs à Béthanie chez un homme enterré à cinquante
lieues de là. Ce n'est pas à Béthanie qu'il était lorsque,
cerné par la cavalerie romaine, il échappe une première fois au châtiment. Ce n'est pas à Béthanie qu'il
était lorsque, trois jours avant la pâque, les chefs des
prêtres et les anciens du peuple délibèrent de le faire
arrêter. Ce n'est pas à cette pâque-là que les pharisiens
lui ont demandé s'il fallait payer le tribut à Tibère ou
non. Ce n'est point non plus à cette pâque-là qu'il
chargea si furieusement les marchands d'animaux et les
trapézites. Et c'est le *Quatrième Évangile* qui a raison
contre Mathieu lorsqu'il place cet épisode au début de
la prédication.

L'Entrée de « *Jésus sur les Anes* » est une pure allégorie solaire que nous expliquerons le moment venu.
De même la *Cène*, Banquet à l'imitation de ceux de So-
crate et de Platon, et dont le *Repas de Rémission* ou
Lavement des pieds est la première esquisse : banquets
d'ombres, dialogues de morts, comme il y en a dans
Lucien. Si le roi-christ eût passé plusieurs jours sur le
mont des Oliviers, récitant l'*Apocalypse* tantôt à ses
disciples tantôt aux pharisiens et aux saducéens, enseignant dans le Temple, empêchant d'y porter les vases,
dispersant les marchands à coups de fouet, bref tyran-
nisant tout Jérusalem à la barbe du Sanhédrin, c'est
qu'il eût été plus fort à lui seul que les cinq mille
lévites assemblés dans le Temple pour y sacrifier
l'agneau. Pour que la plus petite partie de ces extravagances fût vraisemblable, il faudrait qu'on lui eût
littéralement abandonné le Temple. Il faudrait aussi
que Luc nous trompât abominablement quand il nous le

montre « assumé » en Samarie dans la journée du 11. La conduite de *Jésus dans le Temple* est celle du Seigneur du lieu et non celle d'un condamné à mort qu'on recherche depuis quarante jours pour exécuter la sentence.

Si par impossible il eût réussi à s'introduire dans le Temple, il n'en serait pas sorti autrement que son père en 761. Le Temple avait quatre portiques, tous quatre gardés selon les prescriptions de la Loi. L'entrée du premier était permise à tout le monde, même aux étrangers, à l'exception des femmes travaillées de leur incommodité mensuelle. Le second était ouvert aux Juifs seulement et à leurs femmes quand elles étaient purifiées. Le troisième aux Juifs, à la condition qu'ils fussent purifiés. Les sacrificateurs entraient dans le quatrième, revêtus de leurs habits sacerdotaux, et le Grand Sacrificateur seul pouvait pénétrer dans le Sanctuaire avec cet habit mirifique dont Philon nous a tracé l'image. Il régnait une telle discipline dans le Temple, un protocole si exact, que les sacrificateurs n'y pouvaient pénétrer qu'à certaines heures, le matin pour sacrifier les victimes, et à midi pour la fermeture des portes. Il y avait quatre races de sacrificateurs, dont chacune était de plus de cinq mille hommes opérant à tour de rôle dans un ordre admirablement réglé : véritable armée lévitique habituée à la vue et à l'odeur du sang. Les portes du Temple étaient lamées d'or et si pesantes qu'il ne fallait pas moins de deux cents hommes pour les fermer chaque midi. Les laisser ouvertes était un crime impossible : il eût fallu que deux cents hommes manquassent, la même heure, à la même consigne. Si l'entrée du Temple était permise à tous ceux de la religion de quelque province qu'ils fussent, le sanctuaire leur était interdit depuis des siècles : mort inévitable, dit Philon, à quiconque eût osé s'y introduire, au Souverain Pontife lui-même, s'il y fût entré plus d'un jour par an et plus d'une fois en ce jour, car le mystère de la religion reposait tout entier dans l'idée qu'on s'en faisait.

Rien n'était plus facile que de transformer le Temple en une forteresse presque imprenable et le Sanhédrin était sur ses gardes depuis longtemps ; mais il savait, depuis trois jours au moins, qu'il n'avait plus rien à craindre d'un aventurier abandonné de tous et réduit à se cacher (1).

Bar-Jehoudda n'entra dans la ville que prisonnier, de nuit, les mains liées derrière le dos. Les évangélistes eux-mêmes, tout en déplaçant le lieu de son arrestation à cause de l'économie de leur fable, s'accordent là-dessus avec le rabbin de Celse. Il fut déposé dans la cour du grand-prêtre.

Il y a dans le *Quatrième Évangile* un détail d'où l'on pourrait conclure qu'il y eut deux étapes dans cette translation. Avant de mener le christ à Kaïaphas, « le grand-prêtre de cette année-là », on l'aurait mené chez le beau-père de celui-ci, Hanan, le grand-prêtre d'une année non moins fatale aux Jehouddistes, celle du Recensement. Mais comme Kaïaphas était dans la cour d'Hanan et qu'il n'y avait aucune raison pour mener ensuite Bar-Jehoudda dans celle de Kaïaphas,

(1) Au cinquième siècle, grâce aux inventions des évangélistes, la vérité ne pouvait déjà plus se faire jour sur aucun point. « Comment! dit l'*Anticelse*, le rabbin prétend qu'il s'est caché, qu'il était en fuite quand on l'a pris? Mais c'est une calomnie! Celui-là s'est caché qui a dit : « J'enseignais tous les jours en liberté dans le Temple et vous ne m'avez pas arrêté? » (*Anticelse*, II, 70.)

il est naturel de penser que le beau-père et le gendre occupaient la même maison.

Il y a quelque air de vérité dans ce décor où l'on voit des torches allumées, des brasiers pétillants, des mains engourdies qui s'étendent au-dessus de la flamme. C'était la nuit dite des Azymes ou *préparation à la pâque*, la nuit du mardi au mercredi, et non celle du jeudi au vendredi, comme l'Église le soutient contre toute évidence et pour étayer une imposture que nous avons clairement montrée. La ruse dont parle Mathieu n'est pas de s'être emparé du christ sans défense, mais d'avoir, en l'enfermant chez le grand-prêtre, caché son arrestation à ceux de ses partisans qui l'attendirent le lendemain dans le Temple ; de sorte que, dans cette ville pleine à craquer et dont il est défendu de sortir, dans ces ruelles tortueuses où il y a des dormeurs sous toutes les portes, on put éviter de donner l'éveil. Cette année-là, le jour de Pâque tombait un jeudi, le repas de l'agneau correspondant à notre mercredi soir. Cela d'ailleurs saute aux yeux, et il y avait dans la bibliothèque de Photius (1) un petit livre fort ancien où la vérité était dite. « De deux choses l'une, ou le christ a mangé la Pâque *un jour après le jour légal*, ou il n'a rien observé de ce qui est prescrit, ni pour le jour, ni pour l'agneau, ni pour les azymes. Il s'agit donc manifestement d'une Cène mystique avec du pain et du vin (et des convives) non moins mystiques (2). »

(1) Patriarche de Constantinople, auteur du schisme d'Orient.
(2) *Bibliothèque de Photius*, ch. 116, dans la *Patrologie grecque* de Migne.

La question du jour est très secondaire, dès le moment qu'il est bien établi que c'était avant la Cène, mais nul doute que ce ne fût le

La Cène juive avait lieu irrévocablement le soir du 14 nisan, (1) *premier jour des Azymes* ou pains sans levain. Il ne se fût pas trouvé sur la terre un seul Juif pour la célébrer un autre jour et à un autre moment. La Pâque, en effet, n'était pas seulement la plus grande fête de l'année, c'était aussi le jour de l'an.

Dans le thème de Mathieu, qui est au fond celui des Synoptisés, la Pâque de Jésus a lieu le soir du *troisième jour des Azymes*, contrairement à la loi séculaire de la nation. Soyez certains qu'il ne s'est pas trouvé pendant trois cents ans un seul christien juif pour croire qu'il s'agit ici d'une Pâque réelle ! Tous ont compris l'allégorie comme elle a été proposée.

Je cherche une comparaison qui vous montre à quel point cette Pâque est impossible en fait, et je n'en trouve point. Quelles que soient nos opinions politiques et religieuses, nous sommes tous d'accord pour reconnaître que le premier jour de l'année n'a pas lieu le 3, et que la revue du 14 juillet s'appelle ainsi parce qu'elle n'a pas lieu le 17. Une Cène qui se passe le soir du troisième jour des Azymes, c'est le premier janvier commençant inopinément le 3, et le 14 juillet commençant le 17 sans prévenir.

Cette Pâque est irréalisable pour d'autres motifs.

mercredi, jour de jeûne naziréen. Tous les Évangélistes reconnaissent que la pâque était un jeudi. N'en conviendraient-ils pas que nous serions suffisamment édifiés par l'allégorie du *Quatrième Évangile* où Jésus proclame que Bar-Jehoudda fut son Joannès, son messager, son Mercure, et le restitue, sous cette étiquette, à Salomé, sur la croix même. Rappelez-vous également le livre que possédait Photius et où il est dit : « Pour que la Cène ne soit pas imaginaire, il faudrait qu'elle eût été célébrée après le jour de la pâque. »

(1) Donc le 15 nisan au compte juif, la journée commençant à six heures de l'après-midi.

S'il s'agissait du repas classique, célébré par des personnages ayant vécu, les convives seraient non pas douze personnes, dont huit selon le compte de l'Évangile appartiennent à des familles différentes, mais les cinq frères alors vivants de Bar-Jehoudda, Shehimon, Jacob senior, Philippe, Jehoudda junior dit Toâmin et Ménahem, Salomé sa mère, Cléopas son beau-frère, Maria Cléopas et Thamar, ses neveux et cousins germains, en un mot rien que des membres de sa famille consanguine jusqu'à concurrence de dix au moins et de vingt au plus. On n'invitait des amis que dans le cas où les membres d'une même famille n'allaient pas jusqu'à dix. Car telle était la Loi, et si quelqu'un eût été assez téméraire pour y manquer, il eût été seul à table.

On ne peut imaginer un seul instant la mère, les frères et les sœurs, les oncles et les tantes, les cousins et les cousines, faisant la Pâque dans une maison étrangère, tandis que le fils aîné, représentant la Loi en l'absence du père mort, eût mangé l'agneau dans une autre maison, avec des amis politiques. Ceux-ci se seraient trouvés dans le même cas d'anomalie par rapport à leurs familles respectives, et jamais on n'en aurait vu de pareil — a *fortiori* treize d'un coup ! — depuis la création de l'équinoxe du printemps.

Le *Banquet de Rémission*, première étape vers la *Cène* actuelle, n'est point une Pâque allégorique, même dans l'esprit de celui qui l'a inventé (1) : on n'y mange ni agneau ni azymes. Même libre, jamais Bar-Jehoudda, s'il eût songé à cette monstruosité, n'eût pu

_____

(1) Cérinthe dans le *Quatrième Évangile*, ch. XIII.

manger la Pâque le 14 Nisan ; il faut en écarter jusqu'à l'idée. On n'aurait pas trouvé dans le Temple un seul sacrificateur pour immoler l'agneau la veille du jour consacré. Si par impossible quelque aliéné se fût prêté à ce sacrilège, prêtres et convives, tous eussent été lapidés le lendemain, et Pilatus n'eût pas été obligé de crucifier l'amphitryon. Cette réunion allégorique est si peu celle de la Pâque qu'à table, Jésus disant à Judas : « Ce que tu veux faire, fais-le vite », quelques-uns pensent « qu'il avait voulu dire, comme Judas tenait la bourse : « *Achète ce qui nous est nécessaire pour la fête* » (l'agneau et le sel, le vin et les azymes).

C'est en effet parce que la Grande Pâque de 789 n'a point été célébrée avec les Douze Apôtres, c'est parce que le Baptême de feu n'a point eu lieu, que Jésus, empruntant le procédé du Joannès baptiseur, en est réduit à laver d'eau les douze Juifs par lesquels l'évangéliste les a remplacés. Il est impossible d'avouer plus clairement que tout le christianisme est tombé en une seule journée.

Il n'y a pas de preuve plus tangible que l'Évangile n'est ici qu'une fiction, car ni le roi-christ crucifié depuis la veille, ni ses compagnons en fuite depuis plusieurs jours n'ont pu faire la Cène ensemble, tandis que, dans le mythe, Jésus mange l'agneau avec tous ces personnages, augmentés d'Is-Kérioth que dans sa toute puissance il a ressuscité pour compléter la Douzaine zodiacale. On peut même être certain qu'Éléazar est de la fête sous un nom supposé. Mais il y a quelqu'un qui n'en est certainement pas, quoique nous soyons à la fin du second siècle. C'est le nommé Saül, auteur prétendu des *Lettres de Paulos!*

IV

LES TROIS RENIEMENTS DE PIERRE ET LE COQ DU 14

Si, sous le nom de la Pierre, Shehimon se comporte avec quelque vaillance sur le Mont des Oliviers où il n'était pas, il s'en faut de beaucoup qu'il en ait montré dans la journée de Sôrtaba et dans celle de Lydda, si par hasard il y était. Il fut encore moins brillant, si c'est possible, dans la cour du grand-prêtre.

Ceci nous amène à l'allégorie des trois *Reniements de Pierre*, premier jet du *Reniement des Douze* au Mont des Oliviers, thème plus général et moins offensant pour Shehimon.

Il est bien vrai que dans l'allégorie astrologique, celle qui se passe la nuit de *la pâque manquée*, les douze apôtres ont à renier trois fois, la nuit ayant trois veilles, (neuf heures, minuit et trois heures,) mais c'est le triple Reniement de Pierre dans la nuit précédente qui a donné l'idée d'étendre aux douze ce cas tout individuel de parjure et de lâcheté (1). Comme moyen de salut en dehors du baptême, Shehimon, à l'exemple de Bar-Jehoudda n'a point dédaigné la fuite, et ce n'est pas de très bonne grâce, on le sait, (2) qu'il marcha au supplice en 802. Soit qu'il ait été arrêté avec son frère, soit

(1) Voyez *Quatrième Evangile*, XIII, 38. Il n'y avait pas : « cette nuit », et en effet dans le thème de Cérinthe la fiction se passe le 14. C'est dans le thème *grand jeu*, où la fiction est placée le 15, qu'on a mis « cette nuit ».

(2) Par l'épilogue du *Quatrième Evangile*, assez dur pour lui. Cet Évangile est le seul qui mêle Shehimon et un autre disciple à l'arrestation du Nazir.

qu'entré dans Jérusalem il eût eu vent de ce qu'il en advenait, Shehimon suivit jusqu'à la demeure de Kaïaphas
un christien qui y avait accès. Ce christien accompagna
la troupe qui s'engouffrait dans la cour, puis, la concierge l'ayant laissé sortir un instant, fit entrer Shehimon qui l'attendait au dehors : « N'es-tu pas aussi des
disciples de cet homme ? » dit-elle à celui-ci. Shehimon
nie trois fois selon qu'il plaît au scribe. Comme on
pourrait s'étonner que Shehimon avec un autre disciple
ait pu pénétrer librement chez le grand-prêtre, alors
qu'on mène son frère à la mort, le *Quatrième Évangile* donne la raison de cette impunité. « Kaïaphas était
celui qui avait donné aux Juifs ce conseil : « Il importe
qu'un homme *seul* meure pour le peuple. » En style
non évangélique, arrêtés ou non, Képhas et l'autre
disciple n'avaient point été condamnés, ils n'étaient
point compris dans la sentence. « On ne vous hait
point, dit-il à ses frères avant les Tabernacles, montez
à Jérusalem, mais moi je n'y monte point, parce qu'on
me hait et que mon heure n'est pas encore venue (1). » Ils
tenaient à leur peau, puisque le christ lui-même avait,
de son côté, essayé de sauver la sienne par le secours
de ces pieds que Jésus, au Banquet de rémission, est
obligé de laver spécialement pour leur remettre le péché
commis contre le dieu Mars.

Shehimon et son compagnon peuvent donc entrer
chez Kaïaphas avec tranquillité : ils en sortiront de
même, et, en attendant, Shehimon qui a froid aux mains
— aux pieds, jamais ! — pourra se les réchauffer près
du brasier. Autre raison pour laquelle il faut entrer

(1) Nous avons expliqué ce propos dans le présent volume, p. 210.

dans la cour et à deux : si aucun des disciples n'est là, on se demandera comment le scribe peut savoir ce qui s'est passé, et si le témoignage n'est point porté par deux personnes il sera antideutéronomique. Pas de témoignage à moins : faux ou vrai, il n'importe. Les témoins contre le jésus — faux témoins, les misérables ! — sont deux : deux aussi les témoins — véridiques, ceux-là ! — de ce qui s'est passé dans la cour. Une chose est certaine, toutefois, qu'on aurait cachée avec soin s'il y avait eu moyen de faire autrement, et qu'on répartit plus tard entre les douze pour alléger la conscience de leur « prince » déjà terriblement chargée (1). Shehimon, menacé sinon dans sa vie du moins dans sa sécurité, Shehimon par trois fois renia son frère : une première fois, devant la concierge ; une seconde fois, en le voyant passer dans la cour, lié, (jamais je ne traverse la Cour de Saint-Pierre de Rome sans penser à cela); une troisième fois, quand un serviteur du grand-prêtre, parent d'Amalech, (Saül comparé à un Amalécite), dit : « Ne t'ai-je pas vu au Iarden (Jourdain) (2) avec lui ? » Alors chante le coq. Il y a des variantes (3).

En avisant Shehimon resté dans la cour, assis près d'un brasier, une chambrière lui dit (4) : « Tu étais aussi avec le jésus *Galiléen ?* (5) » Shehimon le nia de-

(1) Notez que la dignité de prince des apôtres ne revient nullement à la Pierre, mais au Joannès-jésus.
(2) On a traduit par Jardin à cause du Mont des Oliviers où a lieu l'*Arrestation de Jésus* dans l'allégorie, mais c'est Iarden qu'il faut lire, comme il faut lire Bathanea trans Jordanem quand on met Bathanie-lez-Jerusalem.
(3) Dans Luc et dans Mathieu.
(4) Dans Mathieu.
(5) *Galiléen* a été ajouté relativement tard. Bar-Jehoudda était Gaulonite.

vant tous et se dirigea vers la porte. Une autre chambrière (un homme, dit Luc), l'apercevant comme il se dirigeait vers la porte, dit : « Celui-ci *pareillement* était avec le jésus Nazir. » Il le nia de nouveau, *avec serment* (1), disant : « Je ne connais pas cet homme-là. » D'autres s'approchèrent, disant : « En vérité, tu es aussi de ceux-là, ton parler te décèle. » Une troisième fois, il protesta, *jurant encore* qu'il ne connaissait pas cet homme, et incontinent le coq chanta (2).

Voilà qui est clair, nonobstant des variantes de peu d'importance. En cette nuit fatale de la Préparation, Shehimon s'est parjuré, il a manqué au serment qu'il a fait à son père de donner sa vie pour le Christ (3). « Que chacun de vous prenne sa croix ! » avait dit Jehoudda. Au lieu de la croix, Shehimon prend la fuite. Il semble avoir eu une aversion, d'ailleurs légitime, pour le martyre évitable.

Mon dieu, il est bon que l'intérêt de la conservation l'emporte le plus souvent sur les élans irréfléchis, sans quoi c'en serait fait de l'espèce humaine ! Mais enfin on ne peut nier que la réputation de Bar-Jehoudda et de Shehimon comme martyrs volontaires ne tienne de l'usurpation par les racines profondes. Si le jésus est innocent de tout crime, comme le dit l'Evangile, et qu'il

(1) Défense de jurer, d'invoquer en vain le nom de Dieu,. Jésus est formel. Mais se tirer d'affaire par un parjure, n'est-ce pas invoquer utilement le nom de Dieu ? Qu'est-ce donc après tout que l'Evangile ?

(2) Il arrive une chose étrange à Shehimon depuis qu'il s'appelle La Pierre dans la fable, et son frère aîné, Jésus. Shehimon « se souvient de la parole que dit Jésus » dans l'allégorie fabriquée au second siècle, à savoir qu'il le renierait, et, au souvenir de la nuit des Azymes, il se met à pleurer. Remords tardif.

(3) Sur ce serment, revoyez l'*Assomption de Moïse* dans le *Charpentier*, p. 267.

24

soit injustement condamné sur le rapport de deux témoins subornés, si ces trois reniements ont eu lieu coup sur coup dans les circonstances rapportées ici, impossible de trouver un être plus abject que ce Shehimon qui laisse son frère succomber sous l'opprobre et le faux témoignage, sans offrir son appui, sans même dire le mot qu'un goy trouve spontanément à fleur de lèvres, quand la justice et la vérité sont en péril. Il est permis de penser que l'Église romaine aurait pu réserver ses trésors d'enthousiasme pour d'autres héros, et qu'elle aurait pu ne pas nous imposer le jésus comme dieu et la Pierre comme pape, car les pseudonymes ne sauraient avoir la vertu d'effacer les tares ni d'exalter la bassesse, et il n'y a pas là de quoi déranger Michel Ange avec le Bramante !

Quoique nous ne soyons pas chargés de défendre Shehimon et que soit plutôt la besogne d'un avocat de Cour d'assises, nous éprouvons quelque soulagement à l'idée que les trois *Reniements de Pierre* sont là parce que Dieu se réjouit des nombres impairs : *numero Deus impare gaudet*, même quand son fils doit en être victime. Les Reniements de Pierre dans la Cour de Kaïaphas sont trois et ramassés en une seule nuit, parce qu'il y a trois veilles à la nuit : c'est la nuit des Azymes, la nuit du 14, dans laquelle le roi-christ a manqué son royaume. Les trois *Reniements des Douze* au Mont des Oliviers, c'est la nuit dans laquelle Jésus devait descendre, la nuit pascale, la nuit du 15. En un seul jour tout fut perdu, même l'honneur.

Il faut donc bien se garder de confondre ces deux nuits, dont la première seule a quelque fondement dans l'histoire, et surtout d'additionner les trois reniements de Pierre dans la cour de Kaïaphas le 14 nisan avec ses trois reniements au Mont des Oliviers le jour suivant. La première nuit, c'est le frère qui renie; la seconde, c'est l'apôtre. Et son frère le jésus renie comme lui, car il est le prince des douze.

Si l'on additionne on arrive à un total exorbitant pour un seul individu. On trouve six reniements. Du 5 pour 1! Beau placement, comme les Juifs modernes n'en font plus! Shehimon n'ayant pu collectionner les reniements avec cet âpreté, il en résulte qu'il y a eu successivement deux thèmes, composés chacun de trois reniements. L'Église, quand elle s'est trouvée en face de ces deux thèmes d'ensemble six reniements, a jugé utile de rectifier ainsi la prophétie de Jésus : « Avant que le coq ait chanté par *deux fois*, tu me renieras par trois fois. » Gardez-vous de faire comme elle et d'additionner les chants du coq, ceux du 14 avec ceux du 15 (il eût été condamné pour tapage nocturne). C'est bien le même coq, mais il chante trois fois pour Shehimon dans la nuit de la Préparation et trois fois pour les douze dans la nuit de la Pâque. Ce coq est apocalyptique au premier chef, à la première crête. Le 14, il salue mélancoliquement l'Étoile du matin qui s'est levée sur le jésus prisonnier; le 15, il annonce, d'une voix enrouée par la déception, que le Christ n'est pas descendu sur Sion conformément à l'*Apocalypse* : Jésus a *passé* sans s'arrêter (*pesach*), tandis que, de son côté, Bar-Jehoudda est en train de *passer* sur la croix (*passion*).

V

DANS LA COUR DE KAIAPHAS

Gardé à vue dans la cour du grand-prêtre, il y resta jusqu'au matin. Il ne fut point jugé, il l'était et condamné ; il ne comparut pas devant le grand San-hédrin qui tenait ses séances dans la vieille salle du Hanoth, mais devant une sorte de commission exécu-tive qui, le sachant sujet de Rome et d'ailleurs heu-reuse d'esquiver une responsabilité, résolut de le remettre à Pilatus. De même qu'on n'eût pas trouvé dans le monde un seul Juif pour manger la Pâque le 14 nisan, on n'eût pas trouvé un seul membre du San-hédrin pour juger dans la nuit. D'abord il était défendu de juger la nuit, a *fortiori* pendant celle des Azymes tellement prédestinée à l'amnistie que, dès le matin, les Juifs demandent à Pilatus de leur faire l'aumône d'un condamné à mort en relâchant Bar-Rabban. On a reproché aux évangélistes leur ignorance, vraiment inouïe, des règles et des formes judiciaires en usage parmi les Juifs. On a le plus grand tort. Ce n'est pas du tout par ignorance qu'ils pèchent. Ils savent par-faitement que le Sanhédrin ne siège que de jour, et qu'on n'instruit pas une affaire pendant la nuit. Il est vrai que la « sentence » est rendue le matin, mais vous savez pourquoi ils ne veulent plus qu'elle remonte à quarante jours : en indiquant la date, on eût indiqué les motifs, et alors adieu la transfiguration de Bar-Jehoudda en Jésus ! Dans la version actuelle, les Juifs sont si peu fondés à condamner Jésus que l'*Évangile de Nicodème* a dû, quatre siècles après, leur suggérer des motifs nouveaux : il imagine qu'ils lui firent grief d'avoir, en naissant, causé le massacre des Innocents!

Pas plus chez le grand-prêtre qu'ailleurs, l'imposteur ne put fournir de signes, mais sur la doctrine il ne varia point. Il soutint jusqu'au bout qu'il était christ-roi d'Israël, au sens davidique, et fils de Dieu comme tout Juif pur, mais qu'il n'était ni le Christ ni le Roi des Rois ni le Fils de Dieu. Nous le retrouvons dans Marc tel que nous l'avons vu dans l'*Apocalypse* : honte à tout homme assez fou, assez impudent pour se faire adorer ! Anathème à ceux qui avaient introduit dans Césarée, dans Sébaste, dans Panéas, dans Tibériade, dans Gadara, le culte des hommes-dieux, des démons-Césars ! Dans le testament que lui dictent les Évangélistes, il renouvelle les phrases-moules de son *Apocalypse*, les déclarations enflammées de sa prédication. « Faites pénitence, car le Royaume approche, avait-il dit. » Et : « Prêchez : le Royaume de Dieu est *proche*. » Et : « Vous n'aurez pas fini de prêcher la Bonne nouvelle à toutes les villes d'Israël que le Fils de l'homme *ne vienne*... Il y en a quelques-uns ici présents qui ne goûteront pas la mort qu'ils n'aient vu le Fils de l'Homme *venant en son Royaume* (1)... Vous qui m'avez suivi, lorsqu'à la *Ré-génération* (millénariste) le Fils de l'Homme sera assis sur le trône de sa gloire, vous aussi, vous serez assis sur douze trônes, jugeant les douze tribus d'Israël...

(1) Les scribes de Marc, déjà moins explicites, disent : « dans sa puissance. »

En vérité, je vous le dis, tout cela *viendra sur cette génération*... Cette *génération* ne passera pas avant que toutes ces choses s'accomplissent. *Le ciel et la terre passeront*, mais mes paroles ne passeront pas. Le Royaume de Dieu *est 'proche*, faites pénitence et croyez à la Bonne nouvelle... Quiconque aura eu honte de moi parmi cette nation adultéresse et pécheresse, le Fils de l'Homme aura pareillement honte de lui, *lorsqu'il viendra avec les saints anges en la gloire* de son Père. » Pour le reste, Marc confirme Mathieu en le copiant à peu près textuellement. Il serait oiseux de continuer avec Luc qui, lui aussi, confirme en copiant : « *Cette génération ne finira point que tout cela ne soit accompli.* »

Nulle part dans cette apocalypse, Bar-Jehoudda ne cherche à se faire passer lui-même pour le Fils de l'Homme ; nulle part il ne dit : « Je reviendrai », ou « C'est moi qui viendrai », toujours il dit : « le Fils de l'Homme viendra. » Et même il menace Kaïaphas de ce terrible Fils de l'Homme qui va descendre du ciel le 15 : « Je vous le déclare : vous verrez dès à présent le Fils de l'Homme assis à la droite de la Majesté de Dieu et venant sur les nuées du ciel. » Et il eût pu ajouter : « Ce sera mon salut et votre perte », car le monde ne finissait point par la venue du Christ ; il y avait simplement passage du mauvais Cycle du *Zachû* au bon Cycle des *Poissons*, plein de délices et de fruits. « En vérité, je vous le dis, personne ne quittera pour moi et pour l'Évangile sa maison, ses frères, ses sœurs, son père, sa mère, ses enfants et *sa terre* (sa terre surtout!), que présentement et dans le *Cycle à venir* il n'en reçoive cent fois autant! » Quand Bar-Jehoudda dit à

Kaïaphas : « *Dès à présent*, tu verras le Fils de l'Homme venir sur les nuées du ciel », ce n'est assurément pas de lui qu'il parle. Kaïaphas eût infailliblement répondu : « A quoi bon surseoir à la destruction de l'Orient et de l'Occident? Détruis-les, pendant que tu y es. Mais si, enlevé par Jésus, tu ne montes au ciel que pour les assommer de plus haut, avoue que ce n'est pas bien. »

C'est donc le trait distinctif de l'*Apocalypse* millénariste qu'on retrouve ici, telle qu'elle était avant l'expédient de l'Antéchrist. Le jésus, quand il menace Kaïaphas de la Regénération par le Christ, ne fait que lui rabâcher du Joannès. Ou, pour mieux dire, c'est le Joannès lui-même qui parle. L'Antéchrist n'était pas inventé lorsque Bar-Jehoudda prédisait à ses contemporains la venue du Christ pour le 15 nisan 789. Aucun être satanique ne se levait de la terre pour faire obstacle au Fils de l'Homme (1).

Le Christ entre en besogne sans être contrarié par un tyran. On inventa Néron Antéchrist après la chute de Jérusalem, quand il fallut calmer les impatiences et surtout masquer la faillite de toutes les prophéties apostoliques. Quand, après plusieurs délais accordés aux fils de Jehoudda par la crédulité publique, il fut démontré que le Joannès avait été mauvais prophète, il fallut bien trouver un prétexte qui retarderait autant qu'on voudrait, éternellement même, l'arrivée du Christ Jésus.

Bar-Jehoudda n'avait jamais pris le titre de Messie dans le sens où nous l'entendons. Lorsqu'il comparaît

_____

(1) Nous avons même fait observer que l'Antéchrist, dans le sens étymologique, c'était Bar-Jehoudda lui-même. Voir p. 54 et suiv.

devant Kaïaphas, on cherche des accusateurs, et alors que, si les Évangiles disaient vrai, tout Jérusalem eût pu l'accabler, on ne trouve pas même deux témoins dans toute la ville pour déposer contre lui. Encore sont-ils faux ! Si les prêtres et les magistrats avaient réellement cherché des témoins à charge, ils auraient attendu le jour. La place de Christ est encore libre au moment où écrivent les évangélistes, et il faut se méfier des imposteurs qu'allaite le sein maternel de l'Église : Bar-Jehoudda met tous les christiens en garde contre les entreprises de cette mégère. Il ne cesse de répéter aux disciples : « Prenez garde que quelqu'un ne vous séduise, car il en viendra disant : « C'est moi », qui en égareront beaucoup. » Et, en effet, il en vint un après sa mort, et ce fut lui-même. En attendant, « si quelqu'un vous dit : « Voici que le Christ est *ici* ou *là*, *ne le croyez pas;* car il s'élèvera des faux Christs et des faux prophètes, lesquels feront des *signes* et *miracles,* de façon à séduire même les élus, si cela était possible. Mais tenez-vous sur vos gardes. Voilà que je vous ai prédit le tout. »

« Dis-nous quand adviendront ces *choses* (le Temple renversé et remplacé par celui de l'*Apocalypse*) et quel *signe* annoncera leur accomplissement (1). »

(1) Dialogue imaginaire entre les disciples réunis sur le Mont des Oliviers et Jésus.

On a mis dans Mathieu : « Révèle-nous quel sera *le signe de ton avènement* (il y avait *son*) et de la consommation des Cycles. » Mais la supercherie est criante.

C'est le pendant de celle du baptême où nous voyons appliquer à Jésus le membre de phrase qui, dans la version primitive, s'appliquait manifestement au Joannès baptiste.

De même on lit aujourd'hui *en mon nom,* dans Marc, et cela se comprend, puisque Jésus est substitué à son prophète. Avec une candeur charmante, Jésus avoue le subterfuge. « *Qui lit cela,* dit-il, *y*

Le signe, c'est quand on verra le soleil et la lune refuser leur lumière et que les étoiles tomberont du ciel. « Alors verra-t-on le Fils de l'Homme *venir sur les nuées...* » C'est quand on verra cela qu'on en pourra conclure qu'il est proche. « En vérité, je vous dis que cette génération ne passera point que tout cela soit accompli... Quant à ce jour-là et à l'heure, nul ne les sait, pas même les anges qui sont au ciel, *ni le Fils* (1), mais le seul Père. » En somme, que disait Bar-Jehoudda? Le Christ se servira de signe à lui-même. Les cataclysmes terrestres et célestes ne sont que le bruit qu'il fait en se dérangeant. Point d'autres signes que ceux-là.

Tel était le testament du prophète ; c'est l'*Apocalypse* sous la forme dialoguée. On y a joint force codicilles empruntés à l'histoire des temps qui ont suivi. Marc et Mathieu peuvent les relater sans crainte de se tromper : ils peuvent, si bon leur semble, les copier dans Josèphe à l'état de faits accomplis depuis Néron. Jésus ne risque aucun démenti de Dieu lorsqu'il dit que « les femmes et leurs nourrissons » courent les plus grands dangers, car les soldats de Florus en avaient fait un terrible massacre. « Les gens de guerre, dit Josèphe, menèrent

prenne garde. » Et à propos de « l'abomination de la désolation » établie sur le Temple tombé, on a ajouté dans quelques copies et enlevé de quelques autres les mots *dont parle le prophète Daniel*, qui déposent de la façon dont les Évangélistes ont travaillé, l'œil sur Daniel et le doigt sur l'*Apocalypse.*

(1) Remarquez, au point de vue théologique, que, pour Marc, le Fils n'est pas dans le Père, comme pour le *Quatrième Évangile*, par exemple. C'est une personne distincte, complètement à la disposition du Père, il a le pouvoir de faire et de défaire. mais pour venir il attend l'ordre. C'est toujours au Père qu'il faut s'adresser pour l'oraison, à lui qu'il faut demander d'envoyer son Christ.

à Florus des personnes de condition qu'il fit déchirer à coups de fouet et crucifier ensuite. On ne pardonna pas même aux *femmes* ou aux *enfants qui étaient encore à la mamelle*, et le nombre de ceux qui périrent de la sorte se trouva être de trois mille six cent trente personnes. » Les évangélistes auraient pu donner le chiffre.

Tel il s'était montré pendant toute sa vie prophétique, tel il se montra dans la cour du Grand-prêtre. Aucun de ses acolytes n'assistait à cet interrogatoire, — simple constatation d'identité, la cause était entendue — mais on en a pu deviner les grandes lignes après coup, avec exactitude. Les témoins (1) déclarèrent que c'était bien le roi-christ, et qu'ils lui avaient maintes fois entendu dire : « Il détruira le sanctuaire de Dieu et le remplacera par un Temple *non bâti de main d'homme* (2). » Ou bien : « Voyez-vous tout cela ? Je vous dis en vérité qu'il n'en restera pas pierre sur pierre qui ne soit démolie (3). » Ils ne mentaient pas : d'ailleurs Kaïaphas, les chefs des prêtres, les scribes et les anciens n'avaient que faire de leurs témoignages, l'instruction était close. « J'ai parlé ouvertement au monde, dit le prophète à Kaïaphas, j'ai toujours enseigné dans la Synagogue et au Temple où les Juifs s'assemblent d'ordinaire, *ne disant rien en cachette. Pourquoi m'interroges-tu ? Interroge ceux qui m'ont entendu sur ce que je leur ai annoncé ; ceux-là connaissent bien mes Paroles* » (4),

(1) Il y en eut deux, dit Mathieu, de faux témoins... naturellement.
(2) Cf. le présent volume (*Apocalypse*, ch. xxi), p. 78.
(3) Renversée, dit plus exactement Marc.
(4) *Quatrième Evangile*, xviii, 21. Philippe, premier en date de tous les scribes qui ont transmis les *Paroles du Rabbi*, confesse que Bar-Jehoudda ne prononça pas une parole, et Luc va nous dire qu'il ne répondit rien à Antipas.

et c'est fort bien dit. Ceux qui mentent, et scandaleu-
sement, sinistrement, grotesquement, ce sont les scribes
ecclésiastiques lorsque, mettant à la première personne
ce que les écrits mythologiques avaient mis à la troisième, ils font dire à l'homme interrogé : « *Je puis
détruire le sanctuaire de Dieu et le rebâtir en trois
jours.* » Le faux témoignage, le voilà ! Relisez la phrase
de Marc et comparez. Celle-ci qui est dans Mathieu, et
la faculté que l'homme interrogé s'attribue, de rebâtir
le Temple *en trois jours*, n'ont été possibles qu'après
la substitution de Jésus à Bar-Jehoudda et du *signe de
Jonas* — la résurrection du roi-christ — à tous les
signes apocalyptiques. Il fut alors convenu (voyez le
Quatrième Evangile) que Jésus, en se disant capable
de rebâtir le Temple, ajouterait : *en trois jours*, et
qu'il voudrait parler... du *Temple de son corps !*

Kaïaphas ne lui demanda donc pas s'il soutenait être
le Christ Fils de Dieu et il ne répondit pas : « Tu l'as
dit (1). » Pour que le Grand-prêtre posât la question, il
eût fallu qu'on accusât Bar-Jehoudda de l'avoir soulevée.
Or, les témoins ne l'accusaient nullement de prétention
à la divinité, mais de trois choses essentiellement politiques : subversion de leur nation, ordre de refuser le
tribut, usurpation de la royauté par le chrisme qui
appartenait au Grand-prêtre, et subsidiairement attentat déjà ancien à la liberté du culte : empêchement de
porter les vases à la Fête des Tabernacles (2). Toutes
ses réponses sont supposées. Il n'a pas dit un mot, il
n'a pas ouvert la bouche. Il était alors convaincu qu'il
ne mourrait pas. Dans la version de Philippe, le premier

---

(1) Mathieu, xxvi, 64.
(2) Dans Luc seul.

de tous les légendaires, bien antérieur à Mathias qui déjà marivaude, il est conduit au supplice comme l'agneau à la boucherie, inconscient, muet (1). Un seul homme, Pilatus, l'interrogea peut-être. Encore n'était-ce point par curiosité, mais par devoir, il savait tout. Kaïaphas ne s'écria point : « Il a blasphémé ! », et ne déchira point ses vêtements qui lui étaient fort utiles en ce jour de Préparation à la pâque (2). Annoncer, attendre le Christ n'était nullement un blasphème. C'était une licence permise par les Ecritures juives. Philon, le faux Enoch, en usaient avec la plupart des Juifs. Des membres du sanhédrin comme Gamaliel pouvaient être christiens, sans être millénaristes. Mais il y avait dans la cour des gens fort irrités contre Bar-Jehoudda : c'était cette séquelle de changeurs et de marchands du Temple, le grand et le petit paquet des courtauds de boutique sacerdotale, capables de massacrer tout Jérusalem pour une fête manquée. Et comme il n'est point de bornes à la lâcheté quand un intérêt lésé la provoque, ils lui crachèrent au visage, le souffletèrent, le frappèrent de bâtons, lui bouchant les yeux et lui disant par dérision : « Prophétise-nous qui t'a frappé, ô christ (3) ! »

(1) *Actes des Apôtres*, VIII, 32 et Valentin, *Pistis Sophia*.
(2) Ces demandes : « Vous avez entendu ? A quoi bon d'autres témoins ? Il avoue, » et cette réplique : « Il est digne de mort », ne peuvent être authentiques.
(3) Dans certaines versions, ces gens sont très ménagés, — ce qui suppose toujours une rédaction moderne. Ils ne se portent à aucune violence contre Bar-Jehoudda. Seul un sergent va jusqu'à lui donner un soufflet. Encore est-ce par condescendance pour Isaïe, car vous connaissez la faiblesse des sergents pour les Zélotes, vous les avez vus à l'œuvre. Il était interdit de frapper un prévenu. Kaïaphas eût été repris par tous les assistants s'il eût désobéi à lla Loi. Quand le prétendu apôtre Paul comparait devant le sanhédrin, Ananias, le

VI

COMPARUTION DEVANT ANTIPAS

On explique l'empressement de Kaïaphas à livrer le roi-christ par la peur qu'il avait d'un soulèvement populaire. On oublie toujours que les Anciens du peuple avaient participé à la sentence rendue. Le Sanhédrin n'avait rien à redouter au cas où il eût lapidé Bar-Jehoudda comme il avait lapidé Jacob junior. Bar-Jehoudda n'eût trouvé dans le peuple que des bourreaux. Aucun Juif de Jérusalem ne se fût levé pour défendre un homme qui voulait brûler le Temple. Il n'y eut aucune précipitation. Dès le moment que Bar-Jehoudda était arrêté avant la Pâque, on avait atteint le but. Kaïaphas ne prit qu'une seule précaution : ne pas l'enfermer dans le Hanoth.

De chez Kaïaphas on n'alla pas dans un autre endroit où se serait tenu le Sanhédrin. On mena le prisonnier au prétoire, de bon matin, mais auparavant on passa par le palais d'Antipas. On n'avait nulle peur du peuple. Au contraire, influencé par la perspective d'une pâque gâtée, Jérusalem demandait qu'au plus vite on se débarrassât du trouble-fête. Entre l'heure à laquelle Bar-Jehoudda fut conduit au prétoire et l'heure à laquelle il fut conduit au supplice toute la matinée s'ins-

---

grand prêtre, ayant ordonné à ses voisins de le frapper, Paul réplique : « Dieu vous frappera, muraille blanchie, car vous êtes assis conformément à la Loi ; et contre la Loi, vous ordonnez qu'on me frappe. » (*Actes*, XXII et XXIII.)

crit. Sauf Shehimon et son compagnon, la famille ignorait qu'il fût arrêté. On le croyait en fuite et sauvé.

En forçant les bourgs de Galilée sur son passage, il avait encouru la condamnation d'Antipas qu'il méritait déjà pour avoir livré la Pérée aux Arabes. En se proclamant roi des Juifs dans un pays d'Empire, il avait encouru celle de Vitellius. En soulevant la Samarie, il avait encouru celle de Pilatus. L'intervention de Jésus dans l'histoire a eu pour effet de changer complètement la nature des choses. Elle a transformé une affaire de pur banditisme en un procès religieux. Jusqu'au dernier jour, jusqu'à son dernier soupir, Bar-Jehoudda ne cessa de séparer sa personne de celle du Christ. On le calomnie en disant qu'il se faisait passer pour le Christ, comme on calomnie les Juifs en disant qu'ils ont tué le Fils de Dieu : ils s'étaient contentés de condamner l'imposteur et le traître qui avait exposé toute la population juive du Jourdain à l'invasion. Sur l'observation de la loi religieuse, sur le paiement des décimes, sur les sacrifices, impossible de le prendre en faute. Il n'est poursuivi, jugé et condamné que pour crimes politiques ou de droit commun. Personnellement, les prêtres n'ont point de griefs contre lui. Et ce que la famille leur reprochera plus tard à eux-mêmes, c'est d'avoir livré aux païens un homme irréprochable devant la Loi.

La vérité sur le fond de l'affaire perce dans Luc et dans Luc seul. L'intervention d'Antipas achève de nous éclairer. De tous les évangélistes c'est Luc qui tient ici la version la plus voisine de l'histoire. Antipas se trouve dans Jérusalem en même temps que Pilatus, à une Pâque qui ne saurait être celle de 788, à laquelle Bar-Jehoudda n'assista point, ni celle de 790, à laquelle Pilatus avait quitté la Palestine. Antipas était venu à cette pâque pour se concilier le procurateur de Judée à défaut du proconsul de Syrie, lequel ne bougeait, retardé par on ne sait quelle raison, et laissait la Pérée aux Arabes vainqueurs.

Le 11 nisan Antipas cherchait Bar-Jehoudda pour le tuer. Il était donc au premier plan de l'histoire, avant Kaïaphas et Pilatus. Dans les autres Évangiles on a fait disparaître peu à peu le tétrarque de Galilée et rejeté Pilatus au second plan, pour charger le Temple de tout l'odieux de la condamnation. On a gardé Antipas pour le commencement de la fable : Antipas, en *décapitant* le Joannès dans Marc et dans Mathieu, permet aux scribes de substituer Jésus au baptiste. Service signalé, mais qui épuise le bienfaiteur! Décemment on ne peut plus, dans Marc et dans Mathieu, représenter Antipas cherchant, pour le crucifier aux Azymes de 788, un homme dont, selon eux, il a coupé la tête plusieurs mois auparavant! On ne peut avouer que la Journée des Porcs et l'invasion de la Galilée sont la cause de cette ardente recherche, puisque d'autre part on explique la haine d'Antipas pour le Joannès par la fougueuse prédication de celui-ci contre Hérodiade.

Luc a donc retourné complètement la situation pour ménager la réputation de son héros : il ne pouvait avouer que sous son nom de circoncision, le crucifié de Pilatus était coupable de crimes publics au sens de la loi commune. Dans la version de Luc, après avoir interrogé le roi des Juifs, le chef des factieux de Bathanée, de Galilée et de Samarie, celui-là même contre qui il opérait hier avec sa cavalerie, Pilatus — énormité qui surpasse en hauteur la montagne du

Garizim — déclare : « Je ne trouve aucun crime en cet homme-ci. » Et là-dessus il l'envoie à Antipas pour être jugé. Or c'est tout le contraire : c'est Antipas qui le fit conduire à Pilatus pour l'exécuter.

Mais, que Pilatus soit devant ou derrière, il n'importe. Ce qui importe, c'est ce que Luc a trouvé dans les écrits de son temps — Marc et Mathieu compris — et qui a disparu de ceux qui nous restent : Bar-Jehoudda comparaissant devant Antipas, le jour de la Préparation. C'était la preuve de l'identité du Joannès avec le jésus par la raison que le Joannès n'avait pas été décapité, mais crucifié. Qu'a fait le Jésus de la christophanie évangélique à Antipas pour que celui-ci le recherche afin de le tuer ? Rien du tout. Qui tonne contre Antipas au Jourdain ? Le Joannès. Qui prêche contre Hérodiade ? Le Joannès. Qui Antipas tue-t-il par décapitation dans le Marc et dans le Mathieu d'aujourd'hui ? Le Joannès. Qui veut-il tuer ici trois jours avant la pâque ? Le Joannès à qui il n'avait pas encore coupé le cou au temps de Luc et du *Quatrième Évangile*. Et qu'est-ce que ce Joannès ? Le pseudonyme qu'a pris Bar-Jehoudda pour signer l'*Apocalypse*. Et qu'est-ce que le roi-christ vient de réciter à Kaïaphas ? L'*Apocalypse* elle-même.

Par Antipas on remontait de Jésus au jésus baptiste, du jésus au Joannès révélateur, du Joannès à Bar-Jehoudda le Nazir, et de Bar-Jehoudda au Jehoudda du Recensement.

Mais voici le héros de la Journée des Porcs, le roi-christ de Bathanée, l'ennemi des Hérodes, devant le tétrarque de Galilée dont il a envahi les terres. Que va-t-il se passer ?

On va sans doute apprendre pour quels motifs le tétrarque le cherche depuis trois jours afin de le tuer? Nullement. « Antipas, dit Luc, se réjouit fort de voir un homme dont il entendait parler depuis si longtemps et dont il espérait quelque miracle inédit (la transformation d'Hérodiade en truie sans doute). Il l'interrogea longuement, mais *il n'en eut aucune réponse.* » Ah! ici nous tenons une vérité ancienne, la vérité reconnue par Philippe : Bar-Jehoudda n'a pas ouvert la bouche, et cela se comprend, on ne lui a rien demandé. On n'interroge pas un condamné. Nous tenons une autre vérité non moins importante : c'est la première fois qu'Antipas voyait Bar-Jehoudda. Depuis longtemps il en entendait parler comme d'un magicien habile et depuis la Journée des Porcs comme d'un traître, mais il ne l'avait jamais vu. Nous avons donc la certitude que, dans les écrits antérieurs à Luc, Antipas ne faisait pas appeler fréquemment le Joannès, comme on le lit aujourd'hui dans Marc, qu'il ne le consultait pas sur l'opportunité de son mariage avec Hérodiade, et que le grand baptiseur ne lui répondait pas : « Il ne t'est pas permis de l'avoir. » Nous possédons la preuve que ces relations et ces consultations sont un faux de plus au milieu de vingt faux. Mais le fait était qu'à un moment donné le tétrarque Antipas avait *vu* le roi des Juifs : on ne pouvait avouer qu'il eût vu, prisonnier à Jérusalem et *in articulo mortis,* mieux encore *in articulo crucis,* un homme à qui il avait coupé le cou quelques mois auparavant! Il était beaucoup plus convenable qu'Antipas fît appeler le Joannès dans son palais de Séphoris ou de Tibériade au début de la prédication et que là, dans une pose hiératique, le baptiseur inondât de véri-

tés morales ce barbon emporté par une folle et crimi-
nelle passion pour sa belle-sœur. C'était beaucoup plus
profitable à la religion que de montrer un imposteur
affublé à la royale, chargé de liens, abattu, sans force
et sans voix, en face du tétrarque enfin vengé par un
retour de fortune. Quant à Luc, il se tirera des écritures primitives comme il pourra, c'est son affaire. Il a
trouvé que Bar-Jehoudda avait été mené devant
Antipas, il a expliqué cela par la curiosité du tétrarque
pour le faiseur de miracles. Celui-ci n'a voulu ni parler
ni opérer, ne se sentant pas en verve. Mais comment
l'entrevue a-t-elle fini? Mon Dieu! de la façon la plus
simple du monde. Malgré les violences de ses accusateurs, Antipas et ses soldats n'ont vu dans le prisonnier qu'un pauvre d'esprit, et, l'ayant revêtu d'un éclatant habit, ils l'ont renvoyé à Pilatus. « Et en ce jour-là
même, ajoute Luc, Hérode et Pilate devinrent amis,
eux qui auparavant se détestaient. »

Ainsi Pilatus envoie à Antipas un homme qu'il tient
pour innocent de crime; Antipas qui, trois jours auparavant, cherchait cet homme pour le tuer, le renvoie
habillé de pourpre à Pilatus, et, en ce jour-là même, ce
tétrarque de Galilée et ce procurateur de Rome, qui la
veille se détestaient, deviennent amis comme deux de
ces animaux que le sinistre génie de Bar-Jehoudda avait
précipités dans le lac de Génézareth. Oh! la singulière
aventure! Voyons, Luc ne penses-tu pas que si Pilatus
et Antipas, hier divisés jusqu'à la haine, se jettent dans
les pattes l'un de l'autre avec cette effusion, c'est qu'à
l'instant même ils se sont rendu le service de se délivrer
mutuellement d'un ennemi? Et dans ces conditions
crois-tu vraiment que, voyant revenir Bar-Jehoudda

vêtu de pourpre par Antipas et ses soldats, Pilatus.
ait dit : « Ni Hérode ni moi ne l'avons trouvé digne de
mort » ? J'aime à croire pour toi que tu n'en penses.
pas le premier mot.

De toutes ces folies retenons le costume de roi dont,
selon Luc, les soldats d'Antipas affublent Bar-Jehoudda
quelques instants avant que, selon d'autres évangélistes, les soldats de Pilatus ne le revêtent du même
costume. Cette opération n'ayant pu être faite par les
soldats de Pilatus s'ils ont été devancés par ceux d'Antipas, et réciproquement, il est clair qu'en dehors de
quelques accessoires non prévus par le protocole juif et
que la soldatesque romaine imagina — fort lourdement,
hélas! — le roi-christ s'était lui-même paré des insignes royaux, et qu'il les portait depuis le sacre.

La loi juive donnait à Antipas et au Temple le droit
d'exécuter sur le champ Bar-Jehoudda. Mais ici elle
pliait devant la loi Julia. Usurpateur en Bathanée, district proconsulaire, et envahisseur de la Samarie, qui
relevait de Pilatus, Bar-Jehoudda tombait doublement,
sous la juridiction de Tibère. La première pensée de
Kaïaphas avait été de l'envoyer à Antipas, la Journée
des Porcs étant antérieure au sacre. Antipas montra.
plus de finesse politique. Le renard, comme dit l'Évangile, se conduisit en renard. Simple tenancier de l'Empire, il ne voulut point se substituer au représentant de
Rome qui était souverain. Le Temple se déchargeait
sur le tétrarque de Galilée pour ménager le peuple de
Jérusalem, le tétrarque se déchargea sur le procurateur romain pour ménager le peuple de Galilée.

VII

MASSACRE DES GALILÉENS DANS LE TEMPLE

Pendant que Kaïaphas, à la lueur des torches, gardait le roi des Juifs dans sa cour, Pilatus entrait à Jérusalem, prenait possession de la tour Antonia (1), pénétrait dans le Temple par le souterrain qui reliait ces deux édifices et s'y cachait, prêt à fondre sur les partisans]de Bar-Jehoudda, lorsqu'à midi les portes s'ouvriraient pour le sacrifice de l'agneau.

Le fait était dans Josèphe et naturellement il n'y est plus, mais il y était encore au temps des Eusèbe et des Hiéronymus, c'est-à-dire au quatrième siècle (2). Les légionnaires avaient leurs enseignes à l'image de Tibère, ce qui a permis à ces écrivains d'insinuer que telle avait été la « cause première des troubles et de la sédition » dont avaient été marqués les Azymes et dont l'Évangile relevait incidemment la trace. Jointe aux suppressions opérées dans Josèphe, cette interprétation ecclésiastique donnait à croire qu'il n'y avait aucune corrélation entre le châtiment de Bar-Jehoudda et la *Passion de Jésus*.

Bar-Jehoudda avait été pris à l'insu de ceux de ses

---

(1) Forteresse construite par Hérode et siège de la garnison romaine.

(2) Eusèbe, *Chronique*, dans la traduction latine de Jérôme, et *Démonstration evangélique*, VIII° livre. Ce passage de Josèphe ne pouvait que succéder immédiatement aux événements de Samarie. Sa suppression, en même temps que celle du nom du chef de la révolte de 788, a permis de reculer la *Passion de Jésus* à la date de 782, comme on le verra par la suite.

partisans qui étaient à Jérusalem pour leurs purifications. Shehimon, en quittant la cour de Kaïaphas et la ville elle-même, avait négligé de les avertir. Sans méfiance, ils entrèrent au Temple pour commencer leurs sacrifices. Pilatus les laissa faire, les cerna, les massacra sur leurs victimes. Comme le dit très bien l'Évangile, « il mêla le sang des Galiléens avec celui de leurs sacrifices » (1). Mais ce ne fut point sans essuyer une vigoureuse riposte, car ils étaient armés de couteaux et de siques. Au point de vue juif il ne s'était rien passé de plus grave depuis le Recensement. C'était, en effet, un scandale sans précédent que ces images de la Bête promenées un jour de Préparation à la pâque dans le lieu saint, où nulle image, pas même celle d'Iahvé, ne devait être tolérée (2). Mais c'était aussi la preuve que, pour la troisième fois depuis la mort d'Hérode, le parti zélote avait été assez hardi pour revendiquer son droit aux sacrifices. La conquête du Temple avec exclusion des familles sacerdotales en charge fut la préoccupation dominante de ce parti depuis le Jehoudda du Recensement jusqu'au Ménahem de 819, en passant par le roi-christ de 788. L'Église a donc enlevé du texte de Josèphe l'épisode sanglant que cet historien y rapportait et sur lequel Luc, au troisième siècle, a voulu avoir l'avis de Jésus lui-même.

Si Pilatus a occupé le Temple pendant la nuit ou dans la matinée de la Préparation, c'est requis par

(1) Rappelons que le mot « Galiléens » doit être pris dans le sens qu'il eut à partir de la chute de Jérusalem en 823, c'est-à-dire embrassant la population gaulonite et bathanéenne.

(2) Vous verrez bientôt pourquoi cette grave affaire des enseignes à l'image de Tibère (Josèphe, *Antiquités*) est devenue dans Philon (*Légation à Caïus*) un vulgaire incident de boucliers sans figure.

Kaïaphas, à l'instar de Coponius prêtant main forte à Hanan pour le débarrasser de Jehoudda et de ses sacrificateurs improvisés. Luc d'ailleurs est le seul évangéliste qui évoque topographiquement le souvenir du massacre. Dans les *Actes des Apôtres* on ne reproche qu'une seule victime à Pilatus et à Kaïaphas, mais cette victime contient toutes celles qu'ils ont faites ce jour-là.

Jésus juge avec quelque sévérité les incendiaires de Samarie, mais que pense-t-il des Galiléens qui sont tombés dans le Temple? Dira-t-on de ceux-là qu'ils ne défendaient pas la Loi? Les traitera-t-on de brigands et de voleurs comme les autres? « En ce temps-là donc (sous Hadrien au moins) quelques-uns (de ces pharisiens attachés à l'étiquette) lui vinrent parler des Galiléens dont Pilatus avait mêlé le sang avec celui de leurs sacrifices. Jésus leur répondit en ces termes : « Pensez-vous que ces Galiléens fussent plus pécheurs que le reste des Galiléens parce qu'ils ont souffert cela? Non, vous dis-je, et si vous ne vous amendez, vous périrez tous de même façon... Ou bien estimez-vous que les dix-huit sur lesquels tomba la tour, près de Siloé, et qu'elle écrasa (1), étaient plus coupables que le reste des gens de Jérusalem? Non, vous dis-je, et si vous ne vous amendez, vous périrez tous de même façon. »

(1) Détail emprunté au dernier épisode du siège de Jérusalem par Titus en 823. « Les béliers romains ayant fait tomber un pan de mur et fait brèche à quelques-unes des tours, ceux qui les défendaient les abandonnèrent... et s'enfuirent vers la vallée de Siloé. » (Josèphe, *Guerre des Juifs*, l. VI, ch. XLII, 492 et 493.) Nous apprenons par l'Évangile que cet écroulement a causé la perte de dix-huit Galiléens de la troupe de Jochanan de Giscala.

Les fabulistes qui soumettent la question à Jésus se gardent bien de dire en quel lieu, à quelle date et à quelle fête les Galiléens ont trouvé la mort. Au premier abord on peut croire que Jésus regrette médiocrement ceux des partisans de Bar-Jehoudda qui ont péri sous le fer de Pilatus dans le Temple. Mais cette froideur ne cadre guère avec les anathèmes qu'il vient de lancer contre les habitants de Chorazin, de Kapharnaüm et de Bethsaïda pour être restés chez eux en cette journée-là. La vérité est qu'il prend ces Galiléens sous son aile. Vipères tant qu'on voudra, ils ont fini en martyrs (1). Et si ceux qui attaquent leur mémoire ne s'amendent pas, c'est-à-dire s'ils ne s'arment pas pour défendre la Loi, ils finiront comme eux, tués par César, avec la gloire en moins. C'est le sens vraisemblable (2), et cette consultation n'a pas toujours été placée à l'endroit où elle est aujourd'hui, trois jours avant le fait. Je sais bien que Jésus peut résoudre tous les cas par anticipation, mais dans les fables anciennes, dans les écrits valentiniens, nombreux sont les exemples où Jésus parle en Grand Juge et à longue distance des événements.

C'est merveille de voir ce que deviennent, au souffle purificateur de l'Église, l'entrée de Pilatus dans Jérusalem après le grand trouble dont parle Josèphe, et le

(1) « Dans un tel comble de malheurs il n'y en a pas de pire pour cette misérable ville de Jérusalem que d'avoir produit cette engeance de vipères qui, en déchirant le sein de leur mère, ont été la cause de sa ruine. » (Josèphe, *Guerre des Juifs*, l. VI, ch. XLII, 495.

(2) A moins qu'ici le Verbe ne soit valentinien et que désavouant, comme en Samarie, les excès du sicariat, il ne rende les apôtres responsables de la perte de leur patrie. A la réflexion ce sens paraît préférable.

massacre des Galiléens dont parle Luc comme ayant eu lieu en plein Temple. Au lieu d'une seule et même affaire comprenant ces deux épisodes qui s'enchaînent invinciblement, nous trouvons deux affaires qui n'ont aucun rapport (1). Dans l'une, Pilatus ne quitte pas Césarée; il envoie en quartiers d'hiver à Jérusalem des troupes portant des drapeaux à l'image de Tibère. Est-ce pour qu'elles aient plus froid qu'il les envoie sur Sion en plein hiver ? Non, mais seulement pour qu'il ait le temps de les retirer de Jérusalem avant la Pâque, car sept jours après, changeant d'avis, sur la plainte formulée par les Juifs, il donne l'ordre de les ramener à Césarée. Des détails toutefois sont restés qui appartiennent à l'ancien récit : les troupes sont entrées de nuit, et Pilatus, après leur avoir commandé de se tenir sous les armes pour châtier les Juifs, les a postées dans le lieu qui lui a paru le plus propre à les cacher. La seconde affaire se passe encore à Césarée : du moins n'est-il pas dit qu'elle se passe ailleurs. Pilatus a résolu de faire venir par des aqueducs, aux frais du trésor sacré, de l'eau dont les sources sont éloignées de deux cents stades. Pourquoi deux cents stades et point d'indication de lieu ? Parce qu'il suffit au faussaire que cette eau ne puisse être celle de la fontaine de Siloé, à propos de laquelle Bar-Jehoudda fit le scandale que nous avons rapporté d'après les aveux de Luc et du *Quatrième Évangile* (2). Le peuple s'émeut de cette décision, s'assemble tumultueusement en un lieu qui n'est point nommé et injurie copieusement Pilatus. Celui-ci commande alors à ses soldats de cacher des

(1) *Antiquités judaïques*, l. XVIII, ch. iv.
(2) Cf. le présent volume, p. 213.

bâtons sous leurs habits et d'environner cette multitude, afin de la châtier au premier signal et, comme elle recommence, il fait exécuter l'ordre. A part les bâtons substitués aux épées et aux lances, un détail est resté de l'ancien récit : les soldats ont frappé de telle sorte que parmi les séditieux il y eut plusieurs tués et blessés. « Et la sédition s'apaisa », dit le faussaire. Mais le faux ne s'apaisa point, car c'est immédiatement après cette phrase que commence le fameux *passage sur Jésus-Christ*.

Grâce à ces procédés de vulgarisation, la révolte de Bar-Jehoudda, le grand trouble selon Josèphe, et le massacre selon Luc, se trouvent réduits aux proportions d'un assaut de bâton entre des séditieux qui ont oublié de s'armer et des soldats romains qui ont déposé leurs armes tranchantes pour s'en tenir aux instruments contondants. De plus ils se sont déguisés en Juifs, ce qui suppose des vêtements d'emprunt et jusqu'à de fausses barbes disposées autour de bouches hermétiquement closes, car il n'est pas admissible qu'avant de se préparer à cette scène carnavalesque les légionnaires aient pu apprendre assez d'araméen pour tromper leurs adversaires dans une langue que les gens de Kaïaphas eux-mêmes avaient de la peine à saisir (1).

Il y avait un autre document et de première importance sur l'entrée de Pilatus à Jérusalem et sur le massacre dans le Temple, c'est la *Légation de Philon à Caligula*. Philon, qui était allé en Italie pour défendre les Juifs contre les Alexandrins, séparait sa cause

(1) Cf. le présent volume, p. 369.

de celle des jehouddistes. Obligé de tenir compte de cet état d'esprit, l'arrangeur ecclésiastique de Philon ramène l'affaire de 788 à la mesure d'une anecdote sans portée belliqueuse, où les drapeaux à image deviennent des boucliers votifs et sans figure. Pilatus a consacré à Tibère des boucliers dorés sans image dans le palais d'Hérode et, les Juifs ayant réclamé, il a, sur l'ordre de l'empereur (1), remporté ces boucliers à Césarée. Notons qu'en consacrant des boucliers à Tibère Pilatus n'aurait fait qu'user de son droit, il aurait offensé d'autant moins le Temple et les coutumes juives que ces armes étaient sans figure et dans un palais où Rome était chez elle. On s'étonnerait que les Juifs en eussent écrit à Tibère et que, sur l'ordre impérial, Pilatus les eût fait remporter à Césarée comme des objets qui souillent la perspective de la Ville sainte. Au contraire, on comprend qu'ayant introduit des enseignes à figure jusque dans le Temple, Pilatus, le calme rétabli, les ait ramenées à Césarée. Un homme d'Église a revu et corrigé Philon, jusqu'à ce qu'il n'y restât rien du sanglant épisode enregistré par Luc. Et les drapeaux à image, qui ne sont point entrés dans le Temple tout seuls, deviennent des boucliers sans figure que Pilatus a eu le mauvais goût de suspendre dans le palais. Ce qu'on voit clairement dans tout cela, c'est que, la révolte réprimée, Pilatus célébra sa facile victoire par des sacrifices et dédia les boucliers à Jupiter Capitolin.

(1) Dans l'arrangement de Josèphe, Pilatus n'attend pas d'ordres de Tibère. Il ne lui en demande même pas. Le septième jour et de son propre mouvement il commande qu'on ramène les enseignes à Césarée.

VIII

AU PRÉTOIRE

Il était grand jour lorsque les gens du grand-prêtre et ceux d'Antipas, amenant le roi des Juifs, arrivèrent en tumulte au palais de Pilatus. Le palais était voisin du Temple, à l'ouest; le prétoire était dans la cour intérieure du palais; la tour Antonia, prison impériale, dominait le Temple, et dans cette tour étaient déjà d'autres séditieux, parmi lesquels Bar-Rabban, « lequel dans la révolte avait commis un meurtre », celui d'un Romain, car pourquoi Bar-Rabban aurait-il été enfermé dans la prison impériale, s'il eût tué un Juif? Le mouvement n'avait point affecté que la Samarie, puisque Josèphe dit qu'il y eut un grand trouble en Judée. Bar-Rabban avait opéré dans Jérusalem, puisqu'il fut crucifié par les Romains pour avoir tué l'un d'eux dans la révolte. La « dernière révolte » à cause de laquelle « les deux larrons » de l'Évangile sont emprisonnés, puis crucifiés avec Bar-Jehoudda, ne peut être que celle de 788, il n'y en eut point d'autre. Depuis qu'elle a fait de Bar-Jehoudda un héros, puis un dieu, l'Église appelle ces prisonniers des voleurs ou des brigands. Mais si on réfléchit que ce qualificatif malsonnant a été le premier sous lequel on ait désigné Bar-Jehoudda lui-même (1), on conviendra que ces messieurs sont tout uniment des complices, habiles au maniement de la sique.

(1) Voyez plus haut, p. 335.

Arrivés devant le prétoire, les Juifs qui y conduisaient Bar-Jehoudda « n'entrèrent point eux-mêmes de peur de se souiller et *afin de pouvoir manger la pâque* ». Ce trait dut faire son admiration, il respire d'ailleurs la vérité. Le Talmud confirme absolument les évangélistes primitifs : c'est parce que le Nazir « touchait à la royauté qu'on le crucifia dans l'après-midi *qui précède la pâque* » (1). Voici un autre trait, faux en ce qui concerne Pilatus, mais exact en ce qui concerne la date et d'une importance cardinale.

« Pilatus sortant au-devant d'eux (quelle condescendance !) leur dit : « Quelle accusation portez-vous contre cet homme ? — S'il n'avait fait aucun mal, s'écrièrent-ils, nous ne te l'eussions point livré. » Sur cela Pilatus ajouta : « Prenez-le vous-mêmes et le *jugez selon votre loi. — Nous n'avons pas le droit*, reprirent les Juifs, *de mettre à mort quelqu'un* (2). » Ce n'est pas pour un prétexte inventé au second siècle que les Juifs n'avaient pas le droit d'exécuter Bar-Jehoudda eux-mêmes, c'est pour une raison tout autre et très forte et très ennuyeuse pour l'imposture ecclésiastique : il leur était défendu d'exécuter quelqu'un *ce jour-là*, parce qu'ils n'auraient pas pu *manger la pâque!* Il y avait là deux preuves que Bar-Jehoudda était aux mains de Pilatus le *jour de la Préparation* et qu'il n'avait pu, sous le nom de Jésus, manger l'agneau

---

(1) Talmud de Babylone (*Sanhédrin*, traité *Nigmar Hadir*) au nom du Rabbi Ula. La première édition de Venise traduit ainsi : *Quod propinquus erat regni et suspenderunt eum in vesperâ paschæ* (*Sanhédrin*, p. 22). » Et Pierre Crespet, supérieur du couvent des Célestins de Paris, d'après le même document : « Il fut crucifié le soir précédent de pasques. » (*Le Triomphe de Marie, mère de Jésus*. Paris, 1600, p. 231.)

(2) *Quatrième Evangile*, xv, 31.

le soir avec douze compères, comme il le fait aujour-
d'hui dans Mathieu, dans Marc et dans Luc (1).

Quant à Pilatus, nous ne savons pas ce qu'il a dit,
mais nous savons ce qu'il n'a pas dit. Il n'a jamais
demandé aux Juifs qu'ils « jugeassent selon leur Loi »
un révolté qui était depuis cinquante jours au moins
sous le coup de la Loi romaine. Jamais Pilatus n'a fait
une telle proposition. Ce que le scribe du *Quatrième
Évangile* a voulu dire, c'est que si le roi-christ n'a
point été exécuté par les gens du Temple, c'est uniquement à cause de la date, mais qu'autrement l'envie ne
leur en manquait pas. L'Église est sortie de cette im-
passe conformément à son habitude, par un mensonge
imbécile : « C'était, dit-elle, *pour que fût accomplie
la parole qu'avait dite Jésus, marquant de quelle
mort il devait mourir.* » Vous savez assez que, loin
d'attendre la mort sur une croix, le roi-christ comptait
bien délivrer Israël, et si par hasard vous l'avez oublié,
Cléopas, son beau-frère, va vous le rappeler tout à
l'heure.

Condamné par ses coreligionnaires, Bar-Jehoudda
n'eût toutefois été supplicié qu'après la fête. On ne
crucifiait pas, on ne lapidait pas pendant la pâque.
Toute exécution était suspendue, les *Actes des Apôtres*
le reconnaissent. A la pâque de 802, après l'exécution
de Jacob, on surseoit à celle de Shehimon pour qu'elle

(1) M. Barnabé (*Le Prétoire de Pilate et la Forteresse Antonia*, Paris,
1902. in-8°) dit que si le Sanhédrin a refusé d'ordonner l'exécution,
c'est parce que la coutume lui défendait de manger de toute la
journée après une exécution capitale et qu'en conséquence, il n'aurait
pu manger l'agneau. C'est vrai, mais l'auteur ne s'aperçoit donc pas
qu'il ruine toute la religion, la Cène n'ayant pu avoir lieu la veille?

ne coïncide pas avec la pâque, tant le respect de cette loi était absolu (1). Or Shehimon était coupable des mêmes crimes que son frère : il avait été arrêté pour avoir organisé une famine avec Jacob. Mais ici, celui qui applique la loi romaine n'est pas un Romain comme Pilatus, c'est un Juif, Tibère Alexandre, et il en concilie les dispositions avec celles de la loi juive.

Pour expliquer la phrase : « Nous n'avons pas le droit de tuer quelqu'un », après en avoir très certainement retranché « ce jour-là », on en est arrivé à nier que les Juifs eussent le droit de mettre quelqu'un à mort. Cela ne se soutient pas une minute. Pilatus lui-même le leur reconnaît en leur offrant d'en user. Ils avaient le droit soit de lapider le condamné, comme ils avaient voulu le faire quelques mois auparavant et comme ils l'avaient fait à Jacob junior, soit de lui trancher la tête, soit de le brûler, soit même de le crucifier. La Loi et l'usage le leur permettaient, et jamais un procurateur n'intervint dans les sentences de mort rendues par le Sanhédrin.

La crucifixion qu'on nous représente comme un supplice importé par les Romains en Judée (2) est tout au long marquée dans le *Deutéronome*, comme ayant été dictée par Dieu à Moïse. Ordre d'enlever le corps au coucher du soleil et de l'enterrer le soir même, le crucifié étant maudit de Dieu, et rien de semblable ne devant souiller les regards du Seigneur. Pour cette raison

(1) Le fait est d'ailleurs faux. Ou Shehimon et Jacob ont été amenés à Jérusalem et crucifiés en même temps ou c'est parce qu'ils ont été arrêtés à quelques jours d'intervalle qu'ils n'ont pas été crucifiés ensemble.
(2) M. Stapfer, *La Palestine au temps de Jésus.*
(3) Chapitre xxi.

Josué, ayant crucifié cinq ou six rois, les fait enlever au coucher du soleil et jeter hors la ville. On crucifie dans les *Nombres* (1). Les Gabaonites crucifient les fils de Saül avec la permission de David, ancêtre de Bar-Jehoudda (2). On crucifie Aman (3). On crucifie dans *Esdras*. Sous les asmonéens on crucifie par centaines. Huit cents d'un coup sous Alexandre Jannée. Peut-être aurait-on crucifié le roi-christ si la question de jour ne s'y était opposée. En effet c'est à la croix qu'on l'avait condamné, nullement à la lapidation. On le remet à Pilatus en vociférant : « Crucifie! crucifie! », la croix étant parmi les supplices de ceux qui avaient tué (4).

Les Juifs perdent absolument la tête quand il s'agit du Joannès-jésus. Il est impossible de se défendre aussi mal, ils passent à côté de tous les arguments qui les absolvent et restent comme hébétés par l'absurde accusation de déicide qui pèse sur eux. Ils en arrivent, dans ces choses qui les touchent le plus directement, à méconnaître les vérités les mieux établies par leurs propres Ecritures. Par exemple, je lis dans l'un d'eux que le supplice de la croix, fréquent chez les Romains, est *absolument inconnu des Juifs* (5). Je vois bien à quoi

(1) Chapitre xxv.

(2) *Rois*, 11, 21. Les Gabaonites dirent à David : « Nous demandons justice contre Saül et contre sa maison. Nous devons tellement exterminer la race de celui qui nous a tourmentés et opprimés si injustement, qu'il n'en reste pas un seul dans toutes les terres d'Israël. Qu'on nous donne au moins sept de ses enfants, afin que nous les mettions en croix pour satisfaire le Seigneur. » Et (sauf Miphiboseth) il les mit entre les mains des Gabaonites qui les crucifièrent sur une montagne, pour satisfaire le Seigneur. (*Les Rois*, xxi. 4-5, 6 et 9.)

(3) *Esther*, vii, 10. Aman attaché sur la plus haute croix. Ensuite sont crucifiés dix de ses fils.

(4) Philon, *De legibus specialibus*.

(5) Amitaï, *Romains et Juifs*, Paris, 1904, in-8°.

il tend ; il veut rejeter l'exécution sur Pilatus, montrer que condamnation et supplice, tout fut romain. Désir compréhensible. Encore faudrait-il qu'il n'allât pas contre l'histoire et contre le Talmud.

Comment se fait-il que Bar-Jehoudda ait péri de la main de Rome s'il n'était coupable que vis-à-vis de la loi juive ? S'il fut exécuté entre deux autres *lestès*, c'est qu'il avait perpétré, commandé les mêmes crimes. Il était plus coupable qu'eux, puisque nous voyons les gens du Temple préférer à sa libération celle de Bar-Rabban. Ce n'est donc pas pour cause de religion que Bar-Jehoudda fut puni, mais pour crimes de droit commun, et puni d'un supplice inscrit dans la Loi même. N'est-ce point un scandale qu'un goy de France soit obligé de venir en aide au peuple élu ?

Pilatus ne l'interrogea point. Si la loi juive était impitoyable et le pouvoir des témoins sans limites : « Quelqu'un a-t-il enfreint la loi de Moïse, il doit mourir sans pitié sur le témoignage de deux ou de trois », la loi Julia était encore plus radicale en ce qui touche Bar-Jehoudda. Il avait été arrêté en costume de roi. Son affaire n'avait pas besoin d'être instruite. Déjà condamné par le Sanhédrin et Antipas, il l'était ici par les mirobolants oripeaux qu'il avait sur les épaules. Pilatus ne lui a pas demandé : « Es-tu le roi des Juifs ? » Et il n'a pas répondu : « Tu l'as dit. » Cela se voyait bien.

« Nous l'avons trouvé *subvertissant notre nation*, dirent ceux qui l'amenaient à Pilatus, *défendant de donner le tribut à César et se disant christ-roi.* »

La question est parfaitement posée. Rien ne ressemble moins à une erreur judiciaire. Au premier rang des crimes selon la loi romaine est le sacrilège, mais le crime de haute trahison se confond presque avec lui, et ce crime comprend celui de lèse-majesté. Il est défini « tout attentat commis contre le peuple romain ou contre l'ordre public. Celui-là s'en rend coupable par l'aide duquel des hommes armés se rassemblent à Rome ou conspirent contre la République, ou s'emparent des édifices publics ou des temples ; celui-là également par l'aide duquel se réunissent des rassemblements, des attroupements ou par lequel des séditions prennent naissance. » Voilà le *crimen majestatis* tel qu'il est défini par Ulpien d'après la loi Julia. C'est celle qu'appliqua Pilatus. Elle est encore en vigueur sous un autre nom dans tous les pays où l'Europe possède des colonies. La réponse de Pilatus : « Je ne trouve aucun crime en cet homme-ci » est donc contredite par tout ce qui précède et par tout ce qui suit. « Il émeut le peuple depuis la Galilée jusqu'ici », est de la part des Juifs une insistance inutile. Pilatus, qui arrive du Garizim et du Sôrtaba, est fixé. Mais comme le plan des évangélistes est de leur laisser tout le poids de l'exécution, nous allons assister à une scène qui fait pendant à celle où nous avons vu Antipas prendre contre le Sanhédrin la défense du condamné.

Si par impossible Pilatus l'eût absous, tout était à recommencer : il eût fallu trouver autre chose. Mais il n'y avait rien à craindre avec de telles gens qu'on faisait danser au bout du fil, aller, venir, tourner la tête, condamner, crucifier, et faire le salut à l'honorable société.

L'attentat s'étant poursuivi jusque dans Jérusalem

devant des étrangers, Pilatus voulut que la sentence fût publique exceptionnellement. Il semble qu'il ait fait dresser son tribunal dans le Lithostrotos et qu'il ait prononcé là. D'ailleurs on fit observer aux évangélistes que, les Juifs n'ayant point pénétré dans le prétoire, personne n'avait rien su de ce qui s'était fait et dit à partir de ce moment. Alors ils déclarèrent que Pilatus était assis dans le Lithostrotos lorsqu'on lui amena le roi-christ. Le Lithostrotos faisait comme une cour des pas-perdus entre le prétoire et la Tour Antonia (1).

Le roi des Juifs ayant perdu sa couronne pendant sa fuite, les soldats de Pilatus lui en firent une avec des joncs marins et non avec des épines, comme les empiriques l'ont avancé au temps de ce bon roi saint Louis qui faisait percer la langue aux impies et maldisants. Et je ne sais rien de plus bas, de plus écœurant que cette spéculation sur la pitié naturelle. Au dire de Marc, on pourrait croire que le tribunal de Pilatus était à l'étage dans la cour intérieure du prétoire (2), et que la foule envahit la salle à un moment donné. Mais que la salle fût à l'étage ou au rez-de-chaussée, il n'importe. Les Juifs qui livrèrent Bar-Jehoudda aux soldats de Pilatus ne pénétrèrent même pas dans la cour, il fallut que le procurateur l'envoyât prendre. Entrer chez un païen le jour de la Préparation à la pâque, voir ce jour-là des enseignes à l'image de Tibère, c'était se

(1) Josèphe parle d'une attaque des Romains contre le Temple par le Lithostrotos du côté de la Tour Antonia (*Guerre des Juifs*, VI, ch. VI et VII).

(2) Cela me porte à croire qu'entre la remise de Bar-Jehoudda aux soldats romains et l'arrivée de Pilatus il s'est écoulé un certain intervalle pendant lequel le prisonnier a été enfermé dans la Tour Antonia à laquelle on accédait par un escalier. Cet escalier est mentionné dans les *Actes des Apôtres*, XXI, 40 (affaire de Saül).

souiller, se rendre indigne des azymes et de l'agneau. Aucun d'eux n'assista donc au jugement. C'eût été vaine curiosité d'ailleurs, le malheureux n'avait plus qu'une chose à apprendre : l'heure à laquelle il mourrait.

Pilatus condamna et exécuta martialement, sans prendre conseil d'Antipas ni du Temple, après un interrogatoire sommaire et resté sans réponse : le fouet peut-être, puis la croix (1)! Il expédia l'affaire, assourdi par les cris de cette foule hurlant à la mort devant son palais. Ses soldats ne furent pas plus humains que n'avaient été le roi-christ et ses gens. Selon certains récits, ce sont eux qui emmènent Bar-Jehoudda au prétoire, le déshabillent, le fouettent, le couvrent d'un manteau d'écarlate, tressent une couronne de joncs

_____

(1) Dieu a permis que le texte hébreu de ce jugement fût retrouvé, lors des fouilles d'Aquila, dans la sacristie de l'ancien couvent des Chartreux, et qu'une copie en ait été faite par les moines et gravée ensuite sur une lame d'acier dont lord Howard s'est rendu acquéreur à Londres, à la vente du cabinet Denon. Il a permis également que cette lame — de Tolède probablement — fût payée 2.890 francs.

Voici ce monument, il est d'une irréprochable imbécillité :

« L'an 17 de l'empire de Tibère César, et le vingt-cinquième jour du mois de mars, en la cité sainte de Jérusalem, Anne et Caïphe étant prêtres et sacrificateurs du peuple de Dieu ;

« Ponce-Pilate, gouverneur de Basse-Galilée, assis sur le siège présidentiel du prétoire, condamne Jésus de Nazareth à mourir sur une croix, entre deux larrons, sur les grands et notoires témoignages du peuple suivants :

« 1° Jésus est séducteur ; 2° il est séditieux ; 3° il est ennemi de la Loi ; 4° il se dit faussement fils de Dieu ; 5° il se dit faussement roi d'Israël ; 6° il est entré dans le Temple suivi d'une multitude portant des palmes à la main ;

« Ordonne au premier centurion Gniniher Cornélius de le conduire au lieu du supplice ; défend à toutes personnes pauvres ou riches d'empêcher la mort de Jésus. Ont signé : les témoins Daniel Tobani, pharisien, Joannès Zorobadel, Raphaël Tobani, Capet, homme public (Louis, sans doute, qui a été guillotiné en 93). Jésus sortira de Jérusalem par la porte Strénuée. »

qu'ils lui mettent sur la tête, avec un roseau dans la main droite, et pliant le genou devant lui, se moquent, disant : « Salut au roi des Juifs! », puis, reprenant le manteau, crachent sur le corps et, saisissant le roseau, frappent sur la tête, enfin l'entraînent au Guol-golta.

Ces détails sont vraisemblables et je crains qu'ils ne soient vrais, surtout au lendemain d'une révolte où les assassinats de païens avaient été nombreux. On agit avec le vaincu comme il eût agi vainqueur. Mais pas plus que ceux d'Antipas, les soldats de Pilatus n'eurent à faire les frais de son accoutrement; ils ont fourni le sceptre de jonc, le seul que fût capable de porter l'homme qui devait les paître avec la verge de fer.

IX

L'ORDRE D'EXÉCUTION

Les néo-évangélistes, dont la politique est de ménager Rome aux dépens du Temple — cela va souvent jusqu'au scandale — ont donné au monde qu'ils ont voulu conquérir et tourner contre les Juifs, l'image d'un Pilatus qui incline à la bienveillance. Et même, pour se concilier les matrones, ils ont mêlé à l'affaire la propre femme du procurateur qu'ils ont douée d'une sensibilité égale à la sauvagerie des Hérodiade et des Salomé dans la pseudo-décapitation du Joannès baptiseur. Ayant remplacé le farouche Bar-Jehoudda par le divin Jésus dans leur travail, ils ne pouvaient laisser en place l'inflexible Pilatus qui, pour l'exemple, avait crucifié le baptiseur du Jourdain en plein jour de la Préparation à la Pâque. Comment respecter l'original du bourreau quand eux-mêmes nous montrent de la victime une copie si peu ressemblante? Quelles serres l'aigle romaine osera-t-elle fermer sur ce pauvre et doux Jésus qui conseille l'impôt et n'en veut qu'à de vagues saducéens pour des questions abstraites? En quoi Jésus a-t-il lésé la majesté de Tibère? Quelles menaces a-t-il proférées contre Rome? Quels Galiléens a-t-il soulevés? Quelles statues a-t-il renversées? Quels dieux a-t-il insultés que les Juifs ne méprisassent aussi profondément? Pilatus n'a qu'à se récuser, il n'y a plus là qu'une querelle de sophistes juifs.

A Corinthe Gallion, frère de Sénèque, ayant à juger entre Saül et les Juifs, dira : « Querelles de mots, débrouillez-vous. » Pilatus en arrive à discuter avec Bar-Jehoudda sur l'essence de la vérité. Nous ne sommes plus à Jérusalem dans le Lithostrotos, mais à Athènes sous le Portique.

La nécessité politique, l'économie de la fable, la volonté de tout rejeter sur Kaïaphas, nous ont donné un Pilatus en harmonie avec Jésus. Il essaye de tous les moyens pour sauver cet ami de Rome. Sa femme elle-même intervient pour suspendre le jugement, troublée tout à coup par un songe. Il a, paraît-il, le droit de relâcher, ce jour-là, un prisonnier aux habitants (1) : il leur donne le choix entre Bar-Rabban et le roi-christ dans l'espoir qu'ils opteront pour le second contre le premier, mais tous s'écrient : « Délivre Bar-Rabban ! » Il renouvelle la question sous d'autres formes pour gagner du temps : « Que ferai-je de celui qu'on nomme

---

(1) On ne sait rien de cet usage.

le christ? » D'une voix ils clament : « Qu'il soit crucifié !
— Mais quel mal a-t-il donc fait? reprend-il. — Qu'il
soit crucifié ! » vocifèrent-ils avec plus de rage. Il prend
de l'eau, se lave les mains, disant : « Je suis *innocent*
du sang de ce juste, cela vous regarde (1). » Tout le
peuple répond : « Que son sang soit sur nous et sur nos
enfants ! » Puis l'interrogatoire commence. Plus de Bar-
Jehoudda depuis trois ou quatre cents ans, plus de Pilatus
en fonctions, plus de Juifs devant le prétoire, on va pouvoir causer. A l'interrogatoire, Jésus répond jusqu'à
ce qu'il ne reste plus rien en lui de Bar-Jehoudda. « Ma
royauté *n'est point de ce monde*, dit-il ; si elle était de
ce monde, mes gens lutteraient pour que je ne fusse
pas *livré aux Juifs*, mais *ma royauté n'est pas d'ici-*
bas. » On sait de quelle façon les disciples ont « lutté »
pour empêcher Bar-Jehoudda de tomber aux mains d'Is-
Kérioth. Autant de vilaines petites roueries que de
mots. Lisez cela au passé et vous aurez le sens exact :
« Ma royauté *n'était pas de ce monde* (elle était du
Monde nouveau que devait créer le Fils de l'homme à
sa venue). Si elle eût été de ce monde, mes gens auraient
lutté pour que je ne fusse pas livré *aux Juifs* (on voit
que le scribe est grec ou latin), mais ma royauté n'était
pas *d'ici-bas* (elle était au contraire d'un ici-bas purifié
par le Baptême de feu). »

Continuons. Pilatus ici ne renvoie point le roi-christ
à Antipas comme dans Luc. Il sort une seconde fois
du prétoire (ce gouverneur est d'une complaisance !) et
dit aux gens du Temple : « *Je ne trouve en lui aucun*

(1) Ne pas oublier qu'au quatrième siècle on en est arrivé à faire
de Pilatus le premier des jésu-christiens de sang latin, en lui prêtant
un Rapport où il proclame la divinité de sa victime !

crime. Mais il est d'usage qu'à la Pâque je vous relâche quelqu'un ; voulez-vous que je vous délivre le Roi
des Juifs ? » Tous crièrent : « Non, pas celui-ci, mais
Bar-Rabban. » Or ce Bar-Rabban était un brigand, »
ajoute le narrateur. Mais si Pilatus ne trouve aucun
crime en Bar-Jehoudda, pourquoi le fouette-t-il *de sa*
propre main ? Pourquoi ses soldats s'emparent-ils
d'un malheureux qui n'est même plus un accusé, pour lui
cracher au visage, le vêtir du manteau d'écarlate, le
souffleter en lui disant : « Salut, le Roi des Juifs ? »

Pilatus, sortant une troisième fois du prétoire, — il
est inépuisable ! — l'amène aux Juifs dans son
accoutrement ridicule en disant : « Voici l'homme. —
Crucifie, crucifie ! — Je ne trouve point de crime en lui.
— *Nous avons une loi* et d'après elle il doit mourir,
car il s'est fait fils de Dieu. » A ces mots qui lui
auraient permis de répondre aux Juifs : « En ce cas,
lapidez-le et me laissez tranquille, je ne suis pas chargé
d'appliquer votre loi », il rentre au prétoire et interroge le roi-christ qui d'abord se tait, puis entre autres
arguments décoche au grand-prêtre ce trait mortel :
« Celui qui me livre à toi est plus coupable. » Quels
êtres abjects, en effet, que ces Juifs ! Ce sont eux qui
ont préféré Bar-Rabban au fils de David, eux qui par
leurs hurlements de fauves ont arraché à la Bête elle-
même une sentence qui lui répugnait, eux qui, voyant
hésiter Pilatus, se sont montrés plus romains que le
procurateur et plus impérialistes que Tibère, eux qui
sont allés, pour enlever la condamnation, jusqu'à montrer au fonctionnaire romain les conséquences funestes
qu'aurait pour son avenir l'acquittement d'un crime de
lèse-majesté !

Voici la scène :

Pilatus s'efforce de le relâcher, mais les Juifs crient : « *Si tu le délivres, tu n'es point ami de César,* car quiconque se fait roi contredit à César. » A ces cris Pilatus fait sortir l'inculpé du prétoire et s'asseyant au tribunal, dans le lieu appelé Lithostrotos — c'était *la veille de Pâque,* vers la sixième heure (1) — dit aux Juifs : « Voici votre roi ! » Mais ils clament : « Enlève, enlève, crucifie-le ! — Crucifierai-je votre roi ? » reprend Pilatus. Mais les chefs des prêtres répondent : « *Nous n'avons d'autre roi que César.* » Alors il le leur abandonne pour être crucifié. » Et ce ne sont plus les soldats de Pilatus, mais les Juifs eux-mêmes qui entraînent le condamné au Guol-golta. Et ils ont une telle peur d'être compromis auprès de Tibère par la froideur de Pilatus que, celui-ci ayant posé de sa propre main sur la croix une inscription où il avait mis ces mots en hébreu, en grec et en latin : « Le roi des Juifs », les chefs des prêtres, comme s'il y avait dans ce libellé un commencement de lèse-majesté impériale, lui disent : « N'écris point *le roi des Juifs* », mais : Celui-ci a dit : *Je suis le roi des Juifs* (2). »

La pleutrerie des Juifs décadents, la peur qu'ils ont de déplaire à César, est rendue avec une malice admirable dans tous ces traits. Si la méchanceté est un art, jamais cet art n'a été poussé plus loin. Jamais la haine n'a pris de détours plus accablants pour perdre des hommes. Toutes les flèches sont trempées dans le

---

(1) Midi. On fait partir le temps de la dernière veille de nuit au compte juif, six heures du matin.

(2) On ne veut plus qu'il ait été sacré à Bathanea. Il a simplement eu de vagues prétentions.

poison. Ramassons-les, considérons chaque pointe, elle est mortelle, mieux que cela, immortelle !

Mais qu'on ne s'y trompe pas ! Il n'y a qu'un amant jaloux, un Zélote, pour mettre à nu de tels sentiments, il n'y a qu'un cœur blessé à fond pour jeter de tels cris. On croirait lire la lettre anonyme d'un christien à Iahvé pour lui dénoncer ceux qui ont trompé Israël avec Rome ! On nomme Pilatus, mais c'est Saül qu'on veut atteindre, c'est Tibère Alexandre, les juifs adultères, les rénégats qui, jadis, pour le compte de Rome, ont crucifié Bar-Jehoudda et ses deux frères, Shehimon et Jacob. C'est à eux, non à Pilatus, que s'adresse ce chef-d'œuvre d'ironie enfiellée et cauteleuse, — pensée zélote sertie dans une scène imaginaire, — où l'on voit des Juifs de Jérusalem, l'un petit-neveu d'Hérode, l'autre fils de l'alabarque d'Alexandrie et neveu de Philon, servant de coadjuteurs à Rome et pourvoyant le gibet de prophètes ! De la fondation à la chute de Jérusalem, même en y comprenant Hérode, on n'avait jamais rien vu de pis !

L'attitude que la tradition première, sensible dans Mathieu et dans Marc, prête aux soldats romains après la condamnation et pendant l'exécution montre assez la brutalité de sentiments qui les animait. Comment Pilatus aurait-il pu relâcher Bar-Rabban, coupable de sédition et convaincu de meurtre, pour être agréable à une population qu'il voulait précisément frapper par un exemple ? On croit voir, au contraire, que des voix s'élevèrent en faveur de la Loi juive, représentèrent qu'il était d'usage de délivrer un prisonnier à la Pâque et demandèrent qu'il fût sursis à l'exécution. Mais

Pilatus se boucha les oreilles impitoyablement. Il fit exécuter Bar-Jehoudda avec une promptitude qui est la conséquence ordinaire des crimes flagrants. Il ne proposa pas aux Juifs le moyen terme qu'on trouve aujourd'hui dans l'Évangile : « Après l'avoir châtié, je le relâcherai. » Les Juifs ne dirigeaient pas la procédure de Pilatus, ils ne dominaient pas ses pensées et ses mouvements jusqu'à lui demander de relâcher Bar-Rabban à la place de Bar-Jehoudda. Mais le désir d'épargner Rome en Pilatus est si fort chez Luc qu'il en arrive à supprimer complètement la scène où Mathieu et Marc nous ont montré ces soldats romains, des légionnaires, accablant un prisonnier d'outrages pires que le supplice même !

TABLE DES MATIÈRES

L'APOCALYPSE

LA RÉMISSION DES PÉCHÉS

LE PRÉTENDANT

LA JOURNÉE DES PORCS

SA MAJESTÉ

PONTIUS PILATUS

ÉMILE COLIN ET Cⁱᵉ — IMPRIMERIE DE LAGNY
E. GREVIN, SUCCⁱ